Friedrich Jakuba
Jerry Cotton

Friedrich Jakuba

Jerry Cotton

Nichts als Wahrheit und Legenden

Gustav Lübbe Verlag

Gustav Lübbe Verlag
ist ein Imprint der Verlagsgruppe Lübbe

Copyright © 2003 der deutschsprachigen Ausgabe by
Verlagsgruppe Lübbe GmbH & Co. KG, Bergisch Gladbach

Umschlaggestaltung: HildenDesign, München
Umschlagillustration: Domenic Bahmann, München,
nach einem Standfoto aus einem Jerry-Cotton-Film
Satz: Dörlemann Satz, Lemförde
Gesetzt aus der Rotis
Druck und Einband: GGP Media, Pößneck

Printed in Germany
ISBN 3-7857-2139-0

5   4   3   2   1

Sie finden die Verlagsgruppe Lübbe im Internet
unter: www.luebbe.de sowie unter: www.bastei.de

Inhalt

1 Wie konnte das passieren?

oder: Auf den Spuren einer Kultfigur

Im März 1954 erschien der erste Jerry-Cotton-Kriminalroman. Im März 2004 wird der FBI-Agent aus Manhattan seinen 2951. (in Worten: zweitausendneunhunderteinundfünfzigsten!) Fall lösen. In der Verlagsgruppe Lübbe in Bergisch Gladbach bei Köln und ihrem Bastei Verlag wird man in diesem Monat auf die Veröffentlichung von 2437 Jerry-Cotton-Romanheften und 514 Jerry-Cotton-Taschenbüchern anstoßen können.

Eine Kultfigur der deutschen Krimiliteratur hat Geburtstag: »G-man Jerry Cotton« wird fünfzig Jahre alt.

Wie konnte das passieren?

An meinem Buchhändler hat 's nicht gelegen. Im Dezember 1999 in einer nordwestdeutschen Großstadt kaufe ich zum ersten Mal ein Buch bei ihm. Nein, keinen Cotton; den führt er nicht. Ich suche einen Stadtführer von Los Angeles. Detailreich und üppig bebildert soll er sein. Der Buchhändler hat eine Idee. »Da gibt 's was ganz Besonderes.« Ich folge ihm in die Abteilung Reiseliteratur. Dort sucht er die Regale nach dem ganz besonderen Stadtführer ab.

Ein sehr höflicher und freundlicher Buchhändler übrigens. Er sieht genau so aus, wie ich mir einen vertrauenswürdigen Buchhändler vorstelle: kluge Augen hinter randloser Brille, zerbrechlich gebaut, schmale Hände, graues Haar und Geheimratsecken. Zwanzig Jahre älter als ich selbst, schätze ich.

Sein Rücken kommt mir ein wenig gebeugt vor; vom vielen Bücken über vielen guten Büchern, vermute ich. Wahrscheinlich hat er alles angelesen, was da in seinen Regalen steht. Und die wichtigsten Werke sicher von der ersten bis zur letzten Seite. Die Bestseller des Monats sowieso: Sigrid Damms »Christiane und Goethe«, zum Beispiel; oder Mankells »Fünfte Frau«; oder Helmut Schmidts »Suche nach einer öffentlichen Moral«; und natürlich den neusten Walser-Roman. Bücher, über die man im Dezember 1999 eben spricht.

Meinen detailreichen und üppig bebilderten Stadtführer findet er leider nicht. Macht nichts, dann nehme ich eben einen weniger teuren. »Ich könnte das Buch bestellen«, bietet der Buchhändler an. »Ein paar Tage wird 's schon dauern, wann wollen Sie denn fliegen?«

Ich wolle überhaupt nicht nach L.A., erkläre ich, jedenfalls nicht in absehbarer Zeit, und ich brauche das gute Stück für meine Arbeit. »Ach?« Es gelingt mir nicht, seinem väterlich-neugierigen Blick zu widerstehen, also lasse ich auch den Schwanz der Katze noch aus dem Sack: »Ich arbeite gerade an einem Kriminalroman, der teilweise in Los Angeles spielt.«

Und noch einmal: »Ach?« Ein Lächeln huscht über seine freundlichen Züge, die Augen hinter der randlosen Brille blicken in eine Ferne, in der es lustig zugehen muss. Jetzt sieht er noch freundlicher aus. »Es gab da doch«, sagt er auf einmal, »es gab da doch mal so eine Krimiserie, die spielte in New York, solche ›Groschenromane‹, und die Autoren waren nie in New York gewesen.«

Durchschaut.

Ich könnte ihm jetzt verraten, dass ich gerade an einem solchen »Groschenroman« arbeite, an einer Geschichte für eine geplante Krimiserie des Bastei Verlags, der jetzt in der Verlags-

8

gruppe Lübbe zu Hause ist. Schauplatz: Los Angeles, und nie bin ich dort gewesen, in meinem ganzen Leben nicht.

Ich könnte mich sogar vollständig outen und ihm verraten, dass ich an genau der Krimiserie mitschreibe, an die er sich dunkel erinnert, und dass ich ihm sämtliche Straßen Chinatowns oder des Financial District vom Ufer des East River bis zum Hudson aufzählen könnte – von mir aus auch umgekehrt –, obwohl ich es bisher nie nach Manhattan geschafft habe. »Sie meinen Jerry Cotton«, helfe ich seinem Gedächtnis auf die Sprünge.

»Genau!« Er lächelt, wie man lächelt, wenn man einen alten Bekannten auf der Straße trifft.

In den Siebzigerjahren muss mein freundlicher Buchhändler so um die fünfunddreißig gewesen sein. Sollte er damals tatsächlich zu jenen zwei Prozent Bundesbürgern gehört haben, die laut einer Wickert-Umfrage aus dem Jahre 1976 Jerry Cotton nicht kannten? Kaum zu glauben. Aber vielleicht lebte er ja in dieser Zeit in Kuba oder China. Oder geniert er sich einfach nur? Immerhin umgeben ihn seit wer weiß wie vielen Jahren Tag für Tag zwischen ordentliche Buchdeckel gepackte Geistesergüsse teilweise hehrer Literaten. Vielleicht ist es ihm peinlich, den Namen des berühmten, aber etwas prosaischen FBI-Agenten in Gegenwart Walsers, Damms oder Mankells auszusprechen. Womöglich liest er auch heimlich Jerry Cotton und will nur nicht von den papierenen Geistesgrößen ertappt werden. Wer weiß?

»Gibt 's den eigentlich noch?«, will der freundliche Buchhändler wissen.

»Ob es den noch gibt?« Jetzt bin ich an der Reihe zu lächeln. »Und ob es den noch gibt! Cotton ist eine Kultfigur, wenn Sie so wollen, ein Dauerbrenner.«

Mein Blick fällt auf den Tisch mit den Bestsellern des Monats: Walser, Kundera, Mankell und so weiter. Ich frage mich, auf welche Auflage sie es bringen. Alle zusammen gerechnet, meine ich. Und all die Bücher in all den Regalen – wie hoch mag wohl ihre Gesamtauflage sein? Und ich frage mich, ob man auch im nächsten Monat über sie reden wird. Oder im nächsten Jahr. Oder in fünfzig Jahren.

»Inzwischen sind um die 750 Millionen Jerry-Cotton-Romane gedruckt worden«, verrate ich meinem Buchhändler in aller Bescheidenheit. »Und jede Woche kommen noch einmal knapp hunderttausend dazu.«

»Interessant.« Der freundliche Herr scheint überrascht zu sein. Wahrscheinlich meidet er die Konkurrenz: Ein Blick in die Heftromanregale und Taschenbuchständer der Bahnhofsbuchhandlungen, und seine Frage hätte sich längst erledigt. Und welche Zeitungen mag er wohl lesen? Die »Süddeutsche« wohl eher nicht, in ihr nämlich nimmt man die Krimiserie aus dem Hause Lübbe zurzeit mehr oder weniger kritisch zur Kenntnis. »Die Welt« oder »Bild« sowieso. Und habe ich im Magazin der »Zeit« nicht neulich einen Cotton-Kurzkrimi gelesen? Und der »Stern« hat doch erst vor wenigen Monaten über die aktuelle Entwicklung der Cotton-Serie berichtet. Und die »taz« scheint auch nicht zu den Blättern zu gehören, die er liest. Das linksalternative Blatt in Berlin zerreißt hin und wieder ganz gern einen Jerry-Cotton-Roman.

»Interessant…«, sagt also mein Buchhändler.

Ich kaufe einen der vorrätigen Reiseführer für Los Angeles, weniger detailverliebt als erhofft, aber dafür mit vielen ganzseitigen Fotos. Für meinen ersten Fantasie-Ausflug in die Stadt an der amerikanischen Westküste wird es schon reichen…

Inzwischen sind drei Jahre vergangen. Wenn ich das nächste Mal in jene Ruhrmetropole komme, werde ich bei dem netten Buchhändler hineinschauen und ihm sagen, dass »G-man Jerry Cotton« inzwischen eine Gesamtauflage von 850 Millionen Exemplaren erreicht hat. Ich könnte ja versuchen, ihm diese ungeheure Zahl zu veranschaulichen. Heft an Heft gereiht, könnte ich ihm beispielsweise vorrechnen, ließe sich damit theoretisch der Äquator bunt-schwarz-rot dekorieren; allerdings müsste man fünf Hefte übereinander stapeln, weil sonst der Platz nicht reichte. Der Wahrheit wegen würde ich selbstverständlich einräumen, dass die fünfte Schicht des Jerry-Cotton-Äquators bei diesem Rechenspiel erst in ein oder zwei Jahren geschlossen werden könnte.

Vielleicht werde ich ihm auch ein Jerry-Cotton-Taschenbuch mitbringen. Eines allerdings, das weder er noch ich noch irgendeiner seiner Kunden werden lesen können, es sei denn, es findet sich zufällig ein Sinologe darunter, jemand, der chinesische Schriftzeichen entziffern kann. Über den »Kriminalroman, von dem die Welt spricht«, spricht man nämlich mittlerweile auch auf Chinesisch: Im Jahr 2000 landete das erste Belegexemplar eines in die chinesische Sprache übersetzten Cotton-Krimis in Bergisch Gladbach auf den Schreibtischen der Redaktion.

Cotton in China? Wie, um alles in der Welt, konnte das passieren?

Schwer zu sagen. In den folgenden Kapiteln werde ich trotzdem versuchen, diese Frage zu beantworten, werde ich erzählen, wie »G-man Jerry Cotton« zur Welt kam, welche Männer an seiner Wiege standen, wie er wuchs, woran sein Erfolg gelegen haben könnte, wer noch heute dafür sorgt, dass er Woche für Woche Verbrecher jagen kann, und so weiter. Kapitel für Kapitel auf den Spuren einer Kultfigur.

Was ist das eigentlich, eine »Kultfigur«?

Fragen wir »Meyers Großes Taschenlexikon«. Den Artikel »Kultfigur« sucht man vergebens. Dafür widmet sich das Lexikon fast eine ganze Spalte lang dem Begriff »Kult«. Von »geregelten Formen im Umgang mit dem Göttlichen« ist da die Rede, von Kultorten, Kulthandlungen, Kultgegenständen und so weiter und so weiter. Von Dingen jedenfalls, die von Jerry Cotton ungefähr so weit entfernt sind wie der Pluto von der Erde.

Immerhin erfahren wir, dass der Begriff »Kult« in der Religion seinen Stammplatz hat und dass er sich vom lateinischen *cultus* ableitet: Pflege, Verehrung. Und in zwei angehängten Zeilen klärt uns Meyers Taschenlexikon über die Bedeutung des Begriffes in der Gegenwart auf: »Bezeichnung für die übertriebene Verehrung einer Person oder Sache«.

Eine Kultfigur wäre demnach eine Figur, der man übertriebene Verehrung entgegenbringt, aha. Wer aber legt den Maßstab fest? Wer bestimmt, was übertrieben, untertrieben oder wohl temperiert ist?

Nein, das hilft uns nicht weiter. Versuchen wir 's mit dem Brockhaus: Die PC-Version dieses Lexikons weiß nichts von »übertriebener Verehrung« und gibt sich auch sonst weit verschwiegener als Meyers Lexikon.

Frage ich doch einfach mal meine Stammwirtin: »Was ist eigentlich eine Kultfigur?«

»Die Mutter Gottes.« Wie meistens antwortet sie, ohne nachzudenken, spontan eben. »Oder Buddha.« Sie dreht sich um und deutet zur Spitze ihrer pyramidenartig konstruierten Flaschenbar: Dort, unter der Decke in einem Dreieck aus Tannenholz, thront ein tibetanischer Buddha im Schneidersitz und lächelt halb mitleidig, halb spöttisch auf uns herab. »Na ja.« Meine Stammwirtin tut so, als prüfte sie das gespülte Pilsglas im Licht, in Wirklichkeit versucht sie ihre Einfälle zu einer These zusammenzufassen. »Eine Kultfigur ist eine Person, die Geschichte gemacht hat.«

Aha.

Jerry Cotton würde vermutlich vor Schreck den Motor seines Jaguar abwürgen, wenn man ihn in die Nähe der Mutter Gottes oder Buddhas rückte. Allerdings: Geschichte hat er gemacht – Verlagsgeschichte in jedem Fall. Und zur Gesellschaftsgeschichte der Bundesrepublik, nur vier Jahre älter als er, hat er zumindest einen Beitrag geliefert. Und selbst wenn Literaturwissenschaftler den FBI-Agenten aus Manhattan in der Regel zu ignorieren pflegen, so spielt er doch eine Rolle in der Geschichte der deutschen Kriminalliteratur.

Andererseits: Albert Einstein hat im vergangenen Jahrhundert Geschichte gemacht, Wissenschaftsgeschichte. Ist er deswegen eine Kultfigur? Michail Gorbatschow hat Geschichte gemacht. Ist er deswegen eine Kultfigur? Helmut Kohl und Willy Brandt haben jeder auf seine Weise Geschichte gemacht. Sind sie deswegen Kultfiguren? Oder Konrad Zuse – haben Sie von ihm gehört? Er gilt als Vater des Computers. Wenn dieser Mann keine Geschichte gemacht hat, wer dann? Aber eine Kultfigur? Wer nicht vom Fach ist oder noch nie im Deutschen Museum in München war, wird den Namen vielleicht nicht einmal kennen.

Und andererseits: Dagobert Duck hat genauso wenig Geschichte gemacht wie Elvis Presley oder die Mickymaus, und dennoch gelten alle drei als Kultfiguren.

Die Definition meiner Stammwirtin scheint also nicht alle Kultfiguren zu erfassen, und was noch wichtiger ist: Nach ihr wären Menschen Kultfiguren, die zweifelsfrei keine sind.

Frage ich doch einfach mal meinen dreizehnjährigen Sohn: »Was ist eine Kultfigur?«

Antwort: »Jemand, der gerade in ist, den jeder kennt, Oliver Kahn zum Beispiel.« Ähnlich meine achtzigjährige Nachbarin: »Eine Kultfigur ist eine Figur, die viele Menschen kennen und verehren und an der sich viele Menschen orientieren.«

Oliver Kahn also. Jemand, an dem sich viele orientieren, den jeder oder zumindest viele kennen.

Die Fakten sprechen für sich: Ungezählte Menschen kennen Jerry Cotton, ungezählte Menschen verehren ihn. Tatsächlich eine Kultfigur also, ein Idol? Oder sogar ein Vorbild, wie meine Nachbarin es von einer Kultfigur erwartet? Darüber wird noch zu reden sein.

Ganz zufrieden bin ich noch nicht. Also lege ich die Frage

schließlich zwei langjährigen Begleitern der Cotton-Serie vor: Professor Dr. Klaus Göbel, der in Bonn Medienwissenschaften lehrt, und dem ehemaligen Cotton-Lektor und langjährigen Chefredakteur des Bastei Verlags Rolf Schmitz.

»Kultfigur« – in Göbels Ohren klingt der Begriff abgedroschen, er benutzt ihn ungern. »Eine Leerformel«, sagt er. »Im Moment ist alles Kult, dieser Film, jenes Buch. Vorsicht.« Ich nicke und denke an Guildo Horn, Zlatko und ähnliche Lichtgestalten. Erinnern Sie sich noch?

Dennoch hat der Begriff für den Medien- und Literaturwissenschaftler seinen Platz: »Eine Generation bekennt sich etwa zu einem ganz bestimmten Popsänger – nehmen wir Elvis, der die Sechzigerjahre repräsentiert –, und wenn sich eine große Fangemeinde bildet, wird er zur Kultfigur. Kultfiguren, Kultfilme versetzen die Welt eine bestimmte Zeit lang in Aufregung, weil sie das Feeling dieser Zeit repräsentieren.« In der Regel aber sei mit dem Begriff etwas Vergangenes gemeint: »Kultfiguren haben es meistens hinter sich.« Cotton aber, so Göbel, soll ja auch in Zukunft noch eine Rolle spielen.

Schmitz hält Jerry Cotton für eine Kultfigur, »weil er nun schon über drei Generationen seine Leser begeistert«. Es gebe Kulte, sagt er, die sind nach drei Jahren vergessen. Nicht so Cotton. Ähnlich wie etwa die Marken Persil, Miele oder Coca Cola begleite er die Deutschen schon seit den Gründerjahren der Bundesrepublik. Stimmt.

Was ist eine Kultfigur? Ich fasse vorsichtig zusammen: Eine Kultfigur ist eine Figur, die Menschen über eine längere Zeit verehren, weil sich in ihr etwas widerspiegelt, das ihren Verehrern vertraut ist, das sie selbst nicht in Worte fassen können oder wonach sie sich sehnen. Ein Stück Lebensstil etwa, ein Hauch Lebensgefühl, eine Denkweise, besondere Wesenszüge vielleicht oder einfach nur die Möglichkeit, alte, »bessere« Zeiten heraufzubeschwören.

14

Ist Jerry Cotton eine Kultfigur? Fünfzig Jahre Jerry Cotton – keine Frage, er ist es.

Nicht nur in Deutschland übrigens wird er gelesen und verehrt, auch in den Niederlanden, in Schweden, in Tschechien und in Finnland. In fünfzehn Sprachen wurde Cotton mittlerweile übersetzt. Nebenbei bemerkt sind die Finnen außerhalb der deutschen Grenzen die fleißigsten Cotton-Leser.

Nun hat Jerry Cotton, der FBI-Agent aus New York, sogar bei der chinesischen Kulturpolitik eine offene Tür gefunden und das bevölkerungsreichste Land der Erde erreicht. Ein weiter Weg aus einer alten Schreibmaschine auf einem Küchentisch im Ruhrgebiet der Nachkriegsjahre über eine fensterlose Garage in Bergisch Gladbach bis nach Fernost. Schreiten wir ihn ab, Station für Station, schauen wir uns an, was da passiert ist und wie es passieren konnte.

Erste Station: New York City.

Heißes Blei
für einen G-man
Teil 1

Chinesische Schriftzeichen über den Straßennamen, Pagodenhäubchen auf den Telefonzellen, bunte, tempelartig dekorierte Fassaden hier und da, und auf den Bürgersteig hinaus erweiterte Wohnzimmer und Geschäfte.

Chinatown, kein Zweifel. Ich war endlich in Chinatown.

»Bayard Street« las ich über den chinesischen Schriftzeichen des Straßenschildes. Hier irgendwo musste das Lokal sein, kurz vor der Kreuzung Mulberry Street. So stand es jedenfalls auf meinem Notizzettel. Der war schon vom Regen durchweicht, so oft hatte ich ihn aus der Manteltasche gezogen. »Bo Ky« – die Schrift verschwamm auf dem feuchten Papier. Ich wusste eine Menge über den Mann, den ich treffen wollte. Dass er chinesische Restaurants bevorzugte, war mir neu.

Der nasskalte Apriltag lastete wie ein feuchtes Tuch über Manhattan. Einer jener Tage, an denen man am liebsten im Bett bleibt, um auf den Frühling zu warten oder in einem spannenden Buch abzutauchen. Und genau das hätte ich tun sollen. Nur ein paar Atemzüge trennten mich noch von den Schwierigkeiten, die mir meinen New-York-Trip gründlich verderben sollten, nur ein paar Minuten, ein paar Schritte noch. Ja, ich hätte auf meinem Hotelzimmer und im Bett bleiben sollen, weiß Gott!

Nun gut, im Nachhinein ist man immer klüger. Der schwarze Beetle fiel mir zwar auf, weil er reichlich langsam an mir vorbeirollte, weil der Mann am Steuer mir seltsam bekannt vorkam und weil er trotz des Wetters mit abgesenktem Seitenfenster fuhr.

Genauso die Frau vierzig Meter vor mir im Gewühl. Trotz des Regens schoben sich Menschenmassen auf den engen Bürgersteigen der Bayard Street an den Geschäften und Warentischen vorbei, weiße, schwarze und vor allem asiatisch aussehende Mitmenschen, viele mit Videokameras und Fotoapparaten bewaffnet, Männer, Frauen, Kinder. Diese eine Frau aber, die da vierzig Schritte entfernt in der Menge auf mich zutrieb, eine Weiße, stach irgendwie aus der Menge heraus. Für meine Wahrnehmung jedenfalls.

Vielleicht weil sie dem Frauentyp entsprach, auf den ich anspreche: dunkelhaarig, groß und mit jener Anmut und Zielstrebigkeit in Schritten und Gestik, die ich mit Erotik und Eigensinn verbinde. Vielleicht aber auch, weil sie sich häufiger als andere umsah oder weil ich glaubte, ihren Blick zu spüren. Mit jedem Schritt verringerte sich die Distanz zwischen uns.

In der Menschenmenge trieben wir aufeinander zu. Vorbei an Gemüse- und Fischläden, an Friseursalons und Restaurants, eingekesselt von Menschenleibern, Warenständen und abgestellten Fahrrädern. Der Regen trommelte auf Schirme, Vordächer, Mülleimer und Markisen. Hinter beschlagenen und fettbespritzten Schaufenstern drehten sich brutzelnde Enten, Bratendüfte schwebten aus offenen Türen und mischten sich mit den Gerüchen von Gemüse, Obst, Fisch, Reinigungsmitteln, Benzin und frisch gebackenem Brot.

Mein zweiter Tag in New York City. Chinatown kannte ich bisher nur aus Büchern und Filmen. Ein bisschen kam ich mir vor wie auf dem Weihnachtsmarkt in Köln. Oder wie im Gedränge vor dem Westfalen-Stadion, zwanzig Minuten vor Anpfiff. Der Jetlag steckte mir in allen Knochen. Ein Kaffee wäre jetzt nicht verkehrt.

Meine Nervosität wuchs. Wahrscheinlich das bevorstehende Date im »Bo Ky«. Man trifft sich nicht jeden Tag mit einem Prominenten. Ein Blick auf die Uhr: kurz vor drei. Um drei Uhr waren wir verabredet. »Auf zehn Minuten kommt es ja nicht an, oder?«, hatte er am Telefon gesagt, und in seiner Branche ließen sich Verspätungen nie ganz ausschließen. »Kein Problem«, hatte ich geantwortet.

Oder machte mich die Frau nervös? Zehn, zwölf Schritte noch, dann würden wir aneinander vorbeigehen.

Ihr Blick meinte mich, keine Frage. Ein Blick, der mich verwirrte. Sah ich Angst in ihren großen grünen Augen? Oder eine Warnung? Vorsichtshalber wich ich dem Blick aus – und entdeckte das Schild über dem Eingang an der Hausfassade. Chinesisch gestylte Schriftzeichen, rot auf grünem Grund: »Bo Ky«. Na also, am Ziel.

»Sie müssen mir helfen.« Dicht neben mir stand sie plötzlich und hielt mich am Jackenärmel fest. Sie roch nach Rosenöl. Ich glaubte, die Wärme ihres Körpers zu spüren. »Die Neunelf, rufen Sie die Neunelf, bitte...«

Die 911 ist die New Yorker Notrufnummer, das wusste ich. Über sie kann man Polizei, Feuerwehr und Rettungsdienste alarmieren.

»Jemand verfolgt mich, rufen Sie die Polizei, bitte...«, flüsterte die schöne Unbekannte. Dann ließ sie mich los, drängte sich in die Menge und hastete Richtung Mott Street.

Schade eigentlich. Eine Paranoikerin? Ich sah ihr nach. Was laufen nicht alles für Verrückte in so einer Großstadt herum! Dennoch tastete meine Rechte in der Jackentasche nach dem Handy. Ein Reflex, weiter nichts – mein Mobiltelefon lag in meiner Schreibtischschublade, zu Hause, in Deutschland.

Wie konnte sie dich unter all den Menschen hier als Deutschen identifizieren...?

Jetzt erst machte ich mir klar, in welcher Sprache ich da eben angesprochen worden war: Deutsch. Deutsch mit Schweizer Akzent! Die Einsicht bescherte mir die erste Gänsehaut seit meiner Landung auf dem John F. Kennedy International Airport. Die erste von vielen. Und dann ging alles sehr schnell.

Zwei junge Burschen aus der Menge steuerten sie an, schlaksig und ziegenbärtig, in dunklen Blousons mit weißen Ärmelstreifen. Der Schritt ihrer weiten Bagpants hing ihnen knapp über den Knickchlen. *Gangsta*, wie meine Söhne sagen würden, allerdings verdeckten die Schirme der Baseballkappen ihre Augen statt ihre Nacken; beunruhigender Stilbruch.

Sie drängten die Frau erst gegen die Fassade und dann in eine schmale Hofeinfahrt. Weg waren sie.

Wie festgefroren stand ich. Links und rechts rempelten Passanten mich an. Plötzlich fröstelte ich, plötzlich schlug mir das Herz in der Kehle.

Geh ins Restaurant, raunte eine innere Stimme. *Ruf den Mann an, sofort!* Und eine andere schlug vor, die Sache ganz schnell zu vergessen. *Eine optische Täuschung*, sagte sie, *ein belangloser Vorfall. Deine RTL-verseuchte Fantasie geht mit dir durch, und überhaupt, was kümmert's dich?*

Ich renne los. Mit Ellenbogen und Schultern bahne ich mir einen Weg durch den Passantenstrom. Flüche und böse Blicke von allen Seiten. Ein Mann schreit hinter mir her, auf der Straße hupt jemand, ein roter Wagen bremst. Egal, hinein in die Hofeinfahrt. Beiläufig registriere ich Essensdüfte, Töpfeklappern aus einem geöffneten Fenster, einen zerbeulten Pick-up, einen Motorroller mit Anhänger und ein paar Müllcontainer. Und dazwischen die *Gangsta* und die Schweizerin.

Die Kerle drücken die Frau gegen den Müllcontainer. Sie rudert mit den Armen. Einer scheint sie zu würgen. Warum schreit sie nicht?

»Hände weg von der Lady!« Ich renne über Kopfsteinpflaster und brülle, so laut ich kann. »Loslassen! Polizei! Lasst sie gehen!« Ein Stoß in den Rücken, ich stolpere über den Anhänger, segele aufs nasse Kopfsteinpflaster, blinzele in funkelnde Sterne…

Den Schatten des Mannes sah ich, ihn selbst nicht. Er kniete auf meinem Rücken. Sein Messer spürte ich deutlicher als meine Knochen. Lieber Himmel! Kalt und scharf spürte ich den Druck der Klinge über meinem Kehlkopf…

Nicht dass ich auch nur einen klaren Gedanken fassen konnte – die Klinge über meinem Kehlkopf beanspruchte selbst die letzte meiner grauen Zellen. Selbst für das Wort »Falle« war kein Platz in meinem Kopf.

Wie aus einem anderen Film hörte ich Schritte, wie durch eine Milchglasscheibe sah ich den wehenden Saum eines braunen Wildledermantels und zwei paar Hosenbeine, die auf eine offene Tür zuflatterten. Und weg waren sie.

Ich dachte an meine Brieftasche und mein Diktiergerät. »In den Innentaschen«, krächzte ich. »Ein Diktafon und 135 Dollar…«

Ich glaube, »Diktafon« sagte ich auf Deutsch, weil mir vor lauter Panik das englische Wort nicht einfiel.

»Sie kriegen, was Sie wollen, auch das Feuerzeug und die Jacke. Nur nehmen Sie das Scheißmesser weg!«, jammerte ich.

Auch wenn ich es nicht in meinem Reiseführer gelesen hätte – im Anhang unter »Sicherheit & Kriminalität« –, hätte ich mich genauso verhalten. Ich meine: Den Geschmack von feuchtem Pflasterstein im Mund, zweihundert Pfund Mann auf dem Rücken und ein Messer an der Kehle – da ahnt man in etwa, worauf es ankommt.

Der Druck der Klinge ließ nach, ich hob den Kopf, schluckte und hustete und keuchte auf Deutsch: »Um Gottes willen, nehmen Sie sich, was Sie wollen. Nur lassen Sie mich…«

Schon verschlug es mir die gerade wiedergewonnene Sprache aufs Neue. Schuld war ein zweiter Mann. Von Kopf bis Fuß in Motorradkluft gehüllt, einen Helm mit dunklem Visier auf dem Kopf, presste er sich neben der Hofeinfahrt gegen die Hauswand. Er hielt eine Maschinenpistole in den Fäusten. Ja, eine Maschinenpistole!

Rätselhafte Welt. So viel Personal nur wegen Barschaft und Equipment eines harmlosen Touristen? Ich vergaß den Kerl auf meinem Rücken. Auch sein Messer vergaß ich. Und sogar das Atmen.

Bis mich plötzlich Motorengebrüll von der Bayard Street her aus der Erstarrung riss. Der Lederne an der Hauswand richtete seine MPi auf die Hofeinfahrt. Etwas Rotes schoss in die schmale Gasse, ein Sportwagen. Reifen kreischten, die Fahrertür wurde aufgestoßen, ein Mann ließ sich aufs Kopfsteinpflaster fallen. Das rote Coupé rollte weiter – hinein in den Hof, auf mich und meinen Messerhelden zu. Ich glaube, wir schrien beide. Weg war sie auf einmal, die Last auf meinem Rücken, von einer Sekunde zur anderen weg.

Ich warf mich zur Seite, Schüsse explodierten. Aus so vielen Kriminalfilmen kannte ich das Rattern einer MPi, und dennoch glaubte ich dieses entsetzliche Geräusch zum ersten Mal in meinem Leben zu hören. Der rote Sportwagen schob Anhänger und Motorroller gegen den Müllcontainer. Ohrenbetäubender Lärm erfüllte den Innenhof: Die MPi hämmerte, Blech krachte gegen Blech, ein einzelner Schuss hallte von den Wänden des Innenhofes wider, eine Männerstimme schrie auf, Schritte knallten über das Kopfsteinpflaster.

Der Messerheld hastete durch die Hintertür ins Haus. Kurz wagte ich, den Kopf zu heben, und sah einen breiten Rücken in kariertem Baumwollhemd und einen kahlen Hinterkopf.

Dann Stille, für Augenblicke fast vollkommene Stille. Bäuchlings lag ich neben dem roten Sportwagen und kreuzte die Arme über dem Kopf. Kälte und Feuchtigkeit des Kopfsteinpflasters drangen durch den Stoff meines Hemdes. Irgendwann begannen Stimmen in mir unbekannter Sprache zu palavern. Chinesisch vermutlich. Ich blickte auf. Hinter offenen Fenstern und auf der Türschwelle zur Küche standen Menschen, Chinesen zumeist. Sie gestikulierten, deuteten auf mich und machten verstörte Gesichter. Das Geheul von Polizeisirenen näherte sich.

Ich rappelte mich auf und sah mich um. Mein Retter stand breitbeinig hinter dem Ledernen, drückte ihm eine Pistole in den Rücken und klopfte ihn von oben bis unten nach Waffen ab. Der MPi-Schütze presste sich Halt suchend an die Hauswand, sein rechter Arm hing schlaff herab. Er hielt ihn mit der Linken und stöhnte. Die Maschinenpistole lag neben ihm auf dem Pflaster.

Mein Retter gab ihr einen Tritt. Sie schlitterte quer über den Hof und verschwand unter dem roten Sportwagen. Ein Jaguar übrigens. Ein Griff in den hinteren Hosenbund, ein metallenes Klicken, und Handschellen verbanden den unverletzten Arm des Ledernen mit einem Fenstergitter.

Rotes und blaues Signallicht zuckte über die Fassaden rechts und links der Hofeinfahrt, ein Patrolcar schoss in den Hof und bremste scharf. Das schrille Kreischen der Sirene marterte meine Trommelfelle. Türen flogen auf, zwei Cops sprangen aus dem Wagen. Der eine sprach mit meinem Retter, der andere zerrte dem Angeschossenen den Motorradhelm vom Kopf. Ein bärtiges Gesicht kam zum Vorschein, Wut und Schmerz verzerrten es. Langes, fettiges Schwarzhaar fiel auf die abgeschabte Motorradjacke.

Ich rieb mir die Hüfte und das Brustbein. Auch bei mir meldeten sich jetzt die Schmerzen. Ich sah mich um – der Motorroller hing zwischen Jaguar und Müllcontainer, ein paar Chinesen trauten sich in den Hof, neben dem Hinterrad des Jaguar lag mein Diktiergerät in einer Pfütze. *Ein Film*, dachte ich, *nur ein Film. Nichts, was dich angeht...*

Woher dann aber die Schmerzen in meinem Brustkorb? Und warum lag mein Diktiergerät auf dem Kopfsteinpflaster? Ich bückte mich danach. Der Deckel über dem Batteriefach fehlte. Und auch die Batterien. Auf den Knien spähte ich unter den Jaguar. Nichts. Nur das Messer des Schwergewichts, von dem ich Schatten und Rücken gesehen hatte, lag dort neben der Maschinenpistole.

»Sind Sie okay?« Mein Retter kam auf mich zu, groß, breitschultrig, dunkles Haar, Mitte dreißig. Er trug einen schwarzen, modischen Anzug und dazu ein weißes Hemd und eine nachtblaue Krawatte.

»Fragen Sie mich in einer Stunde noch mal«, krächzte ich.

»Okay. Trotzdem nett, Sie zu sehen.« Er grinste und streckte mir seine Hand entgegen. »Cotton. Jerry Cotton...«

2 »Mr. Cotton ist bei uns nicht zu erreichen« oder: Der Mann, der Jerry Cotton erfand

So ließ der FBI deutsche Krimileser in einer Standardantwort wissen, als die US-Bundesbehörde die Flut von Briefen aus Europa nicht mehr bewältigen konnte: »Mr. Cotton ist bei uns nicht zu erreichen.« Jenseits des Großen Teiches nämlich hatte eine große deutschsprachige Lesergemeinde das Federal Bureau of Investigation entdeckt – den Arbeitgeber ihres neuen Helden Jerry Cotton.

In der frühen Blütezeit der Serie konnte ein Cotton-Fan durchaus noch mit einem individuell formulierten Brief als Antwort auf seine Fanpost rechnen. Ein Leser aus Berlin zum Beispiel, der mehr über die amerikanische Bundespolizei im Allgemeinen und über zwei verehrte Agenten im Besonderen erfahren wollte: über Jerry Cotton und eine Romanfigur aus der Reihe »Bastei-Kriminal-Roman« mit dem sinnigen Namen Jeff Conter.

Das Schreiben, datiert vom 8. Oktober 1962, trägt den Briefkopf des amerikanischen Justizministeriums und lautet:

Dear Mr. Roll!
Ihren Brief vom 30. September 1962 haben wir erhalten. Ich freue mich über Ihr Interesse am FBI. Informationsmaterial, das

unsere Organisation betrifft, habe ich beigelegt. Auch sende ich Ihnen eine Liste von Büchern, die über unser Büro geschrieben wurden und die Sie vielleicht noch nicht gelesen haben. Jerry Cotton und Jeff Conter sind, wie Sie schon vermutet haben, fiktive Spezialagenten. Zu Ihrer Information: Wir haben im Moment 55 Dienststellen.

Gern sähe ich mich in der Lage, Ihrem Ersuchen um die amtliche FBI-Dienstvorschrift zu entsprechen; jedoch ist diese Publikation in erster Linie für unsere Beamten und Sachbearbeiter bestimmt, und unser begrenztes Budget lässt nicht zu, dass ich Ihnen Kopien davon sende.

Sincerely yours,
John Edgar Hoover
Director

Immer mehr Cotton-Leser aus dem deutschsprachigen Raum versuchten in den Sechziger- und Siebzigerjahren, mit ihrem Helden Kontakt aufzunehmen. Sie besorgten sich die Adresse des FBI-Hauptquartiers in Washington D. C., schrieben Briefe, riefen an, erkundigten sich nach Special Agent Jerry Cotton. Körbeweise Fan-Post bekam das Hauptquartier der amerikanischen Bundespolizei. Bis sie schließlich nur noch vorgedruckte Karten mit einer Standardantwort versandte. Diese Meldung ging Mitte der Siebzigerjahre durch die internationale Presse.

»Mr. Cotton ist bei uns nicht zu erreichen.« Nun, wer einmal nicht zu erreichen ist, ist nicht notwendig nie zu erreichen. Vielleicht klappt es ja morgen oder nächste Woche. Und was heißt schon »bei uns«? Wer nicht im Hauptquartier in Washington zu erreichen ist, jagt vielleicht gerade tatsächlich in Manhattan Süd seine Verbrecher oder in sonst einem FBI District Office der Vereinigten Staaten. Oder er macht Urlaub an der Westküste oder auf Hawaii. Diese oder ähnliche Schlussfolgerungen mögen die Cotton-Fans damals aus der Standardantwort aus Übersee gezogen haben. Kurz: Die Hartnäckigsten schrieben weiterhin Briefe an den FBI.

»Es war nix zu machen. Wie mit den kleinen Kindern – Winnetou lebt.« So kommentierte Heinz Werner Höber die schier unglaubliche Korrespondenz zwischen FBI und Cotton-Gemeinde. Es wird ihm kaum gelungen sein, ein zufriedenes Grinsen zu unterdrücken, als er in einem Interview diesen Ausspruch tat. Denn was sich so schwarz auf weiß gedruckt wie milder Tadel und Verständnislosigkeit liest, wird in Wahrheit wohl Ausdruck von Genugtuung und sogar Stolz gewesen sein. Ein Bärenanteil der Verantwortung für die Schreibwut der Cotton-Fans ging nämlich auf Höbers Konto: Er war neben dem Schöpfer des G-man einer der wichtigsten Autoren der Reihe. Fast jeder zweite Cotton-Roman in den Jahren 1956 bis 1963 stammt aus seiner Schreibmaschine. Aber davon mehr im vierten Kapitel.

Was hatten Heinz Werner Höber und seine Autoren-Kollegen bloß mit den Lesern angestellt? Gute Autoren haben ja etwas von Magiern, und genau das scheint auf die erste Garde der Cotton-Dichter zuzutreffen: Ein Mensch kauft sich einen Heftroman, versinkt drei Stunden in einer anderen Welt und schreibt dann an den Arbeitgeber der Hauptfigur aus dieser Fantasiewelt. Das Romanheft liegt längst in der Sammelbox oder steckt zusammengerollt in der Jackentasche, aber die Erzählung ist noch so präsent, dass sie den Alltag des Lesers durchdringt, und ihr Protagonist, Jerry Cotton, begleitet ihn aus der Straßenbahn ins Büro, aus dem Lesesessel zum Einkaufen, aus dem Wartezimmer in den Behandlungsraum des Arztes und so weiter.

Offenbar haben die Cotton-Autoren ihre Sache »verdammt gut gemacht«, wie Jerry Cotton sagen würde. Ihre Sache: Geschichten so zu erzählen, dass sie den Nerv der Zeit und das Herz ihrer Leser treffen.

Ein Hoch auf die Fantasie!

In dieses Lob wird man beim FBI seinerzeit nicht eingestimmt haben. Investierte man in Washington anfangs noch Zeit und Steuergelder, um die viele Post aus »Good Old Germany« zu beantworten – immerhin verfügte man ja unversehens und vor allem gratis über eine PR-Abteilung in Bergisch Gladbach, Deutschland-West –, kapitulierte die amerikanische Bundesbehörde schließlich vor so viel Öffentlichkeit und druckte jene Standardantwort auf Karten: »Mr. Cotton ist bei uns nicht zu erreichen.« Denn, so las der enttäuschte Cotton-Fan: »Jerry Cotton is a fictional agent.«

Ein erdichteter Agent also, eine Romanfigur, ein Mann, den es nur in der Fantasie gibt. Nur in der Fantasie? Als ob die Fantasie der Realität nicht ebenbürtig wäre, ja, sie manchmal erst erschafft. Aber davon soll hier nicht die Rede sein.

Fragen wir lieber: Wessen Fantasie erschuf diesen sympathischen FBI-Agenten? Wer verlieh ihm eine Lebensgeschichte und einen Namen? Wer setzte ihn in seinen roten Jaguar und schickte ihn zur ersten Verbrecherjagd in den Asphaltdschungel Manhattans? Wer hauchte ihm so viel literarische Vitalität ein, dass er seine Verehrer auch zwischen Seite 64 des eben gelesenen und Seite 1 des leider erst in einer Woche erscheinenden nächsten Romans nicht losließ?

Die Figur des Jerry Cotton ist ja nicht auf dem Reißbrett entstanden wie so mancher andere Serienheld der jüngeren Vergangenheit. »Da haben sich nicht Leute hingesetzt«, erzählt Rolf Schmitz, »und gesagt: So, wir machen eine Serie: Wie soll der Held aussehen? Was ist der Rahmen seiner Aktivitäten? Mit welchen Waffen wird er ausgerüstet? – Und so weiter. All das hat es nicht gegeben.« Der ehemalige Cotton-Lektor und Verlagsleiter glaubt, dass »G-man Jerry Cotton« keine Chance gehabt hätte, wenn Experten ihn nach ihren Konstruktionsplänen aus der Retorte gehoben hätten. Der Erfolg Jerry Cottons hängt für ihn nicht zuletzt damit zusammen, dass ein Einzelner die Idee zu seiner Figur ausbrütete und dann entsprechend leidenschaftlich hinter ihr stand.

Also, noch einmal: Wer war im Falle Cottons dieser Einzelne? Oder anders gefragt: Wer war der Mann, der Jerry Cotton erfand?

Ein einunddreißigjähriger Deutscher, der sich in den für uns Heutige kaum vorstellbaren Wirren der Nachkriegszeit mit dem Schreiben von Kriminalromanen über Wasser hielt. Ein Schriftsteller also, der, wie er in einem Beitrag zu diesem Buch schreibt, »nach dem Krieg dieses und jenes versucht« hat und »in einer wirtschaftlich äußerst unbefriedigenden Lage« steckte, »geradezu in einer Notlage«.

Viel mehr ist über die Geschichte dieses Mannes nicht bekannt. Allenfalls noch, dass er Anfang der Fünfzigerjahre in Essen wohnte. Kurze Zeit nach seinem ersten Jerry-Cotton-Roman ist er nach Köln gezogen, hat geheiratet und später für ein großes Unternehmen im Ruhrgebiet gearbeitet.

Schade eigentlich, dass seinen Lesern nicht mehr über ihn bekannt ist. Immerhin hat er ihnen eine Figur geschenkt, die sie nun schon seit fünfzig Jahren begleitet.

In seinem Artikel »Ich erfand Jerry Cotton«, der erstmals im Februar 2003 im 500. Jerry-Cotton-Taschenbuch erschien, äußert sich der Cotton-Schöpfer wie folgt:

»Ich erfand Jerry Cotton – der Satz liest sich wie der Titel eines Jerry-Cotton-Romans aus den Anfangsjahren, als die Verwendung des Pronomens der ersten Person Singular unabdingbar, ein Markenzeichen war. Aber die Zeile ist nicht der Titel eines Krimis, sondern die Überschrift des ersten Kapitels von fünfzig Jahren Erfolgsgeschichte der Romanserie G-man Jerry Cotton und des Bastei Verlages.«[1]

Mit anderen Worten: Nur ein Kapitel der Cotton-Saga trägt ausschließlich seine Handschrift, nämlich das erste. An der Entwicklung der Serie und an ihrer Erfolgsgeschichte haben noch andere mitgewirkt.

Sicher – von diesen anderen muss noch geredet werden. Aber ist das erste Kapitel einer Geschichte nicht immer besonders faszinierend? Ja, sogar unentbehrlich? Verständlich also, wenn die Fans von Jerry Cotton mehr über denjenigen erfahren wollen, der dieses erste Kapitel schrieb. Jedoch: Der Mann, der Jerry Cotton erfand, will unerkannt bleiben. Nur Jerry Cotton – *seine* Figur – ist ihm wichtig. Und umgekehrt: Über diese Figur ist er zu outen. Name und Biografie sind überflüssig. Wie so oft in der Literaturgeschichte.

Warum? Auch darüber wurde viel spekuliert. Ein scheuer, zurückhaltender Mensch sei er, hieß es. Oder: Seine berufliche Position vertrage sich nicht mit dem Verfassen von so genannten »Groschenromanen«. Andere vermuteten einen Polizeikommissar hinter dem anonymen Autor, wieder andere glaubten zu wissen, dass er Waschmittel verkaufe. Im Bastei Verlag sprach man öffentlich nur als Herr K. von ihm.

Eine Menge Mutmaßungen also. Mutmaßungen und Spekulationen sind bekanntlich der Nährboden, auf dem die unterhaltsamsten Legenden gedeihen. Warum will der Mann, der Jerry Cotton erfand, nun aber in Wahrheit anonym bleiben? In seinen Textbeiträgen, die er für das vorliegende Buch schrieb, äußert sich der Cotton-Erfinder dazu:

Von Beginn an waren Jerry-Cotton-Geschichten auf Autoren-Anonymität angelegt. Es sollte durchaus der Eindruck der realen Existenz und der eigenhändigen Verfasserschaft Jerry Cottons entstehen. Solch spielerische Mystifikation des Lesers bietet sich bei Ich-Erzählungen mit immer derselben Hauptfigur zwangsläufig an. Sie war übrigens zeitweise sehr erfolgreich. Der Verlag erhielt viele Briefe mit Fragen wie:

Wo wohnt Jerry Cotton?

Wie sieht er aus?

Wie alt ist er jetzt?

Ähnliche Anfragen wurden auch direkt an den FBI gerichtet, der sich gezwungen sah, zu antworten:

»Jerry Cotton is a fictional agent.«

Andere Autoren haben die Verfasseranonymität nicht gewahrt, sondern sich öffentlich und lautstark gerühmt, Cotton-Autoren zu sein. Heinz Werner Höber etwa, zweifelsfrei einer der wichtigsten Verfasser der Serie, ließ sich den Namen Jerry Cotton als Pseudonym in seine Ausweispapiere eintragen und liebte es, von Freunden und Bekannten »Jerry« genannt zu werden.

Abgesehen von der Zerstörung einer Fiktion, die ohnedies über Jahrzehnte hinweg schwerlich aufrechterhalten werden konnte, sieht der Cotton-Erfinder andere und wesentlichere Gründe, seine Anonymität zu wahren:

Von 2350 Heftromanen und 494 Taschenbüchern[2] hat er nur einen Anteil verfasst.

Andere Autoren schrieben gelegentlich Jerry Cotton, Phil Decker und John D. High Eigenschaften und Handlungen zu, die nicht seinen Vorstellungen entsprachen. Sie wählten Themen, die er mied, und bedienten sich einer Sprache, die er nicht benutzt hätte.

Sie erweiterten das Personal der Serie um zusätzliche Akteure wie Zeerookah, Steve Dillaggio, June Clark und andere, an deren Gestaltung er nicht beteiligt war, und selbstverständlich erfanden sie »ihre« Gangster und deren Verbrechen.

Anders ausgedrückt: Der Erfinder Jerry Cottons kann weder im Positiven noch im Negativen in Verantwortung genommen werden für alles und jedes, das unter dem Namen Jerry Cotton veröffentlicht wurde und wird.

Anonymität erspart ihm die Notwendigkeit, begeisterten Lesern oder scharfen Kritikern auf Lob und Tadel antworten zu müssen: »Ja, ich habe zwar Jerry Cotton erfunden, aber diese

30

Geschichte, die Sie begeisterte, ist leider nicht von mir, ebenso nicht wie zum Glück jener Roman, an dem Sie so viel auszusetzen haben.«

Mit dieser Entscheidung stellte sich der Schöpfer der Cotton-Figur gleich zu Beginn der G-man-Saga an den Rand jenes Jahrmarktes, der seit dem Start der Serie um »Jerry Cotton« stattfindet, und nahm von dieser Zuschauerposition aus fortan halb amüsiert, halb erstaunt zur Kenntnis, dass die Presse hin und wieder den Tod des Cotton-Schöpfers meldete oder wie Cotton-Fans selbst zu geduldigen und hartnäckigen Detektiven wurden, um endlich seine Identität zu lüften.

Wenn man heute mit ihm spricht – ja, er lebt und schreibt noch, Gott sei Dank! –, gewinnt man schon nach wenigen Sätzen den Eindruck eines Mannes, dem Schlagzeilen unangenehm, Rummel und Kult um Cotton gleichgültig und Lorbeerkränze peinlich sind.

Der Medienwissenschaftler Professor Dr. Klaus Göbel beschreibt ihn als bescheidenen, vornehmen älteren Herrn. Rolf Schmitz hält ihn für den »geborenen Erzähler« und sagt: »Seinen Wert für die Jerry-Cotton-Serie kann man gar nicht hoch genug ansiedeln.«

»Er war mein Lieblingsautor«, erinnert sich Rolf Kalmuczak, der als junger Bastei-Lektor von 1961 bis 1968 mit dem Cotton-Erfinder zusammenarbeitete. »Ein sehr netter, gebildeter Mann. Er brachte alle sechs bis acht Wochen ein neues Manuskript, ich habe mich immer darauf gefreut. Es gab nicht viel zu redigieren, und es war ein Vergnügen, seine Romane zu lesen. Er erzählte seine Geschichten sehr gradlinig, stringent, ohne viele Umblendungen und immer aus dem Blickwinkel Cottons.«

»Das bringt heute keiner mehr«, glaubt Rolf Schmitz. »Sie müssen etwa den dreifachen Stoff haben, wenn Sie nicht zur Gegenseite umblenden, um zum Beispiel vom Opfer oder vom

Täter her den Fall zu entwickeln. Wenn Sie nur aus der Sicht Jerry Cottons schreiben, brauchen Sie doppelt so lang. Aber er hat das gemacht, weil er sagte: Nur das ist die ehrliche Art, einen Cotton-Fall zu schildern. Dieser Stil gab den Romanen natürlich eine besondere Dramatik.«

Rainer Delfs, seit 1986 Chefredakteur des Verlagsbereichs BASTEI-Spannungsromane, schildert den Cotton-Erfinder als Menschen, der sich für relativ unbedeutend hält und die Öffentlichkeit scheut. »Einmal hat er mir gesagt, er habe ein großes Faible für das Kabarett. Er hat auch Texte geschrieben und an Jürgen Becker geschickt, aber die sind nie benutzt oder veröffentlicht worden. Er sagt, für einen schönen Kabarett-Text würde er seine ganze Cotton-Karriere hergeben.«

Diese unerfüllte Liebe hat ihn während seiner ganzen Schriftsteller-Existenz begleitet, und er hat immer wieder mal versucht, die literarische Geliebte zu erobern. Gelungen ist es ihm nie. Nun, dieser Zug ist glücklicherweise abgefahren, und Jerry Cotton immerhin hat Karriere gemacht und seinem Schöpfer die Gelegenheit verschafft, ein wenig Ironie und Satire in seine Krimi-Geschichten zu schmuggeln. Wenn Gangster eine Milliarde Euro rauben, druckfrisch und noch auf Paletten verpackt, und ausgerechnet unter Müll, Abfall und Schrott verbergen, weiß jeder, der täglich vom Verfall der Währung in aller Welt liest und hört, was gemeint ist.

Ein Buch zum Cotton-Jubiläum jedoch kann es dem Mann, der Jerry Cotton erfand, nicht ersparen, ein paar Seiten lang im Mittelpunkt zu stehen. Der Respekt vor seinem Wunsch nach Anonymität gebietet es allerdings, seinen Namen auch hier zu verschweigen.

Es ist übrigens nichts dran an dem Gerücht, dass sich seine ersten Co-Autoren dem Pseudonym Jerry Cotton unterwerfen mussten, weil er selbst nicht aus der Anonymität treten wollte. Rainer Delfs bestätigt, dass die Serie von Anfang an auf Autoren-anonymität angelegt war: »Das war Verlagspolitik. Damals gab es ja noch viel Konkurrenz. Die Verlage jagten sich gegenseitig die Autoren ab. Der Verleger sagte immer: ›Achtet darauf, dass unsere Autoren nicht bekannt werden!‹ Wenn der Verleger auf einem Manuskript, das unterwegs in die Druckerei war, den Namen des Autors entdeckte, wurde er fuchsteufelswild. Wir mussten den Stempel oder den Namen des Autors immer einschwärzen, damit niemand in der Druckerei seinen Namen erfuhr.«

Die Idee, den G-man aus Manhattan seine Fälle höchstpersönlich berichten zu lassen, trug wohl erheblich zu der Flut von Leserbriefen bei, die seinerzeit die Poststelle des FBI-Hauptquartiers überschwemmte. Und als ob die Ich-Perspektive jener Geschichten nicht ausgereicht hätte, den Lesern Authentizität zu suggerieren, gingen der Serien-Erfinder und Höber noch weiter: Mitten im Text ihres Krimis sprachen sie ihre Leser direkt an. Im Originaltext von 1956 liest sich das so:

Nein, ich hatte keine gute Laune, und zum ersten Male, seit ich Beamter des FBI bin, war ich meinem Chef, Mr. High, ein wenig böse ob des Jobs, auf den er Phil und mich angesetzt hatte. Hören Sie, ich habe Mörder, Falschmünzer, Bankräuber, Goldmacher, Erpresser und gemeingefährliche Verrückte gejagt. Ich bin für den FBI durch die Urwälder des Amazonas gekrochen und habe mir für ihn die Nasenspitze in Kanadas Winter anfrieren lassen. Alles schön und gut, und ich hab's gerne gemacht, aber dieser Job hier, nein, der gefiel mir nicht.[3]

Jerrys Befremden entzündet sich daran, dass sein Chef, John D. High, ihn und Phil beauftragt hat, eine mysteriöse Selbstmordserie unter die Lupe zu nehmen. Und weiter im Text heißt es:

Lesen Sie bitte in der Statistik nach, wie viele Morde in New York täglich passieren. Es sind nicht wenige. Selbstmorde kommen noch häufiger vor, und die Gründe, warum es den Leuten in dieser Welt, die ich soweit, bis auf die Gangster darin, ganz prima finde, nicht mehr gefiel, reichen von dem Griff in die Portokasse bis zum abschlägigen Bescheid einer Dame.

Sagen Sie selber, was gehen mich Selbstmorde an? Wer freiwillig abtritt, dem kann auch der FBI nicht mehr helfen, und der einzige, der an einer solchen Gewalttat Schuld trägt, ist jenseits aller irdischen Gerechtigkeit.

Zum Teufel, was gehen mich Selbstmörder an. Ich bin für Mörder da! (...)

Ich werde es Ihnen erzählen müssen, warum es Mr. High so komisch vorkam, daß fünf Leute in einem Zeitraum von kaum drei Monaten Selbstmord begingen. (Zu Ihrer Information: Im gleichen Zeitraum starben in New York sechshundertdreiundvierzig Leute von eigener Hand, aber nur bei fünf von ihnen kam es dem Chef seltsam vor.)[4]

So beginnt ein früher »G-man Jerry Cotton« aus der Schreibmaschine des Erfinders. Ähnlich, wenn auch dezenter, Heinz Werner Höber. In seinem achten Cotton-Roman – dem dritten in der damals neuen Serie »G-man Jerry Cotton« – schildert er, wie Jerry, Phil und ihr Chef, John D. High, auf einer Veranda eine Leiche finden. Noch einmal Originalton aus dem Jahre 1956:

Ich bückte mich und sah mir die Einschußstelle an. Sie lag genau oberhalb des Herzens. Er mußte sofort tot gewesen sein. Ich richtete mich auf und sah nach der Waffe, die dicht neben ihm lag. Sie dürfen mir glauben, daß ich mich nicht gerade wohl fühlte.[5]

Und ein paar Abschnitte weiter lässt uns Höber am inneren Monolog seines Cottons angesichts der Leiche teilhaben:

34

Da plagt sich einer ein Leben lang ab, versucht ein anständiger Kerl zu werden und dann zu bleiben, und da kommt irgendwann einmal dieses ausgekochte Leben, Schicksal oder wie Sie's sonst nennen wollen, und stellt ihm ein Bein, daß er einfach drüber stolpern mußte. Ergebnis? Eine Blutlache.[6]

Damit nicht genug. Es gibt Romane, in denen Autoren ihre Cotton-Figur über die Ich-Perspektive und die direkte Leseransprache hinaus ganz unverblümt als Verfasser des vorliegenden Textes vorstellen. Ein Beispiel aus dem Jahr 1967 ist der Roman, der als »G-man Jerry Cotton« Band 500 unter dem Titel »Sterben will ich in New York« erschien: Jerry und Phil haben den rätselhaften Zusammenhang zwischen einem Mädchenhändlerring und einem Triebtäter geklärt. Der Fall ist gelöst, die Verbrecher tot oder gefasst und eine junge Reporterin der »Bronx Night Revue« namens Jane, eine der Hauptfiguren des Romans, ist in letzter Minute gerettet worden. Helen, die Chefsekretärin, beargwöhnt Jane eifersüchtig, denn beide schwärmen für Jerry. Die Schlussszene nun spielt in John D. Highs Büro im Federal Building. Der FBI-Chef von New York wendet sich ein letztes Mal an Jerry Cotton, und der Leser wird Zeuge eines denkwürdigen Dialogs:

»Unter welcher Überschrift werden Sie über diesen Fall berichten, Jerry?«

»Darüber habe ich noch nicht nachgedacht, Chef. Vielleicht – ja, jetzt fällt es mir ein: ›Sterben will ich in New York‹.« (...)

Jane war aus ihrem Sessel hochgefahren. »He, soll das heißen, daß Sie einen Bericht über diesen Fall veröffentlichen wollen? Das ist mein Job, denke ich!«

»Er berichtet über alle seine Fälle«, wurde sie von Helen aufgeklärt. »Seine Berichte sind große Erfolge«, setzte sie spitz hinzu.

Jane schüttelte die blonde Mähne. »Jeder soll bei seinen Leisten bleiben. Aber solange Sie nicht mein Konkurrent werden…«[7]

Ein weiteres Beispiel aus einem Jerry-Cotton-Roman, der 1956 erschien, treibt das Spiel mit Jerrys Urheberrecht auf die Spitze. In dieser Geschichte gelingt es dem Hauptschurken, seine Verfolger Cotton und Decker gründlich und fast bis zum Schluss hinters Licht zu führen. Auf der vorletzten Seite stellen ihn die G-men zwar dennoch, aber ihr Image hat Blessuren davongetragen, und sie müssen sich ein paar selbstkritische Fragen stellen. In der letzten Romanszene resümieren Decker und Cotton den Fall. Sie sind sich einig, dass der Gangster sie lange Zeit gehörig täuschen konnte. Und Phil Decker sagt:

»Wenn ich es mir jetzt so überlege, kann ich überhaupt nicht verstehen, daß wir so vertrauensselig waren.«

»Er war eben geschickt«, gab ich zur Antwort. »So geschickt, daß wir uns lange genug gründlich blamiert haben.«

Phil trank sein Glas leer.

»Weißt du, Jerry«, sagte er langsam. »Eigentlich brauchst du diese Geschichte nicht zu schreiben. Ein Lorbeerblatt fällt dabei für uns nicht ab.«

»No«, antwortete ich, »sie ist passiert, also wird sie erzählt, und zwar so, wie sie passiert ist: ohne Rücksicht auf Gewürzblätter«.[8]

Ahnen wir nach solchen Texten, warum Cotton-Leser – den zusammengerollten Heftroman womöglich noch in der Jackentasche – die Auslandsauskunft oder das amerikanische Konsulat anriefen und sich nach der Adresse des FBI und ihres Romanhelden erkundigten? Oder im Bastei Verlag nachfragten, wie alt Jerry Cotton denn sei und wo er wohne?

Vielleicht trug der Roman in der Jackentasche in dem einen oder anderen Fall solcher Bemühungen den Titel »Schüsse aus dem Geigenkasten«. Für diesen Roman hatte sich die Redaktion damals den Untertitel einfallen lassen »Ein Cotton-Bericht, der in Atem hält«.[9] Und als solchen mag manch ein Leser diesen und viele andere Romane auch verstanden haben – als Bericht.

Cotton ging den Lesern von Anfang an unter die Haut, keine Frage. Auch abgesehen von den genannten erzählerischen und redaktionellen Kniffen, fand er mühelos den Weg in die Fantasie seiner Verehrer und von dort in ihr Herz. Ein Polizist mit Gemüt, jenseits aller Schießwut und abgebrühter Härte, die viele Detektivfiguren der Vierziger- und Fünfzigerjahre kennzeichneten. Ein Durchschnittsmensch von nebenan eben, sympathisch, umgänglich, mit kleinen Schwächen auf der einen und hartnäckig bis zur Selbstaufopferung auf der anderen Seite, wenn es darum geht, das Verbrechen zu bekämpfen und dessen Opfer zu beschützen und zu retten.

Wie kam Cottons Erfinder auf die Idee, einen G-man wie Jerry Cotton zu entwickeln? Unter welchen Umständen hauchte er ihm sein literarisches Leben ein?

Wir schreiben das Jahr 1953, vermutlich Juni oder Juli. Der relative Frieden dauert nun acht Jahre, die Bundesrepublik ist vier Jahre alt. »Drüben« haben sie vor ein paar Wochen den Arbeiteraufstand niedergeschlagen, irgendwo in Paris brütet Günter Grass über den ersten Notizen zu seiner »Blechtrommel«, und eine Schachtel »Player's« kostet etwas mehr als acht Pfennige.

Nicht mehr lange und die SPD wird ihre zweite Wahlschlappe einstecken müssen und Konrad Adenauer zum zweiten Mal zum Bundeskanzler gewählt. Für 125 Gramm Bohnenkaffee zahlt – wer kann – um die 3 Mark. Ein angelernter Arbeiter verdient im Schnitt 1,78 Mark brutto in der Stunde, eine Arbeiterin – gleichgültig ob angelernt oder vom Fach – 60 Pfennige weniger.

Der Fernseher hat seinen Siegeszug in die deutschen Wohnzimmer bereits angetreten; zum Weihnachtsfest 1952 ist die erste offizielle Sendung des Deutschen Fernsehens gelaufen, nur ein halbes Jahr her. Über 1000 Mark muss man für so ein Gerät hinlegen. Der Name Peter Frankenfeld ist schon nicht mehr ganz unbekannt. Bald werden er und sein berühmtes Karo-Sakko aus dem Showgeschäft des Deutschen Fernsehens nicht mehr wegzudenken sein.

Gerade ist Robert Musils »Der Mann ohne Eigenschaften« erschienen, und der Preis für Perlonstrümpfe – der neuste Schrei in der Damenwelt – wird noch ein paar Jahre lang relativ stabil bleiben, nicht ganz 200 Mark das Paar.

Seit ein paar Tagen haben sie auf den britischen Inseln übrigens eine neue Königin, Elisabeth II., und 500 Gramm Margarine wollen mit 56 Pfennigen bezahlt werden. Wenige Monate noch, dann wird der französische Maler Henri Matisse sterben und der amerikanische Düsenjäger Douglas B 558 II einen neuen Geschwindigkeitsrekord aufstellen: 2135 km pro Stunde.

Nicht zu vergessen das Symbol des Wirtschaftswunders: Der Volkswagen läuft und läuft. Und wer sich selbst nicht mehr erinnert, kann es in kulturgeschichtlichen Aufsätzen über die Kinderjahre unseres Landes nachlesen, so z.B. in dem Buch von F. Grube und G. Richter »Die Gründerjahre der Bundesrepublik«, erschienen 1981: Die Küche ist der Wohnmittelpunkt des Durchschnittsdeutschen. Dort kocht und isst man nicht nur, dort macht man auch Hausaufgaben, bügelt Wäsche, wickelt Babys, spielt Skat, schneidet Haare, badet, feiert und – schreibt Romane.

In einer dieser deutschen Küchen sitzt also im Sommer 1953 Cottons geistiger Vater vor seiner Schreibmaschine und bringt seine »Erfindung« zum ersten Mal zu Papier. In seinem Artikel »Ich erfand Jerry Cotton« aus dem 500. Cotton-Taschenbuch schreibt er:

»Erfindung« scheint mir ein zu gewichtiges Wort für jenen, nun ja, kreativen Akt an einem Küchentisch im Ruhrgebiet des Jahres 1953, an dem ich auf einer Vorkriegsschreibmaschine der Firma ›Bing‹, übrig gebliebener Besitz aus den Trümmern meines Elternhauses, den ersten Jerry-Cotton-Roman schrieb.

Zu dieser Zeit hatte ich schon ein Dutzend Heft-Krimis im englischen Whodunits-Genre[10] verfasst und dafür – großes Wunder – Geld bekommen, stolze Beträge zwischen 150 und 350 Mark. Keineswegs befand ich mich nach eigenem Verständnis auf den ersten Metern einer literarischen Karriere wie einige Schriftsteller, die so anfingen und sich zu auflagenschweren Bestsellerautoren entwickelten.

Wie viele andere mit dreißig Jahren gerade noch junge Männer hatte ich einen zeitgemäßen Lebenslauf hinter mir: unvollendete Ausbildung, verlorene Kriegsjahre und den Versuch, Versäumtes nachzuholen; in meinem Fall durch das Studium von Germanistik und Kunstgeschichte an der Friedrich-Schiller-Universität zu Jena. Das scheiterte nach einigen Semestern an den immer rigoroseren Restriktionen des (DDR-)Regimes.

Andere Aktivitäten nach der Währungsreform zur Befriedigung des als dringend empfundenen Bedürfnisses, mit dreißig an ein wenig irdisches Gut zu gelangen, brachten nur dürftige Resultate.

Mir machte sich das Wirtschaftswunder rar. So saß ich noch 1953 an jenem Küchentisch, hielt mich mit der Produktion britisch gefärbter Krimis über Wasser und schrieb schließlich Jerry Cotton.[11]

Der Urautor der Cotton-Serie, so erzählt der ehemalige Verlagsleiter Rolf Schmitz, habe seinen ersten Cotton-Roman als Persiflage auf die damals gängigen knallharten Kriminalromane aus den Vereinigten Staaten geschrieben: »Das fing bei dem Namen Jeremias Baumwolle an. Einem Jeremias Baumwolle traut man nicht unbedingt zu, der strahlende Krimi-Held für die nächsten fünfzig Jahre zu werden. Der Autor hatte nach dem Krieg alles, was es an amerikanischer Literatur gab, verschlungen. Und als er hundert Nick Carter, Mickey Spillane und Carter Brown gelesen hatte, da wird er dieser knallharten Krimis wahrscheinlich einmal überdrüssig geworden sein. Er wollte jenen amerikanischen Supermann nicht, der alles kann, für den es keine Situation gibt, aus der er sich nicht mit den Fäusten oder dem Schießeisen retten kann. Der Autor wollte beweisen, dass ein Krimi-Held auch ganz anders sein kann.«

Bei Jerry Cottons Erfinder liest sich die Entstehungsgeschichte allerdings anders und auch einfacher. Von vielen hundert mit Abscheu gelesenen Hard-boiled-Krimis amerikanischer Herkunft weiß er nichts. »Nach vielen britischen Inspektoren im kargen und auch kriegsgeschädigten England erträumte ich mir einen Helden im strahlenden, mächtigen Amerika und traf damit die heimliche Sehnsucht von Millionen im vom Krieg verwüsteten Deutschland«, so berichtet er. »Ich wählte einen Namen, mit dem sich ein Spielchen treiben lässt, wenn man für deutsche Leser schreibt, aber die Botschaft, die dieser Name vermittelte, lautet: Egal, wie du heißt, egal, wo du herkommst, du kannst es schaffen, und du kannst ein feiner Kerl sein.«

Der Jeremias des Cotton-Erfinders stammt aus der tiefsten Provinz, aus Harpers Village im US-Bundesstaat Connecticut. »Aus einem Dorf im Bayerischen Wald, würde man seine Geschichte auf deutsche Verhältnisse übertragen«, so Rolf Schmitz. In den Jugendcliquen von Harpers Village hat es der Einundzwanzigjährige schwer. Ein junger Bursche mit dem Namen Jeremias kommt nicht ungeschoren davon; jedenfalls auf dem Dorf nicht. So lernt Jeremias Cotton vor allem Durchsetzungsvermögen. Was bleibt, ist die Unzufriedenheit mit der Enge seines Geburtsortes. Doch wohin soll er gehen?

An meinem einundzwanzigsten Geburtstag legte mein Vater mir die Hand auf die Schulter und sagte:

»Jeremias, du bist nun einundzwanzig Jahre alt. Ich finde, du bist zu schade, um in Harpers Village zu versauern. Du hast ausgezeichnete Muskeln und keinen dummen Kopf. Hier sind einhundert Dollar. Nimm sie, mein Sohn, und mache damit in New York dein Glück.«

Dad war immer ein feiner Kerl. Wäre es nach ihm gegangen, hätte ich in der Taufe niemals den Namen Jeremias erhalten, aber leider kam er gegen Tante Henny nicht auf, weil sie das reichste Mitglied der Familie und er nur ein armer Farmer war.

Ich fühlte mich sehr gerührt und mußte schlucken, bevor ich »o.k., Dad« sagen konnte.

Mammy schluchzte, als sie am anderen Morgen die Stullen für mich machte, und Dad drückte mir männlich die Hand, aber eine Träne kullerte ihm doch in seinen zerrupften Bart.

»Viel Glück!«, schrien mir beide nach, und ich winkte aus dem Fenster, bis ich sie nicht mehr erkennen konnte.[12]

Sechzehn Jahre später, im Band 1 der 3. Auflage von »Jerry Cotton«, schildert Cottons Schöpfer die Geschichte etwas anders, und der erste Cotton-Roman erscheint auch nicht mehr unter dem ursprünglichen Titel »Ich suchte den Gangster-Chef«, sondern als »Mein erster Fall beim FBI«. Jerry Cotton hat sich inzwischen bei den Lesern als harter, unerbittlicher Kämpfer für Recht und Gerechtigkeit etabliert, und offenbar passte ein Gespräch mit »Mammy und Dad« nicht mehr in das Bild, das die Krimifans inzwischen von dem »tough guy« Jerry Cotton hatten. Deshalb wohl wurde die Rolle seines Vaters und seiner Mutter dem Dorfschmied John oder Jo Callahan zugeschrieben. Der Prolog des Romans wurde aber auch ausgebaut und erweitert, um die Situation des jungen Jerry Cotton deutlicher zu machen, in der er in Harpers Village steckt:

Ich saß damals viel bei dem alten John Callahan vor seiner Werkstatt. John war ein gelernter Schmied. Im Grunde genommen wartete er darauf, daß noch einmal ein Pferd vorbeikäme, das er beschlagen könnte, obwohl er über das Tor seiner Werkstatt ein Schild mit der Aufschrift ›Traktoren-Schnelldienst‹ gehängt hatte. Da die Farmer wußten, daß Callahan von Pferden alles und von Traktoren nichts verstand, hatte der alte Jo immer viel Zeit, sich mit mir zu unterhalten und sich die Klagen über meine Schwierigkeiten anzuhören.

»Die Leute hier sind Durchschnitt«, sagte er dann. »Gute Leute, alle sehr ehrenwert, aber Durchschnitt. Aus diesem Grunde mögen sie dich nicht, Jeremias. Sie wittern, daß mit dir mehr los ist.«

Ich lachte ihn aus. »Mit mir ist nicht mehr los als mit jedem anderen in Harpers Village. Auch ich bin Durchschnitt, Jo!«

Er schüttelte den Kopf und kratzte sich die weißen Bartstoppeln. »In diesem Nest kommen deine Fähigkeiten einfach nicht zur Geltung, mein Junge. Du bist zu schade, um in Harpers Village zu versauern. Du hast ausgezeichnete Muskeln und keinen dummen Kopf. Du hast nur noch nicht genug gesehen und erfahren. Warum gehst du nicht nach New York?«

Ich schüttelte den Kopf. »Meine Familie sitzt seit hundert Jahren in Harpers Village. Was soll ich in New York?«

Er knurrte: »Überdurchschnittlich werden.« Ich lachte, aber eines Tages hatte er mich so weit. Ich kratzte zusammen, was ich besaß, und fuhr nach New York.[13]

Ein Antiheld, ein Gegenbild zu den Klischeefiguren der damals aktuellen amerikanischen Krimiliteratur. Kein zynischer Privatdetektiv, der sich, von Melancholie und Weltverdruss geplagt, in seinem verrauchten Büro zwei, drei Whisky zu viel zur Brust nimmt, während er in Gedanken die blonde Klientin auf der anderen Schreibtischseite verwünscht, weil ihr Auftrag nichts als Scherereien einbringen wird.

Kein abgebrühter Cop, der seiner Welt schon viel zu tief in die Augen geschaut hat, um noch einen Menschen hinter der Verbrechervisage sehen zu können oder zu wollen, geschweige denn einen guten Kern oder Ähnliches.

Nein, für den Jungen aus Harpers Village werden die Karten gerade erst gemischt. Alles ist noch möglich, Neugier und Abenteuergeist sind angesagt – vielleicht springt ja etwas Überdurchschnittliches dabei heraus.

Die uralten Märchenmotive fallen ins Auge: Der lebenserfahrene Callahan – der Weise aus den Märchen – hat schon so viele Jahre auf dem Buckel, dass sein Handwerk kaum noch gebraucht wird. Ein Mann aus der guten alten Zeit. Einer, der mehr sieht als die anderen. Und der Junge, der das Leben noch vor sich hat – in den Märchen muss dieser Typus allerhand Prüfungen bestehen, um die Prinzessin, das Königreich oder den Schatz, mit anderen Worten: sein Glück, zu erobern. Der alte Weise kitzelt die schlummernden Kräfte in ihm hervor, und der Junge zieht aus, um…

Nein, nicht um das Fürchten zu lernen, sondern um sich seinen Platz in der Welt zu erobern. In diesem modernen Märchen einen Platz im Federal Building, Manhattan Süd. Und in den Herzen seiner Leser.

Nach solchen Motiven muss ein Autor nicht lange suchen, wenn er so eine Geschichte schreibt, sie gehören zu dem Traditionsschatz, der in allen Mitteleuropäern lebt. Einem Schriftsteller fließen sie mitunter wie von selbst aufs Papier.

Trotzdem sollte man sich immer auch vor Augen halten, von wo aus und vor allem von wem die Figur des Jeremias Cotton von Harpers Village auf den Weg nach New York geschickt wurde: Vom Deutschland der Nachkriegszeit aus, von einem ruinierten Land aus, und zwar im buchstäblichen wie auch im übertragenen Sinne ruiniert. Und von einem Vertreter jener Generation, deren junge Männer ungefähr so alt waren wie

Jeremias Cotton, als ihre Jugend jäh endete und ihre Zukunft zerbrach.

Der junge Cotton in New York City also eine Art tröstende Illusion? Seine Abenteuer und seine bestandenen Bewährungsproben in Manhattan Süd als fantasierter und trivialer Ersatz für eigene Lebenszeit, die unwiederbringlich verloren war? Falsch. Der junge Cotton als Symbolfigur des Aufbruchs. »Versuch es«, raunt eine weise, uralte Stimme. »Das Glück ist noch zu haben. Kratz zusammen, was dir geblieben ist, und fang neu an.«

Damit kein Missverständnis aufkommt: Ich spreche nicht vom persönlichen Ideal eines einzelnen Autors, der um seine Existenz kämpfen musste, ich spreche von einer Sehnsucht, die Anfang der Fünfzigerjahre in der Luft lag. Die Mehrheit der Deutschen kämpfte um ihre Existenz. Die große Masse leckte ihre Wunden und begann wieder nach vorn zu schauen und mehr oder weniger zuversichtlich an eine Zukunft zu glauben.

Sicher lag auch ganz anderes in der Luft: Bitterkeit, Enttäuschung, Angst. Aber eben auch jene Ahnung: Das Glück ist noch zu haben. Kratz zusammen, was dir geblieben ist, und fang neu an. Gute Schriftsteller spüren, was in der Luft liegt, gestalten es zu Texten, Filmen oder Bühnenstücken, sprechen es jedenfalls auf die ihnen gegebene Weise aus.

Jeremias Cotton musste fast zwangsläufig in irgendeiner Form in Erscheinung treten. Er lag ja in der Luft – und sein Schöpfer griff zu. Insofern ist »G-man Jerry Cotton« eine im positiven Sinn typische Romanfigur der bundesrepublikanischen Gründerzeit. Kein Wunder, dass er zur Kultfigur wurde.

Warum aber New York und nicht das als Verbrechensschauplatz so traditionsreiche London? Wenn der Cotton-Vater heute, aus der Distanz von fast fünfzig Jahren, über die Wahl seiner Figur und vor allem über den Schauplatz nachdenkt, auf dem sie sich bewähren musste, schreibt er:

44

Warum kam mir nach den Scotland-Yard-Inspektoren ein amerikanischer G-man in den Sinn?

Ach, Amerika!

Heute scheint niemand mehr zu wissen, welche Gloriole den Begriff damals umstrahlte, genährt von einer Fantasie der Sehnsucht, die genährt wurde von der Realität des Mangels.

Trümmerlose Riesenstädte, funktionierende Bahnen, Ströme von Autos, überquellende Kühl- und Kleiderschränke, Nächte, taghell vom Funkeln der Lichtreklamen… und ein einziger Dollar hatte den Wert von mehr als vier der doch so raren Deutschen Mark.

Noch war die Lektion nicht vergessen, die Amerika – die USA – uns erteilt hatte durch die Übermacht seines Materials, die kaum angerauchten Zigaretten, die seine Soldaten lässig wegschnippten, durch Care-Pakete und Marshall-Pläne. Noch hatten wir das Dröhnen der »Rosinenbomber« im Ohr, mit denen der große Bruder, der seine Freunde nicht im Stich ließ, das eingeschlossene Berlin versorgte.

Damals wünschten sich die weitaus meisten Deutschen Verbindung, Berührung und am liebsten Umarmung mit Amerika; nicht ohne den Hintergedanken, dass für den etwas abfällt, der sich am Reichtum scheuert.

Amerika war »in« – »super-extra-mega-in«.

Darum statt London New York und der FBI-Agent statt des britischen Inspektors.

Wie fand ich den Namen?

»Cotton« – das klang und klingt in deutschen Ohren hart und männlich, aber »Baumwolle«, die deutsche Bedeutung, ist ein »weicher« Begriff. Zudem interpretierte ich ›Jerry‹ als Verkürzung von »Jeremias« und erlaubte mir Scherzchen mit dem vollen Namen und seiner deutschen Entsprechung. Dass eine Jerry-Cotton-Geschichte ins Englische übersetzt werden könnte, war nicht vorgesehen. Es ist auch nie eingetreten.

Ich bediente deutsche Träume von Amerika. Vom Teller-wäscher zum Millionär – vom Türsteher zum FBI-Agenten.

1953 lag Amerika noch wirklich weit weg. War überhaupt jemand aus Trümmer-Deutschland schon drüben gewesen? Einige Zigtausend Kriegsgefangene, gewiss, aber ein Lager ist nicht das Land, in dem es liegt, und die Erzählungen vom Weiß-brot als Gefangenenkost bestärkten nur den Glauben an gren-zenlosen Überfluss.

Kein Zweifel, dass meine deutsche Sicht auf Amerika in die Gestalt Jerry Cotton einfloss. Seinem Freund Phil gab ich gleich den deutschen Namen Decker, und den Chef John D. High zu nennen war umweglose Spekulation auf die allerbescheidensten Englisch-Kenntnisse des möglichen Lesers.

Meines Wissens gab es in jenen Jahren keinen Heftroman, der in der ersten Person Singular als Bericht des Helden erzählt wurde. Ich erinnere mich nicht, ob ich damals schon Chandler, Cain oder Hammett kannte, aber den Ich-besessenen Großfabu-lierer Karl May, alias Old Shatterhand, alias Kara ben Nemsi hatte ich als Junge bändeweise verschlungen. Ich wählte diese Erzählform für meinen Jerry Cotton, allerdings ohne jene Identi-tätssucht, der Karl May mit jedem Erfolg seiner Gestalten stär-ker zum Opfer fiel.

In Ich-Geschichten schwindet die Kluft zwischen Erzähler und Leser. Es scheint keinen Autor zu geben, der sich etwas aus den Fingern gesaugt hat, sondern allein den berichtenden Hel-den, der im Unterton der Vertraulichkeit den Leser wissen lässt, was er – der Held – erlebt, gefühlt und vollbracht hat.

Und haben die Leser sich entschlossen – aus welchen Grün-den auch immer –, den Burschen zu mögen, der so freundschaft-lich und offen zu ihnen ist, fast mit ihnen spricht, spielen Wahr-heitsgehalt, Detailgenauigkeit und andere Nebensächlichkeiten keine Rolle mehr. Sie glauben ihm.

Ich schrieb meinen ersten Jerry-Cotton-Roman.

Mein Whodunit-Verlag lehnte ab und wünschte weiterhin
»Britisches«.[14]

Wir sind immer noch am Anfang des »ersten Kapitels einer Erfolgsgeschichte«, wie der Cotton-Vater schreibt. Wenn bisher in erster Linie von dem Mann die Rede war, der Jerry Cotton erfand, so betritt nun der Mann die Bühne, der ihn entdeckte – der Verleger Gustav H. Lübbe. Cottons Schöpfer erinnert sich:

Ich muss zu jener Zeit in Kreisen von Heftroman-Verlegern einen gewissen Ruf gehabt haben, ohne das selbst zu realisieren. Immer wieder einmal wurde ich angeschrieben, auch besucht und aufgefordert, für einen meist frisch gegründeten Verlag zu schreiben. An einem Tag des Jahres 1953 kam der Jungverleger Gustav Lübbe in meine Wohnküche, um über meine Mitarbeit an seinen zwei Serien zu verhandeln.

Im Abstand von fünfzig Jahren, in Kenntnis all dessen, was aus dem Mann und seinem Unternehmen geworden ist, fällt es mir schwer, dem Gustav Lübbe von 1953 gerecht zu werden.

Uns trennten nur vier Lebensjahre. Erfahrungen der NS-, der Kriegs- und Nachkriegszeit, auch unterschiedliche, hatten wir auf komplexe Weise gemein.

Nach dem Krieg hatten wir dieses und jenes versucht, er mit mehr Erfolg als ich, und wir steckten beide in einer wirtschaftlich äußerst unbefriedigenden Lage, nachgerade einer Notlage.

Ich versprach Gustav Lübbe, für ihn zu schreiben, und gab ihm das Manuskript des Jerry-Cotton-Romans mit, dreißig Seiten, einzeilig, auf Durchschlagpapier.

Den Originalbrief vom 2.9.1953, in dem er mir mitteilt, dass er einen meiner Krimis ankauft und bereit sei, in seiner Bastei-Krimi-Reihe alle sechs Wochen einen Jerry-Cotton-Roman zu bringen, gab ich ihm anlässlich seines 75. Geburtstags schön eingerahmt zurück. Der Brief endet mit dem nach Stoßseufzer klingenden Satz: Hoffentlich gelingt auch das G-man-Experiment.

Ein knappes Dutzend Jerry-Cotton-Geschichten später bot sich mir die Chance des Absprungs in die Welt der zwölf Gehälter pro Jahr, der Weihnachtsgratifikationen und bezahlten Urlaubswochen. Damit war meine Laufbahn als Autor eigentlich obsolet.

Aber es war nie leicht, Gustav Lübbes hartnäckigem Charme zu entkommen. Gerade hatte er die erste Erweiterung seines Verlagsprogramms mit Jerry Cotton als eigener Serie beschlossen. Wenigstens noch einmal zehn Cotton-Romane sollte ich zum Serienstart schreiben. Ich tat es.

Fünfzig Jahre Erfolgsgeschichte nahmen ihren Lauf.[15]

Eine Erfolgsgeschichte, wie sie sich wohl keiner der beiden Männer hätte träumen lassen.

Ende Februar des Jahres 1954 erschien in der Reihe »Bastei-Kriminal-Roman« der Band 67 mit dem Titel »Der Teufel von Arreau« von Günther Hein, eines der vielen Pseudonyme des späteren Bestsellerautors Heinz Günther, bekannt geworden unter seinem Pseudonym Heinz G. Konsalik. »Ein Tatsachenroman von Günther Hein«, so las der Krimifan auf dem Cover. Die Suggestion von Authentizität schien also schon vor Jerry Cotton ein Markenzeichen von »Bastei-Kriminal-Roman« gewesen zu sein.

Im so genannten Filmteil fand der Leser eine Seite über den damals wohl populärsten deutschen Schauspieler: Heinz Rühmann. Und selbstverständlich ein Foto des Filmstars. Und als er nach der Schluss-Szene des Romans allmählich wieder aus der Fantasiewelt auftauchte, las der Krimifan auf der letzten Innenseite die Vorankündigung für den nächsten Roman:

Im BASTEI-Kriminal-Roman erscheinen demnächst die
Romane des
G-man Jerry Cotton.

Die Veröffentlichungen dieses Mannes sind eine Sensation,
weil sie einen echten Einblick geben in die harten Kämpfe der
G-men gegen die Gangster in den USA.

Und darunter wird der neue Stern am Himmel der deutschen Kriminalliteratur folgendermaßen vorgestellt:

G-man Jerry Cotton   *ist der mutigste Mann in den Staaten*
G-man Jerry Cotton   *hat die Kräfte eines Löwen, das Herz eines Kindes und den Verstand eines vernünftigen Mannes*
G-man Jerry Cotton   *geht die Gerechtigkeit über alles*
G-man Jerry Cotton   *besteht die waghalsigsten Einsätze gegen das Gangstertum*
G-man Jerry Cotton   *gewinnt mit seinem Roman Zehntausende von Freunden*
G-man Jerry Cotton   *schreibt über seine Gefechte mit den Gangstern nur für die BASTEI-Kriminal-Romane*

Er »gewinnt mit seinem Roman Zehntausende von Freunden« – wohlgemerkt: Februar 1954. Noch kein Wort aus der Feder des G-man ist veröffentlicht! Die aus Zweckoptimismus geborene Zeile eines Werbetextes – man kann davon ausgehen, dass sie von Gustav Lübbe persönlich stammte – liest sich aus dem Abstand von fünfzig Jahren wie Wahrsagerei.

Im März 1954 erschien er dann, als »Bastei-Kriminal-Roman« Band 68: der erste Cotton. Und als Autoren-Nennung ist angegeben: »Von G-man Jerry Cotton«. Und so beginnt er:

Heute nennen mich meine Freunde wenigstens Jerry, aber früher riefen mich alle bei meinem vollen Namen: Jeremias. Schon als ich noch in Harpers Village im Staate Connecticut in die Dorf- schule ging, zogen mich meine Kameraden mit diesem Namen auf, denn zu allem Unglück heiße ich auch noch Cotton, und das bedeutet Baumwolle.

Nie habe ich einen Menschen mehr gehaßt als meine Paten- tante Henny. Sie war es, die mir diesen scheußlichen Namen ver- paßte...[16]

Heißes Blei
für einen G-man
Teil 2

»… weil sie einer Sekte angehörte und Jeremias ihr Lieb-
lingsprophet ist…«[17]

Der Mann neben mir auf dem Fahrersitz war ins Plau-
dern gekommen, erzählte von seinem Heimatort in Connecticut, wo ihn die Gleichaltrigen ausgegrenzt und wegen
seines biblischen Namens verulkt hatten. Er erzählte von
dem alten Schmied John Callahan, der ihm geraten hatte,
sein Glück in New York zu versuchen. Oder war es sein
Vater gewesen? Der Mann auf dem Fahrersitz neben mir
konnte sich nicht mehr ganz genau erinnern, zu weit lagen
die Ereignisse zurück.

Und er erzählte von seinem Aufbruch in die gelobte Stadt.

»Und dann im Grand Central Terminal…« Er schüttelte
den Kopf, während er in der Erinnerung schwelgte. »Der
Strom der Fahrgäste schwemmte mich in die riesige Halle
und gleich wieder hinaus auf den Vorplatz, und nun stand
ich, ohne einen Menschen zu kennen, im riesigen New York.
Ich stand einfach nur da, starrte entsetzt und fasziniert zugleich in das Verkehrsgewühl und wusste nicht, was ich tun
sollte.« Er lachte und schlug mit der Rechten aufs Steuer-
rad. »Das müssen Sie sich mal vorstellen!«

Er lachte amüsiert auf, der berühmte FBI-Mann, keine Spur von Schrecken in seinen Gesichtszügen. Nichts, was auf die kaum zwei Stunden zurückliegende lebensbedrohliche Situation schließen ließ. Keine Anspannung, nichts. Perlt so was einfach so ab an Kerlen wie diesem Cotton? Ist dies das täglich Brot für FBI-Agenten?

Den angeschossenen Ledermann hatten sie übrigens in eine Klinik gebracht. Den OP-Raum, in dem sie ihm den Arm zusammenflickten, und später sein Krankenhauszimmer würden Cops bewachen, so hatte Cotton mir erzählt. Von meinem Messerhelden, den beiden Schlabberhosenknaben und der Frau fehlte jede Spur.

Auf der Baxter Street fuhren wir am Columbus Park entlang Richtung Süden. Ich zwang mich zu einem Lächeln, als mich Cotton von der Seite ansah und immer noch über den jungen Provinzler lachte, der vor Jahren in New York City ankam und nicht wusste, wie er die Straße heil überqueren sollte. Aber mir war nicht nach Lachen, mir steckte der Schock noch in allen Knochen.

Ich hätte ja dankbar sein können, dass er so offenherzig berichtete. Mit der Hoffnung, ihn zum Reden zu bringen, hatte ich mich schließlich mit ihm verabredet. Doch dankbar stimmte mich einzig und allein der kaum fassbare Umstand, noch am Leben zu sein. Und Cotton neben mir unverletzt am Steuer seines Jaguar zu sehen.

Ich war immer noch ergriffen von der schrecklichen Erinnerung: die *Gangsta*, die Klinge an meinem Hals, der Lederne und seine MPi. Und natürlich die Frau in der Menge, die Schweizerin, die mich in die Falle gelockt hatte. Je öfter ich an sie dachte, desto deutlicher spürte ich einen heißen Knoten in meinem Bauch anschwellen: Wut.

»Die ersten vier Manhatties, mit denen ich damals sprach, waren zur einen Hälfte Schurken und zur anderen

Hälfte Cops, ob Sie es glauben oder nicht!« Wieder lachte Cotton. »Ein Omen, ein Vorzeichen für alles, was mich im Big Apple erwarten sollte...«

Der Blechstrom auf der Einbahnstraße wurde dichter, der Jaguar rollte nur noch. Rushhour in Manhattan. Zur Rechten schob sich ein tempelartiges Gebäude in mein Blickfeld, schiefergraue, glitzernde Fassade, zwei Türme. Das *Criminal Courts Building*. Auf der Abbildung im Reiseführer sah es eleganter aus.

Mir war schlecht, und ich konnte mich kaum auf Cottons Erzählung konzentrieren. Wenn wenigstens mein Diktiergerät noch funktioniert hätte! Zum ersten Mal in meinem Leben saß ich in einem Jaguar XKR und konnte es nicht einmal genießen. Auch dass ich in absehbarer Zeit Cottons Partner und besten Freund kennen lernen sollte, konnte meine Stimmung nicht heben. Ja, wir waren unterwegs zu Phil Decker. Er lag in irgendeiner Klinik in Lower Manhattan. Schussverletzung. Na, wenn das nicht passte. Zum hundertsten Mal tastete ich Brust und Bauch ab. Nichts.

»Der erste Cop schickte mich in den Central Park. Er sagte zu mir: ›Ein idyllisches Plätzchen. Wird Sie direkt an Ihre Heimat erinnern. Dort finden Sie bestimmt eine freie Bank. Lassen Sie sich darauf nieder, und denken Sie in Ruhe darüber nach, was Sie als Nächstes machen wollen. Auf diese Art ist Ihnen geholfen, und mir halten Sie hier nicht den Verkehr auf.‹« Erneut lachte Cotton amüsiert auf. »Und als ich im Park auf einer Bank saß und mein Bargeld zählte, tauchte auch schon der erste Gauner auf.«

Der Stau schien Cotton nicht aus der Ruhe zu bringen. Entspannt lag er in seinem Schalensitz, spielte mit Gaspedal und Schaltung und erzählte.

»Überredete mich zum Zocken, das Schlitzohr. Du nennst deinen Einsatz, wirfst einen Quarter und rätst, wie er fällt,

Adler oder Zahl.« Ein Quarter – das ist eine 25-Cent-Münze, wie ich wusste. Cotton winkte ab. »Lange Rede, kurzer Sinn: 57 Dollar und 40 Cent hatte ich noch, als ich im Park ankam und den Kerl traf, und 10 Dollar, als ich ihn endlich durchschaute. Ich wollte ihn mir schnappen, aber der Bursche konnte rennen wie Carl Lewis. Ich hinterher, raus aus dem Park und über die Straße. Die Fußgängerampel schaltete gerade auf Rot, ich hör das Hupkonzert noch heute. Tja, und dann der zweite Cop: Er zückte seinen Quittungsblock und wollte fünf Dollar, weil ich bei Rot die Straße überquert hatte.«

Diesmal lachte auch ich. Vielleicht würde mich seine Heiterkeit ja doch noch auf andere Gedanken bringen. Ich zog den guten, alten Notizblock aus der Hemdtasche. Zum Glück war er trocken geblieben, als ich auf dem nassen Pflaster gelegen hatte. In den Jackentaschen kramte ich nach einem Stift. Beiläufig registrierte ich etwas, das da nicht hingehörte, etwas Kleines, Metallenes. Ich ließ es sofort wieder los und zog nur den Stift aus der Tasche. Cotton und sein Schwank aus Jugendzeiten hatten jetzt meine ungeteilte Aufmerksamkeit.

»Unter uns«, sagte Cotton und senkte die Stimme, »bis dahin kannte ich Ampeln nur aus dem Fernsehen. Bei uns in Harpers Village, Connecticut, gab 's so was damals noch nicht.«

Er setzte den Blinker und bog rechts in die Worth Street ein. Erstaunlich viel Grün sah ich, und wieder so einen Tempel, diesmal in Weiß und lang nicht so hoch wie der babylonische gerade eben. Trapezförmig war das wuchtige Gebäude; mit seinen korinthischen Säulen und der großen Freitreppe erinnerte es mich an die Art römischer Kaiserpaläste, die man aus Filmen wie »Ben Hur« oder »Quo vadis?« kennt.

»Das New York County Courthouse«, erklärte Cotton, der meinen neugierigen Blick bemerkte.

»Bei euch sehen die Justizgebäude aus wie Tempel und Paläste«, sagte ich.

»Bei euch nicht?«

»Nein. Bei uns sehen nur die Banken aus wie Tempel und Paläste.«

Er grinste. Regentropfen klatschten auf die Frontscheibe, Cotton schaltete die Scheibenwischer ein. Die Blechschlange entschied sich, ein wenig schneller zu kriechen.

»Ich musste die fünf Dollar nicht selbst bezahlen, übrigens.« Cotton nahm den Faden seiner Erzählung wieder auf. »Ein Passant tat es für mich. Er war der vierte Manhattie, mit dem ich es zu tun bekam, und der zweite Ganove. Aber das bekam ich erst später raus. Brerrik hieß der Kerl, schon der Name hätte mich stutzig machen sollen. Doch ich war einfach nur froh, fünf Dollar gespart zu haben, die Hälfte meines Vermögens, stellen Sie sich das vor. Außerdem gab Brerrik mir einen Job. Er besaß einen Nachtclub und brauchte einen Türsteher...«

Ein Blick auf die Borduhr – schon kurz vor halb sechs. Die abendliche Blechflut schob uns dem Palast des Bezirksgerichts entgegen. Ich stellte mir vor, wie sich ein armer Ladendieb fühlen musste, wenn sie ihn diese Prachttreppe hinauf in den Gerichtssaal brachten, und Cotton erzählte, auf welche Weise er seinen Lebensunterhalt während seiner ersten New-York-Wochen verdiente – als nächtlicher Türsteher in roter, goldbetresster Uniform, 70 Dollar die Woche plus Trinkgeld, Kost und Logis. Und wie er Leute abwimmelte, die das täglich wechselnde »Sesam-öffne-dich« zum Nachtclub nicht kannten. Und wie er allmählich herausfand, was Mr. Brerrik seinen Gästen hinter verschlossenen Türen in Wirklichkeit zu bieten hatte: illegales Glücksspiel.

Ich notierte eifrig. Inzwischen fuhren wir die Baxter Street entlang. Der G-man unterbrach sich und spähte nach meinem Notizblock. »Schreiben Sie auch etwas über mein Äußeres? Ich meine, wie ich aussehe und was für Klamotten ich trage?«

»Klar doch, Mr. Cotton. Ihre Leser sind ganz heiß auf so was.«

»Schreiben Sie bloß nicht, dass ich aussehe wie Mitte zwanzig.« Er schmunzelte. »Und wenn Sie unfreundlicherweise finden sollten, dass ich aussehe wie Anfang vierzig, schreiben Sie es erst recht nicht. Am besten, Sie beschreiben mein Aussehen überhaupt nicht.«

Sein Handy dudelte. Mein Chauffeur schaltete es ein und hielt es ans Ohr. »Hier Cotton.« Die Ampel an der Kreuzung zur Park Row sprang auf Rot. Wir stoppten. Cotton hatte seinem Gesprächspartner nichts mitzuteilen, er hörte nur zu und brummte hin und wieder bestätigend. Die Ampel schaltete auf Grün, weiter ging es, nach rechts, in die Park Row hinein.

»Der Mann heißt Ginger Steelman«, sagte Cotton, während er das Handy wegsteckte. Merkwürdig ernst wirkte er auf einmal.

»Welcher Mann?«, wollte ich wissen.

»Der Motorradfahrer mit der Maschinenpistole. Ein Auftragskiller. Wir sind seit zwei Jahren hinter ihm her.«

Und dann sagte er nichts mehr. Keiner von uns beiden sprach noch irgendein Wort, minutenlang nicht. Die Scheibenwischer schrammten über die Windschutzscheibe, der Regen trommelte auf Dach und Kühlerhaube, der Motor darunter knurrte wie ein eingesperrter Löwe, und die Stille im Wagen war genau die Sorte Stille, die ich verabscheue: bleiern und voller Worte, die man nicht auszusprechen wagt. Ich wusste nicht, woran Cotton dachte, ich jedenfalls dachte an den Mann in Leder. Vor meinem inneren Auge drückte er sich gegen die Hauswand und richtete seine Maschinenpistole auf die Einfahrt.

Ein Auftragskiller also, aha. Ein Killer, der gar nichts persönlich gegen einen hatte, der 's nur machte, weil 's sein Job war, weil er Geld verdienen wollte. Ein Killer, der einen Auftraggeber hatte.

Herzlichen Glückwunsch!

3 Die Legende vom flügellahmen Käfer oder: Der Mann, der Jerry Cotton entdeckte

Noch einmal: Wir schreiben das Jahr 1953. Acht Jahre Frieden, vier Jahre Bundesrepublik. Der 1. FC Kaiserslautern wird deutscher Fußballmeister, Chemnitz heißt jetzt für siebenunddreißig lange Jahre Karl-Marx-Stadt, Ernest Hemingway erhält den Pulitzer-Preis für seinen »Alten Mann und das Meer«, Winston Churchill sogar den Literatur-Nobelpreis, und an einem Küchentisch in Essen freundet sich ein Einunddreißigjähriger mit einem Einundzwanzigjährigen an. Achtung: Den Einundzwanzigjährigen – er heißt Jeremias Baumwolle – gibt es nur in der Fantasie des Einunddreißigjährigen.

Außergewöhnliche Zeiten, außergewöhnliche Ereignisse, außergewöhnliche Menschen – ideale Wachstumsbedingungen für Legenden. Hier ist eine:

Ein Volkswagen fährt durch das Köln des Jahres '53, ein Käfer. Auf der Rückbank müssen wir uns ein paar Kartons voller Heftromane vorstellen – das Stück zu fünf Groschen – und hinter dem Steuer exakt die Hälfte der Belegschaft des 1949 gegründeten Bastei Verlags. Macht genau einen Mann. Sein Name: Gustav H. Lübbe. Seine Ziele: Zeitungsläden, Bahnhofsbuchhandlungen, Kioske. Dort will er seine Romane an den Mann bringen, Liebesromane und Krimis. Sein Problem: Der Käfer ist nicht mehr der Jüngste. Konkret: Er lässt sich nur noch nach rechts steuern.

Auf dem Beifahrersitz hat der Jungverleger einen Stadtplan von Köln ausgebreitet. Zwischen diesem und der Straße wandert sein Blick hin und her. Lübbe kennt Osnabrück, Belgrad und eine Menge anderer Städte und Regionen, in die es ihn während des Krieges und danach verschlagen hat. Aber die Straßen Kölns sind ihm noch nicht allzu vertraut, er wohnt erst seit kurzem in der Gegend. Deswegen der Stadtplan. Es gilt einen Weg auszutüfteln, auf dem er seine Kundschaft auch mit einem nur nach rechts lenkbaren Käfer erreichen kann.

Ein Auge auf der Straße, eins auf dem Stadtplan, immer nach rechts, und ein paar Mal um den einen oder anderen Häuserblock herum gefahren, so kreist der Mann im »flügellahmen Käfer« – eine Wortschöpfung von Rudolf Pörtner in der Festschrift zum vierzigjährigen Verleger-Jubiläum Gustav Lübbes – Bahnhofsbuchhandlung und Kiosk ein, bis er endlich am Ziel ist und die Händler mit Romanen beliefern kann.

Das Parken dürfen wir uns nicht halb so kompliziert vorstellen wie heute. Im Laufe des Jahres '53 wird der PKW-Bestand in der Bundesrepublik erst die Millionengrenze erreichen. Die Notwendigkeit, rückwärts einzuparken, wird damals noch zu den eher seltenen Alltagstücken gehört haben.

So weit die Legende. Veteranen aus dem Bastei Verlag erzählen sie noch heute. Irgendwie muss es wohl geklappt haben, trotz linksblockierter Lenkung die Kundschaft anzufahren und die Hefte auszuladen, sonst hätte Gustav Lübbe nicht fünf Jahre später 60 000 Mark in den Neubau seines ersten Verlagsgebäudes investieren können.

Demnach ist die Geschichte wahr. Oder vielleicht auch nicht?

Eine andere Legende rankt sich um die zweite Belegschaftshälfte des Bastei Verlags im Jahre '53, um Ursula Lübbe, die Ehefrau und Weggefährtin Gustav Lübbes. Von ihr erzählt man sich in Bergisch Gladbach, sie habe die Zeitschriftenhändler der Stadt seinerzeit mit einem Fahrrad abgeklappert, um die Produkte des noch jungen Verlags zu verteilen.

Wahr oder nicht wahr?

Ursula Lübbe: »Unmöglich, ich besaß gar kein Fahrrad.« Hinzu kommt, so berichtet die Verlegerin, dass damals schon ein Pressegroßvertrieb existierte, über den Heftromane in den Handel gelangten, und zwar ausschließlich über ihn. »Einmal hatten wir ein paar Hefte zu einem Kiosk gebracht, das wurde sofort moniert. Der Grossist und der Bahnhofsbuchhändler, das waren unsere Vertriebsadressaten. Sie konnten nicht einfach zu einem Kiosk gehen, Romane abgeben und eine Rechnung ausstellen.«[18]

So viel zum Tatsachengehalt der zweiten Geschichte (zum Wahrheitsgehalt später). Und die erste Geschichte? Fakt ist, dass Gustav Lübbe 1953 einen sehr alten VW-Käfer fuhr, der entsprechend reparaturanfällig und »flügellahm« gewesen sein dürfte. Möglich sogar, dass eines Tages die Lenkung nicht mehr funktionierte. Doch können wir uns einen Jungunternehmer unter Termindruck und mit Stapeln unbezahlter Rechnungen im Hinterkopf vorstellen, der länger als eine halbe Stunde mit einem derart gravierenden Fahrzeugschaden durch eine Stadt kurvt? Der Umwege und Zeitverlust in Kauf nimmt, obwohl die Liebes- und Kriminalromane in den Kartons auf der Rückbank besser schon gestern in den Regalständern der Händler gesteckt hätten? Bis zum Grossisten vielleicht. Aber danach wird ein Mann wie Gustav Lübbe sofort die nächste Werkstatt angesteuert haben.

Tatsachen und Wahrheit. Können Legenden wahr sein, obwohl sie nicht den Tatsachen entsprechen? O ja, und weil beide Legenden wahr sind, habe ich sie an den Anfang der Geschichte jenes Mannes gestellt, der Jerry Cotton entdeckte. Wenn auch Ursula Lübbe 1953 kein Fahrrad besaß, so ist es dennoch wahr, dass sie keinen Weg und keine Mühe scheute, um die Heftromane ihres Kleinverlags unter die Leute zu bringen, dass sie sich also mit Haut und Haaren der Rettung des 1953 kaum noch lebensfähigen Bastei Verlags verschrieben hatte.

Davon erzählt die Fahrrad-Legende, und in diesem Sinne ist sie wahr.

Selbst wenn Gustav Lübbe keine Sekunde lang mit einem nur einseitig steuerbaren Käfer durch Köln oder sonst eine Stadt gefahren sein sollte, ist die Käfer-Legende dennoch wahr, denn sie erzählt von einem Mann, der ein Ziel hatte, der sich auf dem Weg zu diesem Ziel mit ungezählten Schwierigkeiten auseinander setzen musste und der trotz dieser Schwierigkeiten sein Ziel beharrlich verfolgte. Wenn er es auf einem geplanten Weg nicht erreichte, suchte er eben einen anderen, mochte der auf den ersten Blick auch als Umweg erscheinen.

In diesem Sinne ist auch die Käfer-Legende wahr. Wäre sie es nicht, hätte ihre Hauptfigur zehn Jahre später keinen Taschenbuch-Verlag mit Namen Bastei Lübbe gründen, keine hundert Mitarbeiter beschäftigen und keinem Hardcover-Verlag seinen Namen geben können. All das hat er aber getan. Und diese Legende erzählt, was ihn dazu befähigte. Also ist sie wahr.

Damit keine Missverständnisse aufkommen: Unter den vielen Anekdoten, die über die Frühzeit des Bastei Verlags und seinen Chef kursieren, gibt es neben einigen Legenden auch viele Geschichten, die nicht nur wahr sind, sondern auch noch den Tatsachen entsprechen. Darunter auch Anekdoten, die Gustav Lübbes Wesensart und seinen flügellahmen Käfer in einem Atemzug nennen.

Hier ist eine. Sie stammt von Dr. Rolf Junike und wurde 1993 in einer Festschrift zum vierzigjährigen Jubiläum des Bastei Lübbe Verlags veröffentlicht. Dr. Rolf Junike und seine Frau Ruth begannen 1952 für Leihbuchverlage Liebesromane zu schreiben.

Später verfassten sie auch Heftromane, unter anderem für den Bastei Verlag. Insgesamt erschienen mehr als 1000 Titel des Autorenpaares. Junike erzählt:

Nach dem Erscheinen unserer ersten Leihbücher suchten wir – meine Frau und ich – händeringend einen Heftverleger für die Nachdrucke. Es gab damals genug große Heftverlage, leider war nur keiner an uns interessiert. Bis unser damaliger Verleger eines Tages anrief und stolz vermeldete, er habe einen Verlag für Nachdrucke aufgetan: Bastei Verlag. Nie gehört. Auch an den Kiosken unserer Stadt absolute Fehlanzeige. Aber wenn der Mann bezahlen kann…, dachten wir. Die Honorare kamen wider Erwarten pünktlich und eines Tages auch der Verleger selbst mit Gattin.

Wir waren sehr gespannt, wie jemand aussieht, der den Mut hat, es mit den großen Verlagen aufzunehmen. Es gab schließlich absolut keine Marktlücke bei Heftverlagen. Herr Lübbe unterschied sich in einer Hinsicht sofort von den anderen Verlegern: Er verstand wirklich etwas von Trivialromanen. Im Gespräch schüttelte er Romanthemen nur so aus dem Ärmel, und als Vielschreiber waren wir immer auf der Jagd nach Themen.

Bei dem Mann sind wir gut aufgehoben, dachten wir. Aber ob er es schaffen wird, sich durchzusetzen? Niemand hatte schließlich auf ihn gewartet – außer uns natürlich. Er besaß kein Geld und nicht so viele Schulden, daß die das fehlende Kapital ersetzen konnten.

Nachdem wir uns regelrecht festgeschnackt hatten – damals hatte Herr Lübbe noch Zeit für kleine Autoren –, haben wir das Ehepaar hinausbegleitet. Wir hatten zwar keinen Mercedes oder BMW erwartet, aber der VW-Käfer, dessen Tür Herr Lübbe aufschloß, obwohl den bestimmt niemand gestohlen hätte, war sehr alt. Und die Pferdchen unter der Haube wollten sich auch nicht bewegen. Bei ihrer Betagtheit nur zu verständlich.

»Wir haben unseren Verleger geschoben«, sagte ich, als wir wieder in der Wohnung waren. Meine Frau, die für das Korrekte ist, verbesserte mich sofort: »Nein, nur sein Auto. Der Mann braucht nicht geschoben zu werden.«[19]

Der Mann, auf den niemand gewartet hat und der nicht geschoben werden brauchte, wird am 12. April 1918 in Engter – heute Bramsche – bei Osnabrück geboren. Gustav Lübbes Eltern sind Landwirte, er wächst also auf einem Bauernhof auf. Nirgendwo sind Leben und Arbeit so untrennbar miteinander verwoben wie in der bäuerlichen Existenz. Das eine ist geradezu Synonym für das andere. Wer will auf einem Bauernhof zwischen Freizeit und Arbeitszeit unterscheiden?

Über seine Eltern sagte Gustav Lübbe einmal: »Sie hielten mich streng an, auf dem Feld und im Haus mitzuarbeiten. Fleiß war ein ehernes Gebot.«[20]

Das Dasein eines Landwirts ist jederzeit von seinem Beruf beschlagnahmt – seine Lebensphasen zwischen Kindheit und Alter, sein Jahreszyklus zwischen Saat und Ernte, sein Tagesrhythmus zwischen Melkstuhl im Morgengrauen und letztem Blick in den Hühnerstall oder nach dem trächtigen Pferd in der Abenddämmerung. Sein Beruf ist sein Dasein.

Wer seine Kindheit und Jugend in den Zwanzigerjahren auf einem Bauernhof verbracht hat, absolvierte eine fundamentale Lehre. Luxusfragen, wie zum Beispiel die nach der eigenen Identität oder nach dem Sinn des Lebens, stellten sich ihm nicht. Er lernte zu tun, was eben getan werden musste, damit das Dach über dem Kopf repariert und die Kleider für den Winter gekauft werden konnten, damit das Essen auf den Tisch, der Schnaps in den Keller, der neue Zuchtstier in den Stall und das Heu vor dem Gewitter in die Scheune kam. Kurz: Er lernte zupacken, und zwar gründlich zupacken und möglichst ohne viel Zeit zu verlieren.

Und wenn er das getan hatte – wenn er es ordentlich getan hatte –, schmeckte und sah er, dass er zugepackt hatte: Die Milch in der Kanne, das Fleisch auf dem Teller und das Brot im Backofen bestätigten es ihm genauso wie der Blick aus dem Fenster auf das Feld, wo Kartoffelkraut blühte oder Mais und Roggen wuchsen.

Sicher mochten Unwetter, Viehseuchen und Unglücksfälle den Erfolg der Arbeit von Zeit zu Zeit schmälern oder zunichte machen – dann blieb zum Klagen nicht viel Zeit, dann musste eben noch einmal und umso energischer zugepackt werden. Aber wenn der Erfolg sich einstellte, wusste man, wessen Kopf und Händen man das zu verdanken hatte: seinen eigenen!

Keine schlechten Voraussetzungen für einen künftigen Unternehmer. Wundert es, in diesem Licht betrachtet, dass sich Gustav Lübbe in der Frühzeit des Bastei Verlags mit dem gleichen bedingungslosen Einsatz um Produktion und Vertrieb seiner Romanreihen kümmerte, wie er ihn zu Hause auf dem Bauernhof bei seinen Eltern kennen gelernt hatte, wenn es um Aussaat und Ernte, um Tierzucht und Milchwirtschaft ging?

Eine Haltung, die seinen Arbeitsstil bis ins Alter prägte. Später, als Verlagschef, wird es Gustav Lübbe häufig befremden, seine Mitarbeiter Schlag fünf aus dem Verlagsgebäude strömen zu sehen. Eine Redakteurin, die in den Achtzigerjahren zum Verlag stieß, erinnert sich: »Was ist denn hier los?‹, konnte er dann ausrufen. ›Hat es Bombenalarm gegeben? Es ist doch erst fünf Uhr!‹«

Erst fünf Uhr – die Sonne geht noch lange nicht unter, eine gute Tageszeit eigentlich, sich zusammenzusetzen und Ideen für neue Romanreihen und Buchprojekte zu entwickeln.

»Er war einer, der seine Kerze von zwei Seiten anzündete«, sagt Rolf Kalmuczak heute über seinen ehemaligen Chef.

Aber kommen auf dem väterlichen Hof zwischen Saat und Ernte Bücher vor? O ja, schon den Heranwachsenden zieht das

64

1   Gustav Lübbe (1918–1995) gilt als der
Entdecker der Serie »G-man Jerry Cotton« –
sein erster großer Erfolg als Verleger.

2 Im Jahre 1977 besuchte Verleger Gustav Lübbe den New Yorker FBI, wo man neugierig war auf den Entdecker Jerry Cottons. Oben (v.l.n.r.): Special Agent Quentin Ertel, Stefan Lübbe, Gustav Lübbe, Assistant Director in Charge J. Wallace LaPrade, Special Agent Ronald Young

3 Unten: ADIC J. Wallace LaPrade (rechts) überreicht Gustav Lübbe original FBI-Manschettenknöpfe als Geschenk.

UNITED STATES DEPARTMENT OF JUSTICE

FEDERAL BUREAU OF INVESTIGATION

In Reply, Please Refer to
File No.

WASHINGTON 25, D. C.

October 8, 1962

AIRMAIL

Mr. Winfried Roll
Unter den Eichen 77
1 Berlin 45, Germany

Dear Mr. Roll:

          Your letter dated September 30, 1962, has been received.

          I am glad to know you are interested in the FBI, and enclosed is material concerning our organization. I am also sending you a list of books which have been written about our Bureau you may not have read. Jerry Cotton and Jeff Conter are, as you have surmised, fictitious Special Agents of the FBI, and for your information, we now have 55 field offices.

          I would like to be able to grant your request for the FBI Law Enforcement Bulletin; however, this publication is designed primarily for law enforcement officers and officials, and our budgetary limitations preclude my sending you copies.

          Sincerely yours,

John Edgar Hoover
Director

Enclosures (5)

---

4   Der FBI war erstaunt und auch hoch
erfreut über die Popularität des »deutschen
Kollegen« Jerry Cotton. Oben ein persönlicher
Brief des FBI-Gründers J. Edgar Hoover, in dem er
einem begeisterten Cotton-Fan erklärt, dass
Cotton leider eine fiktionale Person ist.

5   (oben) Einer der begehrtesten Auszeichnungen für deutsche Krimi-Nachwuchsautoren war viele Jahre lang der Jerry-Cotton-Preis. Die Juroren der ersten Preisverleihung, v.l.n.r.: Jürgen Roland, Hans Werner Hamacher, Gustav Lübbe, Rolf Bossi, Herbert Reinecker.

6   (unten) Anlässlich der Premiere des ersten Jerry-Cotton-Films »Schüsse aus dem Geigenkasten« traf Hollywood-Star und Cotton-Darsteller George Nader Verlegerehepaar Ursula und Gustav Lübbe

geschriebene Wort an. Geradezu vernarrt in Bücher ist er und liest beim Kühe-Hüten auf der Weide[21] und verbotenerweise auch nachts bei Kerzenschein. »Ich las und las und las, was ich als Junge bekommen konnte, darunter Hefte wie Frank Allens ›Rächer der Enterbten‹.«[22]

Nicht allein an seinen Lesehunger erinnert er sich im Rückblick auf seine Kindheit, sondern auch an erste Geschichten und Gedichte, die er nach Hannover an die Zeitschrift »Das Band« schickte, in der sie veröffentlicht wurden. »Ich bekam mein erstes Honorar.«[23]

Frühe Weichenstellungen?

Vom Bauernhof in die Welt des gedruckten Wortes – der Weg über eine Schriftsetzerlehre mag vor diesem Hintergrund der nächstliegende gewesen sein: 1932 beginnt der Vierzehnjährige seine Lehre bei der Druckerei »Meinders & Elstermann«, die auch das damalige »Osnabrücker Tageblatt« verlegt. Möglich, dass der junge Schriftsetzerlehrling in diesem Jahr Aldous Huxleys »Schöne neue Welt« liest – der Roman erscheint im Januar 1932 –, und wahrscheinlich hört er auch vom Tod des englischen Krimiautors Edgar Wallace.

Dann das Jahr 1933, Lübbes zweites Lehrjahr: Weichenstellung für die Katastrophe – fanatisierte Männer beherrschen seit Ende der Zwanzigerjahre zunehmend die Straße und gelangen jetzt an die Spitze des Deutschen Reichstags. Ihr Anführer wird Reichskanzler. Sechs Jahre später stürzen er, seine Anhänger und »ihre« Deutschen Europa in den Zweiten Weltkrieg.

Wie viele andere junge Männer seiner Generation reißt der Krieg auch Gustav Lübbe aus Beruf, Ausbildung und Lebensplanung. Von der Schulbank weg – er will das Abitur machen – wird er eingezogen und erlebt die Kriegsjahre als Soldat bei der Luftwaffe. 1943 – er ist inzwischen fünfundzwanzig Jahre alt – wird er Hauptmann. In Belgrad stationiert, fliegt er Einsätze an der Ostfront. Nach Dienstschluss bereitet er sich auf sein Abitur vor und legt schließlich die Prüfung auf der von der Deutschen Wehrmacht besetzten Burg in Belgrad ab.[24]

Das Kriegsende erlebt Gustav Lübbe in Jugoslawien. Seine Frau erzählt: »Er hat seine Einheit über die Alpen bis nach Rosenheim geführt. Dort ist er in die Gefangenschaft gegangen.«[25]

Nach der Entlassung aus englischer Kriegsgefangenschaft will der Siebenundzwanzigjährige studieren. Ursula Lübbe: »Mein Mann fuhr nach Göttingen, zusammen mit einem Altersgenossen, der im Krieg ein Bein verloren hatte. An der Immatrikulationsstelle hörte sich ein junger Mann das Begehren der beiden Heimkehrer an, einer, den sein Geburtsjahrgang vor der Front bewahrt hat. Er schmetterte beide ab, weil sie in seinen Augen Militaristen waren.«[26] Gustav Lübbe im Rückblick: »In ihren Augen war ich zu schnell befördert worden und hatte zu viele Orden bekommen.«[27]

In den ersten Monaten nach der Heimkehr arbeitet Gustav Lübbe auf dem elterlichen Hof mit. Während der arbeitsfreien Zeit beginnt er wieder zu schreiben, volkstümliche Geschichten über Menschentypen, wie es sie in seiner ländlichen Umgebung gab. Die handschriftlich verfassten Texte schickt er an die »Neue Tagespost«, in der sie veröffentlicht werden. Der Chefredakteur wird auf Gustav Lübbe aufmerksam, der besucht ihn – erster Schritt zu einer Redaktionsstelle, die er ein halbes Jahr später antritt.

Ein paar Monate nach Kriegsende tauscht Lübbe auf dem Schwarzmarkt Stoff, aus dem er sich einen Anzug schneidern lassen wollte, spontan gegen eine alte Schreibmaschine, Marke »Erika«. »Eine schicksalhafte Begegnung«, urteilt er im Rückblick. »Nun hatte ich mein Handwerkszeug und konnte beinahe schon für meinen Lebensunterhalt sorgen.«[28]

Auf seinem neuen »Handwerkszeug« schreibt er Geschichten und Erzählungen und verkauft sie an verschiedene Zeitungen. Auch ein Roman und eine Novelle entstehen bis Ende der

Vierzigerjahre. Die Novelle »Die zweite Geburt«[29] erzählt die Geschichte eines Dorfjungen, der, zurückgeblieben und von den Dorfbewohnern ausgegrenzt, trotz seines Handikaps »die Zuneigung einer Magd und durch seine Liebe zu Kühen und Pferden schließlich ein erfülltes Leben findet«,[30] schreibt von Houben in der Festschrift zum vierzigjährigen Verleger-Jubiläum.

Ein erfülltes Leben – keine günstige Zeit für diesen Traum. Der Wunsch, ihn dennoch »anzupacken«, bewegt damals viele Menschen. Auch Gustav Lübbe. Er tut es auf seine Weise: schreibt, wird gedruckt, fährt mit einem der beiden redaktionseigenen Fahrrädern durchs Osnabrücker Umland, berichtet von dort für den Lokalteil der »Neuen Tagespost« und verdient sein erstes Geld als Autor. Die »Neue Zürcher Zeitung« nennt ihn in diesen Jahren einmal »eines der hoffnungsvollsten Erzähltalente Deutschlands«.[31]

Die Stelle als Lokalredakteur der »Neuen Tagespost« tritt Gustav Lübbe 1947 an. Die »Tagespost« ist die zweite Osnabrücker Tageszeitung neben dem Blatt seines ehemaligen Lehrherrn. Anfang der Fünfzigerjahre wird aus der Zusammenlegung beider Blätter die »Neue Osnabrücker Zeitung« entstehen.

Nur wenige Wochen berichtet er für den Lokalteil. Der Redaktion sticht seine Schreibe ins Auge. Man bietet ihm ein Volontariat an, im zweiten Jahr eine Stelle als Redakteur. Gustav Lübbe greift zu.

Im Rückblick wird ihm die Arbeit bei der »Neuen Tagespost« später als eine Art Grundausbildung zum Verleger erscheinen. Nach dem Umgang mit Setzkasten, Bleilettern und Schrifttypen Anfang der Dreißigerjahre lernt er nun, fünfzehn Jahre später, das journalistische Handwerk, und zwar von der Pike auf: recherchieren, Informationen verarbeiten, schreiben – und während des Schreibens den im Auge behalten, für den die Texte gedacht sind: den Leser.

Bald beauftragt ihn die Redaktion, Theaterkritiken zu schreiben. Nach den Aufführungen trifft er sich mit Künstlern und Freunden im Gasthaus. Dort entstehen die Artikel, die er tags darauf zu Papier bringt. An nächtelange Diskussionen erinnert er sich, an feuchtfröhliche Arien, an Schauspieler, die auf dem Tresen standen und rezitierten, an Lesungen der Nachkriegsliteratur, die man bei Gelegenheit organisierte und bei denen die Texte in verteilten Rollen gesprochen wurden:

Besonders eindrucksvoll war Thornton Wilders »Wir sind noch einmal davongekommen«. Das war unser Motto, unser Stück! In dem zerbombten Theatersaal, der nach hinten offen war und von dem nur noch die Brandmauern standen, spielte das Ensemble vor einem erwartungsvollen Publikum. Wir waren alle tief ergriffen und schämten uns nicht unserer Tränen. Noch heute erfasst mich innere Rührung, wenn ich daran denke. Wir konnten hoffen! Wir hatten wieder eine Zukunft![32]

Vom Lokalredakteur steigt Gustav Lübbe Ende der Vierzigerjahre zum Leiter des Kulturressorts auf. Nebenher schreibt er Theater- und Filmkritiken, Kolumnen, Novellen, Erzählungen und beendet seinen Roman »Das ungute Geld«, der Anfang der Fünfzigerjahre als Fortsetzungsroman in einer deutschen Tageszeitung, vermutlich der »Neuen Tagespost«, und in einer deutschsprachigen Zeitschrift in den USA erscheint. Alles sieht nach einer soliden und stetigen Karriere als Journalist oder Schriftsteller aus – oder beidem. Der Weg auf die sichere Seite des Lebens ist frei, und ein Anlass, ihn wieder zu verlassen, ist nicht in Sicht. Noch nicht.

In diesen Nachkriegsjahren begegnet Gustav Lübbe dem Menschen, der ihn bis zu seinem Tod als treuer Weggefährte und energischer Streitgenosse begleiten wird: Ursula Sprenger, die er 1949 heiratet.

In Gestalt seiner Frau tritt im Grunde schon eine neue berufliche Perspektive in Gustav Lübbes Leben. Und damit der Anlass, von seiner erfolgreichen und viel versprechenden Laufbahn als Redakteur und freier Schriftsteller abzuweichen. Denn Ende der Vierzigerjahre sucht ein Verwandter von Ursula Lübbe Geldgeber, um einen Verlag zu gründen. Vermutlich bittet dessen Frau um einen verwandtschaftlichen Gefallen. Gustav Lübbe sagte in einem Interview der Zeitschrift »Medien- & Sexualpädagogik« aus dem Jahre 1976: »Den Heftverlag habe ich gekauft für einen Verwandten, der aus dem Krieg nach Hause kam und eine neue Existenz aufbauen wollte. Er war Buchhändler in der Ostzone (...) gewesen und wollte neu beginnen.«[33]

Der Kölner Bastei Verlag wird gegründet. Der ehemalige Eigentümer Tormin vertrieb bereits vor dem Krieg Rundfunkzeitschriften und eine Heftromanreihe mit dem Titel »Der Romanerzähler«. In den Jahren 1940 und 1941 erschienen in dieser Reihe insgesamt 21 Hefte. Damals hieß der Verlag noch RuFu-Verlag, denn der Schwerpunkt lag auf Rundfunkzeitschriften. Der neu gegründete Verlag erhält den Namen Bastei Verlag, wegen seiner direkten Nachbarschaft zur Kölner Bastei.

Mit einem Teil seines erschriebenen Geldes beteiligt sich der inzwischen einunddreißigjährige Gustav Lübbe an dem Mini-Unternehmen. Zunächst steht es unter keinem guten Stern. Bald stirbt der Verleger Tormin. Seine Frau, Ilse Tormin, übernimmt die Geschäftsführung und versucht im harten Wettbewerb mit den damals wie Pilze aus feuchtem Boden sprießenden Verlagsneugründungen mitzuhalten. Doch mit der Zahl ihrer Konkurrenten wächst auch ihr Schuldenberg.

Ursula Lübbe erinnert sich: »Sie konnte den Verlag nicht halten. Nur sporadisch brachte sie einen Titel von ›Der Romanerzähler‹ heraus, wenn sie gerade mal wieder ein neues Manuskript hatte. Und dann saß da ein Mitarbeiter im Verlag, der hatte von Tuten und Blasen keine Ahnung. Wenn ein Manuskript zu dick war, strich er einfach unbesehen ein paar Abschnitte heraus, bis der Umfang stimmte. Es war schlimm.«

»Man hat uns den Verlag damals für 500 Mark angeboten«, erzählt Ursula Lübbe weiter. »Wir dachten: O, ein Verlag! Warum nicht? Alle möglichen Leute gründeten damals ein Geschäft, es war die Zeit der Gründungen, also haben wir den Verlag 1950[34] für 500 Mark gekauft. Das war damals viel Geld.«

Um eine Vorstellung dieser Summe aus Sicht der Zeitgenossen zu bekommen, halten wir uns einfach den durchschnittlichen Bruttostundenlohn eines Arbeiters im Jahr 1950 vor Augen: etwa 1,35 DM. 500 Mark entsprachen also 370 Arbeitsstunden oder knapp zwei Monatslöhnen.

Gustav Lübbe scheint diese Summe auch als eine Investition in die persönliche Zukunft verstanden zu haben: »Wir dachten, das könnte mal unsere Altersversorgung werden – mit monatlich 1000 Mark oder so.«[35]

Rolf Schmitz, später Redakteur der Serie »G-man Jerry Cotton« und dann Verlagsleiter des Bastei Verlags, erinnert sich an Erzählungen Gustav Lübbes: »Donnerstags ging Gustav Lübbe ins Kino, denn in der Samstagsausgabe musste eine Kritik über den Film stehen. Als Pressevertreter hatte er selbstverständlich freien Eintritt. Wenn er zurück in die Redaktion kam, zückte er sein abgewetztes Portemonnaie, fischte einsfünfzig heraus und warf die Münzen in ein Sparschwein: das gesparte Eintrittsgeld fürs Kino. Mit dem Geld aus diesem Sparschwein, sagte er später, habe er den Bastei Verlag gekauft.«[36]

Schmitz erinnert sich auch, was der Pfeifenraucher Gustav Lübbe über seine Sparsamkeit erzählte: »Wenn er die gestopfte Pfeife mit dem Streichholz anzündete, achtete er darauf, möglichst wenig Reibfläche an der Streichholzschachtel zu verbrauchen.« Ob diese Geschichte, die Lübbe seinem späteren Verlagsleiter erzählte, tatsächlich der Realität entsprach, kann man heute nicht mehr nachprüfen, aber Schmitz meint dazu:

»Diese bodenständige Art hatten ihm seine Eltern vererbt. Als Bauern haben sie nicht eben im Überfluss gelebt. Bis ins hohe Alter hat er sich die Fähigkeit bewahrt, zu sparen, wo Sparsamkeit angebracht war. Andererseits konnte er auch üppig feiern. Wenn er von den Dorffesten seines Heimatdorfes erzählte, wurde man neidisch, nicht dabei gewesen zu sein.«

1950 ist Sparsamkeit besonders angesagt: Die nötigen 500 Mark zum Kauf des maroden Verlags mag die Schlachtung des legendären Sparschweins in der Redaktion eingebracht haben. Aber das Kleinst-Unternehmen verlangt ständige Investitionen.

Verlagssitz bleibt Köln. Ilse Tormins Mitarbeiter wird vorläufig übernommen und hält die Stellung im Verlagsbunker. Das Ehepaar Lübbe wohnt zunächst weiterhin in Osnabrück. Ein Betrieb mit einem Angestellten und einem Chef, der gelegentlich vorbeischaut. Ursula Lübbe pendelt zwischen Köln und ihrem Wohnsitz, um bei den Filmgesellschaften Titelbilder für »Der Romanerzähler« einzukaufen. Und Gustav Lübbe beschäftigt sich neben seiner Arbeit im Feuilleton der »Neuen Tagespost« mit den angebotenen Manuskripten.

Damals, 1950, erscheint die zwanzigste und letzte Nachkriegsnummer von »Der Romanerzähler«. Das Heft trägt den Titel »Lotte« und wird heute in Sammlerkreisen mit etwa 45 Euro bezahlt. Gustav Lübbe gibt statt »Der Romanerzähler« zwei neue Serien heraus: den »Bastei-Roman« mit Liebes- und Schicksalsgeschichten und den »Bastei-Kriminal-Roman«. Pro Monat erscheint im Jahr 1951 ein einziger Roman.

Das Verlegerpaar erinnert sich, zu jener Zeit nicht viel von Trivialromanen verstanden zu haben. Ursula Lübbe: »Wir hatten keine Ahnung von diesem Metier. Wir dachten, so ein Roman muss möglichst kitschig sein. Bis wir dann im Lauf der Jahre feststellten, dass mit Kitsch nichts zu machen war. Die Leute wollten guten und verständlichen Lesestoff und keinen, bei dem man die Wände hochgeht. Als wir begannen, ihnen solchen Lesestoff zu liefern, stellte sich auch langsam der Erfolg ein.«

Gustav Lübbe erzählt in seinem Interview mit Jörg Weigand: »Heftromane kannte ich nicht, ich war Feuilleton-Redakteur bei einer Zeitung und schrieb Kritiken beim Theater, schrieb Kurzgeschichten und dergleichen mehr. Als ich aber Heftromane kennenlernte, habe ich gesehen, daß man die Romane handwerklich viel besser machen kann, als es damals der Fall war, und habe damit begonnen, Romane zu redigieren, weil ich wußte, daß auch das einfache Publikum gute und saubere Dinge lesen will und anspruchsvoller ist, als man es gemeinhin einschätzt.«[37]

Bis zu dieser Einsicht müssen die beiden »Newcomer« in der deutschen Verlagslandschaft noch manches Lehrgeld zahlen. Das Geschäft läuft eher schleppend, schon nach einem Jahr bewegt sich das kleine Unternehmen am Rande des Konkurses. Gustav Lübbe: »Ich wusste nur nicht, wie man so etwas abwickelt.«[38] 1952 schlägt sich die Krise des Verlags in einer Summe roter Zahlen nieder, an der das Ehepaar Lübbe nicht länger vorbeisehen kann. Ursula Lübbe: »Dem Verlag ging es immer schlechter, wir hatten 30000 Mark Schulden, und ich sagte zu meinem Mann: So geht das nicht weiter. Du musst deine Stelle aufgeben. Wir müssen rüber und die Sache selbst anpacken, sonst geht es nicht. Und dann sind wir eben mit Sack und Pack nach Bergisch Gladbach gezogen, 1953 war das.«

Die Entscheidung, das zu tun, scheint keine Angelegenheit vieler Wochen oder gar Monate gewesen zu sein. Aus Ursula Lübbes Erzählungen gewinnt man den Eindruck, dass sich ihr Mann nicht übermäßig lange ziert, bevor er auf ihren dringenden Rat hört und tatsächlich abspringt: »Und dann sind wir eben mit Sack und Pack nach Bergisch Gladbach gezogen…« – das klingt nach einem raschen und gründlichen Schnitt.

72

Gustav Lübbe gibt seine Stelle bei der Zeitung auf, der Verlagssitz wird aus dem teuren Köln in das günstigere Bergisch Gladbach verlegt – einen Mitarbeiter kann sich das Unternehmerpaar nicht mehr leisten –, und dann brechen sie auf in eine fremde Stadt und eine noch kaum vertraute Branche, um »die Dinge selbst in die Hand zu nehmen«;[39] ähnlich wie Jeremias Cotton ein Jahr später aus Harpers Village ins unbekannte New York aufbrechen wird, um sein Glück zu suchen.

Zum Zeitpunkt des Aufbruchs und Neuanfangs sind Lübbes bereits zu dritt – 1952 wird Tochter Cornelia geboren. In Bergisch Gladbach mietet Gustav Lübbe für seine Familie zwei Zimmer in einer Pension – eins zum Schlafen, eins zum Arbeiten – und für den Verlag eine Garage. Rudolf Pörtner schildert den Neubeginn so:

Eine fensterlose Garage in Nußbaum bei Paffrath in der Nähe von Bergisch Gladbach war die Wiege der »Unternehmensgruppe LÜBBE«, die mit ihrem Zweihundertfünfzig-Millionen-Umsatz heute zu den letzten konzernunabhängigen Medienunternehmen zählt. Die Garage diente als verlegerischer Allzweckraum. Sie war Chefetage, Konferenzraum, Kantine, Lektorat (...) zugleich, Projektabteilung und Werbebüro, Buchhaltung und Ideenzentrale. Gedruckt wurde allerdings außerhalb, gewissermaßen vor der Tür.

Die Belegschaft bestand aus dem Verleger und seiner Frau, das heißt: einem jungen Mann, der fest entschlossen war, etwas zu werden, und seiner besseren Hälfte, die bereit war, dabei nach Kräften mitzuwirken. Gar so jung war der junge Mann allerdings nicht mehr. Immerhin hatte er die Mitte der Dreißig erreicht und schon einiges hinter sich gebracht (...). Der Anfang war schwer, war alles andere als erfolgversprechend, ja, manchmal über alle Maßen bedrückend und entmutigend. Geld war Mangelware, der Pleitegeier kehrte mehrfach, beutelüstern seine Kreise zie-

hend, drohend zurück. Fortschritte waren sozusagen nur unter dem Mikroskop sichtbar.[40]

Ursula Lübbe erinnert sich: »Dann haben wir das angepackt und Tag und Nacht gearbeitet, und zwar unter den primitivsten Verhältnissen. Für uns gab es damals nichts anderes als arbeiten. Eine Hürde nach der anderen nahmen wir. Wir hatten immer nur Schulden, und ich hatte immer Magengeschwüre.«

Heute lacht sie, wenn sie sich im Abstand von fünfzig Jahren an ihre Magengeschwüre erinnert und auf die Garage in Paffrath zurückblickt, wo sie und ihr Mann einen der erfolgreichsten Verlage der Bundesrepublik aus dem Boden stampften. Sie schmunzelt häufig, während sie von den gemeinsamen Reisen im Käfer berichtet, von den Besuchen bei Kunden zwischen Flensburg, München und Freiburg, von den Verhandlungen am Ladentisch der Bahnhofsbuchhandlungen, wo sie um jedes Heftroman-Exemplar feilschten, um dann glücklich weiterzuziehen, wenn der Händler ihnen vier Romane statt nur drei abnahm. »Jeden Monat haben wir so eine Fahrt gemacht, bald kannten wir jeden Kunden, und die Grossisten und Bahnhofsbuchhändler kannten uns.«

Zwischen den Reisen redigieren sie Manuskripte, verhandeln mit Druckereien, packen Heftroman-Lieferungen zusammen, fertigen Versandpapiere aus, halten die Buchhaltung in Ordnung, lernen, was ein Buchhändlerknoten ist, fahren Romanlieferungen mit dem Handwagen zur Post, transportieren für das Berlin- und Auslandsgeschäft bestimmte Paletten mit Heftromanen persönlich zum Güterbahnhof – und so weiter und so weiter… »Wir haben alles selbst gemacht«, erzählt Ursula Lübbe, »es ging nicht anders. Dadurch kenne ich jede Arbeit, die im Verlag anfällt.«

Wenn sich Gustav Lübbe an die Reisen zu den Kunden erinnerte, klang das zum Beispiel so: »Unsere Tochter Cornelia, damals zwei Jahre alt, mussten wir mitnehmen. Wenn wir sagten: Wir gehen jetzt zum Kunden, legte sie sich hin und schlief. Das Wort ›Kunde‹ war ihr Kommando zum Heiamachen.«[41] Die Erfahrungen der entbehrungsreichen Gründerzeit fasste er einmal so zusammen: »Meine Frau Ursula und ich steckten mit dem Kopf so tief in der Arbeit, daß wir gar nicht gemerkt haben, auf welchem Hochseil wir tanzten. Wir hatten einfach keine Zeit, uns zu fürchten.«[42]

Von goldenen Bilanzen sind Gustav und Ursula Lübbe zu jener Zeit weit entfernt. »In den ersten Monaten lebten wir von Geschichten und Novellen meines Mannes«, erinnert sich Ursula Lübbe. »Ich konnte viele seiner Arbeiten damals an verschiedene Agenturen verkaufen. Ein bisschen Geld sprang dabei schon heraus, immerhin genug, um noch eine Zeit lang davon leben zu können.«

In dieser frühen Phase des Verlags ist es Gustav Lübbe, der die Rohmanuskripte bearbeitet. Lektorieren, umschreiben, Ideen liefern und vieles mehr. Er will Manuskripte, die seinen Ansprüchen genügen, Manuskripte, die den unbekannten Leser zufrieden stellen, die ihn »glücklich machen«, um Lübbes Verlegerparole aus späteren Jahren aufzugreifen: »Lesen macht glücklich!«

Um seine unbekannten Leser »glücklich« zu machen, braucht er Autoren, die etwas von ihrer Kunst verstehen. Wir können davon ausgehen, dass Gustav Lübbe 1953 den Markt beobachtet und versucht, gute Autoren auszuspähen. Hat er einen entdeckt, nimmt er Kontakt auf.

G. F. Unger, Jahrgang 1921 und der Western-Autor schlechthin – er hat es inzwischen auf eine weltweite Gesamtauflage von 250 Millionen Exemplaren geschafft –, entsinnt sich:

Es ist schon eine kleine Ewigkeit her, da trafen wir uns zum ersten Mal. Und dennoch erinnere ich mich noch gut an diesen Tag. Sein Händedruck war fest, ebenso sein Blick. Mein Gefühl sagte mir, daß da ein besonderer Mann zu mir gekommen war.

Seine Frau hatte er mitgebracht, und von Anfang an spürte ich auch da, daß sie nicht einfach nur ein Ehepaar waren. Nein, da war mehr. Sie waren offensichtlich Partner, Gefährten, die zusammen einen Weg eingeschlagen hatten, von dem sie nicht so sicher wußten, wie groß der Erfolg in seiner zweiten Hälfte sein würde.

Ich war als U-Boot-Mann fünf Jahre lang mit besonderen Männern zusammengewesen, auf die man sich verlassen konnte – auch später als Montageleiter einer großen Weltfirma. Und so konnte ich mich auf meinen Instinkt verlassen, wenn ich Männern begegnete.

Der da gab mir ein gutes Gefühl von ruhiger Zuverlässigkeit, die keiner großen Worte bedurfte.

Es ist ja oft so im Leben, daß sich Männer begegnen, die sich von Anfang an respektieren oder einander ablehnen. Bei ihm war ersteres der Fall. Hinzu kam, daß er mit einer klugen, attraktiven und auch noch sympathischen Frau verheiratet war!

Sie waren gekommen, weil sie ihren Verlag aufbauen wollten und dafür die richtigen Autoren suchten. Sie konnten damals nicht viel versprechen und taten dies auch nicht. Aber sie ließen spüren, daß sie ein großes Ziel anstrebten – und man gewann die Überzeugung, daß sie es erreichen würden.

So lernten wir uns damals kennen in meinem Haus hoch über der Lahn. Ich war schon ein erfolgreicher Autor, dessen Romane auch in den USA übersetzt wurden. Er aber stand noch am Anfang als Verleger. Wir blieben in Verbindung. Ich schrieb damals für mehr als ein halbes Dutzend Verlage, war noch durch Verträge verpflichtet. Doch er gab nie auf, suchte immer zäh und zielstrebig eine intensivere Verbindung.

Diese zähe Zielstrebigkeit in Zusammenhang mit Zuverlässigkeit und Fairneß, seine menschliche Ausstrahlung – die mußten ja schließlich zum Erfolg führen. Und so vergingen mehr als dreißig Jahre.

Heute schreibe ich exklusiv für den Bastei Verlag.[43]

G. F. Unger schrieb zwar erst 1957 seinen ersten Wildwest-Roman für den Bastei Verlag, aber Gustav Lübbes Bemühungen um diesen Autor zahlten sich aus: Bis heute gehört G. F. Unger zu den erfolgreichsten Autoren des Verlags, und bis heute ist Ungers Einfallsreichtum und Schaffenskraft ungebremst.

Ein Brief an den damals noch unbekannten Heinz G. Konsalik hat fünf Jahrzehnte überdauert. Er datiert vom 21. 2. 1953. Das Verlagsprogramm passte seinerzeit noch in den Briefkopf: »Bastei-Kriminal-Romane, Bastei-Liebes-Romane, Bastei-Buchausgaben«. Letzteres spiegelt wohl mehr die Zukunftsvisionen des Verlegers wider als die Verlags-Wirklichkeit des Jahres 1953.

Im Absender werden zwei Adressen genannt, »Bastei Verlag, (22c) Bergisch Gladbach, Bastei-Haus« und die Lektoratsadresse »Gustav Lübbe, (23) Osnabrück, Knollstraße 3«. Der folgende Brief muss also aus Lübbes letzten Wochen als Feuilletonredakteur stammen. Er lautet:

Sehr geehrter Herr Konsalik!

Wir druckten vor einiger Zeit von Ihnen den Roman »Der gläserne Sarg«. Seitdem haben wir von Ihnen keine Manuskripte mehr angeboten bekommen, obwohl wir die Vermittlungsstelle Frau Schauhoff darum gebeten hatten. Aus diesem Grund wenden wir uns heute an Sie mit der Frage, ob Sie an einer weiteren Zusammenarbeit mit uns interessiert sind.

Es wird Sie interessieren, daß die Reihe Bastei-Kriminal-Romane jetzt 14-tägig herauskommt und wir einen bedeutenderen Bedarf an Romanen haben als bisher. Dieses schnellere Erscheinen wurde notwendig, weil die Reihe sich endgültig auf dem Markt durchgesetzt hat.

Bitte schreiben Sie mir, ob Sie einen Kriminal-Roman mit etwa 210 000 Anschlägen vorliegen haben. Es liegt mir besonders an ungewöhnlichen Stoffen, worin Sie ja Spezialist sein dürften. Der Roman soll nach Möglichkeit nach dem Kriege nicht gedruckt sein oder doch nur in so abseitigen Objekten, daß sich eine Neuauflage verantworten läßt. Unser Verlag gibt den Roman drei Monate nach dem Erscheinen zur weiteren Verwendung frei.

Es würde mich freuen, wenn ich bald von Ihnen hörte.

Mit vorzüglicher Hochachtung!

Ihr G. Lübbe

Wie erfolgreich Gustav Lübbes Bemühungen in diesem Fall waren, lässt sich nach fast fünfzig Jahren nicht mehr genau sagen. Sicher ist allerdings, dass noch mindestens ein Roman von Heinz G. Konsalik in der Reihe »Bastei-Kriminal-Roman« erschien, und zwar unmittelbar vor der ersten Jerry-Cotton-Story. 1957 erscheint Konsaliks »Der Arzt von Stalingrad«. Kaum vorstellbar, dass der Autor danach noch Zeit hatte, Heftromane zu schreiben.

Gustav Lübbes Brief an Heinz G. Konsalik aus dem Geburtsjahr Jerry Cottons ist es vor allem deswegen wert, hier abgedruckt zu werden, weil er ein Licht auf Lübbes Stil wirft: Der Verleger bemüht sich persönlich um Autorenkontakte, er lockt die Autoren, und er hat bestimmte Vorstellungen von den Stoffen, die in seinem Verlag erscheinen sollen.

Was tut ein Verleger, um gute Autoren zu entdecken? Er liest die Produkte der Konkurrenz. Vermutlich stößt er auf diese Weise 1953 auf Cottons geistigen Vater. Vielleicht hat ihm der Autor aus Essen auch von sich aus ein Manuskript angeboten. Einzelheiten und die genaue Chronologie der ersten Kontakte zwischen dem zukünftigen Bestseller-Autor und dem zukünftigen Erfolgsverleger lassen sich heute nur noch vage rekonstruieren. Die Wirklichkeit verschwimmt an manchen Stellen hinter den Ranken der Legendenbildung. In jenem Brief vom 2. September 1953 jedenfalls – im Briefkopf liest man jetzt nur noch die Bergisch Gladbacher Adresse – ist tatsächlich außer von Cotton noch von einem weiteren Kriminalroman die Rede. Gustav Lübbe schreibt: »Ich habe gestern Ihren Roman gelesen und möchte ihn veröffentlichen. Wahrscheinlich nehmen wir als Titel einen der beiden Auswahltitel. Als Pseudonym schlagen wir Roy Maxon vor.«

Gustav Lübbe selbst schreibt im Rückblick auf seine Entdeckung in einer umfangreichen, illustrierten Presseinformation zum vierzigjährigen Verlagsjubiläum:

Es war ein Glücksfall für mich als noch junger Verleger und dann auch für die Freunde des spannenden Krimis, als mir 1953 das Manuskript eines ebenfalls jungen, hochtalentierten Mannes auf den Schreibtisch kam. Die Geschichte des 18jährigen Jerry Cotton, der die Enge seines Heimatortes verließ, um New York zu erobern, war mit großer Eindringlichkeit geschrieben, gefühlvoll, wenn angebracht, schnoddrig, wo es paßte.

Und mitreißend! Spontan schrieb ich dem Autor damals: »Ich gratuliere Ihnen! Sie haben großes Talent. Schreiben Sie eine Fortsetzung.«

Nicht in den kühnsten Träumen konnten wir damals ahnen, daß Jerry Cotton nicht nur New York erobern würde, sondern die halbe Welt.[44]

(Anm. d. Verfassers: Gustav Lübbe schreibt von dem »18jährigen Jerry Cotton«, im Originalroman von 1954 ist Jerry jedoch schon einundzwanzig Jahre alt, als er nach New York kommt. Beide Altersangaben beziehen sich darauf, dass der junge Jerry Cotton zu Beginn seiner Karriere beim FBI gerade erst die Volljährigkeit erreicht hat, die damals, also 1954, erst mit 21 Jahren begann.)

Wahrscheinlich ohne es zu ahnen, legen Autor und Verleger das Fundament für bessere Zeiten: Gustav Lübbe redigiert das erste Cotton-Manuskript, sein Autor arbeitet bereits an der Fortsetzung, der erste »G-man Jerry Cotton« wird gedruckt, im Februar-heft des »Bastei-Kriminal-Roman« erscheint der Name »Jerry Cotton« 1954 zum ersten Mal schwarz auf weiß, auf der letzten Seite von »Bastei-Kriminal-Roman« Band 67, in der Vorankün-digung auf Band 68. Anfang März 1954 packt Gustav Lübbe den druckfrischen »Bastei-Kriminal-Roman« Band 68 in seinen flügellahmen Käfer, um zum Kölner Grossisten, zur Post und zur Bahnhofsbuchhandlung der Domstadt zu fahren, und im Laufe des gleichen Monats finden die Leser der Bastei-Reihen einen Heftroman mit dem Titel »Ich suchte den Gangster-Chef« vor und beginnen den ersten Jerry-Cotton-Roman zu lesen: *Heute nennen mich meine Freunde wenigstens Jerry, aber früher riefen mich alle bei meinem vollen Namen: Jeremias...*

Eine Kultfigur tritt in das Licht der Öffentlichkeit, die erfolg-reichste Krimiserie der Welt ist angelaufen.

Bis zum Jahresende erscheinen etwa acht bis zehn weitere Bastei-Kriminal-Romane mit Geschichten des »G-man Jerry Cotton«. Exakt lässt sich das heute nicht mehr recherchieren, da handschriftliche Einplanungen der Bastei-Romane erst ab 27. August 1955 vorliegen. Die Tabellen tragen größtenteils Gustav Lübbes Handschrift, einige auch die seiner Frau.

Aus diesen Einplanungen geht immerhin hervor, dass »G-man Jerry Cotton« zu jener Zeit in unregelmäßigen Abständen heraus-gegeben wird. Einmal liegen sieben oder acht Wochen zwischen zwei Cotton-Romanen, manchmal nur zwei, im Schnitt also etwa fünf bis sechs Wochen.

»Der Erfolg zeigte sich schon nach den ersten erschiene-nen Bänden«, erzählt Rolf Schmitz. »Jerry Cotton ragte aus allen anderen Romanen innerhalb der Bastei-Kriminal-Reihe heraus. Das war damals noch sehr überschaubar, so viele Serien er-schienen ja noch nicht im Verlag. Wenn dann die letzten Ro-mane remittiert waren – die kamen aus Wien zurück, dort war die letzten Phase des Vertriebs –, wenn die also zurückkamen, waren die Stapel auf den Paletten mit Cotton-Romanen niedriger als die Romanstapel auf den anderen Paletten. Und schon hatte man den optischen Beweis: Jerry Cotton wird am liebsten gekauft!«[45]

Die Vorliebe der Leser für den G-man aus New York City muss sich schon 1954 in erfreulichen Zahlen niedergeschlagen haben, denn im gleichen Jahr zieht das Verlegerpaar mit seinem Kleinstverlag aus der Paffrather Garage nach Bergisch Gladbach in eine Baracke in der Richard-Zanders-Straße. Dort gibt es Fenster, und man kann den Verlagsbetrieb in zwei Räumen organisieren.

Drei Mitarbeiter stoßen im Laufe des Jahres zu dem Zwei-»Mann«-Betrieb. Zunächst eine junge Dame, die Ursula Lübbe das Verpacken der Heftromane abnimmt, später eine Frau, die ihr bei der Buchhaltung zur Hand geht, und schließlich ein Redakteur, der als freier Mitarbeiter gemeinsam mit Gustav Lübbe die angekauften Manuskripte lektoriert.

Aus dem »Bastei-Liebes-Roman« wird 1954 die Serie »Silvia«, und in der Bilanz am Ende des Jahres steht unter »Umsatz« eine Zahl, die zur Hoffnung Anlass gibt: DM 40 000.

Und noch ein Lichtblick in jenem Jahr: Bei seiner Suche nach fähigen Autoren landet Gustav Lübbe 1954 einen zweiten Treffer. Etwa Mitte des Jahres landet das Manuskript eines unbekannten Autors auf seinem Schreibtisch. Der Krimi muss den Verleger sofort überzeugt haben. Die Hauptfigur heißt Mike Lester, und Gustav Lübbe schreibt dem Autor am Tag nach der Lektüre, dass ihm Mike Lester sympathisch sei und er seinen Fall veröffentlichen werde. Der Mike-Lester-Roman erscheint Mitte Januar 1955 als »Bastei-Kriminal-Roman« Band 111. Der unbekannte Autor nennt sich James Falker.

Nur wenige Wochen später besucht Gustav Lübbe den knapp Vierundzwanzigjährigen, der hinter diesem Pseudonym steckt. Ein Sachse, er heißt Heinz Werner Höber.

Der Urautor der Serie muss das Schreiben in jenen Monaten für einige Zeit an den Nagel hängen – aus gesundheitlichen Gründen? Aus beruflichen? Man liest und hört heute nur Gerüchte darüber –, und Gustav Lübbe sucht händeringend nach einem Autor, der in der Lage ist, den G-man weiterhin auf Verbrecherjagd zu schicken. Höber ist sein Mann. Und Höber macht sich nicht nur an die Arbeit, sondern er verleiht dem G-man und vor allem dem FBI-Distrikt New York ein unverwechselbares Profil. Davon mehr im nächsten Kapitel.

Jedenfalls erscheint im Juni 1955 der erste Cotton aus Heinz Werner Höbers Schreibmaschine, vier weitere folgen bis Anfang 1956. Gustav Lübbe hat sich längst entschieden, dem FBI-Agenten aus Manhattan eine eigene Serie zu geben, denn der Erfolg des »G-man Jerry Cotton« hält unvermindert an. Die Vorbereitungen laufen auf Hochtouren, geeignete Titelbilder müssen besorgt, der Urautor überzeugt werden, beim Serienstart mit möglichst vielen Romanen vertreten zu sein. Nach Gustav Lübbes Vorstellungen soll »G-man Jerry Cotton« mindestens im Dreiwochenrhythmus erscheinen und das erste Dutzend Romane selbstverständlich von ihm stammen. Der Autor erliegt Charme und Drängen des Verlegers – und wahrscheinlich auch seiner eigenen Schreiblust – und macht sich noch im gleichen Jahr an die Arbeit für die ersten Serienhefte.

Und dann kommt das Jahr 1956. Im Januar erscheint der letzte Cotton-Roman in der Reihe »Bastei-Kriminal-Roman«. Es ist der Band 165. Der Titel liest sich wie ein Augenzwinkern des Schicksals: »Ich gewann das tödliche Spiel«.

In der handschriftlichen Tabelle für die Titeleinplanung finden sich in der Zeile für den 10. März 1956 in der linken Spalte drei durchgestrichene und zwei unleserliche Titel für den »Bastei-Kriminal-Roman« Band 173. In der mittleren Spalte liest man den Titel für »Silvia« Band 162, »So nimm denn meine Hände!«, und in der rechten Spalte zweimal »Jerry Cotton Nr. 1«; einmal in blasser Schrift und durchgestrichen und darunter noch einmal klar und deutlich und mit energischer Handschrift, als hätte der Verfasser gleich danach mit der Faust auf den Tisch geschlagen.

Titel: »Ich jagte den Diamantenhai«.

Anfang April, vier Wochen später, erscheint der zweite G-man Jerry Cotton: »Ich stellte die große Falle«. Anfang beziehungsweise Ende Mai kommen die Hefte 3 – »Ich zerschlug die Bande der Fünf« – und 4 – »Ich entdeckte den Goldmacher« – auf den Markt. Bis G-man Jerry Cotton Band 8, der am 13. September 1956 unter dem Titel »Ich faßte den Eisenbahnmörder« erscheint, gibt Gustav Lübbe alle vier Wochen einen »G-man Jerry Cotton« heraus, danach verkürzt er auf den angestrebten Dreiwochenrhythmus. Bei dem bleibt es bis Ende Juni 1957. Ab dem Cotton-Heft 22 – »Der Tod saß uns im Nacken« – beantwortet Gustav Lübbe den Erfolg der Serie mit einem zweiwöchentlichen Erscheinungsrhythmus. Ab Juni 1958 erscheint »G-man Jerry Cotton« dann wöchentlich.

Jerry Cotton als Glücksstern für Gustav und Ursula Lübbe über einem auch in anderer Hinsicht guten Jahr 1956: Sie können einen Stamm von Hausautoren verpflichten, ihr Verlag gibt die vierte Romanreihe heraus, die Auflagen wachsen, der Umsatz steigt bis zum Jahresende auf DM 90000, in der Scheidtbachstraße entsteht ein kleines Verlagsgebäude mit drei Büroräumen und einem Packraum, und Gustav Lübbe kann den neunzehnten Mitarbeiter einstellen.

Als wollte das Leben die wachsende Zuversicht des Verlegerpaars bestätigen, gewährt es 1957 zum beruflichen auch das private Glück: Ursula und Gustav Lübbe werden zum zweiten Mal Eltern: Sohn Stefan wird geboren. Heute steht Stefan Lübbe an der Spitze der Verlagsgruppe Lübbe.

Jerry Cottons »Berichte« aus Manhattan gewinnen unterdessen von Woche zu Woche neue Leser. Rolf Schmitz über Cottons

Schöpfer: »Der Erfolg war ihm unheimlich.« Mit diesem Gefühl wird er nicht allein gestanden haben: Selbst die Chronik der folgenden Jahre liest sich wie ein Roman:

1957 stellt Gustav Lübbe weitere Mitarbeiter ein, darunter Lektoren und einen Verlagsleiter; im gleichen Jahr kann er Grundstücke für eine Erweiterung des Verlagsgebäudes kaufen.

1958 – Gustav Lübbe feiert seinen vierzigsten Geburtstag – erweitert er sein Verlagsprogramm um neue Romanreihen, die Comic-Serie »Felix«, die ein Riesenerfolg wird, und eine erste Rätselzeitschrift und baut den Verlagssitz in der Scheidtbachstraße aus.

1960 wird »G-man Jerry Cotton« jede Woche 95000 Mal gedruckt, und Gustav Lübbe entscheidet sich für eine Zweitauflage. Die erscheint zunächst in einer Druckauflage von 31000 Exemplaren. Erinnern wir uns: Zehn Jahre sind vergangen, seit der ehemalige Feuilleton-Redakteur sein Sparschwein mit dem gesparten Kinogeld schlachtete, um einen Kleinverlag in Köln zu kaufen.

1961 verlegt er dreizehn Romanreihen, zwei Rätselzeitschriften und eine Comic-Serie – wöchentliche Gesamtauflage: 800000 Exemplare! –, und der Jahresumsatz klettert auf 9 Millionen Mark.

1963 steigt die Zweitauflage der Cotton-Serie auf 99000 Exemplare, die Erstauflage auf 168000. Über hundert Angestellte arbeiten in der Scheidtbachstraße. Im Bastei Verlag Gustav H. Lübbe erscheint das erste Taschenbuch – folgerichtig ein Cotton-Roman[46] –, und im gleichen Jahr erfüllt sich Gustav Lübbe einen lang gehegten Traum: Er gründet einen Buchverlag. Ein halbes Jahr später wird das erste Buchprogramm des Gustav H. Lübbe Verlags vorgestellt.

Im Mai 1965 wird in Köln der erste Jerry-Cotton-Film »Schüsse aus dem Geigenkasten« uraufgeführt, und 1966 überschreitet die Auflage von »G-man Jerry Cotton« die Grenze der halben Million.

Und so weiter und so weiter…

Nach zehn Jahren blicken Cotton und sein Verleger auf eine geradezu schwindelerregende Erfolgsgeschichte zurück.

Sicher, die Zeiten waren günstig. Für Jeremias Cotton in der Metropole New York, in der nach dem Mythos der Fünfzigerjahre Tellerwäscher zu Millionären werden konnten. Und für Gustav Lübbe in der jungen Bundesrepublik, im Land des Wirtschaftswunders, in dem Anfang der Fünfzigerjahre Aufbruchsstimmung herrschte und das Gründergestalten suchte, Männer und Frauen also, die wagemutig und hartnäckig genug waren, sich ihr Glück selbst aufzubauen.

Und sicher, beide hatten Glück. Jerry, weil er ausgerechnet von einem FBI-Agenten verprügelt wurde, der anschließend sein bester Freund wurde, und Gustav Lübbe, weil ihm zwei Menschen begegneten, ohne die seine Geschichte vielleicht ganz anders verlaufen wäre: Cottons Erfinder (und seiner Fantasiefigur) und vor allem Ursula Sprenger, die bald darauf Ursula Lübbe hieß. Wann läuft einem Verleger schon mal ein Autor wie der Cotton-Erfinder über den Weg? Und wann einem Mann eine Frau, die sich denselben Zielen verschreibt wie er und diese mit gleicher Leidenschaft verfolgt?

Eine günstige Zeit also und viel Glück. Dennoch, ohne Gustav Lübbes Persönlichkeit, seine charmante Hartnäckigkeit und seine stets zuversichtliche Sicht der Dinge gäbe es heute weder den »G-man Jerry Cotton« noch die Verlagsgruppe Lübbe. Gustav Lübbes Geschichte – vom lesenden Bauernjungen zur großen Unternehmerpersönlichkeit – ist in diesem Kapitel zumindest in Umrissen deutlich geworden. Sie ausführlicher zu schildern und Gustav Lübbe seiner Person entsprechend zu würdigen würde ein ganzes Buch füllen.

Zahlreiche Menschen haben ihre Eindrücke aus Begegnungen mit Gustav Lübbe schriftlich oder mündlich wiedergegeben, Freunde, Familienmitglieder, Mitarbeiter, Autoren, Verleger-

Kollegen. Einige sind in diesem Kapitel bereits zu Wort gekommen. Hört man in das Konzert ihrer Stimmen hinein, sieht man einen Mann, den vor allem drei Dinge auszeichneten: die Fähigkeit, Visionen zu entwickeln, das Gespür für den Weg, auf dem sie Wirklichkeit werden können, und Wille und Mut, den ausgespähten Weg auch einzuschlagen und bis ans Ziel zu verfolgen.

Lauscht man diesem Stimmenchor ein paar Details ab, entsteht das Bild eines Mannes mit beiden Beinen auf der Erde und dem Kopf voller Ideen. Man sieht ihn zum Beispiel in ein Redaktionsbüro treten, in dem sich zwei Redakteure vergeblich den Kopf über den Untertitel der neuen Heftreihe »Gespenster-Krimi« zerbrechen. Ihr Verleger nimmt Bleistift und Papier, denkt kurz nach und schreibt: »Zur Spannung noch die Gänsehaut«.

Man sieht ihn in einer Konferenz, in der die Chancen für eine neue Reihe diskutiert werden, und hört ihn sagen: »Das machen wir!«

Man sieht ihn, einen nicht eben hoch gewachsenen Mann übrigens, mit schneidigem Schritt über den Verlagsflur eilen und einer Redakteurin begegnen und hört ihn einen seiner Standardsätze sagen: »Haben Sie gute Romane.« Keine Frage wohlgemerkt, eine Feststellung, und zur einzig möglichen Antwort gibt es keine Alternative.

Oder man sieht ihn mit einem Autor zusammensitzen und hört, wie er sich nach dessen Ergehen erkundigt, amüsante Geschichten zum Besten gibt und irgendwann die Stimme senkt und sagt: »Ich hab da eine Idee…«

Oder man sieht ihn an seinem Schreibtisch, wie er aus wachen, hellblauen Augen einen jungen Mann mustert, der ihm gegenübersitzt und sich für eine Stelle als Vertriebsvolontär bewirbt, und man hört ihn sagen: »Ich hab da etwas anderes für Sie. Aus Ihrer Bewerbung spricht Fantasie, ich biete Ihnen eine Stelle als Volontär in meiner Romanredaktion an.«[47]

Und so könnte man fortfahren…

Anfang 1993, zwei Jahre vor seinem Tod, sitzt Gustav H. Lübbe in seinem großzügigen Büro im Verlagshaus und verfasst seinen Beitrag für die Pressebroschüre zum vierzigjährigen Verlagsjubiläum: »Es war ein Glücksfall für mich als noch junger Verleger (...), als mir 1953 das Manuskript eines ebenfalls jungen, hochtalentierten Mannes auf den Schreibtisch kam. Die Geschichte des 18jährigen Jerry Cotton…«

Vielleicht fällt sein Blick zwischen zwei Sätzen auf das schmale, etwa mannshohe Fenster an der Stirnseite des Raumes. Ein Milchglasbaum füllt die Scheibe fast vollständig aus, ein Symbol seines Lebenswerks. In der Krone des Baumes hat der Kunstglaser vier Namen gestaltet: die Vornamen des Verlegers und seiner Familie. Und vielleicht wandert sein Blick den Stamm hinunter bis zur Wurzel des Baumes, und er denkt daran, wie alles begann, bevor er weiterschreibt: »Nicht in unseren kühnsten Träumen konnten wir damals ahnen, daß Jerry Cotton nicht nur New York erobern würde, sondern die halbe Welt. Der New Yorker G-man war mein erster verlegerischer Erfolg. Es überrascht also nicht, daß Jerry einen besonderen Platz in meinem Herzen hat.«

Jemand fragte Gustav Lübbe einmal, welches Buch er immer noch nicht gelesen habe. Seine Antwort: »Ratgeber für erfolgreiche Unternehmensführung.«[48]

Heißes Blei
für einen G-man
Teil 3

Es war gegen sechs Uhr, und der G-man rangierte seinen Jaguar in eine Parkbucht auf dem Parkplatz des Beekman Downtown Hospital – so hieß die Klinik, in der sein Partner seit zwei Tagen behandelt wurde. Er stellte den Motor ab und zog den Zündschlüssel heraus. Statt die Tür aufzustoßen, sah er mich an und sagte: »Sie halten mich für abgebrüht, was?«

»Wie kommen Sie darauf, Mr. Cotton?«

»Sagen Sie Jerry zu mir, okay?«

»Okay. Mich nennen sie zu Hause Fritz.«

»Fritz…« Er grinste. »Ein Deutscher namens Fritz, na prächtig!« Übergangslos wurde seine Miene wieder ernst. »Wissen Sie, Fritz, seit 'ner Stunde erzähle ich Ihnen meine Story, und Sie hören mir geduldig zu. In Wirklichkeit geht Ihnen die ganze Zeit die Schießerei durch den Kopf. Sie glauben, ich sei cool, ja? Ich sei abgebrüht und eiskalt und das Ganze berühre mich nicht, richtig?«

»Äh, nun ja…«, stammelte ich – und fühlte mich ertappt.

»Geben Sie 's ruhig zu. Ist ja nicht schlimm. Ich sage Ihnen aber, es lässt mich nicht kalt, was Ihnen da passiert ist. Und schon gar nicht lässt es mich kalt, dass ich auf einen Menschen schießen musste.«

»Aber... gehört das nicht zu Ihrem Job?«, fragte ich – und hätte mir im nächsten Moment am liebsten die Zunge abgebissen, denn mir wurde klar, wie naiv diese Frage klang.

»Sicher doch!«, gestand Cotton. »Aber glauben Sie mir, gern tue ich so was nicht. Ich tu 's nur dann, wenn ich absolut keine andere Wahl habe. Meistens in Notwehr, um mein eigenes Leben zu schützen. Oder um Unschuldige zu retten. Immer nur dann, wenn es absolut keine andere Möglichkeit mehr gibt. Denn ich hasse Gewalt, aber manchmal bin ich gezwungen, Gewalt anzuwenden, um schlimmere Gewalt zu verhindern. Verstehen Sie das?«

Ich hatte gesehen, wie der Notarzt die Schusswunde des Ledermanns versorgt hatte. Ein kleines Einschussloch in der rechten Ellenbeuge jenes Burschen, den Cotton einen Auftragskiller nannte, kaum Blut, aber die Kugel hatte den Oberarmknochen wohl knapp über der Ellenbeuge durchschlagen.

»Sie haben ihn ja gottlob nicht erschossen«, murmelte ich.

»Himmel, nein!«, rief Cotton. »Wenn ich schieße, dann nicht mit dem Ziel zu töten. Es geht nicht darum, die bösen Jungs fertig zu machen oder gar abzuservieren – o nein! So was machen die Fernseh- oder Kino-Cops. Die ballern herum und töten Gangster wie die Fliegen. Aber das ist Fiktion, die Realität sieht anders aus. Es geht darum, die Unschuldigen, die Schwachen zu schützen, damit nicht das Gesetz des Stärkeren regiert und die Gewalt überhand nimmt. Sie verstehen?«

Ich nickte. Ja, ich begriff. Aber andererseits – ein Auftragskiller weniger auf der Welt, wen hätte das gestört? Doch so ein Gedanke schien Cotton fern zu liegen.

Und dann sagte er etwas, das mich erstaunte. »Ich bin eben kein G-man, sondern ein G-man!«

Ich schaute ihn irritiert an. »Äh… Wie bitte?«

Er lächelte. »So sagen wir beim FBI manchmal. Wissen Sie nicht, woher der Ausdruck G-man kommt?«

»Nein«, gestand ich.

»Er wurde zum ersten Mal benutzt im Jahre 1934. Von einem Gangster namens ›Machine-Gun‹ Kelly. Nach einem Feuergefecht mit der Bundespolizei streckte er die Waffen, gab auf und rief: ›Don 't shoot, G-men!‹ Damit benutzte er erstmals die seitdem geläufige Bezeichnung G-men für FBI-Beamte, und nach seiner Festnahme fragten Reporter den damaligen FBI-Direktor John Edgar Hoover, ob Machine-Gun Kelly mit ›G-men‹ Gun-men gemeint habe, was so viel wie Revolver- oder Schießeisen-Kerle bedeutet. Doch Hoover winkte ab und bestand darauf, der Berufsverbrecher habe eine Abkürzung für Gouvernment-man, also Regierungs-Mann, benutzt.« Er lachte, schüttelte den Kopf und fuhr dann fort: »Wenn ich also sage, ich bin kein G-man, sondern ein G-man, dann bedeutet das, ich bin kein schießwütiger Bulle wie die Rambos im Kino, sondern Regierungsmann, der im Dienst des Volkes, also der Menschen dieses Landes, steht.«

»Aha. Jetzt begreife ich, Jerry.« Viel mehr konnte ich nicht dazu sagen. Meine Erfahrung diesbezüglich war und ist… nun ja, sagen wir: begrenzt. Ich erinnere mich dunkel, mich mal wegen eines Mädchens geprügelt zu haben. Aber noch nie zuvor hatte mir einer ein Messer an die Kehle gesetzt.

»Aber wenn wir schon dabei sind – was halten Sie von der Sache, Fritz?« Noch immer sah Cotton mich an, und noch immer war sein Blick hart. »Ich meine, was, glauben Sie, wollten die Typen wirklich?« Nun musterte er mich aus schmalen Augen, war jetzt ganz Bulle.

»Ich darf gar nicht daran denken.« Ich schluckte und sah

zum Seitenfenster hinaus. Ein paar junge Frauen tänzelten über den Parkplatz, sie lachten und plapperten. Krankenschwestern nach Dienstschluss wahrscheinlich. »Erst dachte ich, sie wollten die Frau, und als mich der Messermann im Hof flachlegte, dachte ich: Eine Falle, es geht um meine Brieftasche. Und auf einmal sehe ich diesen Kerl mit der Maschinenpistole und...«

»Es war eine Falle, Fritz. Eine Doppelfalle, wenn Sie so wollen. Unterm Strich aber nicht für Sie, sondern für mich.«

Mein Unterkiefer machte sich selbstständig und klappte nach unten. Von einer Sekunde auf die andere fügte sich das Chaos aus Gedanken und Eindrücken in meinem Kopf zu einem schlüssigen Bild zusammen.

»Denken Sie mal nach, Fritz – warum stand der Kerl da an der Hausecke? Weil er auf mich gewartet hat. Steelman wollte mich. Sie waren der Köder. Irgendwie muss er rausgekriegt haben, dass und wo wir verabredet waren.« Cotton machte Anstalten auszusteigen. »Dieser schwarze Beetle, den Sie erwähnten – Sie erinnern sich wirklich nicht, woher Sie den Mann kennen?«

»Dass ich ihn kenne, hab ich nicht gesagt, Jerry. Er kam mir einfach nur bekannt vor, weiter nichts. Mehr kann ich wirklich nicht sagen, ehrlich nicht. Ich hab ihn ja nur ganz kurz sehen können, kaum eine Sekunde lang, und...« Es sprudelte nur so aus mir hervor. Ein eigentlich sinnloser Wortschwall. Ich merkte es selbst. »Keine Ahnung, Jerry.«

»Schon okay.« Wir stiegen aus. »Wenn er was damit zu tun hat, kriegen wir 's raus.« Cotton ließ die Zentralverriegelung des Jaguar zuschnappen. »Steelman haben wir ja.«

»Schönes Stück«, sagte ich mit Blick auf den Jaguar.

»Ja, nicht?« Der Stolz strahlte ihm aus jedem Lachfältchen. »Hab ich geschenkt gekriegt.« Er drehte sich um und steuerte den Eingang der Klinik an. Ich folgte ihm. »Oder nein, eigentlich hat ihn das FBI District Office New York geschenkt gekriegt, doch mit der ausdrücklichen Verfügung, dass nur ich ihn fahren darf. Hab schließlich meinen Oldtimer dafür in die Luft gesprengt.«

Er zog einen Türflügel auf, hielt ihn fest und lächelte eine junge Frau an, die nach draußen wollte und an uns vorbeirauschte.

»Die Sache mit dem Jaguar und dem Oldtimer müssen Sie mir erklären«, sagte ich.

Wir betraten das Gebäude, und Cotton antwortete: »Ist 'ne lange Geschichte. Ich fass mich kurz: Es ging um die Entführung einer Millionärs-Tochter, die erst mit ihren Kidnappern unter einer Decke steckte und dann erkannte, auf was für ein gefährliches Spiel sie sich eingelassen hatte. Fast wäre sie ums Leben gekommen. Ich rettete sie. Ich fuhr damals einen alten Jaguar e-type, mein ganzer Stolz. Als uns die Gangster an den Fersen klebten, sprengte ich ihn in die Luft, damit sie uns nicht erwischten. Darauf verschaffte mir der Vater besagter Millionärs-Tochter den Jaguar XKR, aus Dankbarkeit und Wiedergutmachung. Und weil ein G-man eigentlich keine Geschenke annehmen darf, überließ er den fabrikneuen Flitzer meinem FBI District Office, allerdings mit der Auflage, dass nur ich ihn benutzen darf.«[49]

»Dann gehört der Jaguar also zum FBI-Fuhrpark?«

»Offiziell ja.« Ein spitzbübisches Grinsen huschte über Cottons Züge. »Aber nur offiziell.«

An der Rezeption erkundigte er sich nach Phil Deckers Patientenzimmer. »Chirurgische Station«, beschied uns die schwarze Lady hinter dem Tresen. »Dritter Stock, Zimmer 324.«

Wir betraten den Lift, und Cotton drückte auf den Knopf für das dritte Stockwerk. »Der neue Schlitten da draußen ist ein Traum, keine Frage. Nicht mal sechs Sekunden, und du bist auf hundert. Acht Zylinder, 363 PS.« Die Aufzugskabine vibrierte ein wenig, wippend setzte sie sich in Bewegung. »Wie schnell ich damit über die Siebenundachtzig nach Albany rausche, darf ich Ihnen gar nicht verraten. Aber ich sag 's Ihnen ganz ehrlich, Fritz: Ich vermisse den alten Jaguar e-type trotzdem. War nur ein Auto, okay, und doch mehr als ein Auto. Keine Ahnung, wie ich Ihnen das erklären soll. Sogar einen Namen hatte mein alter Jaguar, das wissen die wenigsten. Ich erinnere mich noch genau an den Tag, an dem ich ihn gekauft habe.« Seine Augen leuchteten, etwas wie Wehmut weichte seine markanten Züge auf. »Alle meine Ersparnisse habe ich damals zusammengekratzt...«[50]

Der Lift hielt, die beiden Türhälften schoben sich auseinander, wir traten in eine Art offenen Saal mit drei Sitzgruppen. Patienten, leicht erkennbar an ihren Morgenmänteln oder Jogginganzügen, saßen mit ihren Besuchern in Sesseln aus schwarzem Kunstleder. Zwei Frauen in Grün gossen Gummibäume, Palmen, Agaven und Zierfarne in riesigen Kübeln. Eine Gruppe aus vier Ärzten stand vor einer Milchglastür und steckte die Köpfe zusammen. Wie ein konspirativer Haufen kamen sie mir vor, als würden sie gerade auslosen, wer welchem Patienten als Nächstes die Galle herausschneiden dürfte.

Cotton erzählte von seinem Jaguar. Dem von damals, dem berühmten e-type. »Ein schwarzer Zweisitzer war das, mit roten Sitzen, hat mich ein Vermögen gekostet.« Cotton schien seine Umgebung nicht mehr wahrzunehmen. In Gedanken streichelte er wohl die lang gezogene Schnauze seines ersten Jaguar, weilte in einer anderen Zeit, an einem anderen Ort. Dennoch marschierte er zielstrebig auf einen der drei Gänge zu, die von dem Aufenthaltsraum abzweigten. Offenbar hatte er öfter hier zu tun. »Phil und ich tauften ihn damals mit Champagner. Und raten Sie mal, auf welchen Namen?«

»Jeremias?«

»He, Fritz! Sie sind ganz schön auf Draht! Hab ich das mal irgendwo geschrieben?« Er stieß die Tür zur Chirurgischen Station auf. »Na ja, jeder hat so seinen Spleen, nicht wahr? Schwamm drüber.« Ich folgte ihm durch eine lange Zimmerflucht. Schwestern zogen Tabletts aus einem Essenscontainer und verschwanden damit in Krankenzimmern, ein Greis quälte sich auf einem Gehwagen Meter für Meter einer Dachterrasse entgegen. Es roch nach Desinfektionsmittel und Kamillentee.

Hatte Cotton eben etwas von einem schwarzen Jaguar e-type mit roten Polstern erzählt? Wahrscheinlich ein Versprecher. Oder stimmte die Geschichte von dem überlasteten Lektor doch, der vor Jahren beim Redigieren aus einem schwarzen Jaguar mit roten Polstern einen roten Jaguar machte?

Ich fragte nach, und Cotton gab mir eine Antwort, mit der ich nie gerechnet hätte. »Ich hatte den Jaguar erst ein paar Tage, da hatte ich den ersten großen Crash. Ein Unfall, und gottlob war ich nicht schuld, sodass ich nicht für den Schaden aufkommen musste. Und weil mein Auto danach ohnehin repariert und neu lackiert werden musste, hab ich dem Jaguar die rote Farbe verpassen lassen. Auf einmal gefiel die mir einfach besser.«

»Aber darüber haben Sie nie berichtet!«

»Stimmt. Es hatte ja auch nichts mit einem meiner Kriminalfälle zu tun, also warum sollte ich meine Leser mit einer Unfall-Story langweilen, bei der es nur Blechschaden gegeben hatte?«

Mitten auf dem Gang blieb Cotton auf einmal stehen. Durch eine gläserne Wand blickte er in die Stationszentrale. Er wirkte verblüfft.

»Ich denke, du liegst im Bett und kurierst deine Knochen?«

Hinter der Glasscheibe hockte eine Schwester und füllte irgendein Formular aus. Es schien ihr keine Freude zu machen, denn sie schnitt eine reichlich grimmige Miene dabei. Neben ihr stand ein Paar. Sie im Arztkittel, schlank, blauschwarzes Haar, schmales Gesicht und große, dunkle Augen. Er hoch gewachsen und hager, blondes, leicht zerzaustes Haar und weiche, fast jungenhafte Züge. Phil Decker. Kaum zu glauben, aber er war es! Und genau so hatte ich ihn mir vorgestellt.

»Ihr Kollege zieht es vor, auf die Gastlichkeit unseres Hauses zu verzichten«, sagte die Ärztin zu Cotton. Es klang ein wenig spitz, und obwohl sie dabei lächelte, drohte eine steile Falte zwischen ihren Brauen.

»Nur ein Schulterdurchschuss, Jerry«, sagte Decker. Der wievielte wohl, fragte ich mich. Der dreihundertsiebenundzwanzigste oder schon der dreihundertachtundzwanzigste? »Ein läppischer Schulterdurchschuss, nur 'ne Fleischwunde, weiter nichts. Kann ich auch zu Hause auskurieren. Oder im Büro, meinst du nicht?«

Cotton seufzte. »Was fragst du mich? Du machst ja doch, was du willst.« Er angelte sein Handy aus dem Jackett, als es losdudelte. Den Kopf gesenkt und das Gerät am Ohr, entfernte er sich ein Stück Richtung Stationstür.

»Unterschreiben!«, blaffte die Schwester. Sie würdigte Decker keines Blickes, schob das Formular an den Rand des Schreibtisches und schlug mit der flachen Hand drauf. »Ganz unten, wo das Kreuz ist.«

»Danke, Ma'am.« Decker bückte sich und unterschrieb.

»Ohne ihr schönes Kreuzchen hätte ich das niemals gefunden.«

»Ich hab ihm dringend davon abgeraten, Sir.« Die Ärztin schien auch mich für einen Kollegen Deckers zu halten. Ich fühlte mich geschmeichelt. »Er geht auf eigene Verantwortung, also muss er unterschreiben.« Ihre Stimme klang nach dickem Samt und einer Sommernacht am Strand.

»Also muss ich unterschreiben«, echote Decker in fast singendem Tonfall. Er schien bestens gelaunt. Ich begriff rasch, dass es die Frau im Arztkittel war, die ihn so heiter stimmte, denn nachdem er den Stift auf den Schreibtisch geworfen hatte, drehte er sich sofort wieder zu ihr um. Mit der Rechten griff er dabei in die Innentasche seines Jacketts. Ziemlich routiniert kam mir diese Bewegung vor.

»Ich war schon in vielen Kliniken, glauben Sie mir, Eve, aber kein Arzt hat mich je so sorgfältig untersucht wie Sie.« Er zog eine Visitenkarte hervor und reichte sie der Ärztin. »Allein Ihre bloße Gegenwart heilt Wunden, davon haben Sie mich innerhalb von zwei Tagen überzeugt.« Er strahlte sie an, während sie halb verlegen, halb geschmeichelt seine Karte studierte. »Und ich würde mich gern revanchieren.«

Sein Charme sprach aus jeder Silbe, und die steile Falte zwischen den Brauen der Ärztin verschwand. »Natürlich hoffe ich nicht, dass Sie je einen Polizisten brauchen werden«, sagte Decker. »Also werd ich Sie zum Essen einladen, sonst müssen Sie ja bis zum Sankt-Nimmerleins-Tag auf meinen Dank warten. Ich schlage einfach mal vor, wir erledigen das so schnell wie möglich. Am besten gleich am Wochenende. Haben Sie da Zeit, Eve?«

Die Schwester stützte das Kinn auf die Faust und verdrehte die Augen. Die Ärztin lächelte. »Ich denke darüber nach.« Sie steckte seine Karte ein. Ich beneidete Decker.

»Ich werd Sie anrufen!« Er winkte den Frauen zu. Vor dem Griesgram am Schreibtisch verneigte er sich sogar ein wenig. Wie ein Sieger schritt er aus dem Stationszimmer.

»Sie müssen der Mann aus Good Old Germany sein.« Er reichte mir die Hand. »Der arme Irre, der ein Buch über Jerry schreiben will, stimmt 's?«

Ich bejahte und stellte mich vor.

»Was liegt so an auf der anderen Seite des Großen Teichs? Hab schon zwei Tage keine Zeitung mehr in der Hand gehabt.«

Ein sonniger Bursche, dieser Decker, er sprühte nur so vor guter Laune und Charme. In null Komma nix hatte er mich in einen Smalltalk über die »Grünen« in Deutschland, den Teint von Bushs Sicherheitsberaterin und den schleichenden Zerfall der Kleiderordnung beim FBI verwickelt. Letzteren begrüßte er.

»Die Zentrale!« Cotton steckte sein Handy zurück ins Jackett. »In Chinatown hat ein schwarzer Beetle einen Geflügelgrillwagen gerammt. Fahrerflucht. Die Kollegen von der City Police haben rausgekriegt, dass der Beetle bei der AVIS-Filiale am JFK Airport geliehen wurde. Mit ein bisschen Glück wissen wir bald, wer den Mietvertrag unterschrieben hat.«

Auf dem Weg zum Parkplatz erzählte er seinem Partner, was vorgefallen war in jenem Hinterhof in Chinatown. Decker pfiff durch die Zähne. »Toller Hecht, dieser Jeremias, was?«, scherzte er, während ich mich auf die enge Rückbank des Jaguar zwängte. Für sein Sakrileg handelte sich Decker einen Rippenstoß seines Partners ein.

Die beiden FBI-Agenten stiegen ein, Cotton startete den Motor, und Decker fragte mich: »Wissen Sie auch, wer ihn entdeckt hat?«

Klar wusste ich, wer Cotton entdeckt hat! Im Flugzeug hatte ich ein ganzes Kapitel darüber geschrieben.

»Lassen Sie uns eine Kleinigkeit trinken gehen, Fritz«, sagte Decker, der sich nach mir umgedreht hatte. »Dann erzähle ich Ihnen, wer diesen Prachtkerl wirklich entdeckt hat.«

In meinen Jackentaschen kramte ich nach Stift und Notizblock, denn ich bekam mit, wie Cotton und Decker sich über Steelman ausließen, während Cotton den Jaguar in den Verkehr auf der Beekman Street einfädelte. Ich hörte heraus, dass sie den Namen schon länger kannten, das Gesicht allerdings nur von einem Phantombild. Jedenfalls wurden vor mir auf dem Fahrer- und Beifahrersitz interessante Geschichten verhandelt, und ich wollte kein Wort mehr verpassen. In der rechten Außentasche ertastete ich außer meinem Stift wieder dieses harte metallene Ding.

Diesmal zog ich es heraus. Ein Schlüssel.

Ich betrachtete ihn, wie man einen fremden Menschen betrachtet, den man beim Schlafengehen in seinem Bett findet. Aus Leichtmetall war er. Und kleiner als ein Zimmerschlüssel. Ein wenig sah er aus wie ein großer Kofferschlüssel. Oder wie ein Schlüssel zu einem Spind oder einem Schließfach, einem Bahnhofsschließfach etwa. Oder zu einem Bankschließfach.

Mein Gepäck befand sich in meinem Zimmer im Chelsea Hotel, das hatte ich mir vom Vorschuss für dieses Buch geleistet. Aber ein Bankschließfach? Klar, da lagern die Originalmanuskripte meiner letzten zehn Bestseller! Kurz: Der Schlüssel gehörte mir nicht. Denn ich habe noch keine zehn Bestseller geschrieben. Vielleicht wird ja dieses Buch der erste? Also – wie, um alles in der Welt, kam der verdammte Schlüssel in meine Jackentasche?

Rosenöl. Plötzlich meinte ich ihren Duft wieder zu riechen. Die Schweizerin neben mir im Gedränge auf der Bayard Street.

Und ich hörte im Geiste ihre Worte wieder.

»Sie müssen mir helfen...«

4 Erste Post vom FBI-Hauptquartier oder: »Der Mann, der Jerry Cotton war«

Im Sommer 1953 begegnen sich Gustav Lübbe und Cottons geistiger Vater zum ersten Mal. Und im Sommer 1953 kommt ein anderer, ein zweiundzwanzigjähriger Schriftsteller mit einem Manuskript unter dem Arm nach Düsseldorf. Das Manuskript trägt den Titel »Die freie Republik«, der junge Mann hofft, sein Theaterstück bei den Ruhrfestspielen auf die Bühne bringen zu können.

Eingeladen hat ihn der Deutsche Gewerkschaftsbund, seit 1947 zusammen mit der Stadt Recklinghausen Veranstalter der Ruhrfestspiele. In Düsseldorf wird dieser Zweiundzwanzigjährige dem damaligen Chef-Intendanten des Düsseldorfer Schauspielhauses, Gustav Gründgens, als hoffnungsvoller junger Dramatiker vorgestellt.

Der hoffnungsvolle Dramatiker trägt Kreppsohlenschuhe, eine abgerissene Jacke und schäbige Hosen. Gründgens mustert ihn von oben bis unten und beschränkt sich auf einen einzigen Kommentar: »Junger Mann, Sie tragen unmöglich geschnittene Beinkleider.«[51]

Der hoffnungsvolle Dramatiker ist froh, überhaupt eine Hose zu besitzen. Er hat nicht einmal das Geld, seine löchrigen Socken durch neue zu ersetzen. Sein Erscheinungsbild ist so jämmerlich, dass sich der damalige Leiter der Ruhrfestspiele veranlasst sieht, dem jungen, hoffnungsvollen Dramatiker zu neuer Garderobe zu verhelfen.

Zehn Jahre später ist aus dem hoffnungsvollen Dramatiker ein Bestsellerautor geworden, und er besitzt nach eigenen Angaben »fast dreißig Anzüge, die meisten mit Weste. Zu jedem Anzug mindestens fünf bis zehn, ausdrücklich für diesen Anzug ausgewählte Krawatten, Socken, die farblich genau zu den Anzügen paßten, und zu jedem Anzug zwei Paar passende Schuhe.«[52]

Das Pseudonym des Bestsellerautors: Jerry Cotton. Sein bürgerlicher Name: Heinz Werner Höber.

»Ein faszinierender Mensch«, erinnert sich Rainer Delfs, seit 1986 Chefredakteur des Verlagsbereichs Bastei Spannungsromane, der ihm Ende der Sechzigerjahre, Anfang der Siebzigerjahre ein paarmal begegnet ist. »Den müssen Sie erlebt haben. So ein dicker Kerl, wenn der hier in diesem Zimmer geredet hat, hat man das in sämtlichen Nachbarräumen gehört. Und sobald er irgendwo auftauchte und erzählte, hörte ringsumher alles fasziniert zu.«[53]

Heinz Werner Höber war der dritte Mann jenes Trios, das der Cotton-Serie zum Kultstatus verhalf.

Drei Männer. Alle drei hatten sie die Nazizeit und den Zweiten Weltkrieg erlebt. Cottons Erfinder im Bombenhagel des Ruhrgebiets, Gustav Lübbe als Soldat und Heinz Werner Höber als Junge und Halbwüchsiger. Alle drei suchten sie nach Kriegsende ihren Platz in der jungen Bundesrepublik. Höber, neun Jahre jünger als Cottons Erfinder und dreizehn Jahre jünger als sein Verleger, tat sich am schwersten. Der Krieg hatte ihn entwurzelt.

Über Gustav Lübbe ist in der Presse, in Verlagsbroschüren und Jubiläumsfestschriften einiges geschrieben worden. Er selbst griff erst 1992, drei Jahre vor seinem Tod, zum Diktiergerät, um seine Erinnerungen festzuhalten. Doch über Seite 19 kam er nicht hinaus; seine »Erinnerungen« sind nie erschienen. Vermutlich gab es Wichtigeres zu tun.

Autor Nummer eins hat nur den Aufsatz »Ich erfand Jerry Cotton« für das 500. Cotton-Taschenbuch und die wenigen Zeilen, die in diesem Buch veröffentlicht werden, über sich selbst verfasst. Und auch die nur auf bittendes Drängen der Jerry-Cotton-Redaktion hin. Man wird in diesen wenigen autobiografischen Sätzen vergeblich nach Fakten suchen, die ausschließlich persönlicher Natur sind und nicht in unmittelbarem Zusammenhang mit der Cotton-Serie stehen.

Ganz anders Höber. 1996, zwei Jahre vor seinem Tod, erscheinen seine Lebenserinnerungen. Die meisten davon sprach er im Sommer 1992 in Berlin auf Band, im selben Jahr, als auch Gustav Lübbe Anlauf zu einer Biografie nahm.

Das Buch entstand aus fünf Stunden Höber-Monologen, so erfährt man im Nachwort. Höbers Freund und Autor-Kollege Jan Eik recherchierte die Hintergrundfakten und verwandelte die Aufnahmen in einen gut lesbaren Text. Eik ist der »Bearbeiter« und Höber der »Erzähler«, also der eigentliche Autor des Buches; auf der letzten Seite des Werkes wird dies klargestellt.[54]

Titel des Buches: »Der Mann, der Jerry Cotton war«. Untertitel: »Erinnerungen des Bestsellerautors Heinz Werner Höber«.

Ein Bestsellerautor war Höber ganz bestimmt – wie übrigens die meisten langjährigen Cotton-Autoren, auch wenn »G-man Jerry Cotton« sie nicht berühmt gemacht hat.

Jerry Cotton war Höber ganz bestimmt nicht.

Die Überschrift dieses Kapitels setzt den Buchtitel bewusst in Anführungszeichen. Möglicherweise wollten Verlag und Bearbeiter – vielleicht sogar Höber selbst – mit Gerüchten spielen, die Höber die Urheberschaft an der Cotton-Figur andichten.

Die Kapitelüberschrift in diesem Buch will den Titel von Höbers Biografie nicht als Faktum verstanden wissen, sondern als eine Art Bekenntnis; als Bekenntnis eines Autors, der sich über das unter Schriftstellern übliche Maß hinaus mit der Hauptfigur der meisten seiner Romane identifiziert hat. »Ich war Jerry Cotton« – genauso gut hätte Höber sagen können: »Ich fühlte mich als Jerry Cotton.«

»Erinnerungen eines Bestsellerautors« lautet der Untertitel, und das Buch liest sich wie ein Schelmenroman. Prallvoll von vielen witzigen, zahlreichen amüsanten und einigen traurigen Geschichten ist es, und aus manchen könnte man ganze Romane dichten. Inwieweit sich diese Geschichten mit dem decken, was wirklich geschehen ist – mit den so genannten Tatsachen also –, können wir getrost dahingestellt sein lassen, denn Höbers Geschichten sind so farbig und manchmal so hinreißend, dass der Leser schon nach zehn oder fünfzehn Seiten ein lebendiges Bild seiner Hauptfigur vor Augen hat: das Bild eines Menschen, der schier platzt vor Fantasie und Fabulierlust und der seinen Lebensweg mehr entlangtaumelte, als dass er ihn geradlinig gegangen ist.

Besonders aufmerksame Leser Höbers werden nach der Lektüre noch einmal die erste Seite aufschlagen und ein zweites Mal Oscar Wildes Ausspruch lesen, den Höber – oder sein »Bearbeiter«? – als Motto über seine Lebenserinnerungen stellt: »Ausführlich zu schildern, was sich niemals ereignet hat, ist nicht nur die Aufgabe des Geschichtsschreibers, sondern auch das unveräußerliche Recht jedes wirklichen Kulturmenschen.«

Und vielleicht wird der betreffende Leser dann herzhaft lachen, weil er jetzt erst das Augenzwinkern des Erzählers erkennt.

Zwischen den Zeilen hört man in manchen Abschnitten auch einen anderen Ton heraus als nur den des augenzwinkernden Fabulierers. Den Ton des Mannes nämlich, der am Ende seines Lebens steht und zurückblickt. »Prolog an der Grenze« heißt bezeichnenderweise die erste Titelzeile der Einleitung. Die zweite Titelzeile lautet: »Schon geht das Theater los«.[55] Wie auf ein

Theaterstück blickt der Erzähler auf sein Leben zurück, meist amüsiert, selten wehmütig und fast immer versöhnt. Und weil es sein Stück ist, setzt er die Hauptfigur noch einmal nach allen Regeln der Kunst in Szene und richtet den Spot auf sie. Also auf sich selbst.

Im »Prolog an der Grenze« schildert Höber, wie er 1967 von West-Berlin aus nach fast zwanzig Jahren zum ersten Mal wieder das Gebiet der DDR besuchen will. Am Grenzübergang zeigt er dem DDR-Grenzer seinen Reisepass. »In der Rubrik ›Familienname‹, wo bei jedem normalen Menschen ein Wort steht, waren bei mir drei Zeilen ausgefüllt: Höber (Schriftstellernamen: Jerry Cotton, James Falker, Karin von Zeyck).«[56]

Wenigstens einer dieser Namen muss dem Grenzbeamten bekannt vorgekommen sein, denn er fragt Höber in breitem Sächsisch, ob er Gangster-Romane schreibe. »Polizisten-Romane«, korrigiert Höber. Er fällt dabei ebenfalls in den Dialekt seiner ehemaligen Heimat, und der Grenzer fühlt sich auf den Arm genommen. Im Pass liest er Höbers Geburtsort: Bärenstein im Erzgebirge, also auf DDR-Gebiet. Ein zweiter Grund, Höber zu filzen. Er muss »rechts ranfahren«. Und dann folgt eine der zahlreichen selbstironischen Stellen des Buches, mit denen der Erzähler augenblicklich die Zuneigung seiner Leser gewinnt: »Ich dachte: Siehste, Höber. Jetzt geht das Theater los. Wenn ich es recht bedenke, könnte dieser Satz als Motto über meinem ganzen Leben stehen: Schon geht das Theater los.«

Nicht von ungefähr lässt Höber seine Leser gleich zu Beginn seiner Lebenserinnerungen in seinen Reisepass schauen – Schriftstellername: Jerry Cotton. Denn nichts prägte Höbers Leben nachhaltiger als die Begegnung mit dem G-man Jerry Cotton und seine schriftstellerische Arbeit an der gleichnamigen Serie.

Am 20. Mai 1931 kommt Heinz Werner Höber im Erzgebirge zur Welt. Bärenstein heißt sein Geburtsort, ein Dorf an der tschechischen Grenze. Sein Vater ist Dachdecker, über die Herkunft seiner Mutter verraten Höbers Lebenserinnerungen nicht viel. Allerdings erfährt der Leser, dass sie, im Wald unterwegs mit dem Säugling Heinz Werner, einer Vergewaltigung nur deswegen entging, weil ihre Schreie Waldarbeiter alarmierten, die den Unhold verjagten.[57]

Überhaupt, der Wald im Erzgebirge – als besonders düster beschreibt Höber ihn, Bedrohung und Unheimliches strahlte er aus. »Zwar waren die Erzgebirgler Christen, aber Waldgeister spukten in den Köpfen immer noch herum.« Täler und Hügel, dunkle Fichtenwälder und Aberglaube – eine Landschaft, in der die Fantasie gedeihen kann, wenn man sie nur lässt.

Für den kleinen Höber und seine Spielgefährten sind Winnetou und Old Shatterhand etwa das, was für die Kids heute Luke Skywalker und Han Solo sind. Mit Schulbeginn kann Höber das erste Winnetou-Kapitel auswendig, während des Unterrichts liest er Karl May unter der Schulbank, und die Bücherei im Dorf zählt ihn zu ihren regelmäßigen Nutzern.

1945 marschiert die Rote Armee in Sachsen ein. Höber ist vierzehn, als die Russen in seine Heimatstadt Döbeln einziehen, und einfallsreich genug, sich mit den Verhältnissen zu arrangieren. Einmal imitiert er vor einem russischen Offizier Hitler und Goebbels. Der Offizier ist überzeugt von Höbers schauspielerischem Talent, und statt ins Gefängnis schickt er ihn ins Stadttheater von Döbeln. Dort arbeitet Höber eine Zeit lang als Kleindarsteller und Mädchen für alles. Nebenbei nimmt er Schauspielunterricht, die Stunde für 35 Reichsmark oder zwei Zigaretten. Reichsmark hat er keine, Zigaretten besorgt er auf dem Schwarzmarkt.

Ein paar Monate lang hält Höber seine Mutter, seine Schwester und sich mit Schiebereien über Wasser. Sein Leben spielt sich zwischen Oberschule, Theater und Schwarzmarkt ab. Bald findet man ihn auch auf FDJ-Versammlungen: 1946 oder 1947 wird er Mitglied der Sozialdemokratischen Partei Deutschlands. Die politische Lage im Ost-Sektor spitzt sich zu, SPD und KPD werden zur SED vereinigt, die ehemaligen Nazi-KZs füllen sich wieder. Auch Höber landet ein paarmal im Gefängnis, schließlich sogar im KZ Mühlberg. Dort sieht der Sechzehnjährige zum ersten Mal in seinem Leben dem Tod ins Auge: Neben ihm sterben Gefangene.

Der Grund für seine Verhaftungen ist ihm selbst nicht klar: Vielleicht hat er sich durch Reden auf FDJ-Versammlungen politisch unbeliebt gemacht, vielleicht will die SED den jungen Schieber kaltstellen. Vielleicht auch beides. Als man ihn zu Verhören in die russische Kommandantur nach Döbeln schafft, kann er im Winter 1947 aus dem Kellerkerker fliehen. Über Westberlin gelangt er im Sommer des gleichen Jahres nach Hamm in Westfalen. In Osnabrück tritt Gustav Lübbe etwa zur gleichen Zeit seine Redaktionsstelle bei der »Neuen Tagespost« an.

SPD-Genossen verschaffen Höber Arbeit, zunächst als Straßenfeger, dann als Hilfsarbeiter auf dem Güterbahnhof. Hitze und Schwerstarbeit geben dem unterernährten Jungen den Rest, er bricht zusammen. Es folgen ein längerer Klinikaufenthalt und ein Jugendheim in Stukenbrock in der Senne.

Ende der Vierzigerjahre verschlägt es ihn nach Lemgo. Dort geht er aufs Gymnasium, wohnt in einer Jugendherberge, lebt von Hilfsarbeiten und einer Kriegswaisenrente der Reichsbahn und spielt wieder Theater. 1951 bearbeitet er Heinrich Spoerls »Feuerzangenbowle« zu einer Bühnenfassung um. Die Aufführung in Lemgo, so erinnert sich Höber, »wurde ein rauschender Erfolg«.[58]

Nach dreieinhalb Jahren Gymnasium macht Höber im Februar 1952 in Lemgo das Abitur. Er schafft es nur mit Ach und Krach und indem er sich im Fach Deutsch mündlich auf die Höchstnote prüfen lässt.

Werner Höber hatte es nicht leicht in seiner Jugend, die schrecklichen Kriegserlebnisse prägten ihn, und so leidet er nach Ablegung des Abiturs nicht nur unter Arbeitslosigkeit und Geldnot, sondern auch unter Depressionen. Hinzu kommt eine unglückliche Liebe. Dass er diesen Zustand überhaupt überlebt, ist einem puren Zufall zu verdanken:

1952, etwa zur Jahresmitte, verpasst ein Arbeiter seinen Morgenzug in die Fabrik. Er steigt auf sein Fahrrad, fährt eine Abkürzung, die ihn querfeldein führt, und stößt zwischen Buschwerk und Bäumen auf einen bewusstlosen jungen Mann: Heinz Werner Höber. Achtzig Schlaftabletten hat er geschluckt.

Nach diesem Zusammenbruch arbeitet er für ein paar Monate als Hauslehrer bei einem Möbelfabrikanten in Lemgo. Ein angenehmer und vor allem gut bezahlter Job.

Danach geht er nach Bielefeld und arbeitet dort 1953 in einer SPD-nahen Buchhandlung als Packer und Bote. Über die Genossen stößt er bald zu einem Kabarett-Kreis, schreibt ihm das Programm, spielt selbst den Hauptpart und steht rasch im Mittelpunkt. Wenig später beginnt er für das Bielefelder SPD-Blatt »Freie Presse« zu berichten. Acht Pfennige zahlt man ihm pro Zeile, schon fast eine Schachtel Zigaretten.

In der Samstagsausgabe veröffentlicht die »Freie Presse« Kurzgeschichten. Der Zweiundzwanzigjährige wittert eine neue Einnahmequelle. Er schreibt seine erste Kurzgeschichte – »Die Braut«. Sie wird veröffentlicht, sogar »im Nordwestdeutschen Rundfunk verlesen, was mir 50 Mark zusätzliches Honorar einbrachte«.[59]

Aus Eifersucht verpasst er kurz darauf einer Kollegin aus der Kabarettgruppe eine Ohrfeige. Man schließt ihn aus, die Genossen schneiden ihn, den Job in der Buchhandlung ist er ebenfalls los.

Es folgt die eingangs erwähnte Episode in Düsseldorf. Der Leiter der Ruhrfestspiele beschafft ihm nicht nur ein neues Outfit, sondern auch eine Büroarbeit im Rahmen der Festspielorganisation.

Außerdem erhält Höber 1953 während der Festspiele Gelegenheit zu einem Auftritt. Während der Feiern zum 17. Juni trägt er in Recklinghausen einen für diesen Anlass verfassten Text vor, ein Gedicht. 120 Mark zahlt man ihm, damals ein Viertel des durchschnittlichen Monatseinkommens. Das zweite Honorar des künftigen Bestsellerautors, das er mit einem selbst verfassten Text verdient.

Noch 1954 sieht man den inzwischen Dreiundzwanzigjährigen in Recklinghausen. Wie immer plagt ihn ein Zustand, den er zeit seines Lebens nicht mehr loswerden wird, gleichgültig wie hoch sein Einkommen ist: chronischer Geldmangel. Wie immer, zuvor und in Zukunft, hat er Schulden und kann seine möblierte Dachmansarde nicht bezahlen: »Ich mußte mir irgendwas einfallen lassen, was meine finanziellen Probleme möglichst dauerhaft löste und vielleicht auch noch ein bißchen Spaß machte.«[60]

Höber zählt sein letztes Geld – 18 Mark –, geht zum nächsten Kiosk und investiert es in Heftromane, weil der Händler ihm erklärt, die würden am meisten gelesen. Was gerade im Angebot ist, kauft er, an die dreißig Hefte wahrscheinlich, denn ein Roman kostet 1954 sechzig Pfennige.

In seiner Mansarde sichtet er die Heftromane, immer mit der Frage im Hinterkopf: Welches Genre liegt mir am meisten? Seine Wahl fällt auf Krimis, und er schreibt seinen ersten Kriminalroman, ›Der silbergraue Kalender‹ mit dem Helden Mike Lester. »Den schickte ich an zig Verlage und bekam ihn zigmal zurück.«[61]

Doch dann bekommt Höber Post aus Bergisch Gladbach: Gustav Lübbe will seinen Roman veröffentlichen und bittet sogar um weitere Geschichten mit der Hauptfigur Mike Lester.

150 Mark Honorar bietet er. »Wenn er geschrieben hätte, ich soll ihm 50 Mark schicken, damit er den Roman druckt, hätte ich jemanden angepumpt und das Geld geschickt«,[62] schreibt Höber in seiner Biografie.

Mit diesem Brief beginnt Höbers fast fünfzehnjährige Karriere beim Bastei Verlag. Mitte Januar 1955 erscheint der »Bastei-Kriminal-Roman« Band 111 von James Falker. Titel: »Der silbergraue Kalender«. Höbers erster Krimi. Sechs Wochen später schon der zweite, »Yama, das Zeichen des Täters«, ebenfalls mit dem Helden Mike Lester. Bis 1969 würden noch über hundert weitere Mike-Lester-Storys folgen.

1971 wird der fast Vierzigjährige im Rückblick auf seine schriftstellerischen Anfänge zu einem Reporter sagen: »Wenn die Leute nicht lesen wollen, was ich schreibe, muß ich eben schreiben, was die Leute lesen wollen.«[63]

Seinem Stil getreu, besucht Gustav Lübbe seine Neuentdeckung sehr bald. Das muss im Frühjahr 1955 gewesen sein. Jeremias Cotton arbeitet zu diesem Zeitpunkt bereits ein volles Jahr beim FBI in New York. Zwölf oder dreizehn seiner Abenteuer sind seitdem als »Bastei-Kriminal-Roman« veröffentlicht worden.

Einige Wochen nach meinem Krimidebüt tauchte eines Tages überraschenderweise Gustav Lübbe mit seinem klapprigen VW-Käfer in Recklinghausen auf und lud mich zum Mittagessen im Ratskeller ein. Nach dem Essen legte er mir die bis dahin erschienenen Cotton-Romane hin und sagte: Herr Höber, der Autor dieser Hefte fällt für ein, zwei Jahre aus. Die Charaktere, den Jerry Cotton und den Phil Decker, finde ich ein ganz gutes Gespann. Ich würde die gerne weitermachen. Aber ich habe den Verdacht, der Autor versteht nicht viel von Amerika. Das ist mir bei Ihnen viel plausibler. Lesen Sie das doch mal und sagen Sie mir, ob Sie in der Lage wären, das weiterzuschreiben.[64]

Ungefähr an dieser Stelle seiner Erinnerungen beginnt Höber an der Legende zu basteln, die ihn bis über seinen Tod hinaus als den eigentlichen Cotton-Schöpfer darstellt. Die passende Gelegenheit, noch einmal die erste Textseite seiner Biografie aufzuschlagen und den vorangestellten Satz von Oscar Wilde zu lesen: »Ausführlich zu schildern, was sich niemals ereignet hat, ist (...) Recht jedes wirklichen Kulturmenschen.«

Brauchte Lübbe nun einen weiteren Autor, weil der Cotton-Autor für einige Zeit ausfiel? Oder suchte er in erster Linie einen Amerika-Spezialisten? Liest man Höbers ersten Cotton-Roman, gewinnt man nicht unbedingt den Eindruck, den Text eines New-York-Kenners vor sich zu haben. Das bestätigt er indirekt, indem er erzählt, wie er sich nach dem Treffen mit Lübbe und während der Abfassung seiner ersten Cotton-Romane Informationen über die Stadt und den FBI besorgt.

Schwer vorstellbar also, was Lübbe veranlasst haben sollte, von Höber eine »plausiblere« Schilderung der Cotton-Stadt zu erwarten.

Sicher ist allerdings, dass Lübbe fürchten musste, seinen ersten Cotton-Autor zu verlieren. Dieser fand etwa um diese Zeit eine feste Anstellung, das wissen wir von ihm selbst: »Ein knappes Dutzend Jerry-Cotton-Geschichten später bot sich die Chance des Absprungs in die Welt der zwölf Gehälter pro Jahr (...), damit war meine Laufbahn als Autor eigentlich obsolet.«[65]

Er brauchte nicht mehr zu schreiben, um leben zu können. Wir können davon ausgehen, dass er sich Gustav Lübbe gegenüber entsprechend geäußert hat, und in seinen schlimmsten Träumen sah der Verleger auf einmal seinen besten Autor die Schreibmaschine einpacken und im Keller abstellen.

Glücklicherweise konnte er ihn dann doch noch zu weiteren Cotton-Romanen überreden, und zwar nicht nur zu Jubiläumsnummern und gelegentlichen Storys, wie in anderen Quellen immer wieder behauptet wird. Über 240 Fälle Jerry Cottons hat sein Erfinder bis zum heutigen Tag erzählt, und noch immer schreibt der über Achtzigjährige an der Serie mit und drückt ihr seinen persönlichen Stempel auf.

Doch bei dem Treffen mit Höber im Frühjahr 1955 schwebte die Gefahr, seinen Urautor zu verlieren, noch als Damokles-Schwert über dem Verleger. Zumal der Cotton-Schöpfer und Urautor inzwischen einen Freund als Co-Autor gewonnen und dem Verleger empfohlen hatte: einen Studienrat, der dann insgesamt fünf oder sechs Cotton-Romane schrieb. So schreibt jedenfalls Jörg Weigand in einem Artikel für »Die Welt« im Mai 1998. Der Name des Autors taucht allerdings in keiner der erhaltenen Einplanungslisten auf.

Auf Lübbe musste das wirken, als regelte der Cotton-Schöpfer seine Nachfolge. Er hatte also allen Grund, sich um die Zukunft der erfolgversprechenden Krimifigur Sorgen zu machen, als er mit Höber im Ratskeller in Recklinghausen zu Mittag aß.

In Höbers Erinnerung spielt er selbst seit diesem Mittagessen praktisch die Hauptrolle in der Erfolgsgeschichte von »G-man Jerry Cotton«.

Genauso wenig, wie er über seinen ersten Eindruck vom Menschen Gustav Lübbe ein Wort verliert, lässt er sich über die erzählerische Qualität der Cotton-Romane aus, die Gustav Lübbe ihm im Ratskeller von Recklinghausen über den Tisch schiebt. Eigentlich moniert er ausschließlich den fehlenden Realismus in der Beschreibung des Handlungsortes, doch sein Tonfall wird an dieser Stelle seiner Biografie herablassend und unsachlich. Indem er die Leistungen des Cotton-Schöpfers herabwürdigt, versucht er sich selbst als den eigentlichen Vater des Erfolges hinzustellen.

Unbestritten ist allerdings die Bedeutung seiner Arbeit für die Serie »G-man Jerry Cotton«. Er beschafft sich Informationsmaterial, um New York City und die Polizeiarbeit dort realistischer und glaubhafter schildern zu können.

Doch zunächst einmal macht er sich an seinen ersten Jerry Cotton, »Ich – oder der Satan«. Der erscheint im Juni des Jahres 1955 als »Bastei-Kriminal-Roman« Band 133.

Der Erscheinungsmonat lässt sich aus den erwähnten handschriftlichen Einplanungslisten des Verlegerpaares ermitteln: Für den 27. August 1955 wird darin der »Bastei-Kriminal-Roman« Band 144 eingeplant. Bei damals schon wöchentlichem Erscheinungsrhythmus ergibt sich zurückgerechnet der Juni für Höbers Jerry-Cotton-Premiere. Nach eigenen Angaben schreibt er noch vier weitere Cottons für die Reihe »Bastei-Kriminal-Roman«, bevor im März 1956 die eigenständige Serie »G-man Jerry Cotton« startet.[66]

Während Höber seine ersten Cottons verfasst, erhält das FBI-Hauptquartier zum ersten Mal Post in Sachen Jerry Cotton. Höber will so viel wie möglich über den FBI und seine Agenten wissen und schickt eine Frageliste über den Atlantik. Wochen später antwortet die FBI-Direktion mit einem Luftfrachtpaket. Inhalt: sieben Kilo Informationsmaterial. »Dieses Paket enthielt wirklich alles, was man über den FBI erfahren kann. Berge von Broschüren über Finger Print Division, Geschichte des FBI und vieles andere mehr.«[67]

Vom New Yorker Bürgermeister lässt er sich Informationen über New York City, Stadtpläne und eine Liste der wichtigsten Institutionen der Stadt schicken. Höber schreibt sie alle an und erhält U-Bahn-Fahrpläne, Veranstaltungskalender, Infos von Wirtschafts- und Kulturvereinen, Speisekarten, Telefonbücher und so weiter. Jedes Foto von New York, das er findet, schneidet er aus, archiviert es und vermerkt seine Nummer an der Stelle des Stadtplans, an die es gehört.

Höber war also bemüht, die Serie »realistischer« zu gestalten. Und nicht nur das. Er stellte Jerry und Phil auch eigene Figuren zur Seite, die sich bis heute großer Beliebtheit bei den Lesern erfreuen. So etwa Steve Dillaggio, den Hünen mit dem

Namen italienischer und dem Aussehen skandinavischer Vorfahren. Oder seinen Partner Zeerookah, den Vollblutindianer mit dem siebten Sinn für heiße Spuren und dem Spleen für Maßanzüge. Oder Joe Brandenburg, den ehemaligen Captain der City Police, und seinen Partner Les Bedell. Heutzutage sind diese Figuren aus der Serie »G-man Jerry Cotton« nicht mehr wegzudenken, sie gehören zum festen Freundes- und Kollegenkreis von Jerry und Phil.

Höbers Einfluss auf die Serie nimmt zu, der Leser erhält mit den Jahren ein realistischeres Bild von New York, und das New Yorker FBI-Personal um John D. High, Jerry Cotton und Phil Decker bekommt sein unverwechselbares Gesicht.

Ich glaube, dieser Eindruck von Authentizität, den ich durch Örtlichkeiten, durch richtige Ausbildung, durch die Waffen erweckte, trug ganz wesentlich zum Erfolg der Serie bei. Es sprach sich bei den Lesern herum und wurde geradezu legendär: Wenn der schreibt, Hausnummer 225, halbrund, sieben Säulen am Eingang, dann gibt es dort sieben Säulen, keine sechs, keine acht. Jeder wußte: Bei Cotton stimmt alles. Deutsche Matrosen kontrollierten in New York Cottons Fahrtrouten mit der Stoppuhr und schrieben begeistert an den Verlag.[68]

Die »Authentizität« verstärkt sicherlich den bereits eingetretenen Erfolg. Aber natürlich gehört mehr als Realitätstreue dazu, einen guten Spannungsroman zu schreiben. Darüber, wie bedeutend der Beitrag des Cotton-Autors Höber für die Serie war, gehen die Meinungen auseinander.

Wenn man sich unter den Fachmännern und -frauen, die »G-man Jerry Cotton« über Jahrzehnte begleitet haben, zum Thema »Höber und Cotton« umhört, klingt ein Grundton durch: »Höber hat sich große Verdienste um die Serie erworben« (Rainer Delfs); »Ein begabter, trickreicher Autor« (Rolf Kalmuczak);

»Von ihm bekamen wir fantastische und äußerst saubere Manuskripte« (Ursula Lübbe). Mit einem Wort: Heinz Werner Höber war ein Ausnahmeautor. Die Serie »G-man Jerry Cotton« hat ihm viel zu verdanken. Aber war es tatsächlich »er – und nur er –, der der Serie zum Durchbruch verhalf«,[69] wie es einige selbst ernannte »Spezialisten« heutzutage zu behaupten wagen?

Wohl kaum, denn die Krimiabenteuer mit »Jerry Cotton« waren bereits ein großer Erfolg, hatten den Durchbruch längst geschafft, als Höber zu der Serie stieß. Unter den Profis, die Jerry Cotton damals betreuten und es teilweise noch bis heute tun, hält die Mehrheit den Urautor für den größeren Erzähler. »Wäre es andersherum gewesen«, so der heutige Chefredakteur Rainer Delfs, »wäre jetzt Höbers Mark Lester die erfolgreichste Krimiserie der Welt. Die Leser wollten aber Jerry Cotton.« Rolf Schmitz, in den Sechzigerjahren ein enger Freund Höbers, bekennt sich jedoch noch heute zu seiner Vorliebe für Höbers Romane: »Das Besondere an ihm war seine Fähigkeit, Menschen zu schildern. Weil er selbst aus kleinsten, ärmlichen Verhältnissen kam, bewunderte er Menschen, die sich aus einem ähnlichen Milieu erhoben, und konnte ihre Gedanken und ihren Lebensstil überzeugend darstellen. Er schilderte zum Beispiel die Lebensgeschichte einer Putzfrau Jerry Cottons auf zwei Seiten, und nach den zwei Seiten hatte man das Gefühl, ein Buch über sie gelesen zu haben.«[70]

Dennoch bezweifelt auch der ehemalige Lektor und Verlagsleiter des Bastei Verlags die einzigartige Bedeutung Höbers für den Erfolg von Jerry Cotton: »Höber hat zum ersten Mal den Realitätsbezug in die Romane gebracht, das Profil der Figuren geschärft, aber der Erfolg war schon vorher da. Das Preußische an dem Sachsen Werner Höber kam der Serie jedoch zugute. Cottons Vater dagegen vergleiche ich mit Karl May. Er war nie in New York gewesen, bevor er Jerry Cotton geschrieben hat.

Und indem man über eine Sache schreibt, die man nicht kennt, projiziert man das hinein, was allgemein über die Sache geglaubt wird – ein Wunschbild, und ich als Leser fühle mich in meinem Glauben bestätigt, denn die Schilderung entspringt meinem Erfahrungsschatz.«

Trotzdem wurde in der öffentlichen Wahrnehmung Höbers Philosophie der Authentizität im Laufe der Jahre zu einem der wichtigsten Markenzeichen der Cotton-Serie. Und Höber selbst machten die Medien zum »größten Krimi-Genie Deutschlands«,[71] zum »Vater von Jerry Cotton«,[72] zum »Schöpfer des Agenten Jerry Cotton«,[73] zum »Mann, der Jerry Cotton zu Erfolg und Ruhm verhalf«[74] und was anlässlich seines Todes nicht alles geschrieben wurde.

Treffend ist wohl vor allem, was »Der Spiegel« in einem Nachruf auf Heinz Werner Höber schrieb: »Der Krimi war für ihn die Fortsetzung des realistischen Romans. Und er setzte seinen ganzen Ehrgeiz daran, eine gut geschriebene, spannende Geschichte nach der anderen abzuliefern.«[75]

Es gibt vielfältige Gründe für den Erfolg des G-man aus Manhattan, über sie wird im sechsten Kapitel noch zu reden sein. Aber ein Grund ist ganz bestimmt der hier genannte: Beide, der Urautor und Heinz Werner Höber, setzten »ihren ganzen Ehrgeiz daran, eine gut geschriebene, spannende Geschichte nach der anderen abzuliefern«.

Von dem einen wissen wir das nur durch seine Cotton-Romane, von dem anderen auch aus seiner Biografie: »Ich hatte meine wahre Berufung erkannt«, erzählt Höber darin, »und schrieb in affenartiger Geschwindigkeit Heftromane.«[76] Und: »Meine Romane gingen dem Leser auch deswegen ans Herz, weil ich sie mit Herzblut schrieb.«[77]

Menschen, die ihn persönlich kannten, bestätigen das. Rainer Delfs zum Beispiel berichtet: »Es kam vor, dass Höber an der Schreibmaschine saß, und die Tränen liefen ihm aus den Augen, wenn er beschrieb, wie Cotton ein armes Kind aus der Gewalt seiner Entführer befreite.«

Das klingt nicht nur nach einem Autor, der seine Arbeit mit »Herzblut« tut, sondern auch nach einem Autor, der in unmittelbarer Nähe seines Lektors schreibt, denn wie sonst könnte Rainer Delfs das so genau wissen.

Tatsächlich holt Gustav Lübbe, ständig von Manuskriptmangel bedroht, Höber immer wieder nach Bergisch Gladbach, damit ihn nichts vom Schreiben ablenkt. Manchmal auch direkt in den Verlag, denn Höber erhält aufgrund seiner Geldnot hohe Vorschüsse, und man muss darauf achten, dass er die vorab bezahlten Romane auch schreibt. Ein Lektor, der damals als Wächter vor der Tür stand, hinter der Höber seinen Schreibarrest absitzt, bezeugt Delfs Anekdote.

Werner Höber in chronischer Geldnot. Und Gustav Lübbe in Manuskriptnot. Eine ungewöhnliche Symbiose entwickelt sich Anfang der Fünfzigerjahre zwischen den beiden so unterschiedlichen Männern.

Ein Blick in die Einplanungslisten der ersten sieben Cotton-Jahre mag Lübbes Manuskriptnot ein wenig verdeutlichen.

Bis etwa Anfang 1958 stehen Lübbe für die Serie »G-man Jerry Cotton« nur vier Autoren zur Verfügung. Von den fünfzig Romanen der Reihe, die bis dahin erschienen sind, stammen drei von einem Unbekannten – wahrscheinlich von Dr. Kurt Reis, dem oben erwähnten Freund des Cotton-Schöpfers – und fünf von Günther Dönges. Dönges arbeitet zu dieser Zeit als Lektor für den Bastei Verlag und hat damit alle Hände voll zu tun. Bleiben also für die restlichen zweiundvierzig Cottons nur die beiden Hauptautoren, von denen einer eigentlich aussteigen will.

Bis Mitte 1959 »G-man Jerry Cotton« Band 100 erscheint, bessert sich die Lage an Lübbes Autorenfront nur unwesentlich: Sieben neue Autoren versuchen sich zwar an Cotton, doch zusammen mit Dönges und Reis schreiben sie nur vierzehn der ersten hundert Romane. Sechsundsiebzig Romane teilen sich Höber und der Urautor.

Im April 1963 erscheint »G-man Jerry Cotton« Band 300. In den Monaten davor stoßen zwar neue Autoren zum Cotton-Team, aber immer noch gehen zwei Drittel der Romane auf die Konten der beiden Hauptautoren, einhundertzweiundsiebzig allein auf Höbers. Ein Arbeitspensum, das man kaum ermessen kann.

Und Höbers Geldnot? Sie spiegelt sich in zahlreichen Anekdoten über ihn. In seinen Erinnerungen schildert er beispielsweise, wie ihn ein Gerichtsvollzieher pfänden will. Höber handelt eine Galgenfrist aus, und der Beamte stellt ihm ein Ultimatum von einer Woche: »Herr Höber, wenn ich am Dienstag um fünf kein Geld bekomme, muss ich bei Ihnen pfänden.«

Also wurde schnell ein Krimi geschrieben. Dienstag früh stieg ich in den D-Zug nach Bergisch Gladbach. Ich gab das Manuskript ab; Gustav Lübbe schloss die Blechkassette auf, zählte bar das Honorar auf den Tisch. Ich unterschrieb die Quittung, raste zum Bahnhof, sprang in den Zug nach Recklinghausen und kam fünf Minuten vor fünf an. Fünf Minuten später stand der Gerichtsvollzieher vor der Tür und bekam sein Geld.

Meine Fleißleistung habe ich, und dafür möchte ich mich in aller Öffentlichkeit bedanken, den deutschen Gerichtsvollziehern zu verdanken.[78]

Mitte der Fünfzigerjahre kehrt Höber dem Ruhrpott den Rücken und zieht von Recklinghausen nach Lemgo zurück. Dort heiratet er 1958. In Lemgo ist er rasch bekannt wie ein bunter Hund. »Im Umkreis von dreißig Kilometern um Lemgo und Großenmarpe galt ich als Jerry Cotton, niemand nannte mich anders.«[79]

Auch seine Bekannten aus Polizeikreisen nennen ihn »Jerry«. Wenn sie abends einen weißen Mercedes mit dem Kennzeichen

LE-JC 1 sehen (LE für Lemgo, JC für Jerry Cotton), wissen sie, wer am Steuer sitzt. Und dass er gerade aus der Kneipe kommt. »Hielt mich einer an, tat er das nur, um den Grad meiner Trunkenheit festzustellen.«[80]

Nach seiner ersten Scheidung Mitte der Sechzigerjahre wohnt Höber wieder für einige Monate auf Verlagskosten in einem Hotel in Bergisch Gladbach, bevor er ganz an den Verlagssitz zieht und erneut heiratet. Rainer Delfs erinnert sich an ein Ereignis aus dem Jahre 1969: »Wir haben hin und wieder zusammen Karten gespielt. Höber war ein Lebemann. Einmal kam er aus Köln mit einer Musikkapelle und ein paar Damen in seinem Hotel an und ließ die Sau raus. Die Rechnung über ein paar tausend Mark ging dann an Herrn Lübbe. Der hat immer bezahlt. Ein Teil solcher Rechnungen wurde mit Nachdrucken verrechnet. Der Verleger hat es eigentlich immer gut mit ihm gemeint.«

Diese beispielhaften Berichte und Erinnerungen spiegeln nicht nur Heinz Werner Höbers Persönlichkeit wider, sondern auch die familiäre Atmosphäre, die das Betriebsklima bei Bastei in den Sechzigerjahre und bis in die Siebzigerjahre hinein geprägt hat. Nur wenn man sich das vor Augen hält, kann man die Radikalität des Bruchs zwischen Höber und Lübbe Anfang der Siebziger annähernd erfassen.

»Das waren schöne Zeiten«, sagt Rainer Delfs im Hinblick auf die ersten anderthalb Jahrzehnte des Verlags. »Goldgräberzeiten.« Die glorreichen Pioniertage des Zweimann-Betriebes gehörten zwar längst der legendenumrankten Vergangenheit an, aber noch immer war Bastei Lübbe ein Familienunternehmen, und der Patriarch an der Spitze – der »Alte«, wie seine Mitarbeiter ihn in späteren Jahren respektvoll nannten – verkörperte jene Vergangenheit und mit ihr den bedingungslosen Einsatz, den Mut und die Risikobereitschaft, die aus dem Zweimann-Betrieb einen Umsatzriesen gemacht hatten. Er kümmerte sich nicht nur um jeden Mitarbeiter, sondern forderte auch von jedem diese Tugenden aus der Gründerzeit, für die er stand.

Stellen wir uns also ein familiär geprägtes Unternehmen vor, in dem Loyalität persönliche Gefolgschaft bedeutet und menschliche Beziehungen den Arbeitsalltag prägen. Verlagsveteranen erinnern sich an Kündigungen, die im Streit ausgesprochen und zwei Stunden später zurückgezogen wurden. Oder an lautstarke Auseinandersetzungen über ein umstrittenes Manuskript, die zu scheinbar endgültigen Zerwürfnissen führten und am Abend bei einigen Gläsern Bier bereinigt wurden. Auf dem Gasthaustisch lag dann der Zankapfel, das Manuskript, und die Versöhnten verbrachten die halbe Nacht damit, es gemeinsam bis zur Druckreife zu überarbeiten.

An der Spitze dieses sensiblen Gebildes der Verleger Gustav Lübbe – fürsorglicher Vater und geachteter Patriarch zugleich. Seine Autoren hatten eine Art Sohnesstatus bei ihm. Und Heinz Werner Höber ganz besonders.

Im November 1970 reist er zum ersten Mal nach New York City,[81] bestaunt zwei Wochen lang die längst vertraute Stadt, brilliert auf einem Touristendampfer als Amateurreiseführer, wird Ehrenmitglied der New York City Police, gewinnt in einer Bar ein Wett-Trinken – und…

… und geht nach der Rückkehr zu seinem Anwalt, um seinen Verleger zu verklagen!

Ende November 1970 hält Gustav Lübbe die Klageschrift in den Händen. Sie trifft ihn wie ein Blitz aus heiterem Himmel. Höbers Forderungen: Offenlegung der Auflagenzahlen seiner Cotton-Romane und angemessene Beteiligung am Verkaufserlös nach § 36 des Urheberrechtsgesetzes, wonach der Verfasser Anspruch auf Honorarerhöhung hat, wenn das vereinbarte Honorar in grobem Missverhältnis zum erzielten Gewinn steht.

»Man muss die Zeit sehen«, sagt Rolf Schmitz, der Höber damals nach New York begleitete. »Seit '69 regierte die große Koalition, der SPD-Genosse Höber hoffte, dass die Sozialdemokraten die Autorenrechte stärken würden. 1970 forderte Böll in einer flammenden Rede das ›Ende der Bescheidenheit‹, und die finnischen Sozialdemokraten hatten ein Gesetz erlassen, das Autoren ein Mindesthonorar von 17 Prozent des Verkaufserlöses zusicherte.«

Der Name Jerry Cotton war Anfang der Siebziger bekannter als der Name des Bundespräsidenten, und entsprechend heftig rauschte es im Blätterwald: »FBI-Agent Cotton kämpft für höhere Autoren-Honorare«, »Verärgerter Jerry Cotton schreibt jetzt keine Krimis mehr«, »Jerry Cotton erschießt seinen Verleger« und ähnliche Schlagzeilen las man in der Presse.

Statt wie bisher 1400 rechnet sich Höber 15 000 Mark Honorar pro Heft aus, und seine Anwälte kommen gar auf einen Streitwert von 11 Millionen Mark. So jedenfalls schreibt es Höber in seiner Biografie.[82] Der allezeit von Geldnot geplagte Neununddreißigjährige hört sämtliche Festtagsglocken läuten – und nimmt einen Kredit von 280 000 Mark auf, um die Vorschüsse für die Gerichtskosten und die Anwälte zu finanzieren.

Zwei Jahre lang zieht sich der Prozess hin. Dann geht Höber das Geld aus, und die Sache verläuft im Sande. Die Heftroman-Branche atmet auf, Höber kehrt »G-man Jerry Cotton« und Bergisch Gladbach den Rücken und zieht nach Berlin.

Auf den ersten Blick eine ganz normale, sachliche Auseinandersetzung: Höber kennt die Auflagenhöhe, weiß um den Erfolg der Cotton-Serie und glaubt sich unangemessen schlecht honoriert. Also klagt er.

Der Verleger finanziert seinen Buchverlag aus den Gewinnen seines Heftverlags. Einem Autor rückwirkend 11 Millionen zu zahlen hieße, Hunderten von Autoren unterm Strich Milliarden

120

zahlen zu müssen, denn selbstverständlich hätte ein juristischer Sieg Höbers Präzedenzwirkung gehabt. Gustav Lübbe und der Bastei Verlag wären schlichtweg pleite gewesen, alles, wofür Gustav Lübbe all die entbehrungsreiche Zeit gekämpft hatte, hätte von heute auf morgen nicht mehr existiert. Sein oder Nichtsein des Unternehmens stehen auf dem Spiel. Also hält Lübbe dagegen.

Auf den zweiten Blick eine sehr menschliche Angelegenheit. »Die haben an mir Millionen verdient, da können sie mich doch nicht mit einem Almosen abspeisen«, soll Höber vor Prozessbeginn im Bekanntenkreis gesagt haben.[83] Das Gefühl, zu kurz zu kommen und ausgenutzt zu werden, spricht aus diesem Satz. Ohne Zweifel legte Lübbes erster verlegerischer Erfolg »G-man Jerry Cotton« die Basis für das Wachstum des Bastei Verlags, und Höber hatte als einer der wichtigsten Autoren daran mitgewirkt. Sein Verleger steht 1971 persönlich und beruflich ohne Sorgen da, Höber aber zerrinnt das Geld zwischen den Fingern, egal, wie hoch sein Honorar gerade ist.

Für Gustav Lübbe wird Höbers Klage ein Schlag tief unter die Gürtellinie gewesen sein. Aus seiner Sicht gefährdet Höber 1970 sein Lebenswerk – ausgerechnet der Autor, den er persönlich am meisten gefördert hat und der das, was er ist, erst durch Jerry Cotton und ihn, den Verleger, geworden ist. Für Lübbe ein unfassbarer Vertrauensbruch, zumal es ja nicht nur um ihn persönlich geht, sondern um sein Unternehmen und damit um die Zukunft seiner Familie, seiner Mitarbeiter und all seiner Autoren, von denen viele vom Erfolg des Hauses Bastei abhängig sind. Für ihn muss es so gewirkt haben, als habe Höber nicht nur ihn, den Verleger, sondern die gesamte »Bastei-Familie« schlichtweg verraten. Gustav Lübbe ist also auch menschlich schwer enttäuscht.

Als sich Höber 1972 in Berlin niederlässt, hat er eine halbe Million Mark Schulden. Der letzte unter seinem Namen im

Verlag eingereichte Cotton-Roman – sein hundertzweiundachtzigster, »G-man Jerry Cotton« Band 689, »Die schwarzen Adler von Manhattan« – erscheint während des Prozesses im August 1970, das letzte offizielle Höber-Taschenbuch – sein vierunddreißigstes mit dem Titel »Die Entführung« – im November des gleichen Jahres.

Horrende Schulden im Nacken, lebt Höber bis Ende der Siebzigerjahre ohne Jerry Cotton. Inzwischen als Familienvater, seine neue Partnerin hat vier Kinder mit in die Beziehung gebracht. Seine Arbeitszimmer: das »Wirtshaus Wuppke« und die »Kleine Kneipe« in Charlottenburg. In ihr hängt heute noch ein Porträt von ihm.

Rolf Schmitz, sein alter Freund aus den goldenen Jahren bei Bastei, holt ihn schließlich zurück ins Geschäft. Seine Manuskripte reicht er nicht unter eigenem Namen im Verlag ein. Häufig steht der Name »Michael Wrasmann« oder »Agentur Wrasmann« auf seinen Manuskripten. Der CDU-Politiker und spätere Bezirksbürgermeister Wrasmann hatte Höbers Volkshochschulkurs »Methoden zur Herstellung eines Kriminalromans« besucht und Höber ihn motiviert, Cotton-Romane zu schreiben. Es werden acht oder neun Heftromane und ein Jerry-Cotton-Taschenbuch.[84] In den verlagsinternen Einplanungslisten tauchen aber achtunddreißig Heftromane und zehn Taschenbücher unter dem Namen Wrasmann auf. Die Schlussfolgerung liegt auf der Hand: Bis Ende der Achtzigerjahre erscheinen noch einmal um die dreißig Cotton-Heftromane und neun Cotton-Tachenbücher von Heinz Werner Höber. Unter dem Pseudonym Heinz Werner Müller verlegt Bastei Lübbe 1987 und 1988 zwei weitere Taschenbücher von Höber.[85]

1989 bringt der Rowohlt-Verlag in seiner Thriller-Reihe einen Roman von Höber: »Nun komme ich als Richter«. Der Titel ist ein Zitat aus einem Gedicht von Werner Bergengruen. »Das hat er hier am Stammtisch rezitiert«, erinnert sich sein Stammwirt aus dem »Wirtshaus Wuppke«. »Mit dröhnendem Bass, zitternder Stimme und rotem Kopf.«[86]

Die Kritiker jedoch nehmen das Buch nicht an, und auch die Verkaufszahlen halten sich in Grenzen.

Wahrgenommen und sogar geehrt wird Höber vor allem von seinen Kollegen. Das sich aus Krimiautoren zusammensetzende »Syndikat« zeichnet sein Buch 1989 mit dem so genannten »Glauser« aus, einem Literaturpreis für den jahresbesten Krimi, immerhin mit 10000 Mark dotiert. Als Höber die Auszeichnung 1990 auf der »Criminale« in Moers entgegennimmt, wird er auch gleich noch mit einem »Ehren-Glauser« für sein Lebenswerk ausgezeichnet. Diese späte Anerkennung muss ihn sehr bewegt haben:

Was mich am Ehrenglauser beinahe sentimental berührte, war, als Sabine Deitmer in ihrer Laudatio sagte, daß viele Kolleginnen und Kollegen jetzt ja gar nicht als Kollegen dasäßen, wenn es den Jerry Cotton nicht gegeben hätte, denn im Grunde hätten sie alle als Leser von Jerry Cotton angefangen.

Wenn einem so auf die alten Tage bestätigt wird, man habe eine ganze Generation von deutschen Kriminalschriftstellern beeinflußt – das geht einem schon ans Herz.[87]

1992 spricht Höber den größten Teil seiner Lebenserinnerungen auf Band. 1995 erkrankt er schwer: Leberprobleme und Lungenkrebs. Stark geschwächt entlässt ihn ein Berliner Sanatorium nach Hause – zum Sterben. Ein schweres Atemgerät verschafft ihm über einen Schlauch Atemluft für seine letzten Tage. Ein in der Wochenzeitung »Die Zeit« erschienenes Porträt berichtet: »Um Ostern 1996 bat Höber seine Getreuen, ihn und die Maschine aus der Wohnung in der Kantstraße in die Kleine Kneipe zu schleppen. Er wollte noch einmal in den Dunstkreis des Zapfhahns.«[88]

Am 15. Mai 1996 stirbt Höber fast fünfundsechzigjährig.

Sein Weggefährte aus besseren Tagen, Rolf Schmitz, sagt über ihn: »Ich habe vor ihm und nach ihm nie wieder einen Mann kennen gelernt, der so intensiv wie Heinz Werner Höber in seiner Fantasiewelt lebte.«

Heißes Blei
für einen G-man
Teil 4

Ein schlauchartiger Schankraum, die Theke schier endlos, alte Holzstühle, runde Tische mit abgeschabten Platten in einer Reihe an der Wand, darüber an der Holzwand Fotos irischer Dichter, alte Stadtpläne von Dublin und Belfast, ein gusseiserner Kanonenofen in der hinteren Ecke des Raumes, bauchig und auf geschwungenen Beinen, daneben ein Kohleneimer, und ein Ofenrohr, das in der holzvertäfelten Decke verschwand.

»McSorley's Old Alehouse« in der East Village, ein irischer Saloon in der 7th Street. Hier trinkt man schon seit Mitte des vorletzten Jahrhunderts irisches Bier, belehrten mich Cotton und Decker. Angeblich die älteste Kneipe von New York City.

An der Theke drängten sich die Leute, die Tische waren zu zwei Dritteln besetzt. Stimmengewirr um uns herum, irgendjemand quetschte eine Konzertina, irgendjemand fiedelte, irgendjemand sang dazu. Eine Kneipe nach meinem Geschmack!

In meinem Kopf trat die Erinnerung an die scheußlichen Minuten in Chinatown längst ins dritte Glied. Und die an den fremden Schlüssel in meiner Jackentasche auch. Leider durfte man nicht rauchen. Also hielt ich mich an irisches Bier und »Ploughmen's Lunch«, ein Snack aus Brot, Käse und Mixed Pickles.

Genau wie die beiden FBI-Agenten übrigens, nur kauten die mehr als doppelt so lang an ihrem »Ploughmen's Lunch« herum wie ich, denn sie überboten sich abwechselnd darin, die gute alte Zeit zu beschwören.

»Und jetzt erzähle ich Ihnen, wer diesen Prachtjungen wirklich entdeckt hat.« Decker klopfte Cotton auf die Schulter, hob sein Bierglas und stieß mit uns an. »Ich!« Er sagte das, während er sein Glas zurück auf den Tisch knallte. *Ich! – bumms!* Und sofort verzog er den Mund, als habe er Schmerzen. Vermutlich machte sich sein Schulterdurchschuss bemerkbar.

Er grinste wieder. »Soll ich Ihnen erzählen, wie das damals gelaufen ist? Soll ich, Fritz? Soll ich?« Er wandte sich an seinen Partner. »Oder willst du erzählen, Jerry?«

»Hab schon viel zu viel gequatscht heute. Erzähl du, du kannst besser lügen als ich.« Cotton zwinkerte mir zu.

»Unglaublich! Ich bin gekränkt!« Decker mimte den Beleidigten. »Wie kannst du so was sagen? Noch dazu vor Fritz? Du weißt doch, wie ernst die Deutschen alles nehmen. Zur Strafe zahlst du meine Zeche.« Er grinste wieder und nahm noch einen Schluck Bier.

»Also, Fritz, hören Sie gut zu. Es war im Jahre… Ja, wann war das eigentlich? Ich glaube, es war das Jahr… Ach, ich weiß nicht mehr. Jedenfalls – in jenem Jahr verbrachte ich eine Menge Zeit vor ›Brerrik's alkoholfreier Getränkestube‹ in der Pearl Street.[89] Natürlich wussten wir, dass es sich bei dem Laden um einen getarnten Spielclub handelte. Ich stand auf der anderen Straßenseite in einer Türnische und prägte mir die Gesichter der Leute ein, die den Laden betraten oder verließen. Die Bar zählte

zu den beliebtesten Treffpunkten der New Yorker Unterwelt...«

»Und Sie waren auf der Suche nach einem Gangster,
schätze ich mal«, mischte ich mich ein.

»Erraten, Fritz. Kein besonders aufregender Job. Irgendwann tauchte plötzlich ein neuer Türsteher vor dem Eingang auf, ein junger Kerl in Portier-Uniform, Goldknöpfe,
mit Goldschnüren verzierte Taschen. Ein gut gelaunter
Bursche, meistens machte er ein freundliches Gesicht oder
lachte. Wenn er einer Lady die Wagentür aufhielt, tat er es
mit so viel Schwung und Charme, dass die Ladys ihn erst
einmal überrascht anschauten und danach anlächelten.
Manch eine drehte sich noch im Eingang am Arm ihres
brieftaschenschweren Begleiters nach dem Jungen in Por-
tiersuniform um. Selbst wenn er Leute fortschickte, die das
Stichwort nicht kannten, das man nennen musste, um den
Club betreten zu dürfen, blieb er höflich. Aber es war eine
Höflichkeit von der Art, die keinen Widerspruch duldete...«

»Es gab immer so eine Art Parole«, erklärte Cotton. »Die
wurde von Zeit zu Zeit gewechselt. Wer sie nicht kannte,
den durfte ich nicht reinlassen.«

»Im Federal Building blätterte ich im Archiv nach dem
Gesicht des Jungen«, fuhr Decker fort. »Er kam bei uns
nicht vor. In der Nacht zum 28. Mai hielt ein schwarzer
Cadillac vor dem Eingang. Als Erster stieg ein Mann mit
zerknautschtem Boxergesicht aus. Er hörte auf den Namen
Rod und galt als ein Bodyguard Jim Pickfords. Pickford
war übrigend der harte Junge, hinter dem ich her war.
Sekunden später verließ ein zweiter Pickford-Gorilla den
Cadillac.

Sie sicherten die Straße. Der Boxer machte ein Zeichen
in Richtung Wagen. Ein schlanker, mittelgroßer Mann im
Trenchcoat, die Augen hinter einer dunklen Brille verbor-

gen, stieg aus und ging, gedeckt von den Gorillas, auf den Eingang zu.

Der Portier verbaute ihnen den Weg. Noch heute halte ich jede Wette, dass es damals in New York keinen zweiten Portier gab, der es gewagt hätte, Typen dieses Schlages aufzuhalten. Drei Sekunden lang sah es aus, als wollten sich die Gorillas auf ihn stürzen. Dann nannte der Boss das Stichwort, und der Portier gab den Eingang frei. Die Gorillas musterte er, als nähme er Maß für die nächste Gelegenheit.

Trotz der dunklen Brille hatte ich Jim Pickford erkannt. Er stand auf der Liste der am dringendsten gesuchten Gangster der USA an vierter Stelle. Ich wusste, dass ich ihn nicht mehr erwischen würde, wenn er erst einmal die Hinterräume erreicht hatte. Der Spielclub verfügte über ein halbes Dutzend getarnter Fluchtausgänge. Also raus aus meiner Deckung, über die Fahrbahn, und hin zum Eingang von ›Brerrik's alkoholfreier Getränkestube‹.

Aber da stand dieser Portier! Als ich an ihm vorbeigehen wollte, sperrte sein Arm den Eingang wie eine Schranke. Heute sei geschlossen, sagte er. Noch lächelte er.

Als Lügner sei er ein Anfänger, sagte ich und zog meine Dienstmarke. Ich sei vom FBI, und er könne mich nicht daran hindern, ein öffentliches Lokal zu betreten. Ich glaube, ich tippte ihm auf den Arm und sagte noch: ›Nimm die Schranke weg!‹«

»Genau das hast du gesagt.« Cotton grinste. »Und ich kam ganz schön ins Schwitzen. Selbst in Harpers Village weiß man, dass es eine Organisation wie den FBI gibt, aber ich hatte nie damit gerechnet, irgendwann einem Agenten dieser Firma gegenüberzustehen – noch dazu als Gegner. Für mich galt Brerriks Befehl, niemanden in den Laden zu lassen, der das Stichwort nicht nennt. Also ließ ich meinen

BASTEI

KRIMINAL-ROMAN

mit Filmteil

G-man Jerry Cotton:

Ich suchte dem Gangster-Chef

50 Pfg. **Bd. 68**
Abgeschlossener Kriminal-Roman

7   Mit diesem Roman begann im Jahr 1954 die Erfolgsgeschichte des G-man Jerry Cotton: »Ich suchte den Gangster-Chef« erschien damals als Bastei-Kriminalroman Band 68.

BASTEi

Kriminal-Roman

G-man Jerry Cotton

Bd. 1

60 Pfg.

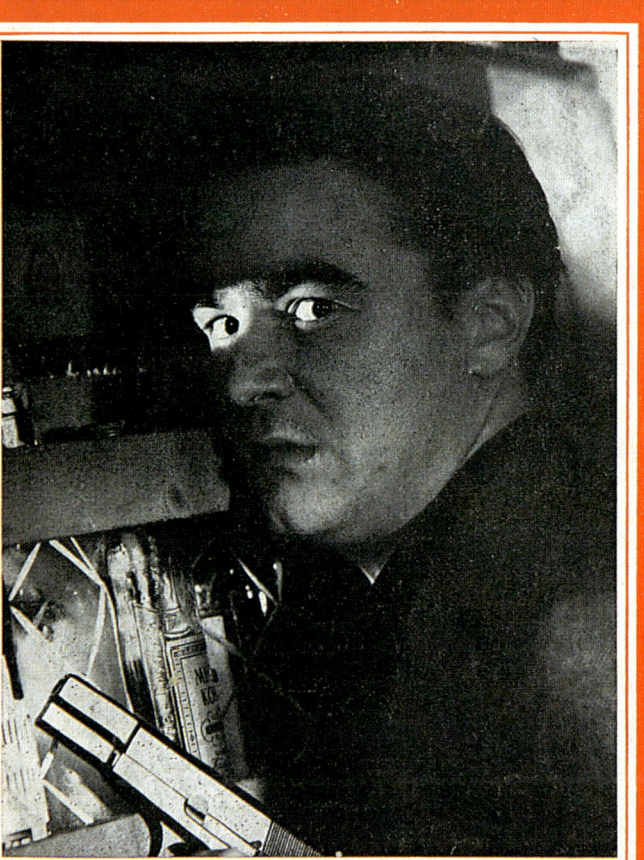

Ich jagte den Diamanten-Hai

DER STÄRKSTE KRIMINALROMAN VON G-MAN JERRY COTTON

BASTEI

Original-Roman

KRIMINAL-ROMAN

Phil Decker

Ich
schoß
auf
Jerry
Cotton

50 Pfg. Bd. 104

Abgeschlossener Kriminal-Roman

Cotton wird irrsinnig – Phil Decker jagt ihn

70 Pf / Band 261 · **BASTEI** · Neu!

G-man Jerry Cotton

ABGESCHLOSSENER ROMAN

Im Schatten des Würgers

Ein Cotton-Roman, der in Atem hält

1,20 DM / Band 1040 · **BASTEI** · NEU

G-man Jerry Cotton

Der Kriminalroman, von dem die Welt spricht

König der Ausbrecher

Er war Direktor, und sein Fachgebiet hieß Mord

Band 2349 · **BASTEI** · Neuer Roman

G-man Jerry Cotton

Der Kriminalroman, von dem die Welt spricht

Ich fuhr in die Feuerhölle

Ein
Cotton-Roman
voller Action
und Dramatik

**In Las Vegas erwartete
Phil und mich das Inferno**

Band 2349 · Deutschland 1,35 €
Österreich 1,80 € · Schweiz 2,70 CHF
Belgien 1,70 € / Luxemburg 1,70 € / Niederlande 1,70 € / Frankreich 1,70 €
Italien 1,70 € / Spanien 1,80 € / Griechenland 1,80 € / Portugal cont. 1,80 €

8 - 12 Nicht nur inhaltlich, auch mit der
Außengestaltung ging »G-man Jerry Cotton«
stets mit der Zeit, ohne dass das Konzept
grundsätzlich verändert wurde. Jerry Cotton
von den 50er Jahren bis heute ...

Jerry Cotton

Rotes Licht für einen Teufel

KRIMINALROMAN

BASTEI-TASCHENBUCH

13 + 14   Das erste Jerry-Cotton-Taschenbuch erschien im Jahr 1963 und war das allererste Bastei-Lübbe-Taschenbuch überhaupt. Inzwischen sind über 500 Abenteuer von Jerry und Phil allein in der ersten Auflage als Taschenbuch erschienen.

JERRY COTTON

Band 500

Plus Extra-Story:
Phil Decker –
Wie ich Jerry Cotton
kennen lernte

Lebenslänglich für Phil Decker

Kriminalroman

BASTEI LÜBBE

Arm, wo er war, und tastete mit der freien Hand nach dem Klingelknopf in der Nische. Und dann blaffte Phil noch einmal: ›Runter mit dem Arm!‹, und diesmal klang es zwei Tonlagen schärfer.«

Nun ergriff Decker wieder das Wort. »Ich hab ihm gesagt, dass er sich in Teufels Küche bringt, wenn er seinen Chef zu warnen versucht. Keine Reaktion. Jerrys Zeigefinger wanderte hartnäckig zur Klingel. Ich riss einen rechten Hacken aus der Schulter hoch. Alle Kraft legte ich in den Schlag und Herz und Seele dazu. Während ich ihn abfeuerte, dachte ich: Hoffentlich genügt 's, um den Jungen abzuholzen.

Es wurde ein Sonntagsschuss, haargenau auf den Punkt. Die Portiersmütze flog ihm vom Kopf, an der Mauer entlang wollte er auf den Boden rutschen. Ich fing ihn auf und lehnte ihn in die Ecke der Türnische. Der Weg war frei.

Ich also in das Lokal, und dort holte ich Jim Pickford am Rand der Tanzfläche ein. Er wirbelte herum, als ich ihn anrief. Wie die Augen eines Ungeheuers glotzten mich die schwarzen Scheiben seiner Brille an. Seine Hand zuckte zum Jackenausschnitt. Ich war schneller, zog meinen 38er.«

»Sie zogen Ihre Knarre?«, fragte ich verblüfft.

»Klar doch. Pickford griff schließlich auch zum Eisen. Aber wie gesagt, ich war schneller, und der Anblick meiner Kanone löste allgemeines Aufkreischen aus. Die Paare auf der Tanzfläche stoben auseinander wie ein Hühnerschwarm. Ein schreiendes Mädchen geriet genau in dem Moment zwischen Pickford und mich, als der Ex-Boxer, der Kerl, der auf Rod hörte, mit einem wuchtigen Totschläger nach meinem Kopf zielte.«

»Er schlug Sie nieder?«, fragte ich, ganz im Banne seiner Story.

»Nein, das tat er nicht. Ich war nämlich abermals schneller. Aber schießen konnte ich nicht, ich hätte das Mädchen getroffen, also warf ich mich zur Seite, um dem Totschläger zu entgehen. Meinen Kopf konnte ich retten, doch der Hieb traf meine Schulter und paralysierte den Arm. Der 38er fiel mir aus den Fingern und rutschte über die Tanzfläche, als wär 's eine Eisbahn gewesen. Mit einem Kantenschlag der anderen Hand revanchierte ich mich. Rod verlor den Totschläger.

Von jetzt auf nun verfinsterte sich für mich der Himmel. Pickfords Gorillas trieben mich vor sich her. Mit einem Stuhl, den ich nur mit einer Hand schwingen konnte, hielt ich sie mir vom Leib. Am Rand der Tanzfläche lauerte Jim Pickford auf die Chance, mir in den Rücken zu fallen.

Zu allem Überfluss kam auch noch der Portier hereingedonnert.« Mit einer Kopfbewegung wies er auf Cotton. Dessen Augen hingen an den Lippen seines Partners. »Die Fäuste vor der Brust geballt, die Augen blitzten, eine Lokomotive unter Überdruck. Nanu, schon aufgewacht, dachte ich…«

»Ein entscheidender Moment in meinem Leben«, mischte sich Cotton jetzt wieder in die Erzählung seines Partners ein. »Wenn ich damals anders reagiert hätte, säße ich heute nicht hier, Fritz. Aber ich sah, dass drei intakte Männer gegen einen Verwundeten kämpften. Das gab den Ausschlag. Auf dem Weg zur Tanzfläche rannte ich einen Tisch, zwei Sessel und ein kreischendes Mädchen um, packte Rod, den Boxer, und riss ihn herum. Der Mann sei FBI-Beamter, schrie ich, und dass sie mit der verdammten Schlägerei aufhören sollten.« Cotton lachte. »Ein Dorfjunge aus Connecticut, verstehen Sie, Fritz? Ein Anfänger im Umgang mit Gangstern. Ich glaubte noch an gutes Zureden. Und handelte mir den zweiten Haken an diesem Abend ein. Der Boxer erwischte mich nicht richtig, aber ich erwischte ihn, und zwar mit einem glücklichen Griff. Obwohl er schwer wie ein Kleiderschrank war, riss ich ihn hoch und warf ihn gegen seinen Kumpel. Das Tanzparkett dröhnte, als die ochsenschweren Kerle gleichzeitig zu Boden stürzten...«

»Mann, warst du in Fahrt!« Decker schlug mit der flachen Hand auf den Tisch. Jetzt warfen sie sich gegenseitig die Bälle zu. »Explodiert bist du!« Seine Augen leuchteten. Klar – hier beschworen zwei Männer noch einmal den Beginn ihrer Freundschaft. »Und dann hast du geschrien: ›Raus! Laufen Sie, Mann!‹ Und wir rannten. Zum ersten Mal gemeinsam und in dieselbe Richtung. Schulter an Schulter schlugen wir uns durch...«

Eine Pause entstand. Die beiden lächelten sich an. Stimmengewirr und Gläserklirren um uns herum schienen aus einer anderen Welt zu stammen. Irgendwann gab Decker dem Wirt ein Zeichen und orderte die zweite Runde.

»Phil nahm mich dann auf einen Kaffee mit in sein Apartment. Ich, Jeremias Baumwolle, bei einem G-man zu Gast! Können Sie sich vorstellen, wie stolz ich war, Fritz? Er erzählte mir seine Story.« Mit einem Blick gab Cotton seinem Freund zu verstehen, den Ball aufzunehmen.

»Mein Vater war Arzt in Detroit«, erzählte Decker. »Ich hab eine Zeit lang in Harvard Medizin studiert, weil ich seine Praxis übernehmen sollte. Irgendwann besuchte ich jemanden in Chicago. Dort wurde ich Zeuge, wie ein Gangster auf offener Straße einen Mann zusammenschoss. Ein paar Tage später hängte ich mein Studium an den Nagel und meldete mich beim FBI.«

»Fast alle haben wir so was Ähnliches erlebt«, ergriff Cotton wieder das Wort. »Unser Chef zum Beispiel, John High, der ist ursprünglich Rechtsanwalt gewesen, ein vornehmer, zurückhaltender Gentleman, sieht schon wie ein Aristokrat aus...«

Der Wirt brachte das Bier, und Cotton und Decker erzählten von dem Mann, auf den ich besonders gespannt war, von John D. High. Auch die tragische Geschichte vom Tod seiner Familie erzählten sie: Seine Frau und sein Töchterchen waren in einen Banküberfall geraten, die Bankräuber schossen wild um sich und töteten Mutter und Kind. Seitdem hatte sich John D. High dem Kampf gegen das Verbrechen verschrieben. Ich kannte die Geschichte, und trotzdem ging sie mir wieder unter die Haut.

»Ich bat Phil, doch mal bei Mr. High vorzusprechen, ob er nicht einen Job für mich hätte, und wenn es als Portier wäre. Und einen Tag später saß ich schon in seinem Büro. Ich werd nie vergessen, wie er mir gegenübersaß: ein großer, schlanker Mann, damals hatte er noch schwarzes Haar, nur an den Schläfen war es schon stark ergraut. Seine grauen Augen musterten mich scharf. Er wollte wissen, was ich bisher getan hatte, und erkundigte sich schließlich nach meinem Namen. ›Jeremias Cotton‹, sagte ich, und zwar ziemlich laut, um meine Verlegenheit zu übertönen. Er lächelte, und Phil brüllte vor Lachen.«

Auch jetzt lachte Decker wieder. »An Cotton könne man nichts ändern, sagte der Chef damals, aber Jeremias? ›Warum lassen Sie sich nicht Jerry rufen?‹, fragte Mr. High.«

»Ich hätte ihn umarmen können« sagte Cotton. »Von dieser Stunde an liebte ich ihn. Tja, und dann fragte er mich, ob ich G-man werden wolle, ich sagte Ja, und anschließend gab es ein peinliches Verhör. Und danach eine ziemlich lange Rede. Ich weiß noch jedes Wort. ›Jerry‹, sagte der Chef, ›machen Sie sich keine falschen Vorstellungen von unserem Beruf. Sie können keinen Ruhm und keine Reichtümer bei uns ernten, aber sehr leicht Kugeln oder Messerstiche. Sie haben keine Tag- und keine Nachtruhe mehr. Sie müssen unendlich viele Dinge lernen, die Ihnen in einem normalen Leben Wohlstand bescheren könnten, bei uns aber nur der Verbrecherjagd dienen. Und, Jerry, Sie müssen ein starkes Herz und einen festen Charakter haben. Man wird Ihnen Unsummen anbieten, Summen, mit denen Sie Ihr Leben in Frieden beschließen könnten, aber nichts darf Ihnen so viel wert sein wie die Gerechtigkeit, nicht einmal Ihr eigenes Leben. Wollen Sie immer noch bei uns eintreten?‹«

Cotton betrachtete scheinbar seine Hand auf dem Tisch. Doch seine Augen blickten in irgendeine Ferne. Er nagte an seiner Unterlippe. Kein Wort kam mehr über seine Lippen. Die Erinnerung an diesen wichtigen Augenblick rührte ihn, das sah ich ihm an.

»Er hat Ja gesagt, und dann ging es ab nach Quantico. In die Grundschule des FBI.« Decker hob sein Glas und grinste seinen Partner an. »Damals war er ja noch ABC-Schütze, gewissermaßen.«

Wir stießen an. Da dudelte wieder Cottons Handy. Er zog es hervor, drückte es ans rechte Ohr und hielt sich das linke zu. Am hinteren Ende der Theke machten sie noch immer Musik.

Das Gespräch dauerte nicht lang. »Sie haben ihn ausfindig gemacht«, sagte er, während er das Mobiltelefon zurücksteckte.

»Wen?«, fragten Decker und ich fast gleichzeitig.

»Den Mann, der den schwarzen Beetle gemietet hat.« Cotton winkte dem Kellner. Die Biergläser waren noch mehr als halb voll. »Ein Deutscher, wohnt im Plaza Hotel. Die Cops sind mit zwei Streifenwagen vorgefahren und wollten ihn vernehmen. Er hat ohne Vorwarnung geschossen, einen Polizisten hat 's erwischt. Wir sollen sofort hinfahren.«

5 Stationen einer Kultserie oder: Der Mann, der Jerry Cotton spielte

Fünfzig Jahre »G-man Jerry Cotton«.

1953 kommt er zur Welt. Am Tisch einer Wohnküche vor einer Schreibmaschine geschieht es. Oder exakter: im Hirn des Mannes, der vor ihr sitzt.

Auf einmal ist sie da, die Idee. Und die Idee nimmt Gestalt an:

Ein junger Bursche vom Land macht sich auf nach New York, um fortan Großartiges zu erleben. Der Cotton-Erfinder nennt ihn Jeremias Baumwolle. Und dann hämmert er in seine Schreibmaschine: Jeremias Cotton jagt seinen ersten Gangster-Chef.

Erste Station: der Erfinder Jerry Cottons.

Niemals hätte er damit gerechnet, dass sein »G-man Jerry Cotton« bald die erfolgreichste Krimiserie der Welt werden würde.

Zweite Station: der Entdecker Jerry Cottons.

Ein Mann, der sich in den Kopf gesetzt hat, einen Kleinstverlag auf Erfolgskurs zu bringen, liest das erste Cotton-Manuskript und ist begeistert – Gustav H. Lübbe. Im März 1954 veröffentlicht er die Story. Nicht im Traum denkt er in jenem März daran, dass er zehn Jahre später Millionär und der Name Jerry Cotton zwanzig Jahre später bekannter sein wird als der Name des Bundespräsidenten.

Dritte Station: der Dramaturg Jerry Cottons.

Mitte 1955 schleppt ein Postbote in Recklinghausen ein Sieben-Kilo-Paket die schmalen Stiegen eines Hauses in der Max-Planck-Straße bis zur Dachmansarde hinauf. Luftfracht aus Übersee. Porto: 70 Mark. Absender: FBI-Hauptquartier, Washington D. C. Empfänger: Heinz Werner Höber, vierundzwanzig Jahre alt, hoffnungsvoller Dramatiker in hoffnungslosem Mietrückstand. Er macht sich über den Inhalt des Paketes her und entdeckt eine Stadt, die er erst fünfzehn Jahre später persönlich besuchen wird. Bis dahin fährt er in einem Fantasie-Jaguar und in Gestalt Jerry Cottons durch ihre Straßen und über ihre Brücken.

Wahrscheinlich überfällt ihn das Fernweh, während er die Stadtpläne und Veranstaltungskalender studiert, wahrscheinlich hofft er irgendwann einmal, ein paar Mark für eine Flugreise nach New York übrig zu haben. Aber selbst die unerschöpfliche Fantasie eines Heinz Werner Höber reicht nicht aus, um sich seine Stadt, sein FBI-Team und seinen Jerry Cotton auf der Kinoleinwand vorstellen zu können. Und trotzdem sieht er ihn zehn Jahre später genau dort.

Der Erfinder Jerry Cottons, der Entdecker Jerry Cottons, der Dramaturg Jerry Cottons. 1953, 1954, 1955. So fing es an. Und wie ging es weiter? Ein paar Zahlen und Daten:

10. März 1956. Das erste Heft der Serie »G-man Jerry Cotton« erscheint.

1958. »Fallberichte« des G-man erscheinen als Leseproben in der »Saarbrücker Zeitung«, bald darauf auch halbseitig in der »Bild am Sonntag«.

15. Juni 1959. Der 100. Cotton-Roman erscheint.

7. März 1960. Die Zweitauflage von »G-man Jerry Cotton« startet.

Ende 1960. Die Auflage von »G-man Jerry Cotton« steigt auf 95 000 gedruckte Hefte, die der Zweitauflage auf 65 000.

1961 und 1962. Immer mehr Leserbriefe gehen in der Cotton-Redaktion ein. Hunderte und bald Tausende von Leserinnen und Lesern der G-man-Berichte aus Manhattan wollen ein Autogramm von Jerry Cotton, sein Bild, seine Adresse oder wünschen persönlichen Kontakt zwecks eventueller späterer Heirat.

Leser, die an das FBI-Hauptquartier in Washington schreiben, erhalten postwendend eine dicke, reich bebilderte Broschüre, »The Story of the FBI«, und die legendäre Karte mit dem Vordruck »Mr. Cotton ist bei uns nicht zu erreichen«.

1963. »G-man Jerry Cotton« wird in vierzig Ländern ausgeliefert und in acht Sprachen übersetzt. Unter anderem in Französisch, Flämisch, Italienisch, Portugiesisch, Spanisch und Finnisch. Die wöchentliche Auflage der Erstausgabe steigt auf 250000 Exemplare.

22. Juni 1963. Im neu gegründeten Bastei Lübbe Taschenbuchverlag erscheint als erste Veröffentlichung das Jerry-Cotton-Taschenbuch Nummer 1.

1964. »G-man Jerry Cotton« ist nicht nur der meistverkaufte Titel aller Kriminalserien, sondern aller Heftroman-Reihen auf dem deutschen Markt überhaupt. Allein im Ruhrgebiet kaufen sich jede Woche 90000 Leser den neuesten Fallbericht aus Manhattan.

Mai 1965. Nach elf Jahren »G-man Jerry Cotton« kommt der Special Agent aus Manhattan nun auch auf die Leinwand.

In einer internen Jahreschronologie des Bastei Lübbe Verlags findet sich hinter dem Datum 7.5.65 folgende Notiz:

»Erster Cotton-Film ›Schüsse aus dem Geigenkasten‹ am 7.5. angelaufen, Uraufführung in Köln, großes Essen in der Bastei mit George Nader, Heinz Weiss und anderen.«

Das Autorenduo Christos Tses und Dirk Brüderle hat ein großzügig aufgemachtes und detailreiches Buch mit vielen Fotos über die Jerry-Cotton-Filme verfasst.[90] Nach ihren Angaben fällt »am 6.5.1965 (...) um 18 Uhr in der Essener Lichtburg der Vorhang zur Welturaufführung des ersten Jerry-Cotton-Krimis.«[91]

Sechster oder siebter Mai, Köln oder Essen – jedenfalls werden die Jerry-Cotton-Filme – acht werden insgesamt gedreht – ein riesiger Erfolg. Über dieses für die Cotton-Serie so bedeutende Ereignis soll im Folgenden noch ausführlich berichtet werden...

Januar 1967. »G-man Jerry Cotton« Band 500 erscheint.

1968. Der 100-millionste Cotton-Roman geht über die Ladentheke.

1969. Der Entdecker Jerry Cottons, Gustav H. Lübbe, wird für seine verlegerischen Verdienste mit dem Bundesverdienstkreuz Erster Klasse ausgezeichnet. Dreihundertneunzig Mitarbeiter verdienen inzwischen bei Gustav Lübbe ihre Brötchen.

Januar 1970. Ausgewählte Romane aus der Serie »G-man Jerry Cotton« erscheinen zum dritten Mal in der Cotton-Bestseller-Reihe.

Juni 1976. Das Wickert-Institut stellt in einer repräsentativen Umfrage fest, dass 98 Prozent der Bundesbürger Jerry Cotton kennen.

August 1976. Zwanzig Jahre nach Serienstart erscheint der 1000. Cotton-Heftroman. Titel: »Ich kämpfe für New York«. Gustav Lübbe stiftet zum ersten Mal den Jerry-Cotton-Preis, um »gute und spannende Kriminalliteratur in deutscher Sprache zu fördern«.

1978. »G-man Jerry Cotton« startet in der vierten Auflage.

11. März 1986. Die Jerry-Cotton-Serie feiert ihren dreißigsten Geburtstag, und Band 1500 erscheint. Im gleichen Jahr wird der 500-millionste Cotton-Roman verkauft.

1994. Der Bastei Verlag feiert das vierzigjährige Cotton-Jubiläum, und in der entsprechenden Presseinformation heißt es: »Jerry Cotton läuft und läuft und läuft...«

2003. Die Verlagsgruppe Lübbe feiert ihr fünfzigjähriges Bestehen. Bastei-Erfolgsserien wie »G-man Jerry Cotton« stehen dabei im Rampenlicht der Feierlichkeiten.

2004. Die Serie »G-man Jerry Cotton« und ihre stets jungen Helden werden ihren fünfzigsten Geburtstag feiern…

Wir drehen die Zeit noch einmal zurück in das Jahr 1965. Für den G-man aus New York ein ganz besonderes Jahr.

Sechster oder siebter Mai, Köln oder Essen, jedenfalls öffnet sich der Vorhang, und zum ersten Mal können die Fans des G-man ihren Helden auf der Leinwand sehen: in Gestalt des amerikanischen Schauspielers George Nader.

Die Geschichte der Filmidee liest sich ein bisschen wie die Legende vom flügellahmen Käfer. Der Filmproduzent Gyula Trebitsch, damals Leiter des »Studio Hamburg«, besucht im Frühjahr 1964 den Chef von »Constantin-Film«, Konsul Waldfried Barthel, um mit ihm über Möglichkeiten gemeinsamer Produktionen zu sprechen. Einen Plan für denkbare Projekte hat er weder in der Tasche noch im Kopf. Vierunddreißig Jahre nach diesem Besuch schildert er ihn so:

Als ich ankam, hatte Herr Barthel noch Besuch, und so nahm ich im Vorzimmer Platz. Aus Langeweile wühlte ich die Zeitschriften durch, die auf dem Tisch lagen. Ich fischte einen Jerry-Cotton-Roman heraus, als sich plötzlich die Tür öffnete und Konsul Barthel mich hereinbat. Unbewußt nahm ich den Roman mit in sein Büro. Nachdem wir die obligatorischen Höflichkeiten ausgetauscht hatten, wollte er wissen, in welcher Form ich mir die Zusammenarbeit vorstellte und ob ich ein besonderes Projekt anzubieten hätte. Ich schaute auf den zusammengerollten Roman in meiner Hand und legte ihn auf Barthels Schreibtisch. »Das habe ich anzubieten«, entgegnete ich. Er schmunzelte und nahm das Heft in die Hand. Er schaute es sich ein paar Sekunden lang an und stand auf. »Ich werde sehen, ob das realisierbar ist«, sagte er und führte mich zur Tür.[92]

Die Erfolgsgeschichte der Cotton-Serie überzeugt den Produzenten. Damals geht man von mindestens 2 Millionen Menschen im deutschsprachigen Raum aus, die Cotton lesen – 2 Millionen potenzielle Besucher eines Cotton-Films also. Kein schlechtes Argument. Der Produzent gibt das Startzeichen für die Produktion des ersten Cotton-Films.

Im Frühjahr 1964 erstes Vorgespräch, im Januar 1965 Beginn der Dreharbeiten und am 7. Mai des gleichen Jahres die Filmpremiere – unwillkürlich fühlt man sich an Höbers Manuskriptausstoß erinnert: »In affenartiger Geschwindigkeit schrieb ich Heftromane.« Von Anfang an beherrschte eine gewisse Atemlosigkeit die Geschichte der Cotton-Filme.

Die Regie des ersten Films übernimmt Fritz Umgelter, ehemals Regisseur und Schauspieler am Staatstheater Wiesbaden. Dem breiten deutschen Fernsehpublikum wurde er 1959 durch eine Fernsehadaption des Romans »So weit die Füße tragen« von Josef Bauer bekannt. Die Fernsehproduktion war damals ein echter Straßenfeger. Seinen Hauptdarsteller aus diesem Film, Heinz Weiss, setzt Umgelter für die Rolle des Phil Decker durch. Richard Münch spielt den New Yorker FBI-Chef John D. High.

Für die Hauptrolle – Jerry Cotton – fällt die Wahl auf einen Amerikaner. Höber in seinen »Erinnerungen«:

Für die Rolle des Jerry Cotton hatten sich europäische Filmschauspieler von Rang und Namen beworben. Jeder wußte: Jede Woche lesen mindestens vier Millionen Menschen Jerry Cotton! Da war ein bombensicherer Erfolg zu erwarten. Doch die Produzenten sagten mit Recht: Es muß ein unbekanntes Gesicht und unter allen Umständen ein Amerikaner sein. Das lässige Gehabe eines geborenen Amis läßt sich nicht anerziehen. Insofern war die Besetzung mit George Nader durchaus passend.[93]

Doch bevor George Nader den Vertrag schließlich unterschreibt, wird ein unglaublicher Presserummel um die Besetzung der Rolle betrieben.

Ganz Deutschland nimmt an der Suche nach »Jerry Cotton« teil. So berichtet die Zeitschrift »Sonne«:

Die aufwendigste Suche nach einem Mann, die je von privater Seite gestartet wurde, setzen deutsche Filmproduzenten in Szene. In ihrem Auftrag hefteten sich in Amerika und Europa Talentsucher auf die Spuren zahlloser Film- und Bühnenakteure mit dem Auftrag, den Schauspieler zu finden, der die Rolle des neuen Krimi-Helden Jerry Cotton, FBI-Agent und hartgesottener Gangsterjäger, glaubhaft zu verkörpern vermag. (...) »Es ist nicht damit getan, einen markanten Kopf oder einen blendenden Schauspieler aufzureißen«, versicherte der Testregisseur, der die deutschen Jerry-Cotton-Aspiranten in einem Baden-Badener Studio prüfte. »Was wir zu finden hoffen, ist vielmehr der Krimi-Supermann schlechthin!«[94]

Die Zeitungen berichten monatelang über das Casting, über Bewerber für die Rolle, über die »Eignungstests« der Schauspieler, und immer wieder werden neue Spekulationen und Mutmaßungen verbreitet, um die Stimmung anzuheizen und die Deutschen neugierig zu machen, wer wohl »ihr« Jerry Cotton wird.

»Gesucht: G-man Jerry Cotton!«, titelt beispielsweise das »5-Uhr-Blatt«, Ludwigshafen, und fragt seine Leser:

Können Sie boxen, schießen, tieftauchen? Beherrschen Sie eine Serie von Jiu-Jitsu-Griffen und Fallübungen? Können Sie ein Flugzeug steuern? Sind sie Fallschirmspringer? (...) Dann melden Sie sich schleunigst bei »5-Uhr-Blatt« oder bei Constantin-Film (...). Dann haben Sie die Chance auf die Film-Hauptrolle des Krimi-Romanhelden Jerry Cotton![95]

Die zitierten Zeitungstexte zeigen: Jerry Cotton ist zu dieser Zeit in ganz Deutschland bestens bekannt und gilt als die Verkörperung eines Krimihelden schlechthin.

Dies zeigt auch ein Artikel in der »Nacht-Depesche« vom 30. 11. 64. Unter der Schlagzeile »Ein Jerry Cotton gesucht« liest man:

Aber wo findet man einen Mann, der Cotton darstellen könnte, einen allseits perfekten Supermann? In Baden-Baden ging der bundesrepublikanische Cotton-Test über die Bühne. Mehr als 20 Anwärter passierten die strapaziöse Heldenschleuse. Ob der Jerry Cotton aus ihr hervorging, wird sich erst zeigen, wenn die Testergebnisse aus anderen Ländern vorliegen.[96]

Und in einer Bildunterzeile heißt es weiter: »Der Sprung aus dem Fenster (...) gehört genauso zu den Aufgaben dieses strapaziösen Schauspieltestes wie Judo-, Box- und Ringkämpfe.«[97]

Die »Frankfurter Nachtausgabe« schreibt:

Um den Darsteller für die Rolle des neuen deutschen Filmhelden Jerry Cotton zu finden, holten sich die Produzenten 20 Darsteller ins Teststudio; sie mußten boxen, ringen, laufen und schießen. Das Ergebnis ist noch nicht bekannt, aber auf unserem Bild haben zwei Supermankandidaten, Sigurd Fitzek und Karl Sireck (...), die blonde Gangsterbraut Karin Hild in die Mitte genommen.[98]

Und »Der Mittag«, Düsseldorf, berichtet:

Harten Realismus erwarten die Filmleute (...) von ihrem Leinwand-Agenten Jerry. Acht Monate lang suchten sie in Rom, Prag, Deutschland und Amerika nach einem Mann »um die 30, groß, schlank, kräftig, mit sympathischem, amerikanisch wirkendem Gesicht«. Ihr Film-Jerry mußte nicht nur ein guter Schauspieler sein, er sollte im Schießen, Boxen, Jiu-Jitsu, Autofahren, Fliegen, Tauchen und Fallschirmspringen fit und in der Lage sein, die Aufmerksamkeit des weiblichen Geschlechts zu erregen.[99]

Schon im Vorfeld sind die Cotton-Filme also ein Medienereignis, bei dem die Deutschen mitfiebern. Für Europa eine bisher einmalige Medienkampagne, die beweist, wie sehr den Deutschen »ihr« Jerry Cotton am Herzen liegt und wie bekannt, ja, hoch geachtet die Romanfigur zu jener Zeit ist. Der Bastei Verlag nutzt den Medienrummel geschickt aus. Grossisten und Bahnhofsbuchhändler werden angeschrieben und aufgefordert, noch mehr Hefte zu ordern, denn bei dem zu erwartenden Erfolg des ersten Cotton-Films darf es nicht zum »Ausverkauf der Cotton-Hefte« kommen. Man erwartet also beim Start des Cotton-Films noch mal eine enorme Verkaufssteigerung.

Auch die Produzenten sind derart überzeugt vom Erfolg des ersten Cotton-Films, dass sie, lange bevor die erste Klappe fällt, schon verlauten lassen, es würden gleich zehn Cotton-Filme gedreht. Vorbild ist die Kinoserie mit dem Romanhelden James Bond, und so schreiben die Zeitungen über Jerry Cotton auch voller Stolz von »Deutschlands James Bond«.

Der »Morgenexpress«, Wien, titelt am 2.12.64: »Nach Flemings James Bond: FBI-Agent JERRY COTTON soll der neue Superheld des deutschen Kriminalfilms werden!«[100] In der »Abendpost« des gleichen Tages liest man die Headline: »James Bond bekommt Konkurrenz: Jerry Cotton«.[101] Und »Der Mittag«, Düsseldorf, schreibt unter der Schlagzeile »Cotton – ein deutscher James Bond?«:

James Bonds Filmerfolge in aller Welt haben die deutschen Produzenten nicht ruhen lassen. Sie wollen mitmischen im großen Sex-Krimi-Geschäft, und also suchten sie einen Helden. Sie fanden ihn in Jerry Cotton, dem Star einer Groschenroman-Reihe.[102]

142

James Bond und Jerry Cotton – sind beide Roman- und Filmhelden wirklich miteinander vergleichbar? Einen entscheidenden Unterschied sehen die Zeitungen schon und schreiben zu den Cotton-Romanen: »Sie unterscheiden sich von Ian Flemings James-Bond-Büchern, die ja mehr Kriminal-Science-Fiction sind, durch einen hieb- und stichfesten Realismus.«[103] Hier wird wieder offenbar: Inzwischen werden Cottons Abenteuer von seinen Autoren akribisch recherchiert, Ortsangaben und alle anderen Details stimmen, und Jerry Cotton wird auch von der Presse als realitätsnaher Kriminalroman wahrgenommen.

Auch George Nader, der nach langer Suche die Rolle des New Yorker FBI-Agenten schließlich bekommt, will sich und seine Rolle als Jerry Cotton nicht mit James Bond verglichen sehen. In einem Artikel der »Rheinischen Post« zum zweiten Jerry-Cotton-Film »Mordnacht in Manhattan« liest man:

George Nader (...) bezeichnete sich selbst als einen »Anti James Bond«. In seiner Rolle als amerikanischer Bundespolizist erscheine er nicht als strahlender Supermann, dem auch die geschicktesten Gangstertricks nichts anhaben könnten. Vielmehr sei er ein realer Held, dessen Hauptwaffen Training, Logik und gesunder Menschenverstand seien.[104]

Trotzdem bleibt der Vergleich zu den James-Bond-Filmen bestehen. Die »Westdeutsche Allgemeine« zum Beispiel schreibt:

Das sind die beiden härtesten Männer, die der internationale Film zur Zeit zu bieten hat. Zur Linken posiert lässig und markant Sean Connery als James Bond 007, Held einer sehr erfolgreichen Kriminalfilm-Serie. (...) Der harte Mann Nr. 2 heißt George Nader. Er wird in der in Kürze beginnenden Verfilmung der Jerry-Cotton-Hefte den sympathischen FBI-Agenten verkörpern, dessen Abenteuer allwöchentlich in 250 000 Exemplaren verbreitet werden.«[105]

Man entscheidet sich also für den amerikanischen Schauspieler George Nader, und die deutsche Presse jubelt: »Jerry Cotton ist gefunden«, so die »Hamburger Morgenpost«.[106] Von nun an steht George Nader, laut der Zeitschrift »Bunte Illustrierte« »Hollywoodstar und nach wie vor einer der begehrtesten Junggesellen der Filmmetropole«,[107] im Blickpunkt des öffentlichen Interesses. Es wird fast täglich über ihn, sein Privatleben und seine Vorbereitungen auf die Cotton-Rolle berichtet. Das Magazin »Sonne« schreibt auf seiner »Seite von jungen Leuten für junge Leute«:

Während der letzten Wochen bereitete sich George Nader bei Frankie Van, dem Inhaber des berühmtesten Trainingscamps Hollywoods, das alle bekannten Western- und Krimiasse absolvierten, auf seinen deutschen Jerry-Cotton-Einsatz vor. Eine Enttäuschung der deutschen Cotton-Fans kann er sich nicht leisten, denn ihre Gemeinde zählt (...) allein in der Bundesrepublik Millionen.[108]

Und die Ausbildung kann George Nader auch gut gebrauchen, denn im Gegensatz zu vielen Hollywood-Kollegen macht er, will man den Zeitungsartikeln der damaligen Zeit glauben, viele Stunts selbst. Bei einem dieser Stunts wird ihm eine Fensterscheibe gegen den Kopf geworfen, und G-man Jerry Cotton, der sich, als Fensterputzer getarnt, in ein Gangsterbüro schleichen wollte, stürzt in die Tiefe. »Großaufnahme, das Ding zerplatzte. Sekunden später hatte ich die ganze Stirn voller Schnitte. Es hatte eben diesmal nicht geklappt.«[109] Die Szene wird trotzdem im Film belassen. Jetzt sieht es noch dramatischer aus.

Bei einem Stunt für den ersten Cotton-Film »Schüsse aus dem Geigenkasten« wird es für George Nader richtig gefährlich:

»Die letzte Szene sollte mein Abgang an der Strickleiter eines Hubschraubers sein. (...) Drei Proben – und dann war 's soweit. Aufnahme. Und gerade in dem Moment vergißt der Trottel von Pilot, daß ich unten dranhänge, und zieht in schönem, großem Bogen davon. Geschrei von unten. Wir waren fünfhundert Meter hoch, als der Pilot endlich merkt, daß ich immer noch an der Strickleiter hing. Das waren grauenhafte Minuten. Viel fehlte nicht, und die Jerry-Cotton-Serie hätte einen neuen Hauptdarsteller gebraucht.«[110]

Fakt ist aber auch, dass die wirklich riskanten Stunts von Armin Dahl übernommen werden, der damals in Deutschland der »Superstar unter den Stuntmen« ist. Trotzdem macht George Nader, auch nach seinem gefährlichen Hubschrauber-Ausflug, viele der Stunts selbst.

George Nader, Jahrgang 1921, stammt aus Pasadena, Kalifornien. Im Hollywood der frühen Fünfzigerjahre beginnt er seine Karriere mit dem Science-Fiction-Film »Robot Monster« von Phil Tucker. In über fünfzig Filmen und zahlreichen Fernsehserien spielt er mit, häufig in der Rolle des gut aussehenden Draufgängers. 1955 wird er mit dem Golden Globe als »viel versprechender Filmneuling« ausgezeichnet.

So smart und draufgängerisch sich der attraktive Nader in seinen Filmen auch gebärdete, privat ist er ein eher ruhiger, bescheidener und sehr höflicher Bürger, ein typischer All-American-Boy eben, der einem Straßenräuber ohne Wenn und Aber seine Brieftasche aushändigen würde: »Da würde ich alles vergessen, was ich im Kino getrieben habe.«[111] In einer Schilderung seiner Kriegsjahre porträtiert er sich nebenbei selbst:

Im Krieg war ich Offizier, auf einer winzigen Insel im Pazifik stationiert. Und als der Krieg zu Ende war, war ich der einzige

Schauspieler Hollywoods, auf den niemand geschossen hatte, der nicht verwundet und mit keinem Ehrenabzeichen behängt worden war. Bei mir passierte eben einfach nichts. Die meisten wurden verrückt auf dieser Insel, auf der es nicht einmal einen Busch gab. Ich nicht.[112]

Wohltuend unterscheidet er sich vom Klischee des karrieresüchtigen Hollywoodschauspielers. »Ich bin doch nicht wahnsinnig, dauernd zu filmen. Ich will das Leben genießen.«[113]

Den Produzenten des ersten Cotton-Films fällt er als Darsteller des smarten Versicherungs-Detektivs Shannon auf. »Inspektor Shannon greift ein« – alle vierzehn Tage flimmert die amerikanische Serie damals über deutsche Bildschirme. Dreihundert bis vierhundert Briefe flattern in Spitzenmonaten über den Atlantik. Die Shannon-Fans aus der Bundesrepublik wollen alles über das Spezialauto des Versicherungsdetektivs wissen oder, wenn es weibliche Fans sind, ihn einfach nur heiraten, und als die Entscheidung für George Nader bei den Cotton-Filmemachern getroffen ist, titeln die Zeitungen »SHANNON wird FBI-Agent JERRY COTTON« und schreiben:

George Nader ist in der Bundesrepublik kein Unbekannter. Als ›Inspektor Shannon‹ (greift ein) flimmerten seine Abenteuer mit amerikanischen Gangstern in bisher 39 Folgen über deutsche Bildschirme.[114]

Die Cotton-Redaktion wird ins Casting mit einbezogen. Rolf Schmitz erinnert sich: »George Nader gefiel uns. Wir kannten ihn aus ›Shannon greift ein‹, und da machte er einen guten Eindruck auf uns. So stellten wir uns Jerry Cotton vor. Die Produzenten haben uns Hunderte von Schauspielerfotos vorgelegt – wir haben uns einheitlich für Nader entschieden.«

Die Entscheidung für die Phil-Decker-Besetzung sieht Schmitz heute kritisch: »Ich war dafür, dass wir Heinz Weiss als Phil Decker nahmen. Doch da gab es sehr unterschiedliche Meinungen. Durch den sensationellen Erfolg von ›So weit die Füße tragen‹ war Weiss im Kopf aller Leute, ein sehr berühmter Mann. Im Nachhinein waren wir nicht mehr begeistert von unserer Wahl. Es stellte sich nämlich heraus, dass Heinz Weiss ein Handikap am Bein hatte und nicht richtig laufen konnte. Ich glaube, es gibt keine einzige Episode in einem Jerry-Cotton-Film, in dem man Phil Decker laufen sieht.«

Dies ist umso bemerkenswerter, als die Zeitungen im Vorfeld der Dreharbeiten ebenfalls über das harte Casting berichten, dem sich die Bewerber für die Rolle des Phil Decker unterziehen müssen. George Nader hat den Vertrag für die Rolle des Jerry Cotton unterschrieben, jetzt wiederholt man die Pressekampagne bei der Suche nach dem geeigneten Mann für die Rolle des Phil Decker. Auch hier müssen die Bewerber beweisen, dass sie boxen können, Judo beherrschen und durch Fenster springen können, denn auch der Decker-Darsteller soll viele der Action-Szenen selbst durchführen, wie es später George Nader tut.

»Trainieren für Jerry Cottons Freund Phil Decker: Von zwanzig Schauspielern blieben nach harten Boxduellen acht Kandidaten für die Rolle übrig«,[115] berichtet der »Morgenexpress«, Wien, und »Der Mittag« schreibt:

Für den zweiten Helden Phil Decker wurden 20 Kandidaten harten und teils sogar blutigen Probeaufnahmen unterzogen. Acht gelten jetzt als »Anwärter«. Einer davon seufzte: »Das war eine Schauspieler-Notschlachtung.«[116]

Trotzdem entscheidet man sich für Heinz Weiss, wohl deshalb, weil er mit dem Fernseh-Mehrteiler »So weit die Füße tragen« eine unglaubliche Popularität in Deutschland erworben hat.

So kann man die beiden Hauptrollen der Cotton-Filme mit zwei Schauspielern besetzen, die dem deutschen Zuschauer aus dem Fernsehen bereits bestens bekannt sind und sich großer Beliebtheit erfreuen.

Im Bastei Verlag ist man mächtig stolz darauf, dass das »Flaggschiff« seiner Romanreihen nun auch verfilmt wird. Jerry Cotton im Kino – das hört sich nach noch mehr Popularität für den G-man an.

»Schüsse aus dem Geigenkasten« läuft am 7. Mai 1965 – oder eben am 6., wenn man Tses/Brüderle folgen will – in der Bundesrepublik an. Das Kinopublikum »stürmte die Kinosäle«[117] und nimmt den Streifen voller Begeisterung auf.

Höber spricht in seinen Erinnerungen von »um die 20 Millionen«, die alle acht Filme zusammen eingespielt haben sollen: »Das war für einen deutschen Film damals ein gigantischer Erfolg.«[118]

Filmkritiker äußern sich gemischt über den ersten Cotton-Film. Vom erhobenen bis zum gnadenlos gesenkten Daumen findet man alle Variationen auf den Kulturseiten der Zeitungen. Die »Süddeutsche Zeitung« etwa schreibt: »Damit kann, wer will, sich die Zeit totschlagen.« Für die »Lübecker Nachrichten« allerdings »... wurde eine Krimiserie gestartet, auf deren Fortsetzung man mit Vergnügen gespannt ist«.

George Nader ist nun ein gefeierter Star, jedenfalls in Deutschland. Die Besetzung der Hauptrolle mit ihm erweist sich als Glücksgriff. Der Mann, der Jerry Cotton spielt, wird für die Öffentlichkeit zu Jerry Cotton. An wessen Gesicht denken deutsche Jahrgänge zwischen Wirtschaftswunder und Pillenknick, wenn sie den Namen Jerry Cotton hören? An das Gesicht George Naders selbstverständlich.

Und die Medien in der Bundesrepublik vermarkten den attraktiven Nader nach Kräften. Vor allem die Frauenblätter arbeiten an George Naders Image als »begehrtestem Junggesellen der Welt«. Ob »Bravo«, »Bild«, »Heim und Welt« oder »Neue Revue« – ständig sieht man Fotos von Cotton alias Nader in Begleitung von Filmpartnerinnen und mit Bildtiteln wie »Auch privat gefällt George Nader die reizende Sylvia Pascal« oder »Cotton sucht deutsche Frau« und ähnlichen Nonsens. Man lässt ihn behaupten, deutsche Mädchen entzückend zu finden, zitiert seine charmanten Komplimente Damen gegenüber, unterhält sich mit ihm über Liebe und Flirt und weiß von seinen neusten Heiratsplänen zu berichten. Irgendjemand kommt 1967 auch noch auf die Idee, eine Schallplatte mit ihm aufzunehmen. Titel: »Hello, hello«. Nun, auch singen kann Nader. In den USA hatte er schließlich schon einmal die Hauptrolle in einem Musical gespielt.

Noch im gleichen Jahr wird der zweite Cotton-Film produziert – »Mordnacht in Manhattan«. Am 20. September um dreiundzwanzig Uhr sind die Dreharbeiten abgeschlossen gewesen, schreiben Tses und Brüderle, und am nächsten Morgen um neun Uhr dreht man schon die erste Szene des nächsten Filmes. Während »Mordnacht in Manhattan« von den Kritikern noch gnädig aufgenommen wird, handelt sich der dritte Film harsche Kritiken ein. Die Fließbandproduzenten wird es kaum gewundert haben.
Bis zum März 1969 kommen insgesamt acht Cotton-Filme in die deutschen Kinos, und man bemüht sich, Cotton mit »prominenten Gegnern« zu versorgen. Im dritten Cotton-Film »Um null Uhr schnappt die Falle zu« mimt Horst Frank den Bösewicht Larry Link, der mit einer Waggonladung Nitroglyzerin die Stadt New York erpressen will. Im vierten Film »Die Rechnung – eiskalt serviert« spielt Horst Tappert Jerry Cottons Gegenspieler, einen Diamantenräuber und Gangsterboss, der zum Schluss vom eigenen Komplizen erschossen wird. Ein Jahr jünger als Nader, hatte Tappert damals gerade seinen ersten großen Fernseherfolg mit

einer ähnlichen Rolle gefeiert, als »Major« im Dreiteiler »Die Gentlemen bitten zur Kasse«.

Während die Romane immer noch neue Leser gewinnen, neigt sich die Kinoserie bald dem Ende zu. Dem siebten Cotton-Film »Der Tod im roten Jaguar« bescheinigt der Filmkritiker des »Kölner Stadtanzeigers« »viel deutsche Biederkeit«.[119] Obwohl die Produzenten nachträglich extra eine Rolle für Robert Fuller in das Drehbuch hineinschreiben lassen (die übrigens mit der eigentlichen Filmhandlung nichts zu tun hat), um mit ihm einen zweiten US-Star im Film zu haben, kann Jerrys Kinofall Nummer 7 erfolgsmäßig nicht mehr an seine Vorgänger anknüpfen.

Mit dem achten Kinofilm »Todesschüsse am Broadway« endet die Filmserie, obwohl ursprünglich insgesamt zehn Kinostreifen mit George Nader als Jerry Cotton angekündigt waren.

Dennoch waren die Cotton-Filme insgesamt ein Riesenerfolg. 13 Millionen Kinobesucher hatten die acht Filme gesehen, 34 Millionen Mark spielten sie insgesamt ein.[120] Trotz der oftmals sehr naiven Storys, die nichts mit Jerrys pfiffigen Fällen aus den Romanen zu tun hatten, überzeugten sie durch ihre für damalige Verhältnisse schnelle Handlung und rasante Action. Für heutige Verhältnisse ist dies nur noch schwerlich nachvollziehbar.

Und welche Bedeutung hatten die Filme für die Heftroman-Serie? »Überhaupt keine«, sagt Rolf Schmitz heute. »Das ist wirklich verblüffend. Wir haben wahrscheinlich eine Art Austausch erlebt: Ein Teil der Leser ist abgesprungen, neue Leser sind dazugekommen.«

Klaus Göbel hält die Auswirkungen der Filme auf die Cotton-Serie sogar für »katastrophal! Und zwar aus drei Gründen. Erstens waren sie nicht besonders gut gemacht. Zweitens greifen sie das bei Cotton so wichtige New-York-Bild nicht konsequent und stimmig auf, versetzen die Handlung gar in ein muffiges Sankt-Pauli-Milieu. Auch war Phil Decker mit Heinz Weiss nicht ideal besetzt. Und drittens – und das ist die eigentliche Katastrophe: Jeder Leser stellt sich seinen Cotton vor, jeder Leser hat ein ganz bestimmtes ureigenes Bild von ihm, ein Bild, das im Laufe der Jahre gewachsen ist. Und auf einmal wird ihm im Film ein anderes Bild angeboten, auf einmal ist *seine* Figur und *seine* Vorstellung von dieser Figur dahin.«

Und noch einmal Rolf Schmitz: »Wir haben sicher viele Leser dadurch vergrätzt, dass wir es gewagt hatten, diesen schmächtigen Amerikaner zu ihrem Cotton zu machen. Aber dafür sind andere dazugekommen, vor allem junge Mädchen, die für Nader schwärmten. Er war ja ein paarmal auf dem Titelbild von ›Bravo‹ zu bewundern.«

Im Verlag, vor allem in der Cotton-Redaktion, wurde heiß diskutiert: In der Leserfantasie hatte sich Jerry Cottons Gesicht in das Gesicht George Naders verwandelt, an dieser Einsicht führte kein Weg vorbei. Aber sollte man dieses Gesicht nun auch auf den Umschlägen der Heftserie »G-man Jerry Cotton« bringen? Man entschied sich dafür. Rolf Schmitz: »Wir konnten nicht neben dem Film-Cotton noch unseren eigenen Cotton laufen lassen. Außerdem wussten wir damals nicht, wie lange sich die Filme halten würden. Also sagten wir uns: Augen zu und durch!«

So gelangte George Naders Gesicht auf die Cover der Cotton-Romane. Zur Zeit der Cotton-Filme und in den Jahren danach ziemlich regelmäßig, später dann nur noch sporadisch. Auf den aktuellen Ausgaben der dritten Auflage, dem »Jerry Cotton Bestseller«, kann man Nader jetzt wieder Woche für Woche bewundern. Nicht weil die Romane aus den Sechzigerjahren stammen, sondern »weil unglaublich viele Leserbriefschreiber, vor allem Frauen, vehement Titelbilder mit George Nader fordern«, so der jetzige Cotton-Lektor Peter Thannisch. »Wir haben uns sogar entschieden, für die Fans Poster mit George Nader in der dritten Auflage zu bringen, und seitdem steigt der Verkauf. Die Cotton-Filme sind heutzutage Kult, und die älteren Leser verehren George Nader nach wie vor.«

Gleichgültig, wie man die Filme heute beurteilen mag: Mit den Karl-May-Filmen und den Edgar-Wallace-Verfilmungen zählen sie zu den erfolgreichsten Kinohits der deutschen Nachkriegszeit.

Mitte der Siebzigerjahre hängt George Nader die Schauspielerei an den Nagel. Ein Augenleiden infolge eines Autounfalls zwingt ihn dazu: Er kann das grelle Filmlicht nicht mehr ertragen. Die letzten Lebensjahre verbringt er in Palm Springs, Kalifornien.

Im April 2000 ist Nader Ehrengast einer Jerry-Cotton-Gala in Titisee, Baden-Württemberg. Und er ist zu Tränen gerührt, als er von den vielen Cotton-Fans, die gekommen sind, noch immer als Star und als »ihr« Jerry Cotton gefeiert wird.

Das war sein letzter Deutschlandbesuch. Knapp zwei Jahre später stirbt er achtzigjährig in Woodland Hills bei Los Angeles in einem Pflegeheim mit dem sinnigen Namen »Motion Picture Home«.

Heißes Blei
für einen G-man
Teil 5

Auf der Notbank zusammengekauert, klammerte ich mich
an der Lehne des Beifahrersitzes fest. Cotton steuerte seinen Jaguar durch das abendliche Manhattan Richtung Norden, riss das Steuer nach links und rechts, wich haltenden
Bussen, dem Gegenverkehr und begriffsstutzigen Autofah-
rern aus, beschleunigte, bremste, schaltete, gab wieder Gas.

Normalerweise haben amerikanische Autos Automatik-
schaltung. Cottons Jaguar nicht. Amerikaner, die von sich
behaupten, »echte« Autofahrer zu sein, investieren gern ein
paar Dollar mehr, um beim Fahren richtig »knüppeln« zu
können. Das ist in den USA anders als bei uns in Europa.

Phil Decker hatte das Rotlicht auf das Dach des Jaguar
geknallt, die Sirene heulte, Cotton fegte über eine rote Ampel, schleuderte nach links in die 49th Street hinein und kurz
darauf nach rechts in die Fifth Avenue. Meine schweißnas-
sen Finger rutschten von Deckers Lehne ab, die Fliehkräfte
warfen mich gegen das Fenster der Fahrerseite.

Wie ein Reißverschluss öffnete sich die doppelte Blech-
kolonne vor uns, zweihundert Meter entfernt schob sich
das beleuchtete Reiterdenkmal auf der Grand Army Plaza
in unser Blickfeld, und kurz darauf riss Cotton das Steuer

nach links, fegte an den Scheinwerfern des bremsenquiet-
schenden Gegenverkehrs vorbei in die Achtundfünfzigste
hinein. »Ordnungswidrig«, wie es auf dem Bußgeldbescheid
heißen würde – falls G-men so etwas überhaupt kriegen.
Man biegt nicht links ab in Manhattan, und schon gar nicht
in eine Einbahnstraße.

Das Funkgerät meldete sich, Decker griff zum Mikro.
Ein kurzes Gespräch, von dem ich kaum was mitkriegte.
Schlechte Nachrichten, wie es schien. »Shit!«, fluchte der
blonde G-man und klinkte das Mikro wieder ein. »Steelman hat einen Chirurgen und eine Schwester als Geiseln
genommen!«

»Ist nicht wahr!«, stöhnte Cotton.

»Es ist wahr!« Decker schlug mit der Faust gegen das
Handschuhfach. »Shit! Jetzt ist er weiß Gott wohin unterwegs! Mit dem Privatwagen des Chirurgen!«

Cottons einzige Erwiderung war: »Mach mein Auto nicht
kaputt, Junge.«

Entgegenkommende Fahrzeuge wichen aus, und rechts
glitzerte die angestrahlte Fassade eines zu hoch geratenen
Renaissance-Schlosses – das Plaza Hotel. Mit dem Jackenärmel wischte ich mir den Schweiß von der Stirn.

Rotlicht flackerte gespenstisch über die breite Vortreppe,
Menschen drängten sich an ihrem Rand, Blitzlichter zuckten, vier Streifenwagen zählte ich. Im Scheinwerferkegel
des Jaguar tauchte ein gelbes Trassierband auf. Cotton trat
auf die Bremse, ich prallte mit dem Kopf gegen Deckers Na-
ckenstütze.

Benommen kletterte ich aus dem Jaguar. Der Spot eines
Scheinwerfers traf mich, geblendet schloss ich die Augen.
Ich hörte Decker schreien, das Licht erlosch, und ich blin-
zelte in die Menschenmenge am Rande der Treppe: Decker
gestikulierte und schimpfte dort mit dem Kamerateam ir-

gendeines Fernsehsenders. Cotton sprach drei Stufen über mir mit zwei Uniformierten. »Zwei haben wir erwischt, einer ist uns durch die Lappen gegangen. Angeblich in einem roten Pick-up unterwegs.« Sie redeten durcheinander. »Und einer ist verletzt.«

Den Cops hinterher spurtete Cotton die Treppe hinauf zum Eingangsbereich des Hotels. Ich wusste nicht, wohin mit mir, und schloss mich ihnen an. Sirengeheul näherte sich, zwei Ambulanzfahrzeuge hielten vor dem Hotel.

Im Laufschritt ging es an der Rezeption vorbei durch die Empfangshalle zu den Aufzügen. Zwei Beamte in Zivil trugen eine Zinkwanne zum Aufzug. Mein Mund wurde trocken.

Einer der Cops drückte auf den Knopf für das achtzehnte Stockwerk, die Lifttüren schoben sich zusammen. »Dem Concierge sind die jungen Typen aufgefallen. Ziegenbärte, Jailhosen und so.« Der Cop erzählte atemlos. »Er hat ihre Personenbeschreibung bei CBS aufgeschnappt. Und dann hat er uns angerufen…«

Cotton und ich sahen uns an. Ganz langsam nur begriff ich, was ich da hörte.

»Wir haben uns dann das Gästebuch zeigen lassen und die Personalien der anderen abgecheckt.« Der Aufzug hielt, die Lifttüren schoben sich auseinander. »Ein Deutscher hat das Zimmer gemietet.« Cotton und die Cops stürmten aus dem Aufzug, ich hinterher. »Derselbe, der den schwarzen Beetle am JFK gemietet hat.«

Sechs Männer kamen uns auf der Zimmerflucht entgegen, vier Cops und zwei junge Burschen in Handschellen. Die *Gangsta*, die mich in Chinatown in die Falle gelockt hatten. Cotton blieb stehen und musterte sie ernst.

»Wir waren noch nicht mal an der Zimmertür, da haben sie schon drauflosgeballert.« Der Cop sprach jetzt mit gesenkter Stimme. Ziemlich heiser klang er plötzlich. »Charley hatte keine Chance, und seinem Sergeant blieb nur der Rückzug. Wenigstens konnte er sie aufhalten, bis Verstärkung kam.«

»Es geht um Polizistenmord«, sagte Cotton ruhig und ohne die beiden Jungs aus den Augen zu lassen. Mit gesenkten Köpfen standen sie da und schluckten. Einer zitterte am ganzen Körper. »Unser Fall.« Cotton fasste sich kurz. »Bringt sie ins Federal Building.«

Die Cops führten die Burschen zu den Aufzügen.

Wir gingen ans Ende der Zimmerflucht, dort versperrten zwei Uniformierte den Zugang zu einem offenen Zimmer. Cotton zückte seine Dienstmarke und winkte von weitem damit. Die beiden Cops traten zur Seite, und wir traten in ein Chaos aus umgestürzten Stühlen, Glasscherben, zerschossenen Fensterscheiben und zerwühlten Betten. Schrank und Tisch ragten schräg in den Raum hinein; jemand hatte versucht, die Tür mit den Möbelstücken zu verbarrikadieren.

Zwischen Bett und Fensterwand knieten zwei Cops neben dem Körper einer Frau. Das dunkle Haar hing ihr wirr ins schweißnasse Gesicht, ein kurzes Top und ein Tanga bedeckten nicht einmal notdürftig ihre Blöße.

»Bauchschuss«, sagte einer. »Der Arzt ist unterwegs.« Der andere drückte ein blutgetränktes Handtuch gegen den Bauch der Frau.

Ich blieb am Fenster stehen. Zweimal musste ich hinsehen, bis ich es glauben konnte.

Cotton blickte mich von der Seite an. »Ist sie es?«

Ich nickte nur, die Sprache hatte es mir verschlagen. Ja, es war die Schweizerin, die mich am Nachmittag in den Hinterhof gelockt hatte.

Cotton beugte sich über sie. »Miss?« Ihr Körper bebte.

Cotton richtete sich auf und zog sein Jackett aus. »Sie hat 'nen Schock, legt ihr die Beine hoch. Ein Arzt muss her.« Er ging neben ihr und den Cops in die Hocke und legte ihr sein Jackett über die Schultern.

Ich starrte zum zerbrochenen Fenster hinaus. Achtzehn Stockwerke tiefer krochen Kolonnen zweiäugiger Leuchtkäfer über die abendliche Fifth Avenue. Das Reiterdenkmal unten auf dem Platz schimmerte mattgrün im Licht der Scheinwerfer, die es anstrahlten. Hinter mir hörte ich Cotton durchs Zimmer gehen, Schubladen aufziehen und Schranktüren öffnen.

Am Nachmittag spricht mich eine Frau im Menschengewühl von Chinatown an, am Abend liegt dieselbe Frau mit einer Kugel im Bauch vier Schritte neben mir vor einem Bett. Ich versuchte mir einen Reim darauf zu machen, doch es gelang mir nicht.

»Schauen Sie sich das an, Fritz!« Cotton stand plötzlich neben mir, unter dem Arm eine Collegemappe, in der Hand ein paar Blätter bedrucktes Papier.

Ich nahm sie ihm ab und las – meinen Namen und stichwortartig meine Vita!

Eine Gänsehaut kroch mir vom Nacken aus über Schultern und Rücken. Die Zeilen verschwammen vor meinen Augen.

»Hagen Jansen«, hörte ich Cotton murmeln. »Ist er das?« Er hielt mir einen deutschen Pass unter die Nase.

Sanitäter und Notarzt stürmten in das Hotelzimmer. Wir drückten uns ins Bad, um sie vorbeizulassen. Dort betrachtete ich das Passbild und flüsterte: »Der Mann aus dem schwarzen Beetle…«

Und auf einmal wusste ich, woher ich ihn kannte!

»Eine Streife hat den Kerl in der Westside gesichtet!«, rief plötzlich eine aufgeregte Stimme an der Tür. »Auf dem

Broadway, Höhe Columbus Circle! Ein roter Dodge Pick-up! Sie haben sich an seine Stoßstange gehängt!«

Cotton riss mir Pass und Personendossier aus der Hand und steckte beides in die Collegemappe zurück. »Kommen Sie, Fritz!« Wir spurteten aus dem Hotelzimmer zu den Aufzügen. Ich hatte Mühe, ihm zu folgen…

6 Lob der »Trivialliteratur«
oder: Wer deckt uns mit seinem Mantel zu?

Wer deckt uns mit seinem Mantel zu? Die Frage klingt ein wenig nach Sankt Martin. Sie erinnern sich: Der römische Ritter zu Pferd. Im Stadttor entdeckt er an einem kalten Wintertag einen Bettler. Der Bettler friert erbärmlich. Der Ritter stoppt seinen Gaul, zieht sein Schwert und zersäbelt seinen Offiziersmantel in zwei ungefähr gleich große Hälften. Die eine Hälfte überlässt er dem verfrorenen Habenichts, in die andere hüllt er sich selbst. Und danach reitet er einfach weiter.

Sankt Martin also, schön und gut. Sankt Martin hat einen frierenden Bettler mit einer Hälfte seines Mantels zugedeckt, wenn man so will. Aber was hat das mit der so genannten Trivialliteratur zu tun?

Trivial, belehrt uns das Lexikon – in diesem Fall die PC-Version des Brockhaus –, trivial kommt aus dem Lateinischen, und heißt etwa: »gedanklich unbedeutend, anspruchslos, alltäglich«.

Sicher, ein Bettler im Stadttor oder am Hauptbahnhof und ein Mensch, der ihm ein Stück seines Umhangs überlässt oder fünfzig Cent in die Hand drückt, das ist nichts Weltbewegendes. Unbedeutend eigentlich, jedenfalls für die Vorübergehenden, und alltäglich sowieso. Mit einem Wort: trivial.

Auch für den Bettler? Unsinnige Frage: Dem Mann ist jetzt ein wenig wärmer, das bedeutet in seiner Lage schon eine Menge, und jeden Tag wird er dergleichen nicht erleben, sonst müsste er nicht im Winter am Stadttor sitzen und betteln. Und für den Ritter? Nun ja, sein Vorgesetzter wird unter Umständen nach der anderen Hälfte seines Offiziersmantels fragen, Sankt Martin möglicherweise in eine peinliche Situation bringen, und ganz so warm wie zuvor wird ihm auch nicht mehr sein.

Mit anderen Worten: Was den Vorübergehenden trivial erscheinen mag, ist für die beiden Beteiligten weder alltäglich noch bedeutungslos.

Die Klärung der Frage, ob etwas trivial ist oder nicht, könnte sich demnach als eine reichlich subjektive Angelegenheit erweisen.

So weit, so gut – aber was hat das mit »Trivialliteratur« zu tun?

»Klischee- und formelhaft verfasste Literatur mit geringem ästhetischen Anspruch«, klärt Meyers Lexikon unter dem Stichwort »Trivialliteratur« auf und unterscheidet zwischen ihr und der so genannten Hochliteratur. Die Experten der Unterhaltungsliteratur-Forschung bezweifeln inzwischen allerdings ein solches »Schichtenmodell«.

Dennoch die Frage: Die Legende von Sankt Martin Trivialliteratur? Sieht ganz so aus. Sie überliefert ein Klischee, nämlich das vom wohltätigen Gutmenschen, ihre Figuren werden nicht psychologisch ausgeleuchtet, ihre Dramaturgie ist schlicht, ihre Handlung nicht besonders originell. Die Legende von Sankt Martin, der seinen Mantel mit einem Bettler teilt: klischee- und formelhaft und ohne großen ästhetischen Anspruch. Kurz: Trivialliteratur?

Dafür hat sie sich erstaunlich lange auf dem »Markt« gehalten. Um die 1600 Jahre inzwischen. Die kleine Story scheint sich also »gut zu verkaufen«. Und eine gewisse Wirkungsgeschichte

160

kann man ihr auch nicht absprechen: Alljährlich ziehen in der zweiten Novemberwoche ganze Scharen von Kindern mit Laternen durch die Straßen und singen das Sankt-Martin-Lied. Mancherorts trabt sogar ein Ritter zu Pferd den Laternenzügen voran. Der römische Offizier aus dem vierten Jahrhundert scheint also echten Kultstatus zu genießen.

Und anspruchslos? Nun, ganz gewiss wird diese Geschichte so schnell keinen überfordern, weder sprachlich noch ästhetisch. Andererseits erhebt sie durchaus einen Anspruch. Genau genommen ist sie ein einziger Anspruch. An den Leser nämlich, dem Ritter Martin nachzueifern. Ja, die Geschichte schärft das soziale Gewissen, die soziale Verantwortung.

Ähnlich wie die Bewertung einer Sache als »trivial« oder »bedeutungsvoll« hängt also möglicherweise auch die Unterscheidung zwischen »Trivialliteratur« und »Hochliteratur« von den subjektiven Ansichten derer ab, die die Unterscheidung jeweils treffen. Von der Sicht auf die Welt im Allgemeinen und auf die dieser Welt zu erzählenden Geschichten im Besonderen. Und schon erhebt sich die Frage: Wer trifft eigentlich diese Unterscheidung? Der Systemforscher der Literaturwissenschaft oder der Leser?

In früheren Jahrhunderten, als die so genannte Trivialliteratur noch in Räuberromanen, Kalendergeschichten und als Fortsetzungsstory in Zeitschriften erschien, wie etwa Friedrich Schillers »Der Geisterseher«, nannte man sie auch »Dienstbotenliteratur«. Wer entschied damals, was Dienstboten- und was Hochliteratur war? Der Dienstbote? Oder der Dienstherr?

Der Leser – gleichgültig ob »Dienstbote« oder »Dienstherr« – hat beispielsweise entschieden, dass Karl Mays Romane, sagen wir: lesenswert sind. An die 100 Millionen Mal hat der Leser sie deswegen gekauft. Der Leser hat sich auch für die Bücher Johannes Mario Simmels oder Heinz G. Konsaliks entschieden. Und in jüngster Zeit für die Abenteuer aus der Zauberschule des

Harry Potter von Rowling. Alle diese Schriftsteller hat der Leser zu Bestsellerautoren gemacht.

Harry Potter und seine Schöpferin haben es immerhin in die Feuilletons geschafft. Ob die Feuilletonisten die Bücher einst zur »Hochliteratur« erklären, bleibt abzuwarten. Oder auch nicht: Der Leser hat sein Votum ja bereits abgegeben.

Simmel und Konsalik kommen beispielsweise in Frenzels »Chronologischem Abriss der deutschen Literaturgeschichte« nicht vor. Immerhin finde ich den Namen Karl May in meinem Frenzel. Im Kapitel »Realismus« wird er in Klammern gemeinsam mit Friedrich Gerstäcker genannt, und zwar als beispielhafter Autor für – Trivialromane.[121]

Wer trennt also zwischen »Trivialliteratur« und »Hochliteratur«? Der Leser offensichtlich nicht. Die Literaturwissenschaftler und -kritiker? Lesen die solche Bücher überhaupt? Und lesen sie Heftromane? O ja, ich werde Ihnen gleich einen Literaturwissenschaftler vorstellen, der »G-man Jerry Cotton« liest.

»Die Unterscheidung zwischen trivialer, Unterhaltungs- und höherer Literatur wird zunehmend infrage gestellt«, unterrichtet uns der Brockhaus unter unserem Stichwort, »da Elemente und Techniken des Trivialen in allen literarischen Formen zu finden sind.«

Der Leser wird sich darüber allerdings auch weiterhin kaum den Kopf zerbrechen. Er wird kaufen und lesen, was er für lesenswert hält, und er hält Cottons Berichte aus Manhattan seit fünfzig Jahren für lesenswert. Das ist entscheidend. Und Schüler, die zusammen mit ihrem Lehrer einen Cotton-Roman für den Literaturunterricht untersucht haben, vermeiden ganz bewusst den Stempel des Trivialen und nennen den Krimi »einen Heftroman der Spannungsliteratur«.[122]

Warum also halten die Menschen Cotton für lesenswert? Und was, um alles in der Welt, hat Cotton mit dem Mantel des heiligen Martin zu schaffen?

In meinem ersten Jahr als Cotton-Autor rief eines Tages mein Lektor Peter Thannisch an: »Der Jugendschützer hat mir ein langes Gutachten zu Ihrem letzten Roman geschrieben. Den können wir so nicht bringen.«

»Jugendschützer? Was für ein Jugendschützer?«

»Wir haben einen Beauftragten für den Jugendschutz, Herrn Professor Göbel, der liest jeden Cotton und klopft ihn auf jugendgefährdende Stellen ab.«

Aha. Jugendschutz also, Göbel also; beides nie gehört – ich war neu im Geschäft, wie gesagt. Also schlug ich zum ersten Mal das Impressum eines Jerry-Cotton-Romans auf, und tatsächlich, dort steht es schwarz auf weiß:

»Dieses Heft wurde vom Beirat für Jugendmedienschutz geprüft und zur Veröffentlichung freigegeben.«

Der betreffende Roman – es war mein vierter oder fünfter – schildert die Geschichte eines labilen Jungen, der in die amerikanische Rechtsradikalenszene abrutscht, ein Bombenattentat auf eine Schwulenkneipe verübt und aus der Szene aussteigen will, als seine Gruppe einen Anschlag auf die Grand Central Station vorbereitet. Den Bahnhof können Cotton und Decker retten, den reumütigen Fanatiker nicht: Sein Gruppenführer tötet ihn.

Der hausinterne Jugendschützer störte sich vor allem an der Darstellung der Neonazis: zu konkret und plastisch in ihren Aufnahmeriten, ihren Zielen und Überzeugungen. Einem Vierzehnjährigen könnte das attraktiv erscheinen. Ich entschärfte die Geschichte, sie wurde gedruckt und erschien als »G-man Jerry Cotton« Band 2150 unter dem Titel »Die Bomber«.

So ganz hatte ich die Kriterien des »Jugendschutz-Wächters« noch nicht kapiert, denn anderthalb Jahre später das gleiche Lied – mein Lektor ruft an: »Herr Göbel hat geschrieben, so können wir die Geschichte nicht bringen.« Diesmal hatte ich meine Mordbuben ihre Opfer mit Lachgas betäuben und ihre

Leichen in einem gemauerten Ofen beseitigen lassen. Lachgas kenne ich aus Kindertagen vom Zahnarzt, und einen Mörder, der die Leichen seiner Opfer in einem Ofen entsorgt, gab es auch schon mal in einem Grimm'schen Märchen und – ein paar Jahre später – in einem »Tatort«.

»Trotzdem.« Mein Lektor bleibt hart. »Herr Göbel muss dafür sorgen, dass unsere Romane nicht negativ bei der Bundesprüfstelle auffallen und womöglich auf der Liste der jugendgefährdenden Schriften landen. Zahnarzt und Fernsehen können machen, was sie wollen, aber für uns gelten schärfere Jugendschutzbestimmungen.«

Begründung diesmal sinngemäß: Das Bildmotiv ›Gas und Ofen‹ wecke Assoziationen mit Auschwitz. Niemand solle die Begriffe aus dem Vokabular der Unmenschen verwenden, wenn sie mühelos austauschbar sind.

»Wer ist denn dieser Herr Göbel eigentlich?«, will ich von meinem Lektor wissen. Antwort: »Professor Dr. Klaus Göbel, lehrt Medien- und Literaturdidaktik an der Uni Bonn.«

Ein Germanist also, ein Literaturwissenschaftler. Einer, der Cotton von Berufs wegen liest. Interessant. Drei Jahre später besuche ich ihn in seinem Haus in Köln. Wenn einer was von »Trivialliteratur« versteht und den Zusammenhang zwischen Sankt Martins Mantel und Jerry Cotton erklären kann, dann ein Literaturwissenschaftler, der die Serie kennt.

»Ich habe jeden Cotton gelesen«, erklärt er.

Im Wohnzimmer seines Hauses sitze ich ihm gegenüber, einem großen Mann, Anfang sechzig, dessen Sätze von einem vibrierenden Bass moduliert werden. Einer der seltenen Redner, die aus dem Stegreif formulieren können und deren Worte nicht nur im Kopf des Hörers hängen bleiben, sondern auch Herz und Bauch erreichen. Seine Stimme ist einfach so, der ganze Mann ist so: offen, gastfreundlich, ohne Schnörkel, fern jedes akademischen Dünkels.

164

»Ich begutachte die erste, zweite und dritte Auflage; und die vierte, als es die noch gab, hab ich auch durchgeschaut. Wenn ich abends von der Uni komme, setze ich mich an meinen Schreibtisch, lese und schreibe meine Gutachten. Früher bis Mitternacht, heute bis zehn. Früher ausschließlich nach Jugendschutzkriterien, heute aber auch nach reihenimmanenter Richtigkeit und literarischer Qualität.«

Nicht nur Jugendschützer also, sondern auch noch Kritiker? Das ist mir neu. Göbel zündet sich einen Zigarillo an, und ich erkundige mich nach seiner Lesebiografie.

»Als Jugendlicher las ich ›Pete‹, das war in den Fünfzigern eine der berühmtesten Wildwest-Serien für Zehn- bis Dreizehnjährige, meine erste Heftroman-Begegnung. Irgendwann wuchs man darüber hinaus und stieß auf den damals noch sehr neuen Jerry Cotton. Sie müssen den Background sehen – unsere Lehrer gaben uns zu verstehen: ›Wenn du Hefte liest, bist du kein akzeptabler Mitbürger, dann bist du verdorben, ein Outlaw, für die Literatur und die Bildung verloren.‹ Insbesondere als Gymnasiast. Acht Prozent eines Jahrgangs gingen damals aufs Gymnasium. Wären wir mit einem Heftroman erwischt worden, wären wir mit Sicherheit am selben Tag von der Schule geflogen. Die Jagd auf Heftromane damals können wir uns heute überhaupt nicht mehr vorstellen.«

Das Gespräch mit dem Vorsitzenden des Jerry-Cotton-Clubs Deutschland, Herbert Kalbitz, fällt mir ein. Von ihm handelt das nächste Kapitel. Kalbitz, etwa zehn Jahre jünger als Göbel, erzählte mir ebenfalls von der Hatz gegen die »Groschenhefte« während seiner Schulzeit. Pfarrer und Lehrer traten gemeinsam vor die Klasse und stellten ein Jugendbuch aus dem Fischer-Verlag in Aussicht. Preis: ein Heftroman.

»In Köln wurde damals aus kirchlichen Kreisen der so genannte ›Volkswartbund‹ gegründet«, erzählt Klaus Göbel. »Das war eine Vereinigung, die es auf ›Schundliteratur‹ abgesehen hatte. ›Schmutz und Schund‹ – ich möchte darauf hinweisen, dass die Bezeichnung ›Schmutz und Schund‹ eine typisch faschistische Formulierung war. Im Dritten Reich, bei der Bücherverbrennung, da sprach man von ›Schmutz und Schund‹, daran hat man wohl damals nicht gedacht. Darum bin ich der Auffassung, dass zivilisierte Menschen diese Umschreibung nicht verwenden sollten.«

Ich frage nach dem Grund für die Entstehung des »Volkswartbundes«. Göbel: »Um 1950 herum kamen aus dem anglo-amerikanischen Bereich Hunderte von Publikationen, Comics und Heftromane. Die Leute stürzten sich auf diese neuen Medien, und die Pädagogen riefen: ›Um Gottes willen! Verrat am Buch! Verrat am guten Geschmack! Verrat an allem, woran wir als Kulturgesellschaft glauben!‹«

Göbel erzählt, wie er zu Bastei kam. »Ich stieß 1972 zur Redaktion. Das war immer noch die große Zeit der Indizierung von Heftromanen, die Bundesprüfstelle für jugendgefährdende Schriften – ebenfalls in den Fünfzigerjahren gegründet – hatte sich besonders auf dieses Medium konzentriert…«

»G-man Jerry Cotton« und Bastei haben den kämpferischen Professor dieser damals so aktiven, gerichtsähnlich verfahrenden Bundesoberbehörde zu verdanken. Früher in Bad Godesberg, hat sie ihren Sitz heute in der Bonner Rochusstraße. Gustav Lübbe, immer darauf bedacht, seinen Cotton von der Indizierungsliste fern zu halten, pflegte gute Kontakte zu dem damaligen Leiter der BPS, Robert Schilling. Nach seiner Pensionierung übernahm Schilling die Jugendschutzarbeit im Verlag. Die Presse machte ihn deswegen seinerzeit zum Jerry-Cotton-Lektor. »Wie der Sittenrichter Jerry Cotton auf die Sprünge hilft«, hieß eine Schlagzeile im »Kölner Stadtanzeiger« aus dem Jahre 1969.[123]

Robert Schilling starb Anfang der Siebzigerjahre. Zur gleichen Zeit nahm Klaus Göbel Kontakt zur »Bundesprüfstelle für jugendgefährdende Schriften«, kurz BPS, auf, weil das Thema Jugendschutz für die mediendidaktische Lehre an der Uni von Bedeutung war. Als Gustav Lübbe bei der Behörde wegen eines geeigneten Nachfolgers von Schilling anfragen ließ, wurde Göbel dem Verlag empfohlen. Seit 1972 liest er für Bastei Cotton-Romane und schlägt Alarm bei denen, die im Hinblick auf den Jugendschutz problematisch sind. Aber damit nicht genug: »Seitdem ist keine Woche vergangen, in der ich nicht im Verlag war. Ein Cotton-Roman auf dem Index – das durfte nicht passieren, so Gustav Lübbes Anweisung an Redaktion und Prüfer. Lieber zweimal prüfen als einmal indiziert!«

Grundlos war Lübbes Sorge nicht: Drei Hefte einer Reihe innerhalb eines Jahres auf dem Index können eine Dauerindizierung zur Folge haben und damit das Aus für die betroffene Reihe bedeuten. Passiert war dem Verleger zwar noch nie, dass die BPS eine seiner Reihen vom Markt verbannte, mit Indizierung bedroht aber wurden seine Verlagsprodukte häufiger. Selbst sein Flaggschiff »G-man Jerry Cotton« hatte es lange vor Göbels Zeit dreimal getroffen,[124] allerdings nicht innerhalb eines Jahres.

Wie die Jugendschützer damals vorgingen, zeigt das Beispiel des ersten indizierten Cotton-Romans, »G-man Jerry Cotton« Band 13 mit dem Titel »Ich bezwang den ›Lächler‹« aus dem Jahre 1956. Er stammt aus der Schreibmaschine von Cottons Erfinder und wurde indiziert, weil Cottons Gegner den Jugendschützern als zu sympathisch erschien. Ein Gangster, der zwar Verbrechen verübt, dabei aber stets lächelt und höflich bleibt, war den Jugendschützern einfach nicht böse und schurkisch genug. Sie befürchteten, ein derart »freundlicher« Bandit könnte bei Jugendlichen Verständnis für Kriminelle hervorrufen. Der Roman wurde indiziert und musste vom Markt genommen werden.

Beanstandungen mit derart haarspalterischen Begründungen brachten die Cotton-Autoren natürlich in eine Zwickmühle. Man zwang sie geradezu, klischeehaft zu schreiben, nicht in die Persönlichkeit von Cottons Gegenspieler vorzudringen und negative Figuren differenzierter zu schildern. Böses musste absolut böse sein, die Jugendschützer verlangten ein klar abgegrenztes, undifferenziertes Schwarz-Weiß-Schema, doch trotzdem gelang es den Autoren, hier Schattierungen einzubringen.

Klaus Göbel schaffte es Jahrzehnte später, diesen Roman wieder von der Indizierungsliste zu nehmen, um ihn in der dritten Auflage noch mal bringen zu können, so wie auch die beiden anderen indizierten Cotton-Romane in der Liste jugendgefährdender Schriften nicht mehr verzeichnet sind. Für Göbel eine Herausforderung, denn er will »seine« Cotton-Serie frei von Indizierungen halten. Dass dies bei den fast 2500 Titeln gelang, ist ganz und gar einmalig im deutschen Heftroman-Bereich.

Ein anderes Beispiel für das Vorgehen der Jugendschützer weiß Bastei-Chefredakteur Rainer Delfs zu berichten, der selbst eine große Anzahl Western-Romane schrieb. In einem Roman verpasst der Held beim Revolverduell dem Schurken eine Kugel in die Schulter. Die Geliebte des Helden fällt dem Helden daraufhin aufschluchzend in die Arme, denn sie ist erleichtert und froh, dass ihr Geliebter noch lebt. Leider vergaß Delfs zu erwähnen, dass der Held seinen Revolver zurück ins Holster steckt. Also, so die Begründung der gestrengen Sittenwächter, hielt er noch ein »Tötungsinstrument« in der Hand, während sich ihm eine Frau an die Brust wirft, und die Verknüpfung von Sex und Gewalt sei gegeben.

»Damals suchte man nur nach einer Begründung, um Unterhaltungsliteratur verbieten zu können«, ist Delfs überzeugt. »Das kann man sich heute gar nicht mehr vorstellen. Gottlob nicht.«

»Das war eine Gratwanderung«, stöhnt auch Klaus Göbel noch heute. »Ein ständiges Austarieren, ich kannte ja das Gesetz und die Spruchpraxis der BPS, wollte mich aber keinesfalls zu ihrem Handlanger machen lassen. Das war ein eiserner Grundsatz – ohne ihn hätte ich im Verlag mit Sicherheit keine Akzeptanz gewonnen. Es widersprach auch meiner Überzeugung als Literatur- und Mediendidaktiker. Ein paar Jahre lang schlug ich mich als Alleintäter herum, aber als dann eines Tages mehrere Indizierungsanträge zu anderen Verlagsprodukten auf mich zukamen, beschlossen wir im Verlag – federführend Verlagsleiter Günther Jäkel –, einen Beirat zu gründen, den ›Wissenschaftlichen Beirat für Jugendmedienschutz beim Bastei Verlag Gustav Lübbe‹.«

Göbel erzählt von der Arbeit des Beirats: Der Literaturdidaktiker Professor Dr. Wolfgang Schemme gehörte ihm an, der Jurist Wilhelm Boeger und er selbst als Medienwissenschaftler. »Wäre man der BPS und dem Gesetz in engster Auslegung gefolgt, hätte man aus allen Bastei-Romanen Grimms Märchen machen müssen. Wir versuchten einen Mittelweg zu finden und die Balance zu halten zwischen spannender Literatur und einem Jugendschutz, den wir bejahten, aber nicht zu eng sehen wollten.«

Der Beirat verfasste in dieser Situation für Verlag und Autoren einen hausinternen Jugendschutzkriterienkatalog sowie regelmäßig Jahresberichte mit Aufsätzen zur Darlegung der eigenen wissenschaftlichen und juristischen Position. Besonders die Sektoren Western und Horror standen neben »Jerry Cotton« fortan unter ständiger wissenschaftlicher Begleitung. Genrespezifik und literarische Qualität – kurz: das Bastei-typische Publikationsformat – waren zu verteidigen gegen Zensurtendenzen so mancher regionaler, zum Teil selbst ernannter Jugendschutzgremien. Immer wenn es bei der BPS oder den Gerichten um das Verbot von Büchern der so genannten »höheren Literatur« ging, schrien Öffentlichkeit und Verbände auf. Heftromane schienen ihnen nicht so wichtig. »Wir waren auf uns allein gestellt, wenn es hieß, den so wertvollen Artikel V des

Grundgesetzes für uns in Anspruch zu nehmen und für unsere Romane zu kämpfen.«

Auf der einen Seite musste möglichen Indizierungen vorgebeugt, auf der anderen Seite verhindert werden, dass der Beirat zu einer hausinternen Vorzensur-Instanz verkam. »Das wäre das Schlimmste in einem demokratischen Land und in einem toleranten Verlag«, so Göbel.

»Mit unseren Positionen konnten wir immer noch anecken bei der Bundesprüfstelle. Ich wusste, was für eine Brisanz da drinsteckte. Wir konnten ja die Behörde nicht einfach ignorieren, außerdem waren wir von der Notwendigkeit eines demokratischen Jugendschutzes überzeugt, und das war ja auch Gustav Lübbes Auftrag an uns. Also mussten wir die Jugendschützer für unsere Kriterien gewinnen. Ich bin jahrelang durch die Republik zu den Zentralen des Jugendschutzes gefahren, zu den Kirchen, zu den Jugendämtern, zu den Jugendschutzeinrichtungen der Landesregierungen in die südlichen Bundesländer und der Beirat immer zu den Jahrestagungen der Bundesprüfstelle.«

Um die Notwendigkeit von Klaus Göbels Reisetätigkeit als verlagsinterner Jugendschützer zu verstehen, muss man den Weg eines Heftromans auf die Liste der jugendgefährdenden Schriften kennen. Etwas verkürzt dargestellt, sieht der so aus: Ein Lehrer in Bayern oder ein Elternpaar in Baden-Württemberg oder ein Stadtjugendamt in Niedersachsen durchforstet einen Krimi, einen Western oder ein Comic-Heft nach jugendgefährdenden Inhalten und wendet sich »bei Erfolg« an die zuständige Jugendschutzeinrichtung seines Bundeslandes oder der Kommune. Dort wird die »Anzeige« geprüft und als Indizierungsantrag an die BPS nach Bonn weitergeleitet. Auf seinen »Werbereisen« versuchte Göbel die Verfahrensbeteiligten in Diskussionen und durch Vorträge für den Standpunkt des Bastei-Beirats zu gewinnen.

»Das war eine Ackertätigkeit«, erzählt er. »Sie müssen sich vorstellen, auf welche Leute Sie dort stießen. Das waren teils sehr nachdenkliche, verantwortungsbewusste Menschen, teils aber auch aggressive Jugendschützer, die in jedem Heftroman immer gleich das Ende des Abendlandes sahen. Das war in den Achtzigerjahren, jeder kannte die Äußerungen Höbers, und ich musste mich beschimpfen lassen, für einen Verlag zu arbeiten, der seine Autoren versklavt und seine Leser verdirbt und die Jugend sowieso. Ja, das war eine echte Ackertätigkeit. Ich werde nie vergessen, als ein Vertreter der ›Aktion Jugendschutz‹ in einer süddeutschen Stadt mich als seinen ›ewigen Feind‹ bezeichnete.«

Klaus Göbel gehört zu den Menschen, die ihren Job nicht anders als leidenschaftlich tun können. Mit entsprechendem Nachdruck erzählt er von jener »Ackertätigkeit«. Von einer Arbeit im Hintergrund, die in keinen Bilanzen und Jahresberichten auftaucht und auch in der Redaktion gar nicht so bekannt werden sollte, um nicht Konfrontationen zu schüren, dort, wo ohnehin schon gegenseitige Ressentiments bestanden. Dabei wären ohne jene »Ackertätigkeit« die Feiern zum tausendsten Heftroman des G-man aus Manhattan vielleicht ins Wasser gefallen.

Sankt Martins Mantel ist jetzt ganz weit weg, ich erkundige mich bei Klaus Göbel nach dem Erfolg seiner Bemühungen. »Der Erfolg kam. Das Indizierungsverfahren ausgerechnet gegen den tausendsten Cotton-Heftroman war der Beginn. Der Antrag war scharf formuliert und warf dem Heft vor allem ›Gewaltverherrlichung‹ vor – ein Ausdruck des maßgeblichen Gesetzes über die Verbreitung jugendgefährdender Schriften. Die Gegenargumentation des Verlags in ausführlicher Darstellung unseres Standpunktes wurde von den Beisitzern sehr interessiert zur Kenntnis genommen und hatte wohl Überzeugungskraft. Das Indizierungsbegehren des Landes Baden-Württemberg wurde abgewiesen.

Der Jubiläums-Cotton war ›frei‹, und wir haben an jenem Tag nicht einmal gefeiert.«

»In diesem Zusammenhang«, sagt Göbel, »erinnere ich mich dankbar an die faire Zusammenarbeit mit Rudolf Stefen, dem langjährigen Vorsitzenden der BPS, sowie mit seiner Stellvertreterin und Nachfolgerin Elke Monssen-Engberding. Zwischen uns stimmten die Koordinaten. Bei allem Streit zwischen Verlag und Behörde: Heftromane sind nicht danach zu beurteilen, ob sie pädagogisch wertvoll sind, sondern ob ihr Inhalt Jugendliche sozialethisch extrem destabilisiert. Und weiter: Das GjS (Gesetz zur Verbreitung jugendgefährdender Schriften) hat eine wichtige Grundidee. Es möchte, dass eine kompetente Öffentlichkeit selbst über Publikationen, ihre Freiheit und ihre Grenzen entscheidet und erst in Extremfällen BPS und Gerichte bemüht werden. Und so entstand etwas, was wir heute als eher selbstverständlich ansehen – die freiwillige, eigenverantwortliche Selbstkontrolle aller aktuellen Medien. Wenige wissen heute noch, dass die Verleger von Heftromanen, federführend Gustav Lübbe, solche Kontrollgremien schon in den Fünfzigerjahren gegründet haben. Ich erinnere nur an den ›Remagener Kreis‹. Unser Beirat war dann Vorbild für viele Neugründungen für andere Medien bis zum heutigen Tag. Diese Entwicklung besonders gefördert zu haben ist Rudolf Stefens großes Verdienst, denn sie brachte viel Frieden zwischen Staat/Gesetz und Freiheit der deutschen Medienlandschaft. Wir Bastei-Leute haben daran gewiss mitgeholfen. Sie fragten nach Erfolgen. Das ist mit Sicherheit der größte.«

In all den Jahren scheinen sich die Beziehungen zwischen Bundesprüfstelle und Verlag tatsächlich sehr gewandelt zu haben. Cotton-Lektor Peter Thannisch ist sogar froh darüber, dass es eine Institution wie die BPS gibt: »Wahrscheinlich wäre der Markt sonst überflutet mit billigsten Sex- und Gewaltstorys. So hilft die BPS mit, den Markt sauber zu halten, und dieses

›sauber‹ sehe ich im positiven Sinne: Nicht Gewalt und Brutalität setzen sich durch, sondern Qualität. Und dazu haben sicherlich auch Leitung und Gremien der BPS beigetragen.«

Thannisch kennt aber auch ältere Kollegen und sogar Autoren, die anfangen zu zittern, wenn sie nur das Wort »Jugendschützer« hören: »Damals muss das eine ziemlich üble Zeit gewesen sein. Das hat sich im Laufe der Jahre verändert, zum Positiven für beide Seiten, wie ich meine. Die öffentliche Meinung hat sich ja auch gewandelt, Heftromane werden nicht mehr als ›Schund‹ abgewertet, sondern sind als wichtiger Bestandteil der bundesdeutschen Popkultur anerkannt. In zehn Jahren Bastei bin ich kein einziges Mal mit der BPS aneinander gerasselt.« Einmal traf Thannisch während einer Veranstaltung im niedersächsischen Sterup auf einen Vertreter der BPS. »Ein älterer, sehr sympathischer Herr, der eine recht moderne und liberale Einstellung vertrat. Dabei behauptete er, bei seinen jüngeren Kollegen als Hardliner verschrien zu sein. Mit dem Mann konnte man sich prächtig unterhalten, und vieles von dem, was er sagte, kann ich nur unterschreiben.« So sehr gewandelt haben sich die Zeiten also.

Auf die Frage, ob ihn die Jugendschutzbestimmungen in seiner Arbeit als Lektor nicht einschränken oder ob er sie gar als Zensur betrachte, schüttelt Thannisch energisch den Kopf: »Zensur findet laut Grundgesetz nicht statt, und tatsächlich gibt es auch keine Zensur in Deutschland. Jeder Erwachsene kann sich bei seinem Zeitschriftenhändler unterm Ladentisch bedienen oder sich die entsprechenden Zeitschriften im neutralen Schutzumschlag zuschicken lassen. Wir aber haben uns als Bastei Verlag entschieden, Unterhaltung auch für jugendliche Leser herauszubringen. Das ist eine ganz bewusste Verlagsentscheidung, mit Zensur hat das nichts zu tun. Die BPS muss hin und wieder Grenzen aufzeigen, aber lange bevor die Prüfstelle aktiv werden muss, habe ich zu meinem Autor gesagt: ›So geht das nicht. Wir wollen mit Jerry Cotton auch Jugendliche unterhalten, und der erwachsene Cotton-Leser will so was auch nicht lesen.‹ Die Leser, ob Jugendliche oder Erwachsene, finden Cotton ja gerade so toll, weil er kein hergelaufener Dirty Harry oder Rambo ist. Nein, Zensur ist das nicht!«

Ich muss an meine zwei Romane denken, die Göbel beanstandet hat – an mein Lachgas, meinen Ofen und meine Rechtsradikalen. Wann er zum Rotstift greift, will ich von Göbel wissen.

»Wenn ein Autor einen Polizisten oder einen FBI-Mann über Leichen steigen lässt. Ein G-man steigt nicht über Leichen. Ein schönes Beispiel für das ethisch Korrekte an Cotton und das FBI-Bild, das wir in den Romanen fördern. Gestrichen werden anzügliche Bemerkungen angesichts einer weiblichen, halb entblößten Leiche. Unmöglich! Oder Cotton hat eine Sauwut auf einen Verbrecher, weil der eine Frau misshandelt hat, und verprügelt ihn. Das passt nicht zu der Figur Jerry Cotton, Strafen werden von den Gerichten verhängt und nicht von den Agenten. Wie es sich gehört in einem Rechtsstaat. Oder ein Gangsterboss treibt es etwas zu ausführlich mit seiner Freundin, und als er sie nicht mehr will, wirft er sie auf einen Müllhaufen – menschenverachtend!«

Göbel berichtet, wie er aus dem Jubiläums-Cotton Band 1000 eine Stelle strich, in der Jerry Cotton einem Verbrecher die Kniescheibe zerschießt, und zwar ohne erkennbare Not. »Und leider passierte ein Missgeschick: Die PR-Abteilung gab den Roman an die Presse weiter, bevor ich ihn geprüft hatte. Es folgte ein Bericht im ›Stern‹, in dem hieß es, nun sei auch noch Jerry Cotton unter die gewalttätigen Rabauken geraten. Das lässt Rückschlüsse auf das Cotton-Bild der Öffentlichkeit zu: In der Welt all der schlagenden und tretenden Polizisten gibt es wenigstens einen Edelmann – Jerry Cotton –, und nun verhält er sich in Cotton 1000 noch schlimmer als all die Dirty Harrys.«

Wenigstens einen Edelmann, sagt er – ein Edelmann wie Sankt Martin? Ich höre den Mantel rauschen und lasse das Stichwort fallen: »Trivialliteratur«.

»Warum lesen die Leute diese Romane? Sie kriegen zweiunddreißig TV-Programme, sie kriegen alles Mögliche, sie brauchen diese Hefte eigentlich nicht. Warum tun sie das?« Der Professor ist wieder in seinem Element. »Natürlich auch, weil sie Unterhaltung suchen. Der Leser von so genannter Trivialliteratur sucht Stoffe, die sich nicht so schwer lesen lassen wie Thomas Mann. Er sucht einen einfachen, vorwiegend darstellenden Stil, er sucht eine schöne Freizeitbeschäftigung und will sich ohne große Mühe in andere Welten hineinbegeben, andere Erfahrungen, andere Partnerschaften. Er sucht, was er in seinem Alltag nicht findet. Er sucht auch Hoffnung.«

Ich denke an meine Generation und die frühen Siebzigerjahre. Zu dieser Zeit hätte man dem Professor mit einem abgewandelten Zitat eines damals hoch im Kurs stehenden Philosophen geantwortet: »Trivialliteratur ist Opium fürs Volk.«

Göbel hat das Argument tausendmal gehört. »»Eine Droge!«, rufen die kritischen Achtundsechziger-Nachfolger. ›Die Leute werden in den Romanen in ein Wolkenkuckucksheim entführt, und am nächsten Morgen am Arbeitsplatz fliegen sie wieder auf die Schnauze.‹ Oder man sagt: ›Trivialliteratur prägt Manipulationsstrategien und Stereotype!‹ Und triviale Krimiliteratur sei nicht gesellschaftlich engagiert, während die hohe Literatur immer auf ihre Zeit eingehe. Falsch: Trivialliteratur nimmt nur die Stereotypen auf, die in der Gesellschaft bestehen, und der Leser greift nach ihr, weil er in ihr Themen entdeckt, die mit seiner Zeit zu tun haben. Cotton-Romane sind bei näherem Hinschauen auf jeder Druckseite zeitbezogen, manchmal auch zutiefst zeitkritisch. Diese ganze Forschung zur Cotton-Serie – ich kenne sie, das ist ja mein Fach –, die müssen Sie mit großer Skepsis betrachten. Sie ist selten sachhaltig bemüht, sondern der alten Ideologie von der ›guten‹ Literatur verpflichtet. Zwangsläufig entdeckt sie dann in der Unterhaltungsliteratur zum Beispiel des Cotton-Typs ihr Feindbild. Warum lesen die Leute Trivialliteratur? Weil sie Unterhaltung suchen. Und weil sie Hoffnung suchen. Hoffnung, die sie in ihrem trüben Alltag nicht haben.«

In dieser vorübergehenden Flucht aus dem Alltag eine Gefahr zu sehen hält Göbel für einen Denkfehler der Forschung. Für ihn hat der Mensch geradezu ein Recht auf Illusionen: eintauchen in eine Geschichte, weg vom Alltag – für den Bonner Medienwissenschaftler eine legitime Freizeitgestaltung. »Deswegen müssen wir doch am nächsten Tag nicht gleich völlig hilflose, depressive Menschen sein«, sagt er. »Wir wissen doch, wenn wir so eine Geschichte lesen – selbst der naivste Leser weiß das –, das ist nicht die Realität, das ist Illusion. Aber aus Illusionen leben wir. Wenn wir nur unseren illusionslosen Alltag hätten, würden wir ja verkommen! Und der eine sucht seine Illusion in der Literatur zu finden, der andere geht ins Theater, der Dritte ist ein Kinofan. Warum ist Julia Roberts eine Traumfrau? Weil sie Illusion bietet: Mit der Frau könnte man Pferde stehlen, ein Leben in Farbigkeit und Freude führen, das wäre unsere Frau! Deswegen sind wir doch nicht kaputt, wenn wir hinterher feststellen: Moment mal, das ist ja leider nur ein Film…«

Klaus Göbel hat lange über die so genannte Trivialliteratur geforscht. Er ist überzeugt davon, dass ihr eine wichtige gesellschaftspolitische Funktion zukommt. »Sie ist für eine Gesellschaft so notwendig wie das Salz in der Suppe. Weil in ihr auf gütliche Weise Konflikte geregelt werden, weil sie Triebableitung, Illusionsaufbau und Illusionserfüllung bietet und deswegen in einer demokratischen Gesellschaft einen geradezu therapeutischen Zweck erfüllt.«

Vorausgesetzt natürlich, es handelt sich um gut geschriebene Texte. Aber in dieser Hinsicht lässt der Professor auf »sei-

176

nen« Cotton nichts kommen. Die Leser – nicht die Literatur-kritiker – haben »G-man Jerry Cotton« für lesenswert und lesenswichtig befunden. Sonst hätte er sich nicht fünfzig Jahre lang am Markt gehalten. Ich frage nach Gründen für den Erfolg gerade dieser Serie, und Klaus Göbel nennt drei »literarische Bilder«, die Cotton von Anfang an prägten und seine Leser faszinierten: New York, das Verbrechen und den FBI.

»Ich bin in Braunschweig geboren«, erzählt er. »Dreiunddrei-ßig Kilometer vom Eisernen Vorhang entfernt. Als Junge dachte ich immer: Die Russen brauchen nur dreißig Kilometer vorzu-stoßen, dann sind sie bei uns. Als ich sieben Jahre alt war, zogen wir nach Köln, und ich dachte erleichtert: Jetzt bist du viel wei-ter weg von denen! Das war das Gefühl der bundesrepublikani-schen Gründerzeit: in Richtung Osten, hinter dem Eisernen Vor-hang, die Bedrohung der neu gewonnenen Freiheit, alle Raketen auf uns gerichtet, jeden Tag kann es losgehen. Das war manch-mal auch der Stoff der ersten hundert Romane.«

So schildert er die eine Seite des Lebensgefühls in der jun-gen Bundesrepublik. Und die andere Seite: »Amerika, das Land der unbegrenzten Möglichkeiten, unser aller Traum damals. Da möchten wir hin. Die GIs haben uns geholfen, die Amerikaner haben uns Care-Pakete geschickt und haben uns, im Gegensatz zu den Russen in der Ostzone, die Freiheit geschenkt, haben uns sogar in die Völkergemeinschaft aufgenommen. Wir, die Besiegten, sind jetzt ihre Freunde.«

Immer wenn in Mitteleuropa das Gefühl der Enge vor-herrschte, brachte die Literaturgeschichte Amerika-Visionen hervor. Göbel weist auf Nietzsche, Wagner und Fontane hin. »Ein Land, das ich in meinem ganzen Leben nicht umrunden kann, so ein Land muss ein Traumland sein, das haben wir nach 1945 in anderer Weise wieder gedacht.«

Und in die Stadt, deren Name für dieses Traumland steht, entführt Jerry Cotton nun seine Leser. »New York, das war in den Fünfzigern und Sechzigern ein bisschen wie Atlantis: eine unerreichbare Stadt, so farbig, so abenteuerlich. Eine Stadt mit erotischer Qualität: verlockend und Verderben bringend zugleich. Eine Stadt, die Sehnsucht nach Abenteuer weckt, Sehnsucht, ihrem Reiz zu erliegen und das Verderben in Kauf zu nehmen. Ein uralter Gedanke.«

Ein Gedanke, der zu allen Zeiten die menschliche Fantasie bewegte. Für den Leser in der jungen Bundesrepublik und zu Beginn des Kalten Krieges aber bedeutete New York noch mehr als nur eine Chiffre für die dunklen Verlockungen des Abenteuers. Für ihn symbolisierte New York die neu gewonnene und sogleich schon wieder bedrohte freiheitlich-demokratische Ordnung. Klaus Göbel schrieb in seinem Artikel »Jerry Cotton – Romane zwischen Realität und Utopie«, der in dem Jerry-Cotton-Jubiläumsband »Wie alles begann« zum vierzigjährigen Jubiläum der Serie herausgebracht wurde:

New York ist bei allem Realismus der ortsgenauen Schilderung die literarische Fiktion eines Gemeinwesens, für das es sich trotz aller Anfechtungen zu kämpfen lohnt. Entsprechend handeln Jerry Cotton und Phil Decker immer in dem mutmachenden Bewußtsein, etwas Gutes für ihre Stadt, für ihr Land zu tun. Das hat nichts Nationalistisches an sich, denn die Weltstadt New York ist das Zuhause vieler Völkergruppen, die freilich eines gemeinsam haben, freie, selbstbestimmte Mitbürger zu sein oder werden zu wollen.

Cotton/Decker kämpfen gegen Unterdrückung, Mißachtung und Ausbeutung von Minderheiten in der multikulturellen Gesellschaft der ständig gefährdeten Stadt.[125]

Heute muss man nicht mehr wie in den Fünfzigern fünf Monatslöhne hinlegen, um eine Reise nach New York zu bezahlen. New York als Faszinosum hat weitgehend ausgedient. Nicht so die zweite literarische Hauptmetapher der Cotton-Serie: das Verbrechen.

Ein Bild für alles, so Göbel in seinem Aufsatz, was die Freiheit und das demokratische Gemeinwesen gefährdet: Gewalt, Zerstörung, Angst, Betrug, Raub, Terrorismus. Alles eben, wovor wir Menschen uns fürchten. »Dinge, die potenziell auch mir als Leser passieren können«, sagt der Professor. »Morgen kann meine Tochter gekidnappt werden. Oder eine Bande überfällt unser Haus und nimmt uns als Geiseln. Oder ich komme zufällig in eine Bank, die überfallen wird.«

Von einem guten Cotton-Roman verlangt Göbel deswegen, dass er Menschen aus Fleisch und Blut schildert. »Ich muss mich immer hineinversetzen können in die Figuren, Opfer wie Täter. Der Autor soll mir zeigen, wie sie leiden, wie und warum sie kriminelle Energie entfalten. Ich muss überall Menschen erkennen, und bezogen auf Jerry Cotton muss ich als Leser glauben dürfen, dass es noch ein Fünklein Hoffnung gibt. Dass es vielleicht auch in meiner Umgebung Menschen gibt wie Jerry und Phil, die mir helfen, wenn ich in Not bin. Dass es irgendwo in meiner Lebenswelt eine Obrigkeit wie den FBI in Cottons New York gibt und einen Vertreter dieser Behörde wie John D. High, der ganz und gar menschlich handelt. Diese Illusion muss man mir als Leser lassen. Und ich habe auch ein Recht darauf.«

Und schon sind wir bei der dritten und wichtigsten Metapher von »G-man Jerry Cotton« und mit ihr bei Sankt Martin, der einen Bettler mit seinem Mantel zudeckte.

Göbel in seinem Artikel »Jerry Cotton – Romane zwischen Realität und Utopie«:

FBI in der Romanfiktion ist am deutlichsten als Sinnbild der literarischen Fiktion erkennbar. Die idealistische Beschreibung hat nie der Realität und dem Ansehen der Bundespolizei in der amerikanischen Öffentlichkeit entsprochen. FBI, insbesondere der

New Yorker District, ist der utopische Entwurf einer Schutz- und Orientierungsinstanz, die als von der Wirklichkeit nie erreichbare Idee besteht. Ihr wesentliches Kennzeichen ist Menschlichkeit und Vertrauen.[126]

Auch dieses Wunschbild einer Behörde wuchs aus der Stimmung der damals neuen Bundesrepublik. Dem Cotton-Erfinder am Küchentisch vor seiner Schreibmaschine schwebte es wohl genauso vor wie seinem Kollegen Höber vor dem Karton mit sieben Kilo FBI-Infos. Es lag in der Luft.

»Ich habe diese Zeit ja erlebt«, erzählt der Professor, »fünfzehn Jahre alt war ich 1956. Man darf sie nicht nur als Zeit des Wirtschaftswunders betrachten, das war noch eine ganz andere Zeit, eine Zeit der riesigen Hoffnung. Hoffnung, in einem Staat leben zu können, in dem man sich sicher fühlt, in dem die Obrigkeit Freiheit und demokratische Verhältnisse garantiert. Und ein Teil dieser Obrigkeit war der gute Polizist um die Ecke. Wir haben es doch als Kinder gelernt: Wenn du irgendwelche Schwierigkeiten hast, rase um die Ecke zum nächsten Polizisten. Und wenn man das auf die Romanebene bringt, hat man sofort eine bestimmte Instanz und eine entsprechende Personenkonstellation.«

Und dann beschreibt er die utopische Behörde an der Federal Plaza, Jerry Cottons FBI-Office: Myrna, die uns am Empfang mit rauchiger Stimme begrüßt, Helen, die Chefsekretärin, die uns im Vorzimmer beim Chef anmeldet, und natürlich der Chef selbst, John D. High, der sich unserer Sorgen annimmt, die große Vaterfigur in »G-man Jerry Cotton«, die Verkörperung eines Humanitätsideals. Leidenschaftlich schildert der Professor sie, man merkt ihm an, wie sehr er sie mag, die Figuren und die Idee hinter den Figuren. »So wünscht man sich doch bis zum heutigen Tag eine Behörde.«

Und schließlich Cotton, der »Edelmann«. Seite an Seite mit Phil Decker, Zeerookah, Steve Dillaggio und den anderen kämpft er gegen das Verbrechen und für ein sicheres, gerechtes New York. Klaus Göbel in seinem Artikel:

So entsteht in modernem Gewand ein uraltes literarisches Bild neu: die Ritterschaft von der Tafelrunde um den König Artus. Sicher kann man da märchenhafte Züge entdecken und dann der Realitätsferne mit Ironie begegnen, erstaunlich aber bleibt – auch ohne den Verweis auf die Tafelrunde –, daß ausgerechnet eine vordergründig realistische, actionorientierte Krimireihe eine solche politisch demokratische Utopie konzeptionell enthält.[127]

Und während der Leser in dieses utopische New York eintaucht und die Ritter der Federal Plaza bei ihrem Kampf gegen das Verbrechen begleitet, wird ihm Jerry Cotton plötzlich zu seinem persönlichen »Edelmann«: Es ist auf einmal, als kämpfte der G-man gegen die persönliche Bedrohung des Lesers und für dessen Rechte und dessen Sicherheit.

»Unsere großen klassischen Tragödien enden alle eben nicht in der Hoffnungslosigkeit«, sagt der Professor. »Einer wird schuldlos schuldig, und am Schluss liegt er hoffnungslos am Boden, alles im Eimer. Eben das gerade nicht, denn Hoffnung wird evoziert. Eine höhere Gerechtigkeit wird Frieden stiften, wird Sinn geben, wird die Tragödie erlösen. So im Rezeptionsprozess auch in der Cotton-Welt, ohne natürlich einen direkten Vergleich anzustreben: Jerry Cotton verkörpert eine irgendwie trotz allem vergleichbare Gerechtigkeit. Er und der fiktionale, rein aus Vorstellungskraft geborene FBI-Chef. Jeder von uns kann überfallen werden, jedem von uns kann alles Mögliche passieren. Cotton verkörpert die Hoffnung, dann vielleicht nicht bei irgendeinem ›Polizistenschwein‹ zu landen, das mir als Frau auch noch unter den Rock guckt, wenn ich hilflos bin, sondern bei Jerry Cotton, der seinen Mantel über mich legt.«

Wie der heilige Martin, rutscht es mir heraus.

»Ja«, sagt der Professor. »Das ist ein Kennzeichen Jerry Cottons, der Kern. Weil sie diese Botschaft zwischen den Zeilen lesen, greifen die Leser zu ›G-man Jerry Cotton‹ statt zu den tausend anderen Angeboten. Die Botschaft: Du kannst hoffen, einer deckt dich mit seinem Mantel zu.«

Es dämmert bereits, als ich mich verabschiede und aus dem gastlichen Haus trete. Der ungewöhnliche Cotton-Fan mit seinem Herz und Bauch treffenden Bass und seiner Leidenschaft für »G-man Jerry Cotton« hat mich beeindruckt. Auf dem Kölner Ring gerate ich in einen Stau. Kein Problem – Zeit zum Nachdenken. Ich denke über Jerry-Cotton-Romane nach. Über Manhattan in Atlantis und die Ritter von John D. Highs Tafelrunde an der Federal Plaza. Und über Sankt Martin. Verschiedene Stellen meiner eigenen Cotton-Romane fallen mir ein – überall Sankt Martins Mantel. Warum schreibe ich eigentlich Unterhaltungsliteratur? Weil ich genau wie ihre Leser Illusionen tröstlich finde? Weil ich hin und wieder auch einen brauche, der mich mit seinem Mantel zudeckt?

Schon möglich. Der Stau löst sich auf. Gelegentlich werde ich die Frage genauer prüfen. Und mir bei meinem nächsten Cotton aufmerksam über die Schulter schauen.

Heißes Blei
für einen G-man
Teil 6

Vor uns schaukelte der nächtliche Broadway hin und her. Cotton fuhr schon wieder Slalom. Rechts und links überholte er, zwang den Gegenverkehr zum Ausweichen, ließ seine Schuhsohle über Gas und Bremse tanzen. Mir war übel. Womit hatte ich das verdient? Ich hatte diesen Jerry Cotton doch nur sprechen wollen, in einem Restaurant in Chinatown. Nur kurz sprechen bei ein oder zwei Tassen Kaffee, weiter nichts. Und jetzt das! Mir war speiübel!

Rechts flogen die Gebäudekomplexe der Columbia University vorbei. Nur noch zweihundert Meter trennten uns von den roten Rücklichtern des Pick-up, und ich wünschte mir, es würden wieder dreihundert werden, dreihundert Kilometer am besten. Verdammt, ich bin nicht der Typ für Autorennen und Verbrecherjagden! Mir reicht, was ich vor dem Computer erlebe! Doch Cotton drückte gnadenlos auf die Tube. Mit ausgestreckten Armen stützte ich mich an den Fenstern rechts und links ab, die Slalomfahrt nahm kein Ende. Noch hundertachtzig Meter höchstens zwischen dem Pick-up und uns. Die Rotlichter der Streifenwagen im Rückspiegel fielen zurück.

Decker sprach über Funk mit der Zentrale. Das Mikro in

der einen Hand und im Gurt hin und her geworfen, sichtete er mit der anderen Hand den Inhalt der Collegemappe. »Warum trägt dieser Jansen Ihren Lebenslauf mit sich herum, Fritz?«, rief er. »Sogar welchen Tabak Sie rauchen, weiß der Kerl! Woher kennt er Sie, Fritz?« Er drehte sich um, hielt das Mikro auf Entfernung. »Oder anders gefragt: Woher kennen *Sie* ihn?«

»Keine Ahnung«, stammelte ich. »Weiß nicht, wirklich nicht…«

Warum kann ein Mann mit einem Schulterdurchschuss ein Funkgerät bedienen, Unterlagen sichten und sich zugleich nach mir umdrehen, während er im Sicherheitsgurt hin und her geworfen wird? Fragen Sie mich was Leichteres. Knapp hundertfünfzig Meter noch bis zur Stoßstange des roten Pick-up. Ein, zwei Minuten noch, dann würde Cotton ihn eingeholt haben. Und was dann? Nicht daran denken, nur nicht daran denken…

»Decker an Zentrale!« Decker bellte wieder ins Mikro. »Position: Sherman Square! Warnung an alle Straßensperren nördlich der Uni! Ein roter Dodge Pick-up überquert den Sherman Square!«

Sherman Square? Sherman? Hatte nicht so der verrückte Haudegen aus dem amerikanischen Bürgerkrieg geheißen? Aber sicher: William Tecumseh Sherman, General-Leutnant oder so was. Hat Atlanta erobert, dafür hassen sie ihn dort noch heute. Ein Geisteskranker, sagen die Leute in Atlanta. Und jetzt sein Platz. Ein böses Omen, davon war ich augenblicklich überzeugt.

Der Pick-up fegte über eine große Kreuzung, den Platz des bösen Omens, und wir hinterher. In den Straßeneinmündungen flackerten Rotlichter. Dort hatten sie Straßensperren errichtet. Hundert Meter vor uns raste der Pick-up über sämtliche Ampeln, Hupkonzerte und das Kreischen von Bremsen und geschundenen Reifen gellten von allen Seiten.

»Das Parkhaus!« Decker deutete auf die Nordseite des Platzes. Eine Betonfassade mit Neonreklame für McDonald's versperrte dort den Weg. Unten an der Einfahrt senkte sich eine Schranke. »Er will ins Parkhaus!«

Der Pick-up hielt auf die Einfahrt zu, ohne abzubremsen. Ein Splittern und Krachen, als er die Schranke durchbrach. Seine Rücklichter verschwanden auf der ansteigenden Rampe. Cotton ging vom Gas, der Jaguar holperte über die abgebrochene Schranke und beschleunigte wieder.

Rampe um Rampe ging es nun hinauf, Parkdeck um Parkdeck. Der Lärm überdrehter Motoren und Reifenquietschen erfüllte das Parkhaus. Ich sah Decker seine Dienstwaffe aus dem Holster ziehen, das Herz rutschte mir in die Hose.

Der Jaguar schoss die Rampe zum fünften Parkdeck hinauf, neigte sich in eine Linkskurve, fünfzig Meter entfernt blendeten Scheinwerfer auf, fast gleichzeitig rissen wir die Arme vor die Augen. Cotton reagierte blitzschnell: Er riss das Steuer nach rechts und ließ seinen Wagen quer in zwei freie Parkbuchten rutschen.

Schon donnerten Schüsse, Kugeln pfiffen durch die Betonhalle. Fast synchron stießen Cotton und Decker die Türen auf und ließen sich aus dem Jaguar fallen. Ich zog den Kopf ein und kauerte mich auf dem Notsitz zusammen wie ein Infanterist im Schützengraben unter gegnerischem Sperrfeuer. Wie die armen Bürger von Atlanta einst unter dem Trommelfeuer und Kanonendonner von Sherman und seinen Unions-Truppen. Genau so muss sich das damals angehört haben.

Ich hörte Schüsse explodieren, Motorengeheul, Schreie und schließlich ein ohrenbetäubendes Krachen.

Dann knallten Schuhsohlen über den Beton, und dann – Stille.

Sekunden später wagte ich wieder zu atmen. Ich hob den Kopf und spähte zur Heckscheibe hinaus: Der Pick-up hatte sich in die Fahrerseite eines parkenden Mercedes gebohrt, Cotton stand breitbeinig und die Waffe im Beidhandanschlag sechs Schritte von der Fahrertür entfernt, und Decker pirschte sich an sie heran, seine SIG-Sauer in der Rechten, die Linke nach dem Türgriff ausgestreckt. Er sprang vor, riss die Tür auf und ging in die Knie.

»Raus mit der Waffe!«, schrie Cotton und zielte mit seiner Pistole. Ein Revolver rutschte vom Fahrersitz des Dodge und schlug auf dem Betonboden auf. »Und jetzt sie, Jansen!«

Ein untersetzter Mann schob sich aus dem Pick-up. Er hob die Hände und wirkte benommen. Der Crash mit dem Mercedes war ihm nicht bekommen. Cotton packte ihn an der Schulter, stieß ihn gegen den Dodge und tastete ihn nach Waffen ab.

Jetzt traute auch ich mich aus dem Jaguar. Auf weichen Knien wankte ich zu Cotton und Decker.

»Ich will einen Anwalt sprechen«, stöhnte der Untersetzte. »Ich hab ein Recht auf einen Anwalt.« Er sprach ziemlich holpriges Englisch, der bayerische Akzent war unüberhörbar.

»Korrekt, Jansen!«, blaffte Decker. »Und wir haben ein Recht, uns mit Ihnen zu unterhalten!«

Ich betrachtete den Mann von der Seite. »Er ist es«, sagte ich heiser. »Der Mann aus dem Beetle. Er ist es…«

»Und sonst?« Cotton steckte seine Waffe zurück ins Gürtelholster. »Woher kennen Sie ihn sonst noch, Fritz?«

»Aus dem Flugzeug«, sagte ich. »Jetzt erinnere ich mich genau. Er ist in London zugestiegen…«

7 Amateure und Profis oder: Der Mensch, der Jerry Cotton liest

Auch in freier Wildbahn begegnet man ihm hin und wieder: im Bus, in der Straßenbahn, im Wartezimmer eines Arztes, manchmal auch bei McDonald's. Und angeblich auch in den Dienststuben der Bundeswehr. Aber dort war ich nie und kann es daher nicht bezeugen. Ich hab es mir aber berichten lassen.

Einmal hatte ich die Ehre, direkt neben einem meiner Leser zu sitzen. In einem Straßencafé einer südwestdeutschen Großstadt. Inkognito natürlich. Ich plauderte mit einem Freund, trank mein Bier, und neben mir las ein grauhaariger Herr »G-man Jerry Cotton«.

Ich beobachte ihn von der Seite, als könnte man der Miene eines Menschen entnehmen, was er gerade liest und ob es ihm Spaß macht. Doch mein Cotton-Leser sieht aus wie jeder andere Leser auch, wenn er gerade in seine Geschichte versunken ist.

Irgendwann rollt er seinen »Cotton« zusammen, steckt ihn in die Innentasche seines Jacketts und winkt der Kellnerin. Als er bezahlt hat, spreche ich ihn an: Ob er Cotton gelesen habe, ich würde die Serie auch kennen, und wie ihm der Roman denn gefallen habe. »Gut«, sagt er. »Meistens weiß man zwar schon am Anfang, dass Jerry und Phil am Ende siegen und die Verbrecher schnappen werden, aber man weiß nie, auf welchem Weg.« Und das sei das Spannende.

Das erinnert mich an den anderen Cotton-Leser, den ich kennen gelernt habe – an den Professor aus Köln. Jeden Cotton hat Klaus Göbel gelesen. Ich konnte es kaum glauben und ließ mich zu der Frage hinreißen, ob ihm denn Cotton nicht allmählich langweilig werde. »Nein. Ich kenne alle Cotton-Romane und lese trotzdem weiter, die neuen und alle Nachdrucke. Auch wenn ich weiß, wie sie enden. Jeder weiß doch, dass Cotton am Ende gewinnt. Warum also lese ich die Romane dennoch gerne? Bei den Durchschnittsromanen ist es so, dass ich die Geschichte durchkonjugieren kann, sobald ich den Plot habe. Das Schöne an den herausragenden Romanen: Die Geschichten entwickeln sich anders, als ich es erwartet habe, der Autor bringt unerwartete ›Spielzüge‹. Ich habe Jerry-Cotton-Literatur einmal als ›Lesespiel‹ bezeichnet. Bei Spielen weiß man auch in etwa, wie sie enden, nur die Art und Weise, wie man zum Ziel kommt, ist immer anders. Bei Cotton gewinnt zwar immer derselbe, aber was ist das Spannende daran? Mit welchen Tricks, durch welche Überlegungen und Aktionen Cotton und Decker einen Weg finden.«

Mein eingangs zitierter Buchhändler kannte »G-man Jerry Cotton« offensichtlich nur vom Hörensagen: »Es gab da doch mal so eine Krimiserie, die spielte in New York…« Gelesen hat er sie also nicht, sonst wüsste er, wie sie heißt und, vor allem, dass es sie noch gibt. Wenn ich bei einem Konzert, in einer Kneipe oder auf Reisen Menschen kennen lerne, kommt irgendwann zwangsläufig die Frage: Was machst du beruflich? Schreiben. Und was schreibst du? »G-man Jerry Cotton« unter anderem.

Gleichgültig, um wen es sich bei meinem Gesprächspartner auch handelte – ob Rentnerin oder Philosophiedoktorand, ob Kneipenwirt oder Schauspieler, ob es meine Nachbarin war oder meine Zeitungshändlerin –, noch nie musste ich erklären, wer und was Jerry Cotton ist. Auch wenn sie noch nie einen Cotton-Roman gelesen hatten, sie wussten, von wem die Rede war. Kollegen berichten mir von ähnlichen Erfahrungen.

Die schon zitierte Umfrage des Wickert-Institutes, nach der 98 Prozent aller Bundesbürger Jerry Cotton kannten – mehr also, als den Bundespräsidenten oder James Bond oder Miss Marple –, stammt aus dem Jahre 1976. Doch auch heute noch scheint jeder in Deutschland den G-man aus Manhattan zu kennen. Cottons Urautor schreibt hierzu in seinen Stellungnahmen zu diesem Buch:

Die Popularität, die Jerry Cotton seit den Fünfziger- und Sechzigerjahren gewann, reichte von der Teenager-Verehrung bis zum Kabarettisten-Spott. Der »Spiegel« titulierte den damaligen Innenminister Hans-Dietrich Genscher als »Jerry Cotton des Kabinetts«.[128] Der Ruhrpott-Slang verallgemeinerte Polizisten zu »Jerrys«. Pädagogik, Literatur und Literaturwissenschaft beschäftigten sich mit Jerry Cotton. 1980 erschien im Klett-Verlag das Leseheft »Du lebst zu lange, G-man«, herausgegeben von Klaus Göbel und Wolfgang Schemme für den Unterricht in den Klassen 8 bis 10.

In Urs Widmers »Die Abenteuer Jim Strongs in Arizona«[129] spielt Jerry Cotton eine ironisch gebrochene Rolle, während sich der Literaturwissenschaftler Dr. Peter Wesollek in »Jerry Cotton oder die verschwiegene Welt«[130] auf über dreihundertsechzig Seiten kritisch mit allen Figuren und Aspekten der Serie auseinander setzt. Für das Interesse der Literaturwissenschaft an Jerry Cotton gibt es noch viele andere Beispiele.

Zusammenfassend kann man sagen: Unabhängig vom Bildungsgrad, auch unabhängig davon, ob er jemals eine Jerry-Cotton-Geschichte gelesen hatte, wusste jedermann, wovon die Rede war, wenn der Name Jerry Cotton fiel.

1970 wurden 700 Soldaten eines Bundeswehrbataillons befragt: 80 Prozent, also etwa 560 Soldaten, kannten den Namen des Bundespräsidenten, und 85 Prozent, also fast 600 Soldaten, den Namen von Jerry Cottons Partner Phil Decker. Wer den Namen Jerry Cotton kennt – wie 98 Prozent aller Bundesbürger sechs Jahre später –, muss »G-man Jerry Cotton« nicht notwendigerweise gelesen haben. Wer aber weiß, dass sein Freund und Partner Phil Decker heißt, der hat schon den einen oder anderen Roman in der Hand gehabt.

Ohne Cotton-Leser keine Cotton-Erfolgsgeschichte, das steht außer Frage. Die Leser – wer steckt hinter dieser ominösen Größe? Und wie viele Menschen umfasst sie?

Im Laufe von fünfzig Jahren »G-man Jerry Cotton« wurden mehrere demoskopische Erhebungen durchgeführt. Ein paar Fakten und Zahlen:

1964 gab der Bastei Verlag zum ersten Mal eine Leseranalyse in Auftrag. Damals wurde »Jerry Cotton« in der ersten Auflage etwa 200000-mal pro Woche gedruckt. Der Verlag wollte in erster Linie wissen: Wer ist der typische Cotton-Leser, und warum liest er »G-man Jerry Cotton«? Die zweite Frage wurde fast einheitlich beantwortet: zur Freizeitgestaltung, Ablenkung und Unterhaltung. Die Auswertung der Antworten auf die erste Frage verblüffte Verlagsleitung und Cotton-Redaktion: Jerry Cottons Leserschaft spiegelte weitgehend die Sozialstruktur der Bundesrepublik wider. Die unteren Sozialschichten waren leicht unterrepräsentiert, die oberen leicht überrepräsentiert.

1967 war die Wochenauflage nach Verlagsangaben auf 300000 gestiegen, Insider sprechen sogar von 500000. Die Allensbach-Umfrage hatte ergeben, dass ein gekaufter Roman von durchschnittlich acht Menschen gelesen wird. Sie erhalten ihn durch privat organisierte Weitergabe. Man ging also von bis zu 4 Millionen Lesern aus. 1970 beauftragte der Verlag das Marplan-Institut in Frankfurt, diese Leserschaft zu analysieren. Das Ergebnis deckte sich mit dem von 1964.

Zwanzig Jahre später, 1990, führte die Arbeitsgemeinschaft ROMA eine Leseranalyse durch. Mitglieder der ROMA außer dem Bastei Verlag waren der Cora Verlag, der Martin Kelter Verlag, die Verlagsunion Pabel-Moewig und die Hamburger Beratungsgesellschaft Concept Media. Mit ihren Heftromanen veröffentlichten die Verlage einen achtseitigen Fragebogen, um ein differenziertes Bild von ihrer Leserschaft und deren Lese- und Kaufverhalten zu gewinnen. Über 12 000 Leser gaben Antwort über sich selbst, über ihre Lesehäufigkeit und ihre Lese- und Kaufmotivation. Die Ergebnisse wurden in einer Hochglanz-Broschüre veröffentlicht.[131] Einige Schlaglichter:

Zum Zeitpunkt der Leseranalyse 1990 gab es auf dem deutschen Markt 107 Heftroman-Serien mit einer Gesamtauflage von monatlich 7 Millionen Exemplaren, die von fast 17 Millionen Menschen gelesen wurden. 2,19 Millionen Leser bevorzugten Krimis. Das Leseverhalten dieser Menschen fasst die Analyse wie folgt zusammen:

»Die Leser von Heftromanen unterscheiden sich in ihrem gesamten Mediennutzungs- und Verbraucherverhalten nur in einem einzigen Punkt vom Bevölkerungsdurchschnitt: Sie lesen mehr.«[132]

78 Prozent der Befragten gaben als Kaufmotiv Entspannung an, 45 Prozent suchten spannende Lektüre, 25 Prozent wollten einfach einmal etwas anderes lesen.

Wann lesen Heftkäufer ihre Romane? Die Antworten lassen sich ohne weiteres auf Cotton-Leser übertragen: in der Freizeit (67 %), vor dem Einschlafen (67 %), am Abend zu Hause (64 %), im Urlaub (50 %), am Wochenende (49 %), wenn sie krank sind (46 %), in den Pausen am Arbeitsplatz (19 %).

Übrigens heben 40 Prozent aller Leser ihre Hefte auf, 18 Prozent immerhin bestimmte Romane, und 44 Prozent geben sie weiter.

Nach dem Schulabschluss befragt, gaben 61 Prozent einen Hauptschulabschluss an, 28 Prozent besuchten weiterführende Schulen, und 12 Prozent sind Abiturienten, Studenten oder Akademiker.

1994 fasst Klaus Göbel die Analysen von 1970 und 1990 folgendermaßen zusammen:

Zur Jerry-Cotton-Reihe liegen zwei umfassende Untersuchungen im Abstand von ca. 20 Jahren vor. Über Leser und Leseverhalten lassen sich daraus zahlreiche, z.T. überraschende Erkenntnisse ziehen, die für das Feld der Trivialliteraturforschung von Bedeutung sind.

Uns interessieren hier nur die wichtigsten: Der literatursoziologische Befund über die Jerry-Cotton-Leser (Schichtzugehörigkeit, Beruf, Alter, Geschlecht etc.) ist im wesentlichen im Abstand von zwei Jahrzehnten unverändert geblieben. Wir wissen, daß die Leserschaft aus allen Schichten und Berufen stammt (etwa repräsentativ entsprechend der soziologischen Differenzierung der bundesrepublikanischen Gesellschaft – West), daß alle Altersschichten – mit unterschiedlichen Anteilen – in der Leserschaft vertreten sind und daß Frauen wie Männer Jerry-Cotton-Hefte lesen.

So ist es erstaunlich und durchaus außergewöhnlich, daß in einem immer deutlicher zielgruppenorientierten Markt der Unterhaltungsliteratur die Cotton-Reihe über den Gruppierungen steht und alle (...) anspricht und (...) schon längst nicht mehr als Typus des Männerromans angesehen werden kann.[133]

Vollends außergewöhnlich ist, dass die sechzehnjährigen Schüler und Lehrlinge über die Gruppe der Dreißig- bis Vierzigjährigen bis zu den Sechzigjährigen und den Senioren (immer männlich wie weiblich mit jeweils unterschiedlichen Anteilen) gemeinsam die Gruppe der Stammleser bilden.

15 Diese großformatige Sonderausgabe erschien im Jahre 1976. Neben einem neuen, aktuellen Roman und der Kurzgeschichte »Wie ich Jerry Cotton kennenlernte« von Phil Decker brachte das Magazin viel Wissenswertes über die Weltmetropole New York und moderne Kriminalistik.

FBI-agent
Jerry Cotton

Jakten efter snö

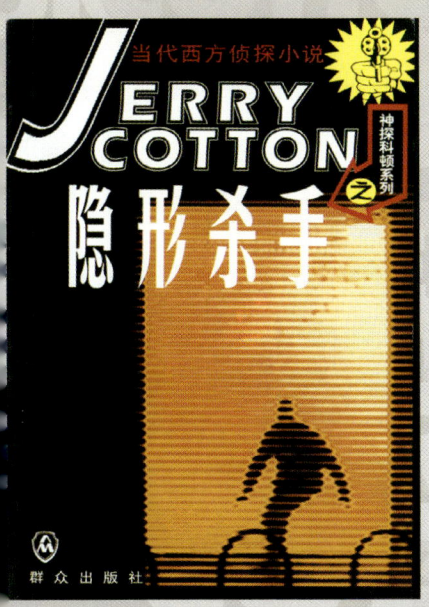

16 - 19 Jerry Cotton – der Welterfolg:
Die Abenteuer von Jerry und Phil erschienen
bereits in über 50 Ländern und wurden
in 13 Sprachen übersetzt. »Jerry Cotton« ist
die erste westliche Krimiserie, die heute auch
in China erscheint.

GEISELDRAMA

Licht am Ende des Tunnels

Genervt von „Jerry Cotton", faßte die Polizei Verdächtigen

... Ähnlichkeiten mit lebenden oder toten Personen sowie tatsächlichen Kriminalfällen sind rein zufällig oder vom Autor unbeabsichtigt ...

KRIMI-SCHLITZOHR Walter Appel: ein Roman wie das Drehbuch für die Berliner Geiselnahme

Bei der Berliner Sonderkommission „Coba" (Commerzbank) knallten die Sektkorken. Acht Tage lang standen die Polizisten blamiert da. Am Donnerstag morgen sahen die Ermittler endlich Licht am Ende des Tunnels.

Was die Beamten in Hochstimmung versetzte, war die Verhaftung eines 30jährigen Berliners. Die Staatsanwaltschaft verdächtigt ihn, an dem Berliner Geiselcoup beteiligt gewesen zu sein. Vier Ganoven hatten die Polizei genarrt und waren mit fünf Millionen Mark Lösegeld sowie dem Inhalt aus etwa 200 Schließfächern getürmt. Ihr Fluchtweg aus der Commerzbank führte durch einen selbstgegrabenen Tunnel.

Berlin statt Rio. Der Verhaftete hatte sich nicht ins Ausland abgesetzt, er ging der Polizei in Berlin ins Netz. Bei einer Zeugenvernehmung verstrickte er sich in Widersprüche.

Dieser „erste große Erfolg" (Justizsprecher Rüdiger Reiff) war Balsam auf die geschundene Seele der Polizei. Zuvor hatte es Kritik und Spott gehagelt. „Wir arbeiten hier jeden Abend bis zehn

Uhr, und die Leute sprechen uns auf den Jerry-Cotton-Roman an", maulte „Coba"-Chef Detlef Büttner.

Dreigroschendrehbuch. Die Dramaturgie des einmaligen Coups in der deutschen Kriminalgeschichte war in einem Jerry-Cotton-Roman, „Die Geiseln der Millionen-Gangster", vorgezeichnet (FOCUS 27/95). Der Bastei-Lübbe-Verlag brachte Freitag eine Berliner Sonderauflage auf den Markt. Aufdruck: „Kannten die Geiselgangster von Berlin diesen Roman?"

Schöpfer des Krimis ist der Hanauer Schriftsteller Walter Appel. Sein Gesamtwerk: 700 Kurzromane in 22 Jahren. Für jedes Jerry-Cotton-Heft klingeln 1700 Mark in der Kasse des Fließband-Autors. Dafür dichtet der 47jährige etwa eine Woche.

Die Idee zu dem Tunnel-Trick kam Appel, gelernter Bürokaufmann und Gabelstapler-Vertreter, ganz einfach: „Wenn die Polizei vor der Bank steht, gibt es zwei Möglichkeiten zu fliehen: mit dem Hubschrauber übers Dach oder unterirdisch. Und Hubschrauber sind zu laut."

Einen eigenen Coup des Krimi-Schlitzohrs brauchen die Berliner „Coba"-Ermittler nicht zu fürchten. Appel, nicht vorbestraft: „Ich kann nicht mal ein Auto kurzschließen." ∎

BERLINER PHANTOMBILDER

NACHBARN SAHEN DREI GEISELGANGSTER bei der Vorbereitung des Banküberfalls im Villenviertel Zehlendorf. Die erste Verhaftung gelang der Soko „Coba" nach einer Zeugenvernehmung

JÜRGEN MARKS

20 Wie in den Medien berichtet, sorgte Cotton-Autor Walter Appel mit seinem Tunnel-Gangster-Roma seinerzeit für großes Aufsehen. Angeblich orientierten sich die so genannten »Tunnel-Gangster« im Jahre 1987 bei ihrem Überfall auf eine Berliner Commerzbank an den »Vorgaben« des Romans. Und wie im Roman siegten auch in der Wirklichkeit zum Schluss Recht und Gesetz.

Ein erstaunliches Ergebnis, denn fast alle anderen Roman-
serien – und die Illustrierten sowieso – haben ganz bestimmte
Zielgruppen im Auge: Frauen, Männer, junge Leute, gesetztere
Altersgruppen, Eltern, Singles, Kids und so weiter.

Acht Jahre nach Göbels Fazit startete der Verlag eine neue
Untersuchung. Im Juni 2002 fand der Cotton-Leser im Mittelteil
seines Romans einen Fragebogen zu seiner Person. Auch aus
dieser neusten Umfrage die interessantesten Ergebnisse:

Knapp 59 Prozent der Cotton-Leser sind laut Ergebnis dieser
Umfrage Männer. Den größten Teil der Leserschaft findet man
in der Altersgruppe der Dreißig- bis Fünfzigjährigen, nämlich
42 Prozent. Knapp ein Viertel der Leser ist zwischen fünfzig und
sechzig Jahre und nur jeder Zehnte unter dreißig Jahre alt.
Etwa 4 Prozent geben als Alter vierzehn bis neunzehn Jahre an,
ungefähr 23 Prozent der Leserschaft stellen die Senioren über
sechzig. Wahrscheinlich muss man hier berücksichtigen, dass
besonders junge Leser eher nicht dazu neigen, einen solchen
Fragebogen zurückzuschicken.

Den auffälligsten Unterschied zur ROMA-Analyse findet
man in den Antworten auf die Frage nach der Schulbildung:
24 Prozent der Cotton-Leser geben hier Abitur oder Studium an.
Über die Hälfte aller Leser ist berufstätig (52 Prozent), 6 Prozent
gehen noch zur Schule, 0,7 Prozent machen eine Lehre oder studieren. Von den Lesern, die ihren Fragebogen zurückschickten,
lesen 61 Prozent regelmäßig Cotton, und 89 Prozent geben an,
den nächsten »G-man Jerry Cotton« »sicher« kaufen zu wollen.
Und die große Mehrheit der Cotton-Leser – wen könnte das
wundern? – schaut sich regelmäßig TV-Krimiserien an.

Und wie viele Cotton-Leser gibt es? Die Frage ist nicht
ganz einfach zu beantworten. Zurzeit werden monatlich etwa
400 000 Jerry-Cotton-Romane gedruckt, die Taschenbücher und
die Zweit- und Drittauflagen mitgerechnet. Pro Woche kommen
also 100 000 Cotton-Romane auf den Markt, etwa zwei Drittel

davon erscheinen zum ersten Mal, also rund 60 000. Sicher wird nicht die gesamte Auflage verkauft, aber selbst wenn 30 Prozent der Neu-Auflage remittiert würden, muss man von 40 000 verkauften Romanen ausgehen. Nach der ROMA-Studie wurden 1990 pro Monat 2,19 Millionen Krimis veröffentlicht, die von 8,3 Millionen Menschen gelesen wurden, ein Heft fand im Schnitt also knapp vier Leser. Ob das heute noch so ist, weiß niemand. Aber selbst, wenn ein »G-man Jerry Cotton« von nur noch zwei Lesern gelesen würde, käme man auf eine Leserschaft von ungefähr 80 000 Menschen pro Woche.

Aber genug von Zahlen und Fakten. Wer liest Jerry Cotton?

Der Mann im Café, der Fahrgast in der Straßenbahn, der wartende Patient beim Arzt und eine Menge Leute wie Sie und ich. Hin und wieder »outen« sich Leser in der Zeitung. Die Zeitschrift »Gala« beispielsweise stellte 1996 anlässlich eines Nachrufs auf Heinz Werner Höber einige prominente Cotton-Leser vor. Den damaligen Bundeswirtschaftsminister Günther Rexrodt etwa oder den Krimi-Regisseur Jürgen Roland.

Das ehemalige Kindermädchen von Thomas Gottschalk erzählt, dass Gottschalk als Junge heimlich im Bett »Cotton« gelesen habe, und Inge Meysel bekennt gar: »Ich gehörte zu den glühendsten Cotton-Verehrerinnen. Das waren die besten Krimis, die es je gab. Ich hab sie nicht gelesen, sondern verschlungen. Im Zug, in den Drehpausen, überall.«[134]

Anlässlich des vierzigjährigen Cotton-Jubiläums bekannten sich etwa der Schauspieler Günter Strack und Willy Millowitsch zu Jerry Cotton. Millowitsch: »Jerry Cotton war für die ganze Familie eine spannende Urlaubslektüre. Weil man sich dabei so herrlich entspannen konnte. Ich habe oft für Stunden alles um mich herum vergessen.«[135] Ähnliches erzählt man sich vom verstorbenen Ministerpräsidenten Bayerns, Franz Joseph Strauß, der im Urlaub von Politik nichts wissen wollte, sondern mit seinen Cotton-Romanen am Strand lag.

In einer großen deutschen Wochenzeitung erzählte der Schauspieler Gottfried John, wie er als Siebzehnjähriger in einem Boot auf der Seine hauste und versuchte, sein Leben durch Schreiben in den Griff zu bekommen. Sein erster Roman versank samt Kahn in der Seine. »Nach dem Untergang des Bootes wurde ich Pflastermaler, verdiente verhältnismäßig gut und las viel. Kafka, Kleist, Jerry Cotton, Jack London und Euripides wurden meine Gesprächspartner.«[136]

Sicher, die sich hier öffentlich geäußert haben, erzählen mit einem nostalgischen Unterton von ihrer Cotton-Erfahrung: Ich und mein Cotton, das waren noch Zeiten, lange her. Möglicherweise die Bestätigung einer Theorie, die Gustav Lübbe zeit seines Lebens vertreten hat: Ein Mensch greift zu einem Cotton oder sonst einem Heftroman, lernt die Lust am Lesen, will mehr, greift zu Taschenbüchern und Büchern. Heftromane verstand Lübbe also als eine Art »Einstiegsdroge« in die individuelle Lesegeschichte eines Menschen. Im Grunde spiegelt sich sein Lebenswerk in dieser so genannten »Hinauflesetheorie« wider: 1953 Bastei Verlag, 1963 zunächst Bastei Lübbe Taschenbuchverlag und danach der Buchverlag Gustav H. Lübbe.

Selbst FBI-Agenten lesen übrigens Jerry Cotton. Oder haben zumindest Gelegenheit dazu, falls sie des Deutschen mächtig sind. Zwar beantwortet die amerikanische Bundespolizei seit 1976 keine Cotton-Fan-Post mehr, aber zu Jerry Cottons vierzigstem Geburtstag 1994 waren zwei waschechte G-men aus den USA eingeladen. Und sie kamen. Einer von ihnen ein ehemaliger FBI-Chef von New York. Der FBI bezieht »G-man Jerry Cotton« im Dauerabonnement: Fünf Romane starten jede Woche nach Übersee. Für G-men, die Deutsch sprechen und lesen.

Abgesehen von Umfragen und Nostalgikern: Wer liest heute Cotton? Der Durchschnittsmensch wird allenfalls im privaten Rahmen nach seiner Vorliebe für den G-man aus Manhattan befragt. Für die Cotton-Redaktion bleibt er anonym – es sei denn, er schreibt Leserbriefe. Cotton-Lektor Peter Thannisch: »Immer, wenn wir einen richtigen Knaller bringen, kommen besonders viele Leserbriefe. Oder wenn in einem Roman etwas vorkommt, was den Lesern nicht gefällt, dann schreiben sie auch.«

Im Schnitt aber gehen ein bis zwei Briefe pro Tag in der Redaktion ein, handschriftlich oder auf dem Computer geschrieben, kurze und lange, in letzter Zeit vermehrt per E-Mail. Teilweise und in Auszügen werden sie auf den Innenseiten der Romane – auf der Leserseite »Jerry Cotton aktuell« – veröffentlicht.

Die meisten Leser schreiben, um einen bestimmten Roman zu loben oder zu kritisieren. Manchmal bewegt einen Leser auch einfach das Bedürfnis, sich als Cotton-Fan zu »outen« und der Redaktion und den Autoren zu danken. »Das ganze Team um Jerry Cotton passt sehr gut zusammen«, schreibt etwa Frau Irene F. aus Chemnitz. »Mir gefällt besonders Zeerookah. Jeder hat so seinen Stern. Und auch die Autoren schreiben sehr gut, nur einmal habe ich ein Heft beiseite gelegt, ich fand überhaupt keinen Zusammenhang. (...) Aber das kann schon mal vorkommen. (...) Mir gefällt auch, dass man mal lachen kann. (...) Also grüßen Sie die Autoren, sie sollen weiter so gut schreiben.«

Klaus M. aus Essen kann »80 Prozent der Romane nur loben«. An den restlichen 20 Prozent kritisiert er: »Es wird vieles übertrieben, menschlich nicht Mögliches zugunsten von Jerry geschrieben. Dinge und Handlungen, die selbst für den besten Kripo-Beamten der Welt unmöglich sind. Ich war selbst im Sicherheitsdienst.«

Sven S. hat »gehört, dass der Autor von Jerry Cotton aus Lemgo kommt! Ist das richtig?« Norbert N. aus Solingen zieht Cotton-Jahres-Bilanz 2001 – »Die Romane dieses Jahres waren alle gut bis sehr gut« – und hebt Taschenbücher hervor, in denen Katastrophen geschildert werden: »Toll, wie realistisch von den Katastrophen berichtet wurde.« Hanspeter T. mailt: »Da ich weit über 1000 Jerry-Cotton-Romane und -Taschenbücher gelesen habe, weiß ich, von was ich spreche, wenn ich Ihnen mitteile, dass der Jerry-Cotton-Roman Nr. 2288 ›Wir gegen die Geisterpiraten‹ das Beste war, was ich je in dieser Romanreihe gelesen habe…«

Leser Walter R. hat einen Cotton im Flugzeug gelesen und einen der seltenen Romane einer Trilogie erwischt. »An der spannendsten Stelle endet das Heft mit dem Hinweis: So, nun kaufe dir die Nr. 2220, damit du weißt, wie die Geschichte zu Ende geht.« Er beklagt sich bitter, weil auf dem Cover kein Hinweis auf einen Fortsetzungsroman zu finden war, und kündigt an, Bastei-Hefte vorerst zu boykottieren. Aufgrund seines Schreibens entscheidet sich die Redaktion, dass fortan in einer Markette auf dem Cover angezeigt wird, wenn es sich um eine Fortsetzungsgeschichte handelt. Sonja G., 47, liest Cotton seit ihrem vierzehnten Lebensjahr und erkundigt sich nach dem Buch über George Nader und seine Filme.

Leser schreiben erfreut, wenn es zwischen der FBI-Agentin June Clark und Jerry knistert, wünschen sich, dass die Autoren genannt werden oder dass neben Jerry sein Partner Phil eine größere Rolle spielt, begrüßen oder kritisieren Mehrteiler und zeitgeschichtliche oder politische Bezüge in den Romanen. Hin und wieder erfährt die Redaktion auch etwas über die Lesegeschichte der Konsumenten. Patricia F. aus Bern etwa schreibt: »Ich bin von den Jerry-Cotton-Romanen begeistert. Mein Vater hat sie früher immer gelesen und davor meine Großtante. Beide sind total begeistert von Jerry und Phil, genauso wie ich.«

Ein Leser, der Cotton seit dem ersten Roman die Treue hält, freut sich, dass der Zeitgeist – darunter versteht er Brutalität und Sex – nicht allzu stark vertreten ist, ein anderer lobt, dass die Serie noch aktueller und frischer geworden ist. Margarete H. aus Leipzig, fünfundachtzig Jahre alt, findet nichts »so spannend wie Jerry Cotton« und vertieft sich »in jeder freien Minute« in die Romane, und Sabrina H. aus Saerbeck schreibt: »Ich bin sechzehn Jahre alt. Ich lese zwar erst seit circa drei Jahren JC-Romane, aber dafür so regelmäßig wie möglich. Zuerst möchte ich ein ganz großes Lob aussprechen: Alle Hefte sind sehr gut gelungen. Man kann sich echt super in die Handlung hineinversetzen! Am besten finde ich jedoch die Storys, in denen es richtig zur Sache geht, und diese, in denen sich Jerry und Phil immer ein wenig necken.«

Es gibt auch echte Profi-Leser, solche also, die Cotton-Hefte nicht nur sammeln, sondern die Romane zum Beispiel in einer Art Konkordanz statistisch aufbereiten. Thomas P. zum Beispiel, Mitglied des Jerry-Cotton-Clubs Deutschlands, will eine Datenbank erstellen, in der Handlungsorte der Cotton-Storys, ihre Figuren samt Jobs und möglichen Vernetzungen und Inhaltsangaben der Romane erfasst werden. In seinem Leserbrief bittet er die anderen Leser um Mithilfe.

Zu den eigentlichen Profis zählt sich Ingo Gembalies aus Hannover nicht. Dennoch spielt »G-man Jerry Cotton« bei ihm nicht nur in den stillen Lektürestunden eine Rolle, sondern auch beruflich. »Im Heartbreak-Hotel schießt Jerry Cotton noch immer scharf«, lautet im Herbst 2001 die Titelzeile eines kleinen Artikels in der »Neuen Presse«. Das »Heartbreak-Hotel« in Hanover ist eine Szenekneipe, und ihr Besitzer Gembalies ist Cotton-Fan. »Trivialliteratur ist nicht peinlich, sondern erlebt gerade eine Renaissance«, zitiert ihn das Blatt. Dekoriert mit einigen Cotton-Heften lässt sich der Kneipenwirt ablichten. Bildtitel: »Ingo Gembalies liebt diese Heftchen.«

In seiner beliebten Rock-'n'-Roll-Kneipe veranstaltet er eine Cotton-Nacht. An die zweihundert Gäste drängen sich zwischen Tresen und Tischen und vor der Tür. Die Kellner tragen T-Shirts mit dem Aufdruck FBI, Cotton-Bourbon aus dem Bastei

Verlag gibt es im Sonderangebot, dazu die berühmte Cotton-Filmmusik, einen von Gembalies aus verschiedenen Cotton-Romanen gestrickten Krimi und eine Cotton-Lesung. Zwei Studenten rezitieren aus Cotton-Romanen verschiedener Jahrzehnte. Über die Mattscheiben im »Heartbreak-Hotel« flimmern – wie auch sonst unter der Woche – Jerry-Cotton-Filme. Die neu erschienenen Cotton-Hörbücher der Firma »Floff publishing« inspirierten Ingo Gembalies zu seiner Cotton-Nacht.

Und nun zu den Spezialisten unter den Profis: Wer aufmerksam über einen Flohmarkt geht, findet sie rasch. Da steht etwa ein Mann an einem Flohmarktstand und sortiert drei oder vier Cotton-Romane aus einem Karton voller Heftromane. Er ist seriös gekleidet, in der Regel Ende dreißig bis Mitte fünfzig und fällt vielleicht durch seinen angespannten Gesichtsausdruck auf. Ohne weiteres könnte er als Kriminalkommissar oder Abteilungsleiter einer Versicherung durchgehen.

Irgendwann reicht er dem Amateurhändler die vier Hefte und will den Preis wissen. Das Stück vierzig Cent, sagt der Händler. Man verhandelt ein Weilchen und einigt sich schließlich: alle drei für einen Euro!

Der Händler glaubt, das Geschäft sei abgeschlossen. Er weiß nämlich nicht, dass er einen Jäger und Sammler vor sich hat. Für den »Kriminalkommissar« aber hat das eigentliche Geschäft noch nicht einmal begonnen. Er, der Jäger, liegt noch auf der Lauer nach seiner eigentlichen Beute. »Haben Sie zu Hause noch mehr davon?«, erkundigt er sich beiläufig, während er seine Geldbörse zückt. Der Händler bejaht. Der »Kriminalkommissar« tippt auf den roten Rahmen des Covers. »Auch solche mit hellrotem Cover?« Wieder bejaht der ahnungslose Händler. »Und solche mit orangefarbenem Cover auch?« Auch solche hat der Händler zu Hause auf dem Dachboden im Büchernachlass seiner Mutter oder seines Vaters gesehen.

Der Herzschlag des »Kommissars« beschleunigt sich, das Jagdglück scheint ihm hold zu sein. Er verabredet sich mit dem Flohmarkthändler für den nächsten Markt, oder, noch besser, er besucht ihn zu Hause. Vielleicht in Begleitung einer seiner Jagdgefährten. Wenn er dann ein paar jener »G-man Jerry Cotton« mit hellrotem oder orangefarbenem Cover in der Hand hält – oder auch nur einen –, ist seine Beute fast erlegt. Jetzt muss nur noch ein Preis ausgehandelt werden, was normalerweise kein Problem ist.

Durch sein Fenster sieht der Händler den »Kommissar« und seinen Begleiter in ein Auto steigen. Wahrscheinlich schüttelt er den Kopf: Was gibt es doch für Verrückte auf Gottes schönem Erdball… Er weiß ja nicht, welche Schätze sein Geschäftspartner nach Hause trägt!

Vielleicht stecken die beiden Jäger wenig später ja einen »G-man Jerry Cotton«, der einen hellroten Rand hat, Band 14 etwa, in eine Klarsichtfolie. Sammlerpreis: etwa 18 Euro. Oder sogar einen Cotton, der noch in der Reihe »Bastei-Kriminal-Roman« erschienen ist, einen mit orangefarbenem Rand. Sammlerpreis: 25 Euro. Wenn es sich um den Band 133 oder 143 handelt, sogar 45 Euro. Je nachdem, wie gut er erhalten ist. Die Jäger ordnen ihrer Beute Qualitätsziffern zwischen 0 und 4 zu – 0 bedeutet: ungelesen –, registrieren sie in ihrer Datenbank und archivieren sie. Irgendwann wird ein anderer Jäger anrufen, mailen oder faxen und nach einem der Hefte fragen, um seine Sammlung zu vervollständigen.

Solche Jäger und Sammler orientieren sich am »Allgemeinen Deutschen Roman-Preiskatalog«. Der erste Cotton-Roman überhaupt, »Bastei-Kriminal-Roman« Band 68, ist darin mit 125 Euro ausgezeichnet, das erste Serienheft sogar mit 175 Euro. Für den Band 500, falls er gut erhalten und mit einem Stadtplan von Manhattan ausgestattet ist, legt der Sammler immerhin noch 25 Euro hin.

Der seriöse Herr mit der konzentrierten Miene am Floh-marktstand könnte unter Umständen der Vorsitzende des Jerry-Cotton-Clubs Deutschlands (JCCD) sein: Herbert Kalbitz.

Ich treffe ihn in einer mittleren Großstadt am Rhein. Am Bahnhof stecke ich mir meinen letzten Cotton-Roman in die Hemdtasche, damit Herbert Kalbitz mich erkennt. Das tut er auch sofort. In einem Café stellen wir einander näher vor. Kalbitz, Anfang bis Mitte fünfzig, trinkt Apfelschorle. »Alkohol erst nach Sonnenuntergang«, sagt er. Das erinnert mich an einen alten Roman: Jerry wird ein Drink angeboten, und er lehnt ab – »Alkohol erst, wenn die Straßenbeleuchtung angeht.«

Kalbitz stellt den Jerry-Cotton-Club vor: gegründet 1990, unbürokratische Organisation, kein Mitgliedsbeitrag, eine »lockere Verbindung« für Jerry-Cotton-Freunde, -Fans, -Leser und -Sammler. Mitgliederzahl im Sommer 2002: etwa 240. Zum großen Teil Männer ab Anfang dreißig bis ins Pensionsalter: Lehrer, Arbeiter, Kriminalbeamte, Versicherungsinspektoren, Finanzbeamte, Handwerker. Sogar ein echter G-man gehört zum Club! Ein FBI-Agent, der die amerikanische Bundespolizei in Deutschland vertritt. Weitere Informationen über ihn sind selbstverständlich »top secret«.

Die Liste der Clubziele reicht von Verlagskontakten und Suchlistenbearbeitung über Archiv- und Pressearbeit bis zur Vergabe einer »Ehrenmitgliedschaft« für besondere Verdienste. Dazu zählt zum Beispiel das Aufspüren und Heben seltener »G-man Jerry Cotton«-Schätze.

Herbert Kalbitz öffnet einen großen Aktenkoffer und präsentiert mir solche in Klarsichtfolien verwahrten Schätze.

»G-man Jerry Cotton« als Paperbackausgaben zum Beispiel, fünf Romane in einem Buch, in begrenzter Auflage erschienen und »sehr begehrt«. Oder abgekupferte Cottons, die findige Geschäftemacher oberflächlich bearbeitet und als Leihbücher herausgegeben haben. Oder so genannte Jerry-Cotton-Schoko-

Krimis, speziell für eine Schokoladenfirma gedruckte Cotton-Romane, die dem Käufer der Schokolade als Werbegeschenk überlassen wurden. Sammlerpreis: 15 bis 20 Euro. Oder Seidensticker-Cottons, Cotton-Hefte mit dem Logo der Firma, die jene schwarze Rose in ihre weißen Hemden einsticken ließ. Die Romane wurden nur an Mitarbeiter der Firma verkauft. Oder »G-man Jerry Cotton« Band 13 – Sammlerpreis 100 Euro. Der Roman wurde einst indiziert, weil der Autor, der Cotton-Erfinder, seinen Hauptschurken zu differenziert, nach Lesart der Jugendprüfer als zu sympathisch schilderte. Und der Schatz aller Schätze: eine in Leinen gebundene und von Gustav H. Lübbe signierte Ausgabe von »G-man Jerry Cotton« Band 1000. Nur vier Ausgaben gibt es laut Kalbitz davon, und in seiner Datenbank ist der Standort jeder einzelnen dokumentiert. Sammlerpreis: 500 Euro.

Von einer Deutschlehrerin erzählt Kalbitz, Cotton-Leserin, die las ihren »G-man Jerry Cotton« zu Hause im Lesesessel, an der Wand einen Stadtplan Manhattans. Jedes Faktum der Romane überprüfte sie, und was nicht korrekt war, wurde grün angestrichen. Vor allem aber orthographische Fehler.

Von »G-man Greer« erzählt er, einem US-amerikanischen Krimi, der als Leihbuchserie in deutscher Sprache erschien und in der ein Vollblutindianer vorkam, der Spuren im Schlaf fand und der Kalbitz an den G-man Zeerookah von der New Yorker Federal Plaza erinnert. Der Club-Leiter des JCCD zweifelt nicht daran, dass sich Höber hier die Inspiration für seine indianische Figur geholt hat. Und von den Jagdzügen seiner Club-Mitglieder erzählt er, natürlich.

Sie werden generalstabsmäßig geplant. Drei, vier Mann schwärmen regelmäßig aus, alles Spezialisten in Sachen Heftromane im Allgemeinen und Cotton im Besonderen. Zeitgleich grasen sie einen großen Flohmarkt ab, in Dortmund, Frankfurt oder Köln, über Handy stehen sie in Verbindung, vielleicht sitzt ein Vierter im Hauptquartier an der zentralen Datenbank, und dann werden die Schätze aufgestöbert, im Zweifelsfall der Partner in Dortmund oder Frankfurt oder in der Zentrale konsultiert.

Sie scheuen auch nicht vor Schatzsuchen zurück, die viel Kraft, Geld und Zeit kosten und bei denen man sich elend schmutzig macht. Da steht eine Haushaltsauflösung an – die Jäger pflegen Beziehungen zu entsprechenden Dienstleistern – im Südschwarzwald, in Gelsenkirchen oder irgendwo im Bergischen Land: Telefonkonferenz, Terminplanung, wer Zeit hat, fährt zum Treffpunkt – irgendeine Stadt, irgendeine Autobahnabfahrt auf halber Strecke.

Es geht zu einem alten Bauernhaus, einem Keller in der Fußgängerzone, einem Mietblock am Berghang, einer ehemaligen Leihbibliothek weiß Gott wo. Die Lage wird gecheckt: Pauschalpreis pro Heft? Oder alles oder nichts? Das hieße einen Keller, einen Speicher, eine still gelegte Bibliothek voller Bücher und Hefte mitnehmen – oder eben nichts.

Wie sind die Verhältnisse? Lohnt es sich, noch einmal durch Spinnweben, Staubwolken und zusammengebrochene Regale zu robben? Vielleicht liegt dort ja der eine ersehnte Band, die eine Nummer eines Leihbuches, eines Heftromans, eines Cottons, dem soundso viele Sammler auf der Spur sind.

Manchmal müssen die Jäger kapitulieren – der Schatz im Dachstuhl ist nicht zu bergen, ohne der ohnehin verrotteten Bausubstanz den Rest zu geben. Mit zusammengepressten Lippen treten sie dann den Rückzug an. Aber – gottlob! – meistens ziehen sie mit voll gestopften Autofonds, Lade- und Kofferräumen wieder Richtung Heimat und lagern die Beute in eigens angemieteten Garagen zwischen, bevor sie Bücher und Hefte mit Spezialreinigern behandeln, registrieren, in Folien stecken, archivieren…

Mit offenem Mund höre ich ihm zu, dem Häuptling vom Stamm der Jäger und Sammler. Ich wusste ja nicht, was es alles gibt, bin ja auch noch jung. Die Professionalität, die Leidenschaft und Liebe, der zugleich nüchterne Bürokratismus, mit denen Herbert Kalbitz und seine Gefährten zur Sache gehen, macht mich – ja, was? –, macht mich einfach platt.

Genug von den Jägern. Sie sind eine Klasse für sich. »Lauter Verrückte«, sagt Kalbitz selbstironisch.

Heißes Blei
für einen G-man
Teil 7

Um Himmels willen!«
Die Frau spitzte ihre vollen Lippen und betrachtete mich, wie
man einen kleinen Jungen betrachtet, den ein Sattelschlep-
per gerammt und der sich dabei nur ein aufgeschrammtes
Knie oder eine blutige Nase eingefangen hat.

»Sie sind ja wachsbleich! Bekommt Ihnen unsere Man-
hattaner Luft nicht?« Sie hatte rote Haare, die rauchige
Stimme einer Kettenraucherin und stand vor der offenen
Glastür einer Telefonzentrale.

»Korrekt, Myrna. Die Luft war nämlich ein bisschen blei-
haltig in den letzten Stunden«, antwortete Cotton an meiner
Stelle. »Ist er nicht gewohnt.« Er machte uns miteinander
bekannt. »Fritz aus Germany. Myrna, die Stimme des FBI.«

Das also war sie, die berühmte Frau aus der Telefonzentrale. Auf der Straße hätte ich mich wahrscheinlich nach ihr
umgedreht, aber die Ereignisse im »Plaza« und am Sherman
Square hatten mir nicht nur das Blut aus dem Gesicht getrieben, sondern auch meine erotischen Antennen geknickt.

»Sei so lieb, und besorg dem Mann 'nen Kaffee«, sagte
Cotton. »Er hat einen anstrengenden Tag hinter sich.« Und
an mich gewandt: »Wir sehen uns später.«

Er schlug mir auf die Schulter und verschwand im selben Raum, dessen Tür kurz zuvor schon Phil Decker hinter sich geschlossen hatte. Und ein paar andere Männer, die mir irgendwie bekannt vorgekommen waren. Ich ahnte, was hinter dieser Tür geschah: Dort verhörten sie Hagen Jansen.

»Kommen Sie, Fritz.« Myrna hakte sich bei mir unter. »Das Leben kann so hart sein manchmal, nicht wahr?« Zu schrecken schien sie diese Wahrheit nicht, denn sie lächelte, während sie das sagte. Die Tür, zu der sie mich führte, lag ganz am Ende der Zimmerflucht. »Unsere Jungs haben hoffentlich ein Auge auf Sie gehabt, Fritz. Sie sind doch nicht etwa von der Presse?«

Die Duftwolke eines schweren Parfüms umgab Myrna. »Opium« oder »Dior hypnotic«. Bis wir die Zieltür erreichten, hüllte sie auch mich ein. Ich fühlte mich leicht narkotisiert. In etwa wusste ich noch, wo ich mich befand: im 24. Stockwerk des Federal Building.

Nein, ich sei nicht von der Presse, sagte ich. »Ich schreibe ein Buch über Jerry Cotton«, ein Geburtstagsbuch, wenn man so wolle.

»Oh! Jerry hat schon wieder Geburtstag!«

Myrna öffnete die Tür und führte mich in ein Büro. Hinter einem Schreibtisch saß eine junge Frau Mitte zwanzig, schlank, mit schulterlangen blonden Haaren und einem ausgesprochen hübschen Gesicht, und auch sie glaubte ich zu kennen. Sie musterte mich aufmerksam und hob dabei die Brauen.

»Das ist Fritz aus Deutschland, Helen«, flötete Myrna. »Stell dir vor, man hat auf ihn geschossen. Er braucht dringend einen Kaffee…«

Ein paar Minuten später saß ich vor dem Schreibtisch der Chefsekretärin und schlürfte frischen Kaffee, den sie extra

206

für mich aufgebrüht hatte. Und was für einen Kaffee! Ich muss sagen, es war der beste Kaffee, den ich je in meinem Leben getrunken habe. Voller Aroma, würzig und belebend. Bei der zweiten Tasse verzichtete ich sogar auf Milch und Zucker, um diesen grandiosen Kaffee voll und ganz genießen zu können. Wie sie den hingekriegt hatte, wusste ich nicht, aber dieses Gebräu verzauberte mich geradezu.

Ich erzählte, was geschehen war. Die beiden attraktiven Frauen hörten mir zu, Helen in ihrem Bürosessel sitzend, den Kopf leicht geneigt und mitfühlend die Stirn gerunzelt, und Myrna auf der Schreibtischkante hockend, die Beine übereinander geschlagen, ihr köstliches Knie in meiner Reichweite.

Der Kaffee tat gut, meine Lebensgeister kehrten zurück, und meine erotischen Antennen funktionierten wieder. Myrnas sinnlicher Mund fiel mir auf, und ihr eng geschnittener Rock, unter dem sich die Form ihrer Schenkel abzeichnete. Jedes Mal, wenn ich die Tasse ansetzte, musste ich hinsehen.

Höflich, wie ich bin, versuchte ich mich abzulenken. Mein Blick fiel auf eine ledergepolsterte Tür. »Arbeitet dort Ihr Chef?«

Helen nickte. »Er ist heute Vormittag zu einer Konferenz ins Hauptquartier nach Washington geflogen, sonst hätte ich Sie ihm vorgestellt.«

»Schade.« Jetzt war ich schon bis ins Allerheiligste des New Yorker FBI vorgedrungen und würde John D. High doch nicht kennen lernen.

Die Vorzimmertür öffnete sich, Cotton kam herein. »Die Schweizerin wird durchkommen. Im New York University Medical Center haben sie ihr die Kugel aus dem Bauch geholt. Wahrscheinlich können wir sie erst übermorgen vernehmen.«

»Der Bericht aus dem Zentrallabor, Jerry.« Helen reichte Cotton ein Fax. »Die Kollegen haben die Fingerabdrücke auf dem Messergriff identifiziert.«

»Na prächtig.« Cotton überflog das Fax. »Mr. Messermann ist sogar aktenkundig. Kollege von Ihnen, Fritz. Ein Österreicher, Toni Eisenberg, Krimiautor. In Austria sucht ihn die Steuerfahndung, in Manhattan das Police Department wegen Betrugs. Hat dasselbe Manuskript gleich an drei New Yorker Verlage verkauft.« Er legte das Fax zurück auf Helens Schreibtisch. »Senden Sie 's an alle Polizeireviere. Wir müssen den Mann kriegen.«

Helen nahm eine Tasse und schenkte Cotton Kaffee ein. Der wandte sich an mich: »Wir quetschen gerade Ihren Landsmann aus, Fritz. Schweigt wie ein Grab. Wollen Sie sich das mal anschauen?« Über den Rand seiner Tasse beobachtete er mich, während er seinen Kaffee trank. Irgendetwas in seinem Blick war anders als noch vor ein paar Stunden in der irischen Kneipe. »Kommen Sie, so was kriegt man nicht alle Tage geboten.«

Die Tasse in der Hand, ging er mir voraus. Ich folgte ihm in das Büro, in das ich ihn zuletzt hatte verschwinden sehen – ein Verhörraum. Sechs oder sieben FBI-Agenten und -Agentinnen standen oder saßen dort schweigend und beobachteten drei Männer hinter einer Glaswand.

Einer der drei war Hagen Jansen. Mit vor der Brust verschränkten Armen hockte er vor einem kleinen Holztisch und schnitt eine trotzige Miene. Vor ihm stemmte ein hemdsärmliger FBI-Mann seine Fäuste auf den Tisch und beugte sich tief zu Jansen hinab. »Sie sind erledigt, Jansen! Ein toter Cop, Angriff auf einen Bundesbeamten, Widerstand gegen die Staatsgewalt, versuchter Mord an dieser Schweizerin. Das reicht hierzulande ungefähr zehn Mal zur Höchststrafe. Sie sind restlos erledigt!«

Der G-man war nicht besonders nett zu Jansen. Er bellte ihn an und machte ein grimmiges Gesicht dabei. Ein Revolver-Kolben ragte aus seinem Gürtelholster, daran erkannte ich ihn: Joe Brandenburg. Der ehemalige Captain der City Police war der Einzige in der New Yorker FBI-Crew, der mit einem Smith & Wesson .357 Magnum-Revolver herumlief.

»Warum sind Sie hinter Cotton her?«, brüllte er. »Packen Sie aus, Mann!«

Jansen mimte den Begriffsstutzigen. »Cotton? Wer ist Cotton?«

Das eigentliche Verhörzimmer war schalldicht isoliert, die Stimmen daraus wurden durch Mikrofone und einen Lautsprecher übertragen, und die Glaswand war nur von unserer Seite aus durchsichtig. Ein spanischer Spiegel oder Einwegspiegel, so nennt man die Dinger. Cotton erklärte mir das im Flüsterton.

Eine junge Frau drehte sich nach uns um und nickte mir einen Gruß zu. Ihr langes blondes Haar, ihr weiches Gesicht mit den vollen Lippen und den großen Augen und ihre schlanke, sportliche Figur – das konnte nur June Clark sein. Dann war die zierliche Latina mit der wilden Schwarzhaarmähne neben ihr also Annie Geraldo.

Und der große Blonde am Schreibtisch neben Phil Decker? Steve Dillaggio, na klar, der Stellvertreter John D. Highs. Und der hoch gewachsene schlanke Kerl mit dem blauschwarzen Haar konnte kein anderer sein als Zeerookah, der indianische G-man, der sein Gehalt in Maßanzüge, italienische Schuhe und Seidenkrawatten investiert. Nur ihr Chef fehlte, schade aber auch!

Der zweite Special Agent hinter der Glaswand konnte nur Les Bedell sein, Brandenburgs Partner. Er zog sich gerade einen Stuhl an den Tisch, setzte sich verkehrt herum darauf und legte die Unterarme auf die Lehne. »Nehmen Sie es meinem Partner nicht krumm, Jansen«, sagte er mit einer Kopfbewegung Richtung Brandenburg. »Wir sind einfach in Sorge um unseren Kollegen, verstehen Sie? Irgendjemand will Cotton erledigen, und das lässt uns nicht kalt, Jansen, glauben Sie mir.«

Bedell schlug einen sanfteren Ton an als sein Partner. Er und Brandenburg spielten das alte Spiel »Guter Bulle, böser Bulle«.

»Lassen Sie uns die Karten auf den Tisch legen. Wir wissen inzwischen, dass Sie nicht auf die Polizei geschossen haben. Einer der beiden Schirmmützenträger hat gestanden. Wahrscheinlich wird er auch den Schuss auf die Frau noch gestehen. Wenn Sie uns einen Tipp geben, wer hinter dem Überfall auf Cotton und Ihren Landsmann steckt, sehe ich gute Chancen für Sie.«

»Erzählen Sie das Ihrer Erbtante!«, knurrte Jansen.

Brandenburg übernahm. Ganz böser Bulle brüllte er:

»Sie selbst sind der Auftraggeber. Sie haben Steelman angeheuert und Cotton vor seine Kanone gelockt! Sie haben ihm fünfzig Riesen versprochen. Und wie viel haben Sie der Schweizerin gezahlt?«

Joe schüttelte die geballten Fäuste. Im rot angelaufenen Gesicht glühten die Augen.

»Einen Dreck habe ich!«, schrie Jansen mit unüberhörbarer Verzweiflung in der Stimme.

»Wenn Steelman ein Geständnis ablegt«, sagte Bedell gelassen, »sind Sie dran, Jansen. Könnte sein, dass Sie den Rest Ihres Lebens hinter Gittern verbringen müssen. Mordkomplott gegen einen G-man! Solche Verbrechen nehmen US-Richter sehr ernst.«

Steelman packt aus!«, donnerte Brandenburg, als säße der Gangster bereits im Vernehmungsraum nebenan und müsste nicht erst noch gefasst werden. »Er will nur noch seine Haut retten! Sie sind der Boss dieser Mörderbande!«

Jansens Widerstand brach zusammen.

»Steelman lügt«, jammerte er. »Ich hab mit der Sache nichts zu tun.«

»Wer dann?« Brandenburgs Lautstärke drohte die Glaswände der Kabine zu sprengen. Wer ist hinter Cotton her?«

»Fragt doch diesen Schreiber!«

»Fritz?« Vor Überraschung fiel der G-man aus seiner Rolle. »Was hat der damit zu tun?«, fragte er fast sanft. Verblüfft blickte er in unsere Richtung, obwohl er von seiner Seite aus nur sein Spiegelbild sehen konnte. Und ich – ich glaubte, nicht recht zu hören.

»Der weiß mehr, als ihr euch träumen lasst...«

Jansen strich sich das Hemd glatt, und mir klappte der Unterkiefer nach unten. Alle Augen diesseits der Glaswand hefteten sich auf mich. Der Boden unter meinen Schuhen verwandelte sich in Gummi, plötzlich schien das Zimmer zu schwanken. Ein Erdbeben, hoffte ich. Doch Decker schwankte überhaupt nicht, als er auf mich zutrat. Er stemmte die Fäuste in die Hüften und taxierte mich. Sekundenlange Stille schnürte mir den Atem ab.

Von der Seite sprach mich schließlich Cotton an. »Wir sollten uns noch mal in Ruhe unterhalten, was, Fritz?« Seine Stimme klang plötzlich kalt.

»Was wissen Sie, Fritz?« Decker belauerte mich jetzt mit unverhohlenem Misstrauen.

»Nichts...« Ich zog ein Taschentusch aus der Jacke, beiläufig registrierte ich, wie etwas Metallenes auf den Boden fiel. »Gar nichts, ehrlich...« Ich wischte mir den kalten Schweiß von der Stirn.

8 Kultfiguren kriegen keine grauen Haare

oder: Jerry Cotton im Wandel der Zeiten

Eine Kultfigur steht für das Lebensgefühl einer bestimmten Zeitepoche! Und Jerry Cotton? Der G-man aus New York erlebt inzwischen seine vierte oder fünfte Epoche.

Hat er sich verändert?

Ja und nein.

Im ersten Jerry-Cotton-Roman bricht Jeremias Cotton mit 100 Dollar in der Tasche von einem Dorf in Connecticut auf nach New York City. Die Stadt fasziniert und überwältigt ihn: Ehe er sich versieht, hat er sein Geld verloren und einen Job bei einem Gangster, ohne dies zu ahnen. Und bald darauf sitzt er dem König Artus von New York gegenüber, dem Mann, der sein Leben zwar nicht der Suche nach dem Heiligen Gral, dafür aber dem Kampf gegen das Verbrechen verschrieben hat.

Es erinnert an einen indianischen oder geheimbündischen Aufnahmeritus, wie John D. High den jungen Provinzler Jeremias in »Jerry« umtauft und dann eine Art Schwurrede hält: »Machen Sie sich keine falschen Vorstellungen von unserem Beruf. Sie können keinen Ruhm und keine Reichtümer bei uns ernten, aber sehr leicht Kugeln oder Messerstiche…« Unendlich viel müsse der FBI-Novize lernen, ein starkes Herz haben, und die Gerechtigkeit müsse ihm wertvoller sein als sein eigenes Leben. Und schließlich die entscheidende Frage: »Wollen Sie immer noch bei uns eintreten?«

Jerry legt in dieser Szene zwar keinen Eid ab, er sagt einfach nur »Ja«, aber nach der gewichtigen Rede seines zukünftigen Chefs kommt das einem Schwur gleich. Mit diesem schlichten, aber entschiedenen »Ja« gehört er zum innersten Zirkel der modernen »Tafelrunde«, die damals nur aus John D. High, Phil, Jerry und dem alten Neville besteht. Und mit diesem »Ja« verschreibt er sich dem obersten Ziel dieses Zirkels: dem Kampf gegen das Verbrechen. In diesen guten alten Zeiten trug Jerry übrigens noch einen Hut.

Fast fünfzig Jahre später sehen wir die große Vaterfigur der Serie am Rand des nächtlichen Ground Zero stehen, wo einst das World Trade Center stand:

Die gewaltigen Trümmerberge des zerstörten World Trade Center waren längst abgetragen. Dennoch erhellte eine Flutlichtanlage die große Fläche. Tümpelartige Pfützen hatten sich gebildet. (...)

Blitzlichter zuckten auf der Besuchertribüne. Der FBI-Chef konnte die Menschenmenge darauf erkennen. Der traurige Ort hatte noch nichts von seiner Anziehungskraft verloren. Auch für John D. High nicht. (...)

Man musste es immer wieder sehen, dieses Loch zwischen Church Street und West Street, immer wieder hinschauen. Nur so erfasste allmählich auch das Herz, was der Kopf schon wusste.

Für John D. High gab es noch zwei weitere Gründe, von Zeit zu Zeit Ground Zero aufzusuchen. Die Männer, die in mehreren Schichten rund um die Uhr arbeiteten, um das Chaos zu beseitigen (...), beeindruckten ihn tief. Sie machten ihm Mut für seine eigene Arbeit. (...)

Ground Zero war ein Ort des Verbrechens. Im Anblick der unbegreiflichen Wunde Manhattans vergewisserte sich John D.

*High seiner eigenen Berufung. Und wenn er sich dann umdrehte
und zurück zur Federal Plaza ging – so, wie er es jetzt tat –,
wusste er wieder mit aller Klarheit, wofür er mit seiner Lebens-
kraft einstand: für den Kampf gegen das Verbrechen.*[137]

Was hat sich inzwischen nicht alles verändert seit jener Rede in
Highs Büro 1954! Der New Yorker FBI hat eine neue Adresse erhalten, seinem inneren Zirkel gehören jetzt eine Vielzahl von
»Rittern und Ritterinnen der Gerechtigkeit« an, eine SIG Sauer
P226 statt eine 38er Smith & Wesson steckt in den Holstern der
meisten Agenten, in der Tiefgarage unter dem Federal Building
wartet kein Jaguar e-type mehr auf Jerry, sondern ein Jaguar
XKR, und der Hauptgegner der Großstadt-Tafelrunde ist nicht
mehr die gute alte Mafia, sondern der Terrorismus und das organisierte Verbrechen in seinem modernen Gewand.

New York City hat längst das Flair verloren, das die Stadt für
den Leser der Fünfziger- und Sechzigerjahre zu einem modernen
Atlantis verklärte, und die erste Katastrophe des 21. Jahrhunderts traf sie mitten ins Herz. Bis dahin sieht man auf der ersten
Romanseite die Skyline Manhattans mit den Twin-Towers, nun
ist es die Freiheitsstatue. »Die Twin-Towers sind gefallen«, so
Cotton-Lektor Peter Thannisch, der dieses Bild auswählte, »aber
trotzig und stolz hält Miss Liberty auch nach diesem feigen Ter-
roranschlag die Fackel der Freiheit hoch.« Auch das ein Symbol
für Jerry Cotton und symptomatisch für die Serie und ihren Helden: »Auch nach der schlimmsten Katastrophe gibt man nicht
auf, hält unverrückbare Werte weiterhin hoch, die es zu verteidigen gilt: Freiheit – auch die des Andersdenkenden –, Gerechtigkeit und die Gleichheit aller Menschen!«

Doch trotz dieser »unverrückbaren Werte« hat sich die Serie im
Laufe von fünfzig Jahren durchaus verändert. Zwei Beispiele,
die schon bei oberflächlicher Betrachtung sofort ins Auge fal-

len, seien vorab genannt: die Darstellung ethnischer Gruppen, die Darstellung der Frau und Jerry Cottons Einstellung zur Sexualität.

In dem Roman »Ich – und der Mörder ohne Waffe« aus dem Jahre 1956, »G-man Jerry Cotton« Band 12, wird ein schwarzes Hausmädchen noch wie selbstverständlich eine »Negerzofe« genannt, und in dem Roman »Wir jagten den Mississippi-Piraten«, Band 9 der Serie aus demselben Jahr, in dem Jerry und Phil im tiefen Süden der USA ermitteln, werden zwar Rassenkonflikt und der Ku-Klux-Klan erwähnt, dies jedoch nur am Rande, ohne kritisch darauf einzugehen.

Das ändert sich bei »G-man Jerry Cotton« sehr schnell. Während in vielen US-Krimis, aber auch in deutschen Heftromanen anderer Verlage Farbige noch allzu oft als geistig minderbemittelte Erfüllungsgehilfen raffinierter weißer Gangster diffamiert werden, als kohlrabenschwarze Kerle mit perlweißem Gesicht, rollenden Augen und einer Granate in der Hand, kämpft Jerry Cotton bereits in den Sechzigerjahren entschlossen gegen Rassenhass und rassistische Gegner wie den Ku-Klux-Klan, und ethnische Minderheiten treten als Mitstreiter an seiner Seite auf. Rassenhass und Rassenkonflikte werden in den Siebzigerjahren sogar zu einer dominierenden Thematik der Serie.

Cotton-Leserin Gisela H. aus Schwalmstadt schreibt in einem Leserbrief an die Cotton-Redaktion im Jahre 2002:

Ich möchte heute auch einmal mein absolutes Lieblingstaschenbuch vorstellen, es ist schon sehr alt, vierunddreißig Jahre. Es ist das Taschenbuch 77 von 1968 mit dem Titel ›Grausame Engel‹. Es ist sehr traurig und zeigt mit eindringlicher Deutlichkeit, was Rassenhass bedeutet. Ihr Autor hat das sehr gekonnt und erschütternd dargestellt. Es zeigt, auf welch hohem Niveau die Romane geschrieben werden.

Der Roman, an den sich Frau H. nach vierunddreißig Jahren noch so gut erinnert, stammt übrigens aus der Feder von Heinz Werner Höber, und der Cotton-Schöpfer sagt zu dieser Thematik: »Gerade Höber traue ich auf diesem Gebiet große Sensibilität zu.«

Höber gab der Serie eine neue politische Dimension: Aus der Utopie des Atlantis New York, in der es ein Tellerwäscher zum Millionär und ein Junge aus Connecticut zum FBI-Agenten schaffen kann, wird eine multikulturelle Utopie; der Big Apple New York wird zum »Schmelztiegel der Nationen«, zu einem fiktiven Ort, wo alle Bürger, gleich welcher Hautfarbe und Herkunft, mit den gleichen Rechten ausgestattet sind, und Cotton und Decker kämpfen gegen verbrecherische, von rassistischer Verblendung getriebene Feinde, die diese Utopie einer multikulturellen Gesellschaft zerstören wollen.

Mehr noch, die multikulturelle Gesellschaft schützt sich selbst durch eine multikulturelle Ordnungsmacht: Heinz Werner Höber war es, der die meisten Nebenfiguren um die Helden Cotton und Decker schuf, die Tafelrunde der Federal Plaza, wie der Cotton-Leser sie heute kennt. Und er war darauf bedacht, aus dem FBI-Team um Jerry und Phil eine »internationale« Truppe zu machen, in der – wie in der Utopie New York als Big Apple – die Kulturen miteinander verschmelzen, vereint durch das gemeinsame Ziel, der Gerechtigkeit zum Sieg zu verhelfen: Da ist zum Beispiel Mr. Highs Stellvertreter und Jerrys Freund Steve Dillaggio mit seinen italienischstämmigen Vorfahren, Joe Brandenburg, der Ex-Cop mit dem deutschen Nachnamen, oder Zeerookah, der als junger Mann aus der Tristheit und Hoffnungslosigkeit eines Indianerreservats floh. In bitterer Armut aufgewachsen, hat Zeerookah, von seinen Freunden Zeery genannt, einen Spleen für Edelklamotten und Seidenkrawatten entwickelt – und fällt aus jedem Klischee, das man in US-Krimis, in vielen anderen Unterhaltungsromanen und zuweilen auch in der so genannten »hohen Literatur« über indianische US-Bürger findet: Zeery ist nicht der »edle Wilde« und Naturbursche, er ist ein typischer Großstadtmensch und – wie Cotton stets so schön schreibt – »der bestangezogene G-man der USA«. Und – will man den vielen Leserzuschriften glauben – auch die beliebteste Nebenfigur der Cotton-Serie.

Neuestes Mitglied im FBI-Team der Cotton-Romane ist die Latina Annie Geraldo, eingeführt von Cotton-Autor Martin Barkawitz. Auch sie stammt aus ärmlichen Familien, ihre Eltern sind gebürtige Puerto-Ricaner und haben einen kleinen Gemüseladen im New Yorker Stadtteil Spanish Harlem.

Und da wir gerade über Agentinnen schreiben – auch hinsichtlich des Frauenbildes war und ist die Serie »G-man Jerry Cotton« bemerkenswert. Anfang der Siebzigerjahre stößt die erste FBI-Agentin ins Team um Jerry Cotton: Die rothaarige Irin Ruby O'Hara tritt ihren Dienst beim New Yorker FBI an. In der Cotton-Redaktion hat man nicht lange über die erste Agentin in Cottons FBI-Team diskutiert, erinnert sich heute Professor Göbel: »Man wollte die Welt von Jerry Cotton noch bunter und farbiger machen, und ein weiblicher G-man brachte frischen Wind in die Stuben des New Yorker FBI District.«

Zunächst wird die Agentin noch als Lockvogel für lüsterne Gangster eingesetzt, Cotton und Decker müssen sie immer wieder aus gefährlichen Situationen retten. Bald aber schon zeigt Ruby, dass sie ermitteln, kombinieren und kämpfen kann wie ihre männlichen Kollegen auch, und Jerry und Phil zollen ihr in vielen Einsätzen großen Respekt für ihren Mut.

Anfang der Achtzigerjahre folgen Agentinnen wie June Clark und Peggy Martin, und die Emanzipation ist im New Yorker FBI-Büro ausgebrochen – so könnte man meinen. »Aber das taten wir nicht der Emanzipation wegen«, sagt Göbel heute. »An so was haben wir gar nicht gedacht. Es war ein ganz natürlicher Schritt, und wieder einmal ging Jerry Cotton mit der Zeit.«

Bemerkenswert ist die Rolle der Frau in den Cotton-Romanen deshalb, weil Figuren wie June Clark oder Peggy Martin sehr schnell als gleichberechtigte G-men geschildert werden. Andere TV- und Romanhelden hatten ebenfalls weibliche Partner, doch bis in die späten Achtzigerjahre hinein waren diese zumeist nicht gleichberechtigt, sondern häufig nur das Dummchen an der Seite des Helden, das beschützt und gerettet werden musste. Cottons Kolleginnen jedoch zeichnen sich aus durch Mut, Entschlossenheit und Intelligenz, mit der sie aktiv mithelfen, Cottons Fälle zu lösen. Auch hier war die Serie »G-man Jerry Cotton« ihrer Zeit immer ein Stückchen voraus.

Und wie steht es mit Jerry Cotton und den Frauen? »Der Held, der keine küssen darf«[138] wurde er in den Sechzigerjahren von der Presse genannt. Cotton und auch sein Freund Phil Decker scheinen frei und unberührt zu sein von sexuellen Neigungen. Zumindest in den frühen Romanen ist davon nirgendwo die Rede. Allenfalls dürfen sie einer Frau mal begehrlich hinterherspähen, wenn diese am Strand im sexy Bikini an ihnen vorbeigeht. Bei erotischen Szenen, zum Beispiel wenn Cotton und Decker eine Striptease-Bar aufsuchen müssen und sich gerade ein »heißes Girl« nackt auf der Bühne räkelt, bleiben sie erstaunlich »cool«.

Gerade diese »Coolness« gegenüber sexuellen Verlockungen muss die weiblichen Leser der Cotton-Romane sehr beeindruckt haben. Jerry Cotton schien damals sexuell unantastbar zu sein. Eine Herausforderung, eine Burg, die es für die Weiblichkeit zu erobern galt.

Jerry und Phil erwähnen in den Fünfziger- und Sechzigerjahren niemals eine feste Freundin und nur ganz selten mal ein Rendezvous. Auch das führt zu der Flut von Liebesbriefen und Heiratsangeboten an den New Yorker G-man, die in dieser Zeit über den großen Teich geschickt werden: Viele Leserinnen halten den G-man für eine real existierende Person, doch der gute Mann ist offenbar absolut frauenlos. Und auch noch ein vollendeter Gentleman dem weiblichen Geschlecht gegenüber. Ein guter Trick, um weibliche Fans zu gewinnen, die im fernen Germany davon träumen, den allein stehenden Helden für sich zu gewinnen.

In den Siebzigerjahren aber entdeckt Jerry Cotton die Welt der Liebe. Morgens wacht er schon mal neben einer Blondine auf, und während der Fahrt zur Federal Plaza erzählen sich Phil und Jerry von ihren Freundinnen. Die sexuelle Revolution der Achtundsechziger hat auch Jerry Cotton verändert, seine Frauen-Abstinenz aus früherer Zeit könnte jetzt als prüde empfunden werden, und die Cotton-Autoren ändern ihre Taktik, damit Jerry kein biederes Saubermann-Image erhält.

Trotzdem wollen die Cotton-Autoren aus Jerry keinen Casanova machen. Auch wenn er jetzt hin und wieder die eine oder andere Affäre hat und ab und zu sogar eine feste Freundin, so unterscheidet er sich doch gewaltig von seinen damaligen Konkurrenten: Krimi-Konkurrenten wie James Bond, Kommissar X oder Mister Dynamit »vernaschten« in ihren Romanen Frauen am laufenden Band. Offenbar musste ein Krimiheld der Siebziger stets seine sexuelle Potenz unter Beweis stellen. Bei Cotton ist das anders, er bleibt monogam, und in seinen Affären, so heiß sie manchmal auch sind, steht die aufrichtige Liebe stets im Vordergrund, nicht das Sexuelle. Die Cotton-Autoren versagten sich offenbar ganz bewusst dem Klischee des »Frauen verschlingenden Sexprotzes«, das ihnen für »ihren« Jerry Cotton zu peinlich und aufgesetzt war.

Von vielen selbst ernannten Kritikern, die, geprägt von der Achtundsechziger-Bewegung, die Lösung aller gesellschaftlichen Missstände in der sexuellen Revolution sahen, wurde Jerry Cotton deshalb oft als prüder Biedermann diffamiert. Die Cotton-Redaktion und ihre Autoren ließen sich davon jedoch nicht beeindrucken. Den berüchtigten Sex-Gewalt-Schematismus hat es in der Cotton-Serie nie gegeben. Hier zeigt sich besonders deutlich, dass Orientierung am Zeitgeist immer auch kritisch gesehen wurde und sogar zum Widerstand gegen ein aktuelles Lifestyle-Image führen konnte.

Denoch küsst Jerry ganz gern und verhält sich auch sonst wie ein Wesen mit eindeutigem Geschlecht. Auch auf feste Beziehungen lässt er sich nun hin und wieder über mehrere Bände hinweg ein. Eine solche über mehrere Romane laufende Beziehung führt er mit Linda McCain, der Chefredakteurin eines Frauenmagazins. Von Band 2276 bis 2282 wird diese Beziehung geschildert, in der es immer wieder kriselt, weil Cotton seinen anstrengenden, aufreibenden Job und sein Privatleben in einer Liebesbeziehung letztendlich nicht koordinieren kann. Ein bedrückendes Motiv, das sich durch die ganze Serie zieht: Der bedingungslose Einsatz gegen das Verbrechen lässt die dauerhafte Liebe nicht zu.

Früher ging Jerry Cotton mit Hut auf Verbrecherjagd, früher trank er auch gern das eine oder andere Glas, rauchte Camel oder Lucky Strike. Heute würden sie ihn vom Dienst suspendieren, wenn er sich wie zu Höbers Zeiten beim Anblick einer Leiche betränke und im Büro rauchte wie ein Schlot. Ein, zwei Budweiser nach Feierabend sind das höchste der Gefühle, und dem Laster Nikotin hat er gänzlich abgeschworen.

Früher stiegen Jerry und Phil nach der Mittagspause ins Archiv hinunter, wenn sie mit ihren Ermittlungen in der Sackgasse steckten. Im Archiv regierte Old Neville, der noch die Zeit der großen Gangsterkriege miterlebt hatte. Ihn baten sie, bis zum Abend die Akte eines Mannes herauszusuchen, der, sagen wir: eine Pferdezucht in Atlanta und einen roten Buick Baujahr 49 besaß und ein paar Jahre zuvor mal wegen Kidnappings verhört worden war. Der FBI-Veteran suchte einen Nachmittag lang oder zwei, bis er die entscheidende Akte ungefähr in letzter Sekunde ausgrub.

Heute werfen Jerry und Phil ihre elektronischen Kisten an – ihre Computer –, loggen sich in eine Datenbank der Bundespolizei ein, tippen die Suchworte »Rennstall«, »Buick« und »Kidnapping« in die Tastatur, und Sekunden später kennen sie Namen, Gesicht und Vorstrafen des Mannes, den sie suchen. Und die alten Verhörprotokolle spuckt der Drucker gleich mit aus.

Die Serie »G-man Jerry Cotton« hat sich also verändert, wie man es erwarten darf bei einer lebendigen Romanheftserie, die die Zeiten begleitet.

Doch hat sich auch ihr Held, Jerry Cotton selbst, verändert? Nein.

Noch immer bestimmt ein Hauptmotiv ihn und die Ritter der Federal Plaza: der Kampf für die Gerechtigkeit und für die Bürger seiner Stadt. Das ist gleich geblieben, und es ist der rote Faden, der sich weiterhin durch die Serie zieht.

Vieles andere hat sich geändert, musste sich ändern, denn die Cotton-Autoren als Kinder ihrer jeweiligen Zeit erzählen für ihre Zeitgenossen.

Ein einziger Autor ist noch im Team, der die Serie über alle fünf Jahrzehnte hinweg schreibend begleitet und geprägt hat: der Urautor. Wie ist das Verhältnis von Beständigkeit und Veränderung im Wandel der Zeit? In seiner Stellungnahme, die Cottons geistiger Vater für dieses Buch schrieb, gibt er darüber Auskunft:

Leser von Kriminalromanen schätzen offenbar die Wiederbegegnung mit alten Bekannten in neuen Erzählungen, mögen sie nun Hercule Poirot, Sherlock Holmes, Philip Marlowe, Kommissar Maigret oder Jerry Cotton heißen. Doch während seine großen literarischen Kollegen von Buch zu Buch in unverändertem, scheinbar zeitfreiem und von technischen und sozialen Entwicklungen unberührtem Umfeld ihre Fälle erleben und lösen, kann der Held einer wöchentlich erscheinenden Serie Veränderungen seiner Welt nicht ignorieren.

Als in den Neunzigerjahren der Bürgermeister von New York, Rudolph Giuliani, dem Verbrechen in seiner Stadt den Kampf ansagte, mehr Polizisten einstellte, korrupte Beamte feuerte und »No tolerance« proklamierte, war die Berücksichtigung solcher Veränderungen in »Jerry-Town« für die Autoren selbstverständlich. Wenn Medien in Deutschland von wieder sicheren Straßen und Subway-Zügen, von harten Strafen für Klein-Dealer und Taschendiebe und dramatisch sinkenden Mord- und Überfallraten berichten, weht solcher Wind der Veränderung auch durch die Cotton-Geschichten. In einem bei Nacht von Cops durchstreiften, von New Yorkern zurückeroberten Central Park kann kein Autor einen dämonischen Killer ungestört sein Unwesen treiben lassen.

Auf Giulianis »No tolerance«-Erfolg wurde in vielen Romanen eingegangen. Im Taschenbuch »Die Verschwörung der Bosse« (Jerry Cotton Taschenbuch 31 437) begraben New Yorks Syndikats-Fürsten ihre Streitigkeiten und verbünden sich zur gemeinsamen Aktion gegen die erstarkte Ordnungsmacht. In »Tod den Cops« (Jerry Cotton Taschenbuch 310) versuchen sie es noch einmal. Schon der Anfangsgag schildert die Bedeutung von »No tolerance«. Da stellt eine Polizistin den Berufskiller Guss Daskey zur Rede, weil er eine leere Bierdose auf die Straße geworfen hat, denn konsequentes Einschreiten gegen die Straßenverschmutzung gehört zum »No tolerance«-Programm. Als Folge müssen sich Jerry und Phil mächtig ins Zeug legen, die Polizistin zu retten. Das »Clean up« New Yorks durch die Giuliani-Maßnahmen betraf das soziale Ambiente, in dem Jerry Cotton, seine Freunde und Gegner agieren.

Erinnern wir uns an Höbers Stadtplan und sein Sieben-Kilo-Paket aus Washington, so sehen wir die enorme Entwicklung, die die Cotton-Serie genommen hat. Nicht nur die Örtlichkeiten, Aufbau und Struktur von Polizeieinheiten und der Ablauf realer Polizeiarbeit in New York werden akribisch recherchiert, auch die politisch-sozialen Umstände versuchen die Autoren genau darzustellen und zu schildern. Dies alles dient als realistischer Hintergrund für eine fiktive Story, die dadurch Authentizität gewinnt. Der Urautor der Serie nennt hier Beispiele neueren Datums, doch schon sehr früh versuchten die Cotton-Autoren, auch das politisch-soziale Umfeld New Yorks in die Romane einzuflechten, als Hintergrund für ihre Storys zu nutzen oder gar zu thematisieren.

Insbesondere ist hier Uwe Erichsen zu nennen, heute ein bekannter Drehbuchautor, der für die Cotton-Serie vor allem in den Siebzigerjahren schrieb. Er thematisierte in seinen Romanen soziale Missstände in der Millionenstadt New York, zeigte die Armut in den Slums, soziale Not und die Auswirkungen des politischen Systems der USA auf die Schwachen der Gesellschaft. In seinen Romanen ist New York nicht mehr die Glitzerstadt, in der es »Tellerwäscher zu Millionären schaffen«, wie es in den Anfangszeiten der Serie war, sondern ein sozialer Brennpunkt. Die Utopie zerbricht und wird zur politischen Mahnung auch für den deutschen Leser.

Noch andere Veränderungen beeinflussen die Serie »G-man Jerry Cotton«, von denen der Urautor erzählt:

Für die Veränderung durch den technischen Fortschritt ist die weite Verbreitung des Handys ein schlagendes Beispiel. Seit das Handy Allgemeingut geworden ist, kann nicht ausgerechnet das Personal einer Jerry-Cotton-Geschichte ohne dieses Kommunikationsmittel in der Tasche herumlaufen.

Da Isolierung und die Schwierigkeit, Hilfe herbeizurufen, in Krimis wichtige Spannungselemente sind, hat das Handy Cotton-Autoren vor erhebliche Schwierigkeiten gestellt. Im Taschenbuch »Tödlicher Donnerstag« (Jerry Cotton Taschenbuch 100) von 1970 konnten Gangster eine Luxus-Hotelanlage mit einigen

Hundert Gästen hoch im Gebirge noch durch Besetzung der Telefonzentrale total isolieren. Man stelle sich die Unglaubwürdigkeit eines solchen Plots heute vor!

Heute müssen die Gangster im Heftroman »Die letzte Fahrt im Jaguar« (G-man Jerry Cotton Band 2217) schlaue Maßnahmen ergreifen, um Cottons Handy lahm zu legen, bevor sie ihn zum Schauplatz der Übergabe von Lösegeld dirigieren.

Romane, deren Bühne das Hier und Heute ist, ja, die sich wie alle Kriminalgeschichten zwangsläufig als eine Art Tatsachenbericht darstellen, können auf Aktualität nicht verzichten. Themen des Tages, politische und soziale Probleme, wirtschaftliche und technische Entwicklungen, selbst Moden und allgemein vorhandene Stimmungen wollen berücksichtigt sein.

Was immer in den Medien berichtet und diskutiert wird, findet Niederschlag in Jerry-Cotton-Geschichten, läuft unterschwellig mit oder liefert neue Motive für das Handeln der Täter und der Polizei. So entstand in den Romanen der Serie fünfzig Jahre lang ein Bezug zur Zeit. Und das wird auch in Zukunft so bleiben. Trotz des immer gleichen Rahmens, trotz der unveränderten Hauptpersonen gewinnen die Geschichten so eine permanente Modernität.

Hierfür liefern die Cotton-Romane genug Beispiele. In dem Cotton-Taschenbuch »Die Tupamaros von New York« aus dem Jahre 1971 etwa hat es Jerry Cotton mit einer linksextremistischen Gruppierung zu tun. Vor allem Jugendliche haben sich dieser Gruppierung angeschlossen und werden von ihr ausgenutzt. 1971 – die Achtundsechziger-Bewegung hat noch immer enorme Auswirkungen auf das politische Denken gerade Jugendlicher, und so klärt Ann Sheridan, eine junge Frau, die sich später als Anführerin der »Tupamaros« herausstellt, den G-man Jerry Cotton auf: »Die meisten Jungen haben heutzutage einen leichten Linksdrall (...) Das hat nichts zu bedeuten. Es ist modern – wie Midi oder Maxi. Wer nicht mitmacht, gehört nicht dazu, der ist nicht ›in‹.«[139]

Und am Ende des Romans heißt es:

Obwohl der spätere Prozeß für Ann Sheridans Tupamaros das »Aus« bedeutete, kamen mindestens zwei Dutzend Mitglieder ihrer Organisation mit geringfügigen Strafen davon. Ihnen war nicht nachzuweisen, daß sie die Morde gefördert oder gebilligt hatten. Vor allem erwies es sich als nahezu unmöglich, ihnen niedere Beweggründe vorzuwerfen.

Der Nachsatz, dass den Festgenommenen keine »niederen Beweggründe« nachzuweisen seien, erinnert an die spätere Verteidigungsstrategie der Anwälte der RAF-Terroristen in der Bundesrepublik der Siebzigerjahre.

Die jugendlichen Mitläufer bei Jerry Cotton kommen davon. Linkssein ist »in«, und man kann es nicht als »niedere Beweggründe« werten, wenn die irregeführten jungen Leute in dem Glauben handeln, die Gesellschaft zum Positiven zu verändern, auch wenn sie dabei den falschen Weg eingeschlagen haben. 1971, nach den Unruhen der Achtundsechziger und während des Aufkeimens linksextremistischen Terrors, eine provokante These. Das Beispiel zeigt, wie politisch brisant Cotton-Romane zum Teil waren und sind, aber auch, welch liberal-fortschrittliche Gesinnung sich in ihnen äußerte.

Ebenfalls im Hinblick auf die Wahl der Stoffe bemüht man sich im Cotton-Team um Aktualität. Cottons Schöpfer schildert ein Beispiel:

1994 fand die Fußball-Weltmeisterschaft zum ersten Mal in den USA statt. Der damalige Redakteur Hans-Ulrich Steffan schlug mir vor, die Weltmeisterschaft als Hintergrund einer Cotton-Geschichte zu verwenden.

Ein Zitat aus meiner Antwort:

»Lieber Herr Steffan! Danke für Ihren Anruf. Die Idee, einen Cotton-Fall als Erpressungsversuch einer US-feindlichen Regierung im Zusammenhang mit der Fußball-Weltmeisterschaft zu bringen, finde ich sehr gut. Wir können die Geschichte so erzählen, daß die große Katastrophe im übervollen Stadion während des Endspiels durch Cottons Einsatz verhindert wird, so daß nach Erscheinen kein Unwahrscheinlichkeits-Gap zum wahren Verlauf entsteht. Mit Sicherheit werden nach Ende der WM Bücher und Bildbände auf den Markt kommen, aus denen sich Schauplatz-, Wetter- und Ablaufinformationen gewinnen lassen.«

So geschah es. Ich verknüpfte die WM mit der zu jener Zeit aktuellen politischen Krise zwischen den USA und dem Militärregime auf Haiti. Es entstand das Jerry-Cotton-Taschenbuch »WM 94 – Im Fadenkreuz des Terrors« (Jerry Cotton Taschenbuch 31 413).

Oft basieren Cotton-Romane auf wirklichen Ereignissen. Zum Beispiel der Cotton-Heftroman Band 1343 »Kennedy Airport drei Uhr nachts« von 1983. Autor Walter Appel berichtet zu diesem Roman: »Ich habe damals auf Anraten des damaligen Cotton-Redakteurs Reinke den authentischen Millionenraub bei der PanAm als Grundlage genommen. Der 10-Millionen-Goldraub am JFK-Airport war damals eine große Sache. Viele Details habe ich in den Roman übernommen, zum Beispiel dass die Mafia von einem Insider, einem Wachmann, den Tipp bekam, dass die Gangster den Pkw eines Angestellten knackten und als zusätzliches Transportmittel nahmen, weil ihr Transitbus für die Beute nicht ausreichte, oder dass ein Spezialist, der für die Unterwelt Kommandounternehmen durchzog, auch hier die Ausführung übernahm und die Einzelheiten in einer Billigbar mit Resopaltischen besprochen wurden, im Bronx-Stadtteil Ozone Park.«

Wer diesen Roman liest, erfährt also recht genau, wie der berühmte JFK-Raub damals wirklich abgelaufen ist. Nur dass Jerry Cotton und Phil Decker in der Wirklichkeit nicht eingriffen.

Doch die Wirklichkeit liefert nicht nur Grundlage und »realistisches Vorbild« für viele Cotton-Storys. Es gibt Fälle, da scheinen die Romane die Inspirationsquelle gewesen zu sein. In der Ausgabe 28/1995 des »Focus« war zu lesen, der Cotton-Roman Band 1580 »Die Geiseln der Millionen-Gangster« aus dem Jahr 1987 habe den berühmt-berüchtigten »Tunnel-Gangstern«, die eine Berliner Commerzbank überfielen und dort Geiseln nahmen, als Vorlage für ihren Coup gedient.

Die Romanhandlung: Zusammen mit über sechzig Bankkunden wird Jerry von Bankräubern als Geisel festgehalten. In monatelanger Arbeit haben die Gangster zuvor einen Tunnel gegraben und mit Brettern und Balken abgestützt. Sie fordern ein Fluchtauto, angeblich um ein paar Kilometer weiter in ein Flugzeug zu steigen. Während die Polizei den Wagen organisiert und auf die Bankräuber wartet, entkommen diese durch den Tunnel. Jerry und seine Kollegen überwältigen sie am Ende natürlich doch.

So weit die Fiktion. Nun wird »G-man Jerry Cotton« offenbar auch in Gefängnissen gelesen. Die Bankraub-Story zum Beispiel in einer Jugendstrafanstalt im Ruhrgebiet. Und einen der Leser hinter Gittern soll dieser Roman zu neuen Untaten inspiriert haben. 1995 überfällt er mit einigen Komplizen benannte Bank in Berlin-Zehlendorf nach genau dem Muster, das der Autor in seinem Cotton-Roman geschildert hat: Tunnelbau, Geiselnahme, Forderung nach einem Fluchtfahrzeug, der Bluff, irgendwo in Berlin in einen Hubschrauber umsteigen zu wollen, und die Flucht durch den Tunnel.

Die Fiktion wurde zur Berliner Wirklichkeit.

Die Sache ging damals durch alle Medien, Fernseh-Interviews mit dem Autor wurden ausgestrahlt, und der entsprechende Roman erschien im Sommer 1995 noch einmal in fünf Folgen in der »Berliner Zeitung«. Auch hier war der Autor Walter Appel.

Von ihm stammt übrigens auch der Cotton-Roman Band 1167 »Das erste Opfer war ein G-man« aus dem Jahre 1979, in dem Jerry Cotton und seine Kollegen ins Federal Building an der Federal Plaza umziehen. Der reale FBI im realen New York hatte ein neues Hauptquartier bezogen, daher müssen auch Jerry und seine Kollegen ins neue District Office.

So hat sich die Cotton-Serie von Jahrzehnt zu Jahrzehnt verändert. Ihre »Modernisierer« – Autoren und Redakteure – scheuten selbst vor Sakrilegen nicht zurück, wie der Cotton-Schöpfer zu berichten weiß:

Vierzig Jahre fuhr Jerry Cotton den roten Jaguar e-type, zuletzt nur noch im privaten Einsatz. Ich hielt es für richtig, ihm endlich eine moderne Version der begehrten Marke unter den Hintern zu schieben.

In meinem Heftroman »Die letzte Fahrt im Jaguar« (G-man Jerry Cotton Band 2217) spannte ich einen Bogen von einer Oldtimer-Parade, in der Jerry und Phil mitfahren, um einen mit Kokain voll gestopften Cadillac Eldorado Convertible von 1953 zur Strecke zu bringen, über eine Feier zum amerikanischen Independence Day mit der Entführung des Millionärs-Töchterleins Florence bis zum Showdown auf dem Gelände einer stillgelegten Erzmine, wo Jerry den geliebten, von der Mafia mit Sprengstoff voll gepackten Jaguar aus eigenem Entschluss sprengt, um das Mädchen zu retten. Am Ende übergibt der Multimillionär-Vater aus Dankbarkeit der FBI-Sektion einen nagelneuen Jaguar XKR zur vorrangigen Benutzung durch den FBI-Agenten Jerry Cotton.

Um diese Geschichte glaubwürdig schreiben zu können, musste ich ausführliche Unterlagen über amerikanische Oldtimer beschaffen. Ich verwertete eigene Beobachtungen der Feierlich-

keiten zum Independence Day in New York und benutzte selbstverständlich das übliche Rüstzeug wie Karten, Fotos, Landschafts- und Wegbeschreibungen.

Die Zerstörung des alten Jaguar e-type und sein Ersatz durch den neuen, modernen Jaguar XKR war ein heiß diskutiertes Thema in der Redaktion. Der damals neue Cotton-Lektor spielte bereits mit der Idee, dem Krimihelden einen neuen Jaguar zu verpassen, konnte sich jedoch damit nicht so recht durchsetzen. Sein Problem: Der e-type war ein Oldtimer, und es war absolut unrealistisch geworden, dass Cotton mit diesem wertvollen Stück noch auf Verbrecherjagd ging. So ließen ihn schon seine Redaktions-Vorgänger in der Tiefgarage stehen und Cotton mit einem Dienst-Chevy losbrausen. Aber Jerry Cotton ohne roten Jaguar? Fehlte da nicht was? Sogar etwas Entscheidendes? Ja, nämlich sein wohl wichtigstes Markenzeichen!

»Als dann aber auch der Cotton-Erfinder anrief und von seiner Idee erzählte, Cotton endlich einen neuen Jaguar zu verpassen, konnte sich niemand im Verlag mehr sperren«, berichtet Cotton-Lektor Peter Thannisch heute. »Die Entscheidung war richtig. Cotton jagt die Verbrecher jetzt wieder in einem pfeilschnellen Sportflitzer, einem roten Jaguar – so wie in alten Zeiten!« Die Erneuerung war also notwendig, um zu den Wurzeln der Serie zurückzukehren. Der Kreis schließt sich, Jerry Cotton muss modern sein, um Jerry Cotton zu bleiben.

Modern, sprich zeitgemäß, sind auch die Stoffe und Figuren der Cotton-Storys. Der Cotton-Erfinder gewährt uns einen Blick in seine Werkstatt:

Alles kann zu einem Cotton-Roman anregen. Große Gauner in Deutschland verwandeln sich in große Gauner in den USA. Erinnern Sie sich an den Baulöwen und Milliarden-Betrüger Dr. Jürgen Schneider? Er ist das Vorbild des Baulöwen und Milliarden-

Betrügers Roscoe Lascon im Taschenbuch »Mr. Milliarde« (Jerry Cotton Taschenbuch 31 424).

Da wir gerade von Milliarden sprechen: Pünktlich zum großen europäischen Geldwechsel erschien das Heft »Eine Milliarde Euro« (G-man Jerry Cotton Band 2324), mit dem spektakulären und letztlich dank Jerry und Phil gescheiterten Raubüberfall der Mafia auf die gesamte Euro-Versorgung Siziliens.

Nicht nur negativ besetzte Figuren aus der Wirklichkeit wie den Baulöwen Jürgen Schneider findet man in Jerry Cotton wieder, auch Figuren aus dem Show-, Film- und Musikgeschäft werden in die Storys integriert und ihr Leben und Wirken zu spannenden Krimistorys verarbeitet. Ein Beispiel hierfür ist etwa der Roman »Der Popstar und die Mafia«, erschienen als »G-man Jerry Cotton« Band 1655 im Jahre 1989. Der Popstar heißt im Roman zwar Roy Santin, doch offensichtlich stand der Popsänger Michael Jackson bei dieser Figur Pate. Die New Yorker G-men finden ihn sympathisch, obwohl man ihnen den Megastar als unnahbar geschildert hatte. Im Federal Building führt er seine berühmten Tanzschritte vor und bewundert seinerseits Cotton und seine Kollegen wegen ihres aufregenden Lebens als FBI-Agenten.

Michael Jackson als Gaststar bei Jerry Cotton – eine Hommage an die Pop-Ikone. Eine kritische Hommage allerdings, denn der Roman schildert auch die Einsamkeit des sympathischen, aber exzentrischen Megastars und spielt auch auf Zerwürfnisse und Intrigen innerhalb des Jackson-Clans an, über die zur damaligen Zeit in den Medien häufig spekuliert wurde.

Den Cotton-Romanen verleihen solche »Verarbeitungen« zeitgenössischer Figuren – ob negativ oder positiv besetzt – Aktualität und Lebendigkeit. Sie zeigen auf, wer gerade verachtet oder geliebt wird, beleuchten verschiedene Seiten der jeweiligen Figur, spielen mit Spekulationen und Möglichkeiten, zeigen

230

die »öffentlichen Helden« ihrer Zeit und spiegeln auch dadurch das Lebensgefühl ihrer jeweiligen Zeit wider.

Dazu Cottons Urautor:

Spektakuläre Verbrechen, wo immer sie verübt wurden, technische Entdeckungen, auch vor allgemeiner Nutzung, Resultate wissenschaftlicher Forschung, wenn auch noch in der Diskussion, veranlassen Cotton-Autoren, sich damit zu beschäftigen. Der Ersatz von Code-Zahlen oder Code-Worten durch digitalisierten Vergleich des Fingerabdrucks ist im bereits erwähnten Roman »Mr. Milliarde« ein wichtiges Handlungsmotiv. Gentechnische Herstellung spezifischer Blocker von Rezeptoren des menschlichen Nervensystems gefährdet im Taschenbuch »Nächte in Harlem« (Jerry Cotton Taschenbuch 31 470) die Macht der Rauschgiftsyndikate und löst mörderische Aktivitäten aus, denen die altruistische Wissenschaftlerin zum Opfer fällt.

Und immer wieder ziehen politische Ereignisse Jerry Cotton und Phil Decker in den Strudel von Hass und Gewalt. Beispiele hierfür sind Romane wie »Angriffsziel: Bagdad« (G-man Jerry Cotton Band 2174), in dem der Golfkrieg von 1991 kritisch betrachtet wird, »Unser Job in Belgrad« (G-man Jerry Cotton Band 2198) oder »Der Mann aus Kurdistan« (G-man Jerry Cotton Band 2195).

In den Siebzigerjahren verstärkt sich die Tendenz der Autoren, Politik und Zeitgeschehen in den Cotton-Romanen zu verarbeiten. Durch die Achtundsechziger-Bewegung und den Vietnamkrieg werden die USA wesentlich kritischer betrachtet und ihr Handeln hinterfragt. Kritisch stehen viele Autoren auch dem Berufsstand des Politikers gegenüber, das scheint in vielen Romanen durch. Einige Autoren machen die Politik sogar hin und wieder zum Hauptthema eines Cotton-Krimis: Im Cotton-Roman 1204 »Der Favorit der Unterwelt« von 1980 mischt die Mafia im

Wahlkampf mit und will »ihren Mann«, einen korrupten Politiker, zum Gouverneur von New York State machen, um sich selbst bessere »Arbeitsbedingungen« zu schaffen. Im Cotton-Heftroman Band 1733 »Das Ehrenwort des Politikers« aus dem Jahr 1990 setzt ein Politiker im Wahlkampf alles daran zu vertuschen, dass sein Sohn ein drogensüchtiger Killer ist.

Doch keineswegs werden in Cotton-Romanen nur schlechte und korrupte Politiker geschildert. Auch hier zeigt die Cotton-Serie beide Seiten. Natürlich treten auch Politiker in Erscheinung, die es ehrlich meinen. Zumeist muss Cotton diese ehrlichen Politiker dann vor Anschlägen und Terror schützen.

Natürlich liefern auch die klassischen Konflikte Stoffe für Jerry-Cotton-Romane. Liebe, Hass, Macht- und Geldgier, Rache und alle Spielarten menschlicher Psychopathie dienen als Agens, das in diesen Geschichten die Handlung in Gang setzt; doch immer sieht sich der Autor gezwungen, die Realität einzubeziehen. Wer beispielsweise Jerry Cotton und Phil Decker als Verfolger eines Triebmörders schildert, kann heute die Beweiskraft eines DNA-Vergleichs nicht außer Acht lassen. Vor zehn Jahren existierte nicht einmal der Begriff.

Cotton-Autoren müssen nicht nur schreiben können und Fantasie haben. Sie müssen auch verdammt auf dem Laufenden sein.

Und nicht nur auf dem Laufenden. Wer Geschichten schreibt, muss seine Zeit nicht allein mit offenen Augen beobachten, sondern auch mit offenem Herzen – er muss sich von ihr bewegen lassen, als Betroffener an ihr teilnehmen.

Seit ein paar Jahren schreibt eine neue Generation von Cotton-Autoren die Serie fort, noch immer begleitet von einigen »alten Hasen«. Diese neue Generation bringt immer wieder Romane hervor, denen man diese Betroffenheit anmerkt.

Der Zweiteiler »Der Mann aus Kurdistan« und »Holt Cotton raus!« (G-man Jerry Cotton Band 2195 und 2196) zum Beispiel greift die Kurdenfrage auf. Im Juli 1999 erschienen, sind die Romane vermutlich kurz nach der Verhaftung des Kurdenführers Abdullah Öcalan entstanden. Neben Antagonisten aus der kurdischen »Arbeiterbewegung« und dem irakischen Geheimdienst tauchen lebensnahe Hauptfiguren auf: ein irakischer Offizier jüdischen Glaubens etwa, der aus politischen und persönlichen Gründen mit der CIA zusammenarbeitet, oder ein potenzieller Nachfolger des eingekerkerten Kurdenführers, der dem Terror seiner Partei ein Ende machen will und nicht nur von seinen eigenen Leuten, sondern auch von der türkischen Armee und dem irakischen Geheimdienst verfolgt wird.

Aus der Sicht dieser Figuren wird dem Leser ein durchaus differenziertes Bild des Kurdenproblems und der damaligen Situation im Nordirak vermittelt.

Der Roman »Ich sprengte den Plutonium-Deal« (G-man Jerry Cotton Band 2323) spiegelt die international verbreitete Furcht vor spaltbarem Material auf dem Waffenschwarzmarkt wider. »Eiskalter Zorn« (G-man Jerry Cotton Band 2177) und »Kein Spiel für Amateure« (G-man Jerry Cotton Band 2256) erzählen Geschichten, die um Schweizer Konten jüdischer Naziopfer kreisen. In »Kein Spiel für Amateure« wird ein liebenswerter Kauz geschildert, ein Nachfahre von KZ-Opfern, der auf einem Hausboot lebt und sein Geld mit der Organisation von Extremurlauben verdient. Er wird Opfer habgieriger Halunken, die es auf sein Erbe abgesehen haben, von dem er selbst noch gar nichts weiß.

Der Roman »Eiskalter Zorn« entwickelt die Figur eines Täters in Nadelstreifentuch, eines Schweizer Brokers, der mit Auftragsmorden an amerikanischen Beamten verhindern will, dass sich der Staat New York einem Boykott der Schweizer Banken anschließt, den der Kongress seinerzeit tatsächlich empfohlen hatte.

Geschichten wie »... die zur Hölle gehen« (Jerry Cotton Taschenbuch 31 479) und »Der Mann, der zum Vollstrecker wurde« (G-man Jerry Cotton Band 2249) fragen in erschütternder Weise nach den menschlichen Tragödien hinter den Fassaden fanatisierter Terroristen. Der Cotton-Zweiteiler »Sexskandal im Weißen Haus« und »Angriffsziel: Bagdad« (G-man Jerry Cotton Band 2173 und 2174) nimmt nur vordergründig die lockere Moral des US-Präsidenten Bill Clinton ins Visier. Der Autor entwickelt einen Thriller, der wie nebenbei das atemberaubend kalte Machtkalkül von Politikern darstellt: In den Romanen wird der Mann im Weißen Haus von den Hauptvertretern seines Machtapparates gezwungen, den Irak nach dem Golfkrieg von 1991 ein zweites Mal anzugreifen, um von seiner Affäre abzulenken.

Dass die Cotton-Romane immer im Kontext ihrer jeweiligen Zeit zu sehen sind und auch aktuell auf sie eingehen, zeigt sich insbesondere an der Drittauflage, dem »Jerry Cotton Bestseller«. Nach der Wende und dem Untergang der Sowjetunion ersetzte man bei einigen Romanen den jeweiligen Untertitel durch die Zeile »Ein Thriller aus der Zeit des kalten Krieges«. Aus dem vormals hochaktuellen Stoffen sind inzwischen historische Zeugnisse geworden, die den Zeitwandel bewusst halten und Erinnerungsarbeit leisten.

Noch deutlicher wird dies, wenn Personen der Zeitgeschichte nicht nur wie im Falle Bill Clintons verarbeitet werden, sondern mit wirklichen Namen auftauchen, wie etwa in dem Roman »Das Attentat auf Gorbatschow«, Jerry Cotton Band 1719 aus dem Jahr 1990. Der Untertitel lautete »Dieser Fall war bisher top secret«, und wir erfahren, dass Jerry Cotton und Phil Decker während seines Staatsbesuches in den USA persönlich für Gorbatschows Sicherheit verantwortlich waren. Hätten sie nicht sein Leben geschützt und ihn gerettet, vielleicht tobte dann der Kalte Krieg noch immer, und Deutschland hätte sich nicht vereinigen dürfen. Romanwelt und Realität gehen ein eigentümliches Verhältnis ein.

Man könnte die Reihe dieser Romane noch fortsetzen...

Um kein Missverständnis aufkommen zu lassen: Die ausgewählten Romane belegen die Sensibilität der Cotton-Autoren für ihre Zeit und Zeitgenossen. Keinesfalls aber lebt die Cotton-Serie allein von der politischen oder gesellschaftlichen Tagesaktualität der Stoffe, und Themen aus den Schlagzeilen der Presse sind bei »G-man Jerry Cotton« auch nicht die Regel. Jerry-Cotton-Romane leben in erster Linie von Lebenserfahrungen, Ängsten und heimlichen Fantasien des Durchschnittsmenschen, von seinen tatsächlichen und noch mehr von seinen möglichen Erfahrungen, solchen nämlich, die er in seinen Träumen und Albträumen entwirft.

In dem bereits erwähnten Zweiteiler »Sex-Skandal im Weißen Haus« und »Angriffsziel: Badgad« eilt übrigens die Fantasie des Autors seiner Zeit voraus: Die Romane wurden zwar in den Tagen geschrieben, als bekannt wurde, dass Bill Clinton im Oval Office mit Zigarren und Monica Lewinsky gespielt hatte und der Sonderermittler Kenneth W. Star als Großinquisitor des amerikanischen Volkes auftrat, die Romane waren aber bereits im Satz, als der zweite Golfkrieg tatsächlich ausbrach. Die Setzerei wurde in aller Hektik angerufen und eine erklärende Fußnote in den Text des zweiten Teils eingebaut, denn die Realität hatte die Handlung des Romans eingeholt. (Der erste Teil war bereits gedruckt und auf dem Weg in den Zeitschriftenhandel, sodass man den Zweiteiler nicht mehr zurückziehen konnte.) Kritische Stimmen in der Presse, die Clinton damals vorwarfen, mit dem Krieg von seinen Sexskandalen ablenken zu wollen, haben sich ganz sicher nicht von »G-man Jerry Cotton« dazu inspirieren lassen. Behauptet jedenfalls die Cotton-Redaktion.

Derselbe Autor entfaltete zweieinhalb Jahre später noch einmal fast prophetische Fantasie: Im Roman »Das Genie, die

Geiseln und wir« (G-man Jerry Cotton Band 2317) schildert er, wie Mitglieder einer weltweiten und obskuren Organisation einen Fehlalarm im World Trade Center auslösen, auf diese Weise dessen Evakuierung provozieren und danach in die Zwillingstürme eindringen. Sie wollen das Wahrzeichen der Finanzhauptstadt in die Luft sprengen, was Jerry und seine Gefährten selbstverständlich verhindern.

Dieser Roman war längst in der Endproduktion und gesetzt, als der 11. September 2001 kam und das Unvorstellbare tatsächlich geschah. »Es war völlig unmöglich, den Roman noch aus der Produktion zu ziehen«, erzählt Cotton-Lektor Peter Thannisch. »Aber es gelang uns noch, einen neuen Umschlag zu drucken, auf dem die Twin-Towers nicht zu sehen waren. Und wir änderten den Untertitel ›Sie stürmten das World Trade Center‹ und druckten dafür eine allgemein formulierte Zeile. Hauptsache, kein Leser kam auf die abstruse Idee, wir wollten uns mit dieser grauenvollen Katastrophe eine goldene Nase verdienen und Auflage machen. Das hätte unserem Ruf nachhaltig geschadet und auch unserer persönlichen Betroffenheit über das Geschehen nicht entsprochen.«

Thannisch erinnert sich an einen weiteren Fall, bei dem einige Leser offenbar diesen Eindruck hatten: »Das Cotton-Taschenbuch ›Atomhölle Tokio‹ (Jerry Cotton Taschenbuch 31 466) war gerade mal zwei Tage auf dem Markt, da kam es in Tokio zu einem schrecklichen Atomunfall. Auch wenn die Romanstory mit dem realen Geschehen nichts zu tun hatte, war das schon eine dumme Sache, und da viele Leser nicht wissen, wie lange es dauert, bis ein Cotton-Roman aus der Setzerei bis in die Buchhandlung gelangt, warf man uns vor, mit dieser Katastrophe und dem Titel ›Atomhölle Tokio‹ Kasse machen zu wollen. Der Titel stand bereits ein Jahr vorher fest in Planung, und – wie gesagt – der Roman befand sich schon zwei Tage vorher im Buchständer.«

Solche »schriftstellerischen Prophezeiungen« sind glücklicherweise die Ausnahme.

Ab und zu bedienen sich die Autoren auch der »höheren Literatur« als Vorlage für ihre Romane. Ein gutes Beispiel hierfür ist der Cotton-Roman Band 857 »Der Gangsterjäger« aus dem Jahr 1973, der Friedrich Dürrenmatts Erzählung »Der Richter und sein Henker« in die Weltmetropole New York versetzt. Oder der Cotton-Roman Band 1473 von 1985 mit dem Titel »Romeo und Julia in der Unterwelt« von Walter Appel, für den das berühmte Drama von William Shakespeare die Vorlage lieferte; hier sind die Liebenden die Kinder verfeindeter Mafia-Clans.

Häufig haben aber auch Cotton-Romane als literarische Vorlagen gedient, zumeist für deutsche Fernsehproduktionen. Drehbuchschreiber ließen sich von Cotton-Romanen inspirieren, und die Cotton-Autoren sahen erstaunt »ihre« Geschichten über die Mattscheibe flimmern – ohne einen Pfennig dafür zu sehen.

Hin und wieder aber kommen Drehbuchschreiber offenbar auch einfach so auf dieselbe Idee wie ein Cotton-Autor, wohl deshalb, weil gewisse Stoffe in der Luft liegen. In dem Cotton-Roman »Die Halloween-Hexe« von Manfred Weinland, Cotton Band 1856 aus dem Jahre 1993, werden zwecks Gefangenenverlegung die übelsten und gefährlichsten Verbrecher der USA in einem Großraumflugzeug quer über die USA geflogen. Cotton und Decker sind mit an Bord, denn sie brauchen Informationen von einem der Gefangenen. Die Sträflinge meutern und übernehmen das Flugzeug, und eine Odyssee des Schreckens beginnt.

Gut fünf Jahre später schoss dem bekannten Hollywood-Produzenten Jerry Bruckheimer (»Armageddon«, »Pearl Harbor«) dieselbe Idee durch den Kopf. Sein Action-Reißer »Con Air« mit Nicolas Cage wurde ein Welterfolg – und Cotton-Autor Manfred Weinland durfte sich »seinen Cotton-Roman« auf der großen Kinoleinwand anschauen…

Politische und gesellschaftliche Entwicklungen, die aktuellen Ängste und Nöte der Menschen, technische Errungenschaften, Literatur und Film – das alles nimmt auf die Cotton-Romane Einfluss und macht sie zu hochaktueller Spannungsliteratur.

Professor Dr. Klaus Göbel findet in den Cotton-Romanen zwischen 1954 und heute die Spur der Zeitgeschichte und der gesellschaftlichen Entwicklung in der Bundesrepublik. »Sie können das, was die Nation bewegt hat – außerhalb des politischen Tagesgeschäftes bewegt hat –, in den Heften wiederfinden. Das fasziniert mich am meisten an der Serie, ich kenne ja nun alle Hefte. Ich glaube, ich könnte auf der Basis der Cotton-Romane eine Mentalitätsgeschichte von den Fünfzigerjahren bis heute schreiben.«

Neue und andere Themen und Stoffe dominierten in den verschiedenen Jahrzehnten der Bundesrepublik immer wieder die Cotton-Serie:

Bis in die Sechzigerjahre hinein spielten neben der Mafia der Kalte Krieg und der Eiserne Vorhang eine wesentliche Rolle in vielen Cotton-Storys. Dazu kommen die vom Vietnamkrieg inspirierten Geschichten wie Regierungsskandale im Weißen Haus oder Veteranen-Schicksale.

In den Siebzigern verarbeiten die Cotton-Autoren vermehrt Rassenkonflikte, schildern von Mafiosi unterwanderte Gewerkschaften und aufrechte »Julius-Leber-Figuren, die ihr Leben für die Gewerkschaftsidee aufs Spiel setzen« (Klaus Göbel).

Die Achtziger sind, abgesehen von der Emanzipation, thematisch eher unbestimmt, während sich die Autoren in den Neunzigern dem organisierten Verbrechen, marodierenden Ostblockbanden und dem Thema Korruption zuwenden. Der Wirklichkeit nachempfundene Figuren wie der vom Urautor erwähnte korrupte Baulöwe tauchen immer wieder auf.

Ab Mitte der Neunzigerjahre folgen einige Autoren dem

Kinotrend: Zu den klassischen Themen des Kriminalromans gesellen sich zunehmend actionbetonte Thriller. Gegen Ende der Neunziger findet man allmählich auch mysteriöse Themen und Fälle im Stil von »Akte X« in den Cotton-Romanen. Für Klaus Göbel »spiegelt sich darin das Gefühl, irgendwie ferngesteuert zu werden, gar nicht mal durch unsere Politiker, sondern durch ökonomisch global wirkende Mächte, die die Politiker nur noch wie Puppen am Bande führen. Diese Vorstellung verstärkt sich in Europa mehr und mehr.« Und sie schlägt sich in einer Reihe von Romanen nieder, die seit dem Jahr 2000 um eine geheimnisvolle Organisation namens »Domäne« kreisen. Die Romane erschienen in loser Folge bis Anfang 2003.

»Wirklich zentrale Themen haben wir nicht mehr«, resümiert Göbel und führt das auf eine gesellschaftliche Orientierungslosigkeit zurück. »Wir, unsere Gesellschaft, wissen nicht mehr so recht, wo wir stehen. Die Welt verbirgt sich in einem Nebel von Schicksal und Fatum, wie in Urzeiten.«

»G-man Jerry Cotton« am Anfang des 21. Jahrhunderts: Optimismus auf der einen und die bange Frage nach der Zukunft auf der anderen Seite klingen in den neueren Storys an, je nach Weltsicht und Mentalität des jeweiligen Autors. Die Zeitenwende schlägt sich auch in den Cotton-Romanen nieder. Im Massenmord vom 11. September 2001 und im globalen Entsetzen darüber kulminiert, was seit dem Millennium sowieso schon gefühlt und gedacht wird: Nichts wird mehr sein, wie es vorher war.

Zwischen den Zeilen der Cotton-Geschichten ortet Klaus Göbel entsprechend viele offene Fragen. War in den Fünfziger- und Sechzigerjahren FBI-Agent noch ein Traumjob, so sinnieren Jerry und seine Kollegen nun hin und wieder schon mal über den Sinn ihres Berufes, fragen, ob es sich noch lohnt weiterzumachen, oder verdrängen diese Frage mehr oder weniger bewusst. In einem zum Zeitpunkt der Abfassung dieses Kapitels noch nicht veröffentlichten Roman jagt Jerry einen Mörder, der es auf Basketball-Stars abgesehen hat. An einer Stelle sagt seine ehemalige Geliebte Linda McCain über ein potenzielles Opfer, das sich seinen Unterhaltspflichten durch Flucht entzogen hat:

»Verdienen ein Schweinegeld, setzen einen ganzen Stall voll Kinder in die Welt und verdrücken sich nach Kanada.« Linda schnitt eine verächtliche Miene. »Oder tricksen die Gerichte und die Mütter aus.«

Ich hatte keine Lust auf sozialkritische Erwägungen. Dass die Welt verrückt war, bewies mir mein Job sowieso viel zu oft. Ich wollte Randolf Staffords Mörder (...) erwischen.

Der Blick in die Abgründe menschlicher Grausamkeit und die Konfrontation mit einer »verrückten Welt« rufen bei den Rittern der Tafelrunde an der Federal Plaza ähnliche Empfindungen hervor wie bei jedem kritisch denkenden Menschen: Resignation, Trauer – und Wut. Damit werden die Cotton-Figuren zu Gefährten der Leser. Doch jedes Mal setzen sie diesen Gefühlen ein trotziges »Dennoch« entgegen: Dennoch – wir machen weiter!

Im Roman »June Clark und der Club der Bestien« (G-man Jerry Cotton Band 2243) sprengen die G-men einen Verbrecherring, der Sadisten mit jungen Frauen »beliefert«. Für drei Mädchen kommt ihr Einsatz zu spät. Zwei aber können sie retten. Am Schluss der Geschichte blicken Jerry, Phil und Zeerookah dem Dienstwagen hinterher, in dem June Clark die Geretteten zur Federal Plaza begleitet:

»War ein Scheißjob«, knurrte Zeery.

»Ja«, sagte ich. »Ein Scheißjob.«

»Gut, dass wir ihn gemacht haben«, brummte Zeery.

»Sehr gut, dass wir ihn gemacht haben«, stimmte ich zu.

*»Washington hat gestern beim Chef angerufen«, sagte Phil.
»Das Office of Professional Responsibility hat die Vorwürfe gegen dich fallen lassen. Sie bestätigen dir, dass dich keine Schuld
am Tod der drei Teenager trifft.«*

*»Ist mir egal, was die sagen«, knurrte Zeery. »Steve und ich
haben die beiden Mädchen rausgehauen. Jetzt kann ich mir
morgens bei Rasieren wieder in die Augen schauen...«[140]*

»Das ist das Entscheidende an einem Cotton-Roman«, sagt Lek-
tor Peter Thannisch. »Am Ende muss, wenn schon kein Happy
End, so doch zumindest ein Fünkchen Hoffnung aufscheinen.
Eine Hoffnung, die an den Leser weitergegeben wird.«

Die Romane »Game over – Das Spiel ist aus«, »Mein letzter
Fall« und »Cottons Rückkehr« (G-man Jerry Cotton Band 2161–
2163) gehören zu den Titeln, die von Lesern am häufigsten nach-
bestellt werden. Für Cotton-Lektor Peter Thannisch markieren
sie die neue Ära von »G-man Jerry Cotton«. Die Ära moderner
Romane. Eines ihrer Kennzeichen: Sie beschäftigen sich mit der
privaten und menschlichen Seite der Hauptfiguren.

In der Trilogie hat Cotton eine Freundin, trägt sich sogar
mit dem Gedanken an eine feste Bindung. Seine Freundin wird
von einem Gangsterboss ermordet, der sich auf diese Weise an
Cotton rächen will. Jerry Cotton gibt sich die Schuld am Tod
seiner Geliebten und zerbricht fast daran. Er quittiert den
Dienst. John D. High sucht ihn in seinem Apartment auf und will
ihn ins Team zurückholen. Cotton schmeißt ihn raus. Im letzten
Band der Trilogie bittet ein zum Tode Verurteilter Jerry um ein
Gespräch. Jerry besucht den Mann vierundzwanzig Stunden vor
der Hinrichtung in der Todeszelle. Er selbst hat den vermeint-
lichen Mörder dort hingebracht. Der Verurteilte berichtet ihm
eine Einzelheit des längst abgeschlossenen Falles, die seine
Unschuld beweisen würde. Cotton merkt: Ich habe etwas über-
sehen. Vierundzwanzig Stunden hat er Zeit, in dem übersehenen

und entscheidenden Punkt noch einmal zu ermitteln und die Unschuld des Todeskandidaten zu beweisen. Das Entsetzen, vielleicht ein zweites Mal für den Tod eines Unschuldigen verantwortlich zu werden, treibt Cotton an. Am Ende erbringt er den entscheidenden Beweis – und erkennt, wie wichtig es ist, was er tut. Sein Job befähigt ihn, Unschuldige zu retten, auch wenn er nicht immer gewinnen kann. Er steckt seine Dienstmarke wieder ein.

»Die Cotton-Romane sind tief greifender geworden«, glaubt Peter Thannisch. »Die Handlung wird bestimmt von Dramatik und Schicksalhaftigkeit. Das Erhebende daran ist aber, dass Cotton und Decker trotzdem weitermachen, egal, wie schlimm es für sie kommt. Dass sie trotz Niederlagen immer wieder erkennen, für was sie kämpfen – nämlich für die Menschlichkeit. Ein Kampf, den sie niemals aufgeben. Das hat Vorbildfunktion für den Leser, es gibt ihm zugleich eine ungeheure Hoffnung und einen Optimismus, auch für das eigene Leben.«

Nach Thannischs Auffassung wird diese Hoffnung zusätzlich dadurch bestärkt, dass Nebenfiguren wie Zeerookah, Steve Dillaggio und die anderen Kollegen Jerry Cottons in den neuen Romanen immer weiter in den Vordergrund rücken. »Draußen in den Straßen New Yorks findet der schicksalhafte Kampf für die Unschuldigen und Wehrlosen statt. Ein Kampf, in den Cotton und Decker nicht nur als Polizisten, sondern vor allem als Menschen verstrickt sind. Aber im Federal Building – also zu Hause –, da wartet die Familie. Joe Brandenburg, June Clark, Helen, Steve und Zeery als Brüder und Schwestern. Und Mr. High als die Vaterfigur, die in schwierigen Zeiten Trost spendet und Schutz vermittelt und aus jeder ausweglos erscheinenden Situation einen Ausweg weiß. In einer Gesellschaft, in der die Familie immer weniger Bedeutung hat, haben Cotton und Decker ihre Familie gefunden. Das Federal Building als heimatliche Burg.« Und wieder sind wir angelangt bei der Tafelrunde.

»Machen Sie sich keine falschen Vorstellungen von unserem Beruf. Sie können keinen Ruhm und keine Reichtümer bei uns ernten, aber sehr leicht Kugeln oder Messerstiche«, hat Mr. High einst zum jungen Jeremias Cotton gesagt, »und Sie müssen ein starkes Herz haben. Wollen Sie immer noch bei uns eintreten?«

Ja.

Einfache Antworten und glatte Lösungen sind seltener geworden, aber ein grundlegender Optimismus und eine starke Hoffnung sind geblieben. Bei jüngeren Autoren, bei den Lesern und bei Jeremias Cotton, denn auch er ist immer ein Kind seiner jeweiligen Zeit. Aber an seinem »Ja« hat sich nichts geändert.

Heißes Blei
für einen G-man
Teil 8

Ich war und bin ohne Zweifel ein Kind meiner Zeit. An jenem verfluchten Tag nach dem Verhör sowieso: Fragen, wohin ich dachte, Fragen, wohin ich blickte.

Wenn ich zum Beispiel durch das Fenster meines Hotelzimmers hinunter auf die 23rd Street blickte: Warum stand dort vor dem Eingang des Chelsea Hotels schon die halbe Nacht und den ganzen Tag ein grauer Mercury? Warum saßen Steve Dillaggio und Zeerookah abwechselnd hinter dem Steuer? Weil sie keinen angenehmeren Ort zum Zeitunglesen gefunden hatten? Weil Cola aus Pappbechern und Hotdogs aus Tüten im Dienstwagen nun mal am besten schmeckten?

Oder warum auf einmal diese Distanz, dieses Misstrauen in Cottons und Deckers Mienen vergangene Nacht? Hatten wir nicht ein schönes Bier zusammen getrunken und über alte Zeiten geplaudert?

Vergessen, vorbei.

Stattdessen: Vernehmung bis drei Uhr nachts und dann mit einem FBI-Fahrzeug nach Chelsea hinauf zu meinem Hotel. Eben mit jenem grauen Mercury, und seitdem parkte er dort unten, und seitdem wechselten sie sich ab mit Zeitunglesen, Hotdog-Essen und Cola-Trinken. Und mit routinierten Blicken zum Hoteleingang oder zu meinem Fenster hinauf.

Ich tigerte in meinem Hotelzimmer auf und ab. Es war schon gegen acht Uhr abends. Keine halbe Stunde hatte ich geschlafen in dieser Nacht. Auf dem Tisch zog der Bildschirmschoner über das Display meines Notebooks: »Keine Ebene, auf die nicht ein Abhang folgt«. Alter Zen-Spruch, unglaublich beruhigend.

Eigentlich wollte ich das neunte Kapitel meines Cotton-Buches schreiben. Nicht daran zu denken. Ständig sah ich Jansen hinter der Glaswand, ständig dachte ich an seine Worte – »Der weiß mehr, als ihr euch träumen lasst...« –, ständig hörte ich Cottons bohrende Fragen: »Was wissen Sie, Fritz? Warum sind Sie nach Manhattan gekommen? Was wollen Sie wirklich von mir?«

War ich am Ende wahnsinnig geworden? Oder hatte ich mich, ohne ohne das es mir bewusst war, vor den Karren übler Finstermänner spannen lassen? Ich begriff die Welt nicht mehr.

Zum hundertsten Mal lief ich zum Fenster. Jetzt standen sie beide vor der offenen Fahrertür ihres hässlichen Mercury. Zeerookah schob sich ein Bagel zwischen die Zähne, und Dillaggio telefonierte mit dem Handy. Die Straßenbeleuchtung flammte auf.

»Bleiben Sie in ihrem Hotel, bis wir uns bei Ihnen melden, Fritz!« Genau das hatte Cotton gesagt. In meinem Hotel bleiben, natürlich nur meiner Sicherheit wegen, na klar! Und inzwischen gingen die Mails über den Atlantik hin und her. Wahrscheinlich kannten sie längst meinen Kontostand, wussten, wie viele Punkte in Flensburg ich hatte und wie viele Kinder und Exfrauen. Und einer ihrer Leute aus dem FBI-Office Berlin oder Bonn interviewte wahrscheinlich gerade meinen Stammwirt, während Zeerookah und Dillaggio aufpassten, dass ich mich nicht aus dem Staub machte.

Ich wusste doch, wie das lief, schrieb schließlich lang genug Kriminalromane!

Ich stieß mich von der Wand ab, setzte meine Runden durchs Zimmer fort, grübelte. Unten auf der Straße Motorengeheul.

Zurück zum Fenster. Ein roter Jaguar schob sich in mein Blickfeld – Cotton und Decker. Sie stoppten hinter dem Mercury und stiegen aus. Eine Zeit lang redeten sie mit Zeerookah und Dillaggio, Decker deutete zu meinem Fenster hinauf, Cotton kramte irgendwas aus seiner Jackentasche. Dann betraten sie zu viert das Hotel.

Sie hoben die Bewachung auf? Das konnte doch nur heißen…

Ich atmete auf. Das konnte nur heißen, dass sich das Missverständnis in Wohlgefallen aufgelöst hatte. Was denn sonst? Wahrscheinlich hatte mein Lektor meinen guten Leumund bestätigt.

An der Tür lauschte ich nach ihren Schritten auf der Treppe. Nichts. Ungeduld erfasste mich. Warum kamen sie nicht? Was trieben sie so lange an der Rezeption?

Endlich Schritte. Ich öffnete die Tür und trat in den Korridor. Cotton und Decker kamen auf mich zu. Cotton trug einen Stapel Papiere bei sich. Was hatte das zu bedeuten?

Unsere Blicke begegneten sich. Kein Lächeln, kein Gruß. Vor mir blieben sie stehen. Decker präsentierte mir einen kleinen Schlüssel. Zwischen Daumen und Zeigefinger geklemmt hielt er ihn mir vor die Nase. »Kennen Sie den Schlüssel, Fritz?«

»Ja… Oder eigentlich nein…«

246

»Der ist Ihnen gestern aus der Jackentasche gefallen, als Sie ein Taschentuch herauszogen.« Deckers Faust schloss sich um den Schlüssel. »Sie haben sich den Schweiß von der Stirn gewischt, erinnern Sie sich?«

»Hören Sie, Phil, ich hab keine Ahnung, was das für ein Schlüssel… und wie er in meine Tasche…«

»Wir wissen, was das für ein Schlüssel ist.« Cottons Stimme klang gedämpft. Ich sah in seine Augen – keine Spur von Heiterkeit. Der Mann wirkte beunruhigend verstimmt. »Es ist der Schlüssel zu Ihrem Hotelschließfach.«

»Hotelschließfach…?«

Natürlich! Ich hatte meine Reiseschecks dort hineingelegt, gleich nach dem Einchecken! Aber was den Schlüssel anging…?

»Den Schlüssel hat der Manager in seinem Büro deponiert«, sagte ich, »weil ich Schlüssel immer verliere. Ich wusste nicht einmal, wie der aussieht und…«

»Der Gentleman war so freundlich, uns einen Blick in Ihr Schließfach zu gestatten, Fritz«, sagte Cotton. »Das hier haben wir gefunden.«

Er reichte mir einen Stapel Papier, zweihundert oder zweihundertfünfzig mit Klemmhefter zusammengehaltene Blätter. Ein Manuskript – auf den ersten Blick erkannte ich das, hatte schließlich schon genug davon verschickt. In diesem Fall das Manuskript eines Drehbuchs.

Ich las das Deckblatt: »Heißes Blei für einen G-man« stand dort in fetten Lettern, und darunter mein Name. Ich begriff überhaupt nichts, über mir aber spürte ich das Verhängnis sein schwarzes Netz öffnen.

»Ich… ich schreib keine Drehbücher…« Ich schlug die erste Seite auf.

»*Personen*«, stand dort, und darunter:

Fritz – deutscher Krimiautor, Mitte vierzig, fliegt nach New York City, um einen FBI-Agenten zu ermorden

Ruth – Schweizerin und erfolglose Schauspielerin, Fritz' Geliebte und Komplizin

Jerry – FBI-Agent, glaubt, Fritz wolle ihn interviewen, und bezahlt diesen Irrtum mit dem Leben

»So ein Blödsinn!« Hastig blätterte ich weiter. »Was soll das?« Ich überflog die erste Szene:

Chinatown, belebte Bayard Street.
AUSSEN, TAG.
Es nieselt.
Fritz zieht einen vom Regen durchweichten Zettel aus der Jackentasche und wirft einen Blick darauf. Ruth taucht aus der Menge auf und bleibt kurz neben ihm stehen.
RUTH:
Wir haben seinen Jaguar gesehen. Es geht los.
FRITZ:
Sind alle auf ihrem Posten?

Der Kopf schwirrte mir. »Was hat das zu bedeuten?« Ich schlug das Manuskript zu.

Decker griff unter sein Jackett und holte ein Paar Handschellen hervor. »Das werden Sie uns sicher erklären, Fritz. Sie sind vorläufig festgenommen. Sie haben das Recht zu schweigen. Alles, was Sie sagen, kann vor Gericht gegen Sie verwendet werden. Sie haben das Recht, einen Anwalt…«

Mein Hirn war plötzlich leer gefegt. Deckers Worte klangen wie von einer Kanzel, wenn man in der hinteren Kirchenbank sitzt und an seine nächste Steuererklärung denkt. Als sich die linke Metallspange der Handfesseln um mein rechtes Handgelenk schloss und ich das Klicken hörte, übernahm mein Selbsterhaltungstrieb das Kommando.

Ich brüllte irgendetwas Unsinniges, riss mich los und Decker die Handschellen damit aus der Hand, wirbelte auf dem Absatz herum, stürzte zurück ins Zimmer, knallte die Tür zu und verschloss sie…

9 Wie ein Cotton entsteht I oder: Die fliegenden Männer vor ihren Kisten

Schreiben ist schön. Schreiben ist wie fliegen. »Ich klemm mich mal hinter meine Kiste«, sagt der Autor zu seiner Frau oder zu sich selbst, und dann schließt er die Tür seines Arbeitszimmers hinter sich.

Wenn man durchs Schlüsselloch späht, sieht man die Lehne seines Sessels und darüber seinen Kopf. Die Tastatur klappert, und Papier raschelt. Eingeklemmt zwischen Sessellehne, Tastatur und Monitor – oder Schreibmaschine, falls es sich um einen reiferen Autoren-Jahrgang handelt –, geht er seiner für normale Werktätige nur schwer verständlichen Arbeit nach.

Man hört und sieht ihn in die Tastatur hämmern, in Büchern und Zetteln blättern, und falls er seinen Beethoven, Mozart, seine Led Zeppelin oder Faithless nicht allzu laut aufgedreht hat, hört man ihn auch murmeln, lachen oder seufzen.

Manchmal hält man den Atem an, weil er sich plötzlich zurücklehnt und seine Augen mit der Hand bedeckt, manchmal mischt sich ein Fluch in Beethovens Finalsätze oder Jimmy Pages Gitarrensoli, und manchmal regt sich der Autor im Sessel vor seiner Kiste minutenlang überhaupt nicht, und man fragt sich, ob er jetzt endgültig weggetreten ist. Aber bald mischt sich das typische Geklapper der Tasten wieder in Musik und Seufzen, und man atmet auf.

Heimlich durch ein Schlüsselloch beobachtet, sieht das alles ziemlich verrückt und reichlich mühselig aus, was der einsame Mann dort im Sessel vor seiner Schreibmaschine oder elektronischen Kiste treibt. Hin und wieder hat man sogar den Eindruck, er würde am liebsten flüchten, habe gar Schmerzen.

Doch der Eindruck täuscht: Der Mann fliegt. Ohne sichtbare Hilfsmittel fliegt er durch fremde Straßen fremder Städte, durch fremde Bahnhöfe, über fremde Flüsse und Flughäfen, durch fremde Kneipen, über fremde Friedhöfe, in fremde Wohnhäuser, Küchen, Schlafzimmer und vor allem in fremde Herzen und fremde Köpfe.

Und der Autor ist nicht allein. Da sind Figuren um ihn herum, Gestalten, die man durchs Schlüsselloch nicht sehen kann, mit denen er aber spricht und die zu ihm sprechen: Cops, Profikiller, FBI-Agenten, Bankräuber, Dealer, Wahnsinnige, Terroristen und sympathische Durchschnittsmenschen, die der Fliegende gnadenlos dem Verbrechen preisgibt. Und natürlich Jerry Cotton, sein Freund und Partner Phil Decker, sein Chef Mr. High und all seine anderen Kollegen.

Wie ein Jerry Cotton entsteht, erster Schritt…

Natürlich kann man die ganze Angelegenheit auch trockener, etwa vom Standpunkt eines Neurophysiologen aus schildern. Dann lässt sie sich in einem Satz abhandeln: Wie entsteht ein Jerry Cotton? Im Gehirn eines Mannes – und zuweilen auch einer Frau.

Klingt das nicht langweilig und nichts sagend? Also ergänze ich: Im Gehirn eines Mannes, der scheinbar einsam vor seiner mehr oder weniger modernen Maschine sitzt und auf einer Tastatur herumhämmert, in Wahrheit aber fliegt.

Wir sprechen hier von Männern – und einigen Frauen –, in deren Hirnen nun seit mehr als fünfzig Jahren Woche für Woche ein »G-man Jerry Cotton« entsteht.

Den ersten habe ich bereits vorgestellt, soweit es eben möglich ist, einen Autor vorzustellen, der anonym bleiben will: Cottons geistigen Vater, der dienstälteste Jerry-Cotton-Autor. In seinem Hirn, vor seiner Schreibkiste an einem Küchentisch in Essen, wurde 1953 Jeremias Cotton geboren. Noch als Achtzigjähriger schreibt der Cotton-Erfinder seine Romane. Nicht, weil er als Urautor gewisse Privilegien genießt, sondern weil es ihm Spaß macht.

Der Zweite im Bunde wurde auch schon vorgestellt: Heinz Werner Höber, der Mann, dessen Fantasie Rolf Schmitz noch heute rühmt, weil dieser Mann so verdammt gut »fliegen« konnte. Und weil er genau wissen wollte, wohin er flog, ließ er sich 1955 kiloweise Informationsmaterial aus New York City und aus dem FBI-Hauptquartier in Washington kommen.

Mit wenigen Ausnahmen haben der Cotton-Erfinder und Höber die ersten fünfzig Hefte der Serie geschrieben, dann kamen mit der Zeit andere Autoren hinzu. Insgesamt haben bis heute rund 180 Autoren und genau zwei Autorinnen ihre Romane zur Serie »G-man Jerry Cotton« beigesteuert.

Doch nur von etwa zwanzig Autoren kann man tatsächlich sagen, dass sie an »G-man Jerry Cotton« wirklich mitgeschrieben, das heißt, die Serie über längere Zeit schreibend begleitet haben. Von diesen wiederum haben nur fünfzehn deutlich über fünfzig Romane geschrieben und damit die Serie mitgeprägt. Zwei dieser fünfzehn sind der Cotton-Erfinder und Heinz Werner Höber. Wer waren und sind die anderen Autoren? Die Wichtigsten von ihnen sollen im Folgenden vorgestellt werden:

Mit »G-man Jerry Cotton« Band 57 taucht 1958 der Name Helmut Kobusch in der Cotton-Einplanungsliste auf. Er schreibt nicht mehr als zwanzig Romane, aber er ist der Erste nach Cottons geistigem Vater und Höber, der regelmäßig und über längere Zeit einen Cotton-Krimi beisteuert – bis zum Ende der Sechzigerjahre –, und deswegen soll er hier erwähnt werden.

Mitte 1959 mit Band 104 steigt Paul Ernst Fackenheim in die Serie ein. Bis Ende 1963 schreibt er etwa fünfzig Cotton-Krimis, und er ist in der frühen Cotton-Zeit neben Heinz Werner Höber und dem Cotton-Vater eine Art dritter Hauptautor.

Anfang 1961 stellt sich ein junger Journalist von der »Passauer Neuen Presse« bei Gustav Lübbe vor. Der Zweiundzwanzigjährige hat Abitur und Volontariat hinter sich, ist frisch verheiratet und sieht seinen ersten Vaterfreuden entgegen. Seine junge Frau leidet unter der nächtlichen Arbeitszeit, wie sie bei Zeitungsmachern üblich ist, und so bewirbt er sich bei Bastei um eine Stelle als Redakteur. Sein Name: Rolf Kalmuczak.

Damals, in der ersten Hälfte der Sechziger, sucht Bastei händeringend Cotton-Autoren. Kalmuczak startet, so sagt er heute, »Werbefeldzüge, um die deutsche Szene nach jungen Talenten abzufischen, die man aufbauen konnte«.

Reden wir von Redakteuren oder Autoren? Nun, auch Rolf Kalmuczak setzt sich an die Schreibmaschine: Gleich in seinem ersten Jahr schreibt er einen Cotton-Roman. Der erscheint im Januar 1962 als »G-man Jerry Cotton« Band 237 unter dem Titel »Der Hehler, der den Tod verkauft«. Über fünfzig Hefte und an die zwanzig Taschenbücher folgen, die meisten davon nach seiner Zeit als Cotton-Redakteur. Rolf Kalmuczaks letzter Cotton erscheint Anfang der Achtzigerjahre.

In der ersten Hälfte der Sechzigerjahre ist Rolf Kalmuczak ohne Zweifel einer der wichtigsten Männer für die Cotton-Serie, und zwar sowohl als Redakteur wie auch als Autor. 1966 hat er sich durch seine Arbeit bei Bastei in der deutschen Verlagslandschaft einen Ruf erworben, der es ihm erlaubt, sich als freier Schriftsteller selbstständig zu machen und zu kündigen. Nach fünf Jahren Cotton-Redaktion entfaltet Rolf Kalmuczak eine atemberaubende Schreibwut. Neben seinen Cotton-Romanen schreibt er weitere Krimis, Drehbücher, Reportagen, Shortstorys und Hörspiele, beliefert Tages- und Wochenzeitungen mit Texten, schreibt für »Der Stern«, für »Quick« und andere Illustrierte.

Im »Lexikon der Pseudonyme deutschsprachiger Autoren« ist er so häufig vertreten wie kein zweiter Autor. Zwei Seiten beansprucht die Liste seiner Pseudonyme; er veröffentlichte unter sage und schreibe neunundachtzig »Decknamen«. Seine 2700 Kurzkrimis sichern ihm sieben Jahre lang einen Platz im Guinness-Buch der Rekorde.

Ende der Siebzigerjahre wird Kalmuczak unter dem Pseudonym Stefan Wolf mit seiner Jugendbuchreihe »TKKG« bekannt. Bis zum heutigen Tag hat er 15 Millionen Bücher und 26 Millionen Hörspielkassetten verkauft. Entsprechend vergnügt strahlt sein Konterfei von seiner Autogrammkarte. Wenn mich nicht alles täuscht, sitzt er im Augenblick in seinem Bauernhaus in Oberbayern und arbeitet am Drehbuch einer seiner Jugendbücher.

Während Kalmuczaks Zeit als Cotton-Redakteur stoßen viele neue Autoren zur Serie. Kalmuczak ist immer bemüht, neue Talente zu finden, zu fördern und zu formen. Neben seiner schriftstellerischen Tätigkeit ein weiteres ungeheures Verdienst für die Serie »G-man Jerry Cotton«, das man ihm zuschreiben muss.

In dieser Zeit stoßen auch Hans E. Ködelpeter und Rolf A. Bürkle zum Autorenteam. Ködelpeter schreibt zwischen 1965 und 1977 an die hundertvierzig »Berichte aus Manhattan«, zwölf davon erscheinen als Taschenbücher. Ähnlich Bürkle, er schreibt von 1966 bis 1982 »G-man Jerry Cotton« und verfasst hundert Heftromane und dreizehn Taschenbücher.

254

Mit Irene Rodrian stößt 1964 die erste Frau zum Autorenteam. In München verdient sie ihr Geld eine Zeit lang als Werbeberaterin und Grafikerin. Ihre Krimi-Erstlinge erscheinen zwischen 1964 und 1966: vierzehn Cotton-Romane, drei davon als Taschenbuch.

Rolf Schmitz, ehemaliger Cotton-Redakteur und Bastei-Verlagsleiter, erinnert sich gern an sie: »Sie wohnte damals in Schwabing, und wir haben uns ein paar Mal getroffen – eine sehr sympathische, warmherzige Frau, deren Jerry Cotton sich ziemlich von meinem unterschied: Ihrer war weicher, nachdenklicher. Allerdings grübelte er mir zu viel.«

1967 gewinnt Rodrian den »Edgar-Wallace-Preis« des Goldmann-Verlags. Der Rowohlt-Verlag wird auf sie aufmerksam, und bald schreibt sie in dessen Thriller-Reihe mit. Später hat sie mit ihren psychologisch durchdachten Krimis im Heyne-Verlag Erfolg und schreibt TV-Drehbücher, unter anderem für den »Tatort«.

Im Sommer 1968 erscheint der erste »G-man Jerry Cotton« von Uwe Erichsen, Band 585, »Das Superding um Mitternacht«. Mit Erichsen gewinnt die Cotton-Redaktion einen Schriftsteller, der die Serie wie nur wenige andere prägt, und fraglos gehört er zu den wichtigsten Jerry-Cotton-Autoren. Nicht nur, weil er weit über hundert Heftromane und mehr als dreißig Taschenbücher für »Jerry Cotton« verfasst, sondern weil er die Serie mit seinem speziellen Stil in die schwierigen Siebzigerjahre hineinschreibt.

Nach 1968 bläst bekanntlich ein kräftiger Sturm durch die bundesrepublikanische Gesellschaft: Autoritäten aller Schattierungen und das Gewaltmonopol des Staates finden sich plötzlich auf dem heißen Stuhl öffentlicher Kritik. Die Linke und ihre Soziologen werden zu Fürsprechern der Gruppen, die am Rande der Gesellschaft stehen. Verbrechen betrachtet man jetzt im Zusammenhang der gescheiterten oder schweren Lebensgeschichte des straffällig Gewordenen.

Eine wilde und wichtige Zeit des Umbruchs in der Bundesrepublik Deutschland, und »G-man Jerry Cotton« im Stile der Fünfziger- und Sechzigerjahre wirkt in dieser Zeit auf einmal hölzern und hausbacken.

New York, das Atlantis der Fünfzigerjahre, liegt mit dem Vietnamkrieg fast über Nacht in einem Land, das einen mörderischen Krieg führt; in den Augen kritischer Zeitgenossen gar einen Krieg gegen Frauen und Kinder. Law-and-Order-Männer taugten nicht mehr als Idole einer Mehrheit. Fünfzig Jahre lang stand John Edgar Hoover an der Spitze des FBI. Als er 1972 stirbt, enthüllen die Medien die dunklen Machenschaften der Bundespolizei unter Hoovers Regiment, so etwa dass er Politiker, Bürgerrechtler und politische Organisationen bespitzeln ließ und andere unschöne Details. Die Illusion vom FBI als staatliche Instanz, die für Recht und Gerechtigkeit steht, bricht zusammen.

Dass die Cotton-Serie nicht zusammenbricht, liegt zu einem guten Teil an Autoren wie Rolf Kalmuczak, Susanne Wiemer und eben Uwe Erichsen.

Erichsen, Jahrgang 1936, geboren in Rheydt, das jetzt zu Mönchengladbach gehört, wächst in Minden auf. Als Schüler sammelt er erste journalistische Erfahrungen, erlernt dann aber einen kaufmännisch-technischen Beruf. Schreiben bleibt über Jahre sein Hobby. 1968 entdeckt ihn der rührige Cotton-Redakteur Hermann Peters für »Jerry Cotton«, und mit »Jerry Cotton« beginnt Uwe Erichsens Erfolgsstory als Kriminalautor.

»Der Krimi spielt in der Regel in der Gegenwart, in der auch ich lebe«, erklärt Erichsen seine Liebe zur Kriminalliteratur. »Der Krimi ist deshalb aktuell, spielt vor einem aktuellen Hintergrund. Auch wenn die Fälle fiktiv sind, sie müssen glaubhaft sein. Darin liegt die Herausforderung für den Autor,

Ein Jerry Cotton gesucht

Jerry Cotton, der von der New Yorker Verbrecherwelt am meisten gefürchtete Mann, wird gesucht. Für diesen Superkriminalisten des FBI interessiert sich jetzt die deutsche Filmindustrie. Sie will die Romanfigur endlich in Fleisch und Blut servieren, in einer Serie von Spielfilmen. Aber wo findet man einen Mann, der Cotton darstellen könnte, einen allseits perfekten Supermann also? In Baden-Baden ging der bundesrepublikanische Cotton-Test über die Bühne. Mehr als 20 Anwärter passierten die strapaziöse Heldenschleuse. Ob d e r Jerry Cotton aus ihr hervorgeht, wird sich erst zeigen, wenn die Testergebnisse aus anderen Ländern vorliegen.

SELBST DIE BELEUCHTER benutzen die Drehpausen, um sich über die neuesten Abenteuer des Krimi-Helden zu informieren.

DER SPRUNG AUS dem Fenster (Bild: Wolfgang Forester) gehörte genauso zu den Aufgaben dieses strapaziösen Schauspielertestes wie Judo-, Box- und Ringkämpfe.

Krimiheld gesucht

Keine Filmszene, sondern ein Schnappschuß aus einer absonderlichen Schauspielerprüfung, die jetzt in Baden-Baden stattfand. Um den Darsteller für die Rolle des neuen deutschen Filmkrimihelden Jerry Cotton zu finden, holten sich die Produzenten 20 Darsteller ins Teststudio; sie mußten boxen, ringen, laufen und schießen. Das Ergebnis ist noch nicht bekannt, aber auf unserem Bild haben zwei Supermankandidaten, Sigurd F i t z e k und Karl S t r e c k (links), die blonde Gangsterbraut Karin H i l d in die Mitte genommen.   Foto: deltapress

21 + 22   Gesucht: G-man Jerry Cotton! –
Bereits im Vorfeld der Dreharbeiten starteten die Macher der Cotton-Filme eine Marketing-Aktion, wie sie für den deutschen Film bisher einmalig ist. Deutschland fieberte mit bei der Suche nach dem geeigneten Cotton-Darsteller.

SHANNON wird FBI-Agent JERRY COTTON

Von OSKAR BERGMANN

Nach dem — für deutsche Verhältnisse — gigantischen Erfolg der Karl-May-Filme, die trotz — oder gerade weil sie auf jede Sexmasche verzichteten, sich vielmehr auf rein dramaturgische Elemente wie echte Spannung, Romantik und bewegte Szenen verließen, derart gut ankamen, wagt ein anderer Verleih einen weiteren Schritt und bringt eine Kriminalserie auf den Markt, bei der die Anti-Sex-bestrebung noch deutlicher spürbar wird. Inspiriert dazu wurden die Produzenten von einer Kriminalromanserie „G-man Jerry Cotton", die sich innerhalb von zehn Jahren zu einem Phänomen entwickelte, das eigentlich nur Vergleiche mit Sherlock Holmes zuläßt.

Diese Tatsache ist um so erstaunlicher, als sich die Autoren der Romanserie an so strengen moralische Gesetze halten müssen, wie sie sonst nur den Schreibern von Kinderbüchern vorgeschrieben sind. Aber selbst dann wartet auf ihre Manuskripte noch eine weitere Hürde. Vor Drucklegung werden sie von einem Gremium, zusammengesetzt aus Pädagogen und älteren Beamten der Kultusministerien, die hier ne-

ALS JERRY COTTON wird George Nader bald gefährliche Abenteuer auf der deutschen Filmleinwand bestehen müssen. Bisher war er uns als „Inspektor Shannon" bekannt. Foto: deltapress

benberuflich mitwirken, auf ihre erotische Keimfreiheit überprüft.

Die gleichen Romane bilden nun die Vorlagen der Jerry-Cotton-Drehbücher, von denen die Produzenten behaupten, daß sie so randvoll sind mit echter Spannung und Vitalität, überraschenden, ja verblüffenden Einfällen, wie sie im deutschen Kriminalfilm bisher kaum zu spüren waren. Um die Realistik fast auf Dokumentarebene zu trimmen, werden die Außenaufnahmen an den Original-Schauplätzen gedreht.

Für die Titelrolle wurde der amerikanische TV-Star George Nader gewonnen, nachdem die aufwendige Suche nach einem deutschen Schauspieler für die Rolle — trotz zahlloser Tests ergebnislos verlief. George Nader ist in der Bundesrepublik kein Unbekannter. Als „Inspektor Shannon" (greift ein) flimmerten seine Abenteuer mit amerikanischen Gangstern in bisher 39 Folgen über deutsche Bildschirme.

---

23 + 24 Jerry Cotton ist gefunden! In großer Aufmachung berichteten die deutschen Zeitungen von der Entscheidung, Hollywood-Star George Nader die Hauptrolle in den Cotton-Filmen zu geben. Nader war bereits durch die US-Fernsehserie »Inspektor Shannon greift ein« dem deutschen Publikum bekannt.

Hollywood-Star kommt nach Hamburg: Jerry Cotton ist gefunden

Der erste deutsche Film über das Leben eines FBI-Mannes entsteht in Wandsbek

● Mitte Januar 1965 wird in Wandsbek die amerikanische Bundespolizei — allen Krimi-lesern als FBI bestens bekannt — vehementen Einzug halten. Knallharte Realistik soll
● jetzt im deutschen Kriminalfilm an Stelle der bisher gewohnten Biederkeit treten. Und zwar durch Jerry Cotton! Aber ein solcher Superman, der mußte erst gefunden werden.

Es begann die größte Schau-spielersuche, die je von einer deutschen Produktion in Europa oder Übersee gestartet wurde. Nach ausführlichen Tests in Ba-den-Baden, Paris und New York stieß man auf US-Fernsehinspek-tor Shannon — alias George Nader.

Allerdings wurde er keineswegs sofort engagiert. Eine ganze Woche lang lief die Constantin-Film ihn von zwei Beauftragten „über-wachen", die hinter ihm über Highways raste, die ihn am Strand beobachteten und in Drive-Ins. Wo Jerry Cotton war, befand sich das Team der Spürhunde. Am Ende der Jagd war es klar: Jerry Cotton war gefunden.

Geboren wurde Cotton bereits als ausgewachsener Mann vor etwa mehr als einem Jahrzehnt im Büro eines deutschen Ver-legers für Kriminalgeschichten, der ein Autorenteam beauftragte, einen Krimihelden im FBI-Milieu zu schaffen. So entstand das Bild eines großen, breitschultrigen und gutaussehenden Mannes Mitte 30, der in seinem Gesicht zwar die unerbittliche Härte des jahrelangen Kampfes gegen Gangster zeigt, der aber trotz-dem immer auch lacht und nur jene Dinge ernst nimmt, die es verdienen, ernst genommen zu werden.

Er schlägt nicht zu ohne Grund, er schießt nur im äußersten Not-fall, und er riskiert lieber den eigenen Kopf, als andere in Ge-fahr zu bringen. Sein Charakter und seine Fertigkeiten sind un-veränderlich festgelegt. Der cym-pathische G-man kann alles, wo-von ein moderner junger Mann und ein verehrendes junges Mäd-chen (etwa 60 Prozent seiner Le-ser sind weiblichen Geschlechts) träumen: schießen, boxen, Jiu-Jitsu, Auto fahren, Flugzeug len-ken, tieftauchen, Fallschirm sprin-gen und die Aufmerksamkeit des weiblichen Geschlechts erregen.

Aber bereits hier ist ihm eine einschneidende Be-schränkung auferlegt: Jerry Cotton verliebt, verlobt und verheiratet sich nie, küßt zudem nicht und verführt keine Mädchen. Höchstenfalls darf Jerry Cotton mal gut-gewachsene Beine bewundern. Damit ist seine oberste In-stinktskala bereits erreicht. Jerry Cotton muß — mit an-deren Worten — für jede Verehrerin nach ihr haben sein.

Alle diese Voraussetzungen erfüllte George N a d e r. Jener George Nader, dessen Fernsehserie „Inspektor Shan-non greift ein", bisher in 39 Folgen über hundertdeut-sche Mattscheiben glitzerte, er bestand alle Spezialtests und hat die besten Aussich-ten, Jerry Cotton auch wirk-lich glaubhaft zu verkörpern.

George Nader, der neue Jerry Cotton, wird von Fachleuten der Polizeischule von Los Angeles „schußfester" gemacht.

25   Cotton-Darsteller und Frauenschwarm George Nader umringt von seinen (zumeist weib-lichen) Fans bei einem Pressebesuch im Bastei Verlag. Seine Verehrerinnen stürmten das Verlagsgebäude in Bergisch Gladbach.

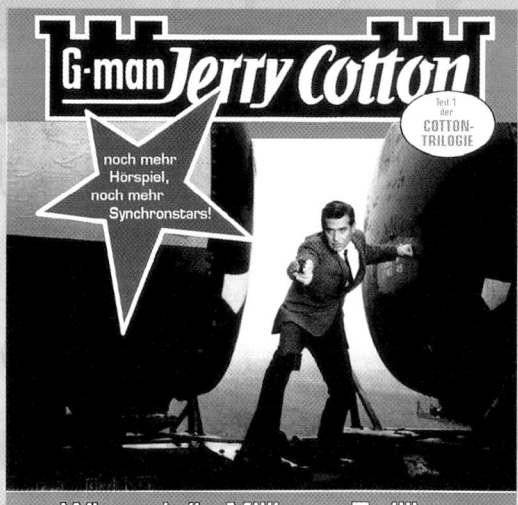

G-man Jerry Cotton

Teil 1 der COTTON-TRILOGIE

noch mehr Hörspiel, noch mehr Synchronstars!

Wir und die Millionen-Zwillinge

26 - 28 George Nader gilt als die Personifikation Jerry Cottons. Auf Video-, Hörspiel-, Buch- und Romanheft-Covern verkörpert er noch heute den berühmten FBI-Agenten.

Band 1453

BASTEI

DER COTTON BESTSELLER

Jerry Cotton

3. Auflage der spannendsten Cotton-Romane

Jerry Cotton Mini-Poster GEORGE NADER

Zu meiner Hochzeit kam der Tod

So stoppten wir die Bogota-Connection

Band 1453 • Deutschland 1,35 €
Österreich 1,60 € • Schweiz 2,70 CHF
Belgien 1,70 € / Luxemburg 1,70 € / Niederlande 1,70 € / Frankreich 1,70 €
Italien 1,70 € / Spanien 1,90 € / Griechenland 1,90 € / Portugal cont. 1,90 €

G-man Jerry Cotton

GEORGE NADER

TODESSCHÜSSE am Broadway

und es ist die Kunst des Autors, glaubwürdige Figuren zu schaffen.«

Und warum schrieb er ausgerechnet Jerry-Cotton-Romane? Erichsen macht es an der Stadt New York fest, womit er nicht das reale New York City meint, sondern Jerry Cottons New York – Cotton-Town, wie Cottons Erfinder dieses fiktive New York nennt. »Seine Stadt ist auch meine Stadt, die Stadt meiner Träume und Fantasien«, sagt Erichsen. »*Mein* New York ist nicht kalt, nicht düster. Mein New York ist wie Jerry Cottons New York – so lebendig, so vielfältig wie seine Menschen. Manchmal voller Schatten. Manchmal böse und grausam. Aber es erwacht immer wieder neu, jeder Tag bedeutet einen neuen Anfang, neue Herausforderungen an jeden. An jeden New Yorker, an Jerry Cotton und seinen Autor.«

»G-man Jerry Cotton« – eine Krimiserie, die von vielen Lesern für ein amerikanisches Produkt gehalten wird, mit einem Helden, den viele Leser für typisch amerikanisch halten.

Für den damaligen Jungautor Erichsen genau das Richtige: »Du bist einer, der amerikanische Romane mit der Muttermilch eingesogen hat, von Mark Twain über Jack London bis Raymond Chandler, Mickey Spillane und – und – und... Du willst unbedingt selbst schreiben. Du versuchst es irgendwann. Und gerätst an Jerry Cotton, einen amerikanischen Helden, der von deutschen Autoren bedient wird. Wow. Da sind schon ein paar hundert Romane erschienen. Du lernst einen Helden kennen, so felsenfest, unerschütterlich... Mit dem kannst du doch etwas anfangen. Man lässt dich, und es klappt, und es macht dir Spaß.«

Die neue Entwicklung, der neue Cotton-Stil, den Erichsen in die Serie hineinbrachte, erläutert Klaus Göbel wie folgt: »Er war der erste Autor, der versucht hat, ohne Happy End zu arbeiten. Berühmte Krimischauplätze wie Chinatown und Little Italy hat er soziologisch genau durchleuchtet und ließ Verbrechen aus einem bestimmten sozialen Milieu heraus entstehen. Jerry und Phil standen bei ihm an der Seite der Unterdrückten, schützten sie beispielsweise vor zu harter Strafe oder zogen mit ihnen vor Gericht, um als Zeugen zu erklären, wie es zu dem Verbrechen kam, oder sie versprachen sterbenden Verbrechern, sich um ihre Familien zu kümmern.«

»*Mein* Jerry Cotton sieht die Welt nicht schwarz oder weiß«, sagt Uwe Erichsen. »*Mein* Jerry Cotton kämpft für Gerechtigkeit, klar. Aber er kämpft immer auch für eine Person, einen Menschen. Konflikte bleiben dabei nicht aus. Ohne Konflikt und Emotion gibt es keine spannenden Geschichten. Aber die Welt ist nicht in Ordnung, wenn der Roman endet. Auch Jerry Cotton schnappt oft nur die Täter, aber nicht die Schuldigen. Das nagt an ihm. Deshalb macht er weiter. Denn auch ein Held braucht Visionen.«

»Deswegen war Erichsen bei einigen Lesern sehr beliebt«, erinnert sich Klaus Göbel. »Bei anderen auch nicht, denn bei ihm ging es manchmal seitenlang um Arbeitslosigkeit, schlechte Wohnverhältnisse, zerrüttete soziale Verhältnisse und so weiter, und diese Leser wollten einfach nur einen Krimi lesen.«

Erichsen hat genau dieses Problem selbst immer erkannt und sich »zurücknehmen müssen«, wie er sich ausdrückt: »*Mein* Jerry Cotton ist voller Emotionen. Er liebt und hasst, er hat Wut und Träume, Angst und Mut. Aber ich als Autor musste ihm Raum geben für die Fantasien seiner Leser, die seine Fans waren und bleiben sollen. Und ich durfte ihn nicht mit Eigenschaften ausstatten, die den anderen Autor einengten, *ihm* vielleicht gegen den Strich gingen, *seinen* Jerry Cotton veränderten. Deshalb musste ich mich zurücknehmen.«

»Ein Serienheld darf zwar kein Mann ohne Eigenschaften sein«, erläutert Erichsen, »er muss aber zulassen, dass jeder Leser *seinen* Helden mit seinen eigenen Vorstellungen zur Deckung bringen kann. Was dem Helden keinen Abbruch tut.

Denn jeder Leser projiziert seine Vorstellungen in den Helden hinein. Nur so kann er die Abenteuer seines Helden miterleben, macht ihn zu seinem Helden, seinem Jerry Cotton.«

Aber hat dieses »Sich-zurücknehmen-Müssen« einen Autor wie Erichsen nicht sehr eingeschränkt? Musste er aufgrund dieses Kompromisses nicht viele Geschichten unerzählt lassen, die er gerne erzählt hätte? Erichsen verneint und sagt: »Wenn du ein engagierter Autor bist, erkennst du schnell die Chance für dich selbst – und für den Leser. Die Geschichte, die du erzählst, ist *deine*. Die Episodenfiguren sind deine. Der abgrundtief böse Gegner, an dem dein Jerry Cotton wächst. Oder die Figur – ein Girl, ein Kind, der alltägliche Typ, der Kollege –, die irgendwie in Gefahr gerät und ohne Jerry Cotton verloren wäre. Diese Figuren interessierten mich – und ich musste dem Leser vermitteln, dass sie Jerry Cotton interessierten. Dann fesseln sie auch den Leser. Da ist nicht nur der abscheuliche Verbrecher, der um jeden Preis dingfest gemacht werden muss. Ich will immer alles wissen über Hintergründe und Motive, über die Opfer und Täter.«

Genau diese Einstellung ist es, mit der Erichsen die Serie »G-man Jerry Cotton« nachhaltig prägt. Und auch seinen Helden, der »die Welt nicht schwarz und weiß« sieht, sondern »für eine Person, für einen Menschen« kämpft. »Jerry Cotton kämpft nicht gegen, sondern *für* Menschen«, werden Neuautoren heute noch von der Redaktion ermahnt, »er hasst das Verbrechen, aber nicht die Verbrecher!«

1977 bewirbt sich Erichsen mit dem Krimi »Todesfalle Nizza« um den Jerry-Cotton-Preis. Der Roman gelangt auf den zweiten Platz. In den Jahren danach schreibt er etwa achtzehn Krimi-Taschenbücher außerhalb der Jerry-Cotton-Serie für Bastei Lübbe, von denen einige verfilmt werden.

Über den Verlag lernt er den Krimi-Regisseur Jürgen Roland kennen und schreibt 1980 gemeinsam mit Martin Gies sein erstes Drehbuch für die Reihe »Tatort«. Weitere folgen. Auch zu Serien wie »Der Fahnder« und »Großstadtrevier« steuert Erichsen Drehbücher bei. 1987 adaptiert er sein Buch »Das Leben einer Katze« für den Film »Die Katze« mit Götz George und Gudrun Landgrebe, der mit großem Erfolg in den deutschen Kinos lief.

Ähnlich wie Kalmuczak, der trotz seines Erfolgs noch Anfang der Achtzigerjahre Cotton-Krimis schreibt, bleibt auch Erichsen der Cotton-Serie noch lange treu, als er bereits unter eigenem Namen ein bekannter Krimi- und Drehbuchautor ist.

1989 wurde Uwe Erichsen für seine Arbeit an der Erfolgsserie »Der Fahnder« mit dem Adolf-Grimme-Preis in Silber geehrt.

Mitte 1969 liest man zum ersten Mal die Namen Susanne Wiemer und Horst Friedrichs in den Autorenlisten.

Susanne Wiemer, die zweite Frau der Cotton-Serie, schreibt bis zu ihrem Tod 1990 um die hundertzwanzig Romane. Kurz nach ihr steigt auch ihr Mann Udo Wiemer bei »G-man Jerry Cotton« ein. Sein Name taucht noch in der ersten Hälfte der Neunzigerjahre in den Autorenlisten auf.

Neben »G-man Jerry Cotton« schreibt Susanne Wiemer Romane für weitere Bastei-Serien und -Reihen, merkwürdigerweise jedoch nie für die romantischen Reihen, die sich in erster Linie an eine weibliche Leserschaft richten. Susanne Wiemer war die Frau für die spannende Unterhaltungsliteratur; den Gruselfans ist sie heute noch ein Begriff: Für die Reihe »Bastei-Gespenster-Krimi« schrieb sie erstklassige Horrorstorys unter den Pseudonymen Rebecca LaRoche und Gary Mantagua, und sie verfasste den ersten Roman für die Bastei-Kult-Serie »Professor Zamorra – Der Meister des Übersinnlichen«, an deren Konzeption sie beteiligt war und die auch heute noch am Markt ist als die am längsten laufende Grusel-Heftromanserie.

Neben ihrer routinierten Art, Spannungsbögen aufzubauen und klassische Krimistoffe mit packender Action zu verbinden, ist das Bemerkenswerte an ihren Romanen ihre große Liebe zu den »kleinen Leuten« und ihre Sensibilität für die alltäglichen Schicksale ganz normaler Menschen, die sie gekonnt mit der Krimistory verknüpfte. Ein großes Herz voller Leidenschaft und Mitgefühl für ihre Mitmenschen spricht aus ihren Romanen, und man fiebert nicht nur wegen der eigentlichen Krimihandlung, sondern bangt und zittert mit den Opfern von Verbrechen, die in der Regel Menschen sind wie »du und ich«, ganz normale Leute, denen häufig zu wenig Aufmerksamkeit zuteil wird. Ganz anders bei Susanne Wiemer. Eine großartige Schriftstellerin, der die Cotton-Serie viel zu verdanken hat.

1990 verstarb diese hervorragende Autorin nach langer Krankheit.

Bis in die heutige Zeit ist Horst Friedrichs einer der wichtigsten Mitarbeiter der Cotton-Serie, und das nicht nur als Autor:

Friedrichs war hauptberuflicher Text- und Foto-Reporter der »Bremer Nachrichten«, einer der beiden großen Tageszeitungen in der Hansestadt. 1967 entdeckt der damals Vierundzwanzigjährige in einer Zeitung ein Verlags-Inserat: Bastei sucht wieder neue Cotton-Autoren. Friedrichs skizziert eine Geschichte, schreibt die ersten zwanzig Seiten und schickt Exposé und Leseprobe nach Bergisch Gladbach. Sein Cotton-Erstling »Der Boss schickt den Curare-Killer« gefällt dem damals verantwortlichen Lektor im Bastei Verlag, Hans-G. Eilers, so gut, dass weitere Aufträge folgen. Für Horst Friedrichs hat der langsame, aber stetige Wandel vom Journalisten zum Schriftsteller begonnen. »Es waren die ersten Schritte zur Verwirklichung eines Traums, den ich nie zu träumen gewagt hatte«, sagt Friedrichs heute.

Insgesamt hat er inzwischen fast 600 Romane geschrieben, darunter 300 Cotton-Heftromane und 50 Cotton-Taschenbücher. Damit ist er nach dem Erfinder Jerry Cottons nicht nur der dienstälteste Autor der erfolgreichsten Krimiserie der Welt, sondern auch derjenige, der die meisten Cotton-Romane verfasste.

Neben »G-man Jerry Cotton« schrieb Friedrichs auch historische Abenteuer-Romane für die Heftserie »Seewölfe«, zahlreiche Western und Grusel-Romane und verfasste insgesamt 50 Romane zu Kino- und Fernsehfilmen, darunter Filmbücher wie »True Romance«, »The Crow«, »Vier Hochzeiten und ein Todesfall«, »Notting Hill« und »Liebling Kreuzberg«.

Horst Friedrichs ist als Cotton-Autor nicht nur Roman-Schreiber: Die Begeisterung für seinen Krimihelden führte dazu, dass er sich in die Hintergrund-Materie vertiefte wie kein Zweiter. Als leidenschaftlicher Rechercheur lernte er Jerry Cottons Stadt New York im Laufe der Jahre besser kennen als seine eigene Heimatstadt Hamburg. Nicht von ungefähr liefert er deshalb auch die Berichte und Fotos für »Jerry Cotton aktuell«, den informativen Mittelteil der Cotton-Hefte. Hier findet der Leser neben Leserbriefen Facts und News über New York City, alles über NYPD und FBI und die neuesten Kriminalfälle in der Acht-Millionen-Stadt.

Friedrichs wird vom Bastei Verlag für seine Recherchen regelmäßig in die amerikanische Ostküstenmetropole geschickt, zudem holt er sich die neuesten Informationen über New York, den FBI und andere US-Behörden aus amerikanischen Tageszeitungen und dem Internet. Und all dieses Wissen benutzt er natürlich nicht nur für die Cotton-Infoseiten, es fließt selbstverständlich in seine Romane ein.

»Der Hintergrund muss stimmen«, lautet einer der wichtigsten Grundsätze des Cotton-Autors Friedrichs. Und so informiert er sich auch über jede technische Neuheit bei der amerikanischen Polizei, über die neuesten FBI-Fälle, über Bewaffnung et cetera. »Bei so viel technischen Möglichkeiten, wie sie FBI und Polizei heute zur Verfügung stehen, ist es manchmal schwer, die

Story so hinzukriegen, dass Jerry und Phil überhaupt noch auf die Straße kommen. Aber mir fallen trotz modernster Ermittlungsmöglichkeiten immer noch ein paar Fälle ein, die auch heutzutage nicht allein vom Schreibtisch aus zu lösen sind.«

Mitte der Neunzigerjahre verfasste Friedrichs im Auftrag des Bastei Verlags ein dickes Exposé, in dem alles über die Cotton-Serie enthalten ist, was seine Mitautoren beim Schreiben eines Cotton-Romans berücksichtigen müssen. Anders als Höber, der sich gerne über kleinere Fehler in den Romanen anderer Autoren lustig machte, lässt Friedrichs seine Cotton-Kollegen an seinem Wissen teilhaben und steht auch der Redaktion für knifflige Fragen immer zur Verfügung. So fließt sein Wissen auch in Romane ein, die er selbst gar nicht geschrieben hat.

Neben den Details aus der Arbeit von FBI und Polizei ist die unvergleichliche New Yorker Atmosphäre für Horst Friedrichs aber mindestens von gleichrangiger Bedeutung: »Jerry Cotton ist New Yorker. Er lebt und arbeitet in New York, er riskiert täglich sein Leben in dieser auf der Welt einmaligen Stadt. Der Schauplatz der Handlung darf deshalb für den Leser nicht austauschbar sein, dergestalt, dass man nur die Straßennamen zu ändern bräuchte, um die ganze Geschichte in London oder Paris spielen zu lassen.«

»Ich stelle an mich selbst den Anspruch, dass bei meinen Cotton-Romanen alles hundertprozentig stimmt«, sagt Friedrichs.

Etwa ein Jahr nach Friedrichs' Debüt bei »G-man Jerry Cotton« scheidet Höber aus dem Autorenteam aus – vorläufig. Die Siebzigerjahre bestreiten weitgehend Autoren, die Rolf Kalmuczak für die Serie gewinnen konnte: Ködelpeter, Bürkle, Susanne Wiemer, Erichsen, Friedrichs, Kalmuczak selbst – und natürlich der Urautor. Mit zwei oder drei Dutzend Romanen finden sich vorübergehend auch Autoren wie Hasso Plötze, Karl Voigt,

Richard Wunderer und vor allem Peter Krämer im Cotton-Team ein. Und 1973 stößt auch Gerhart Hartsch zum Team, der bis Mitte der Neunzigerjahre mehr als hundertfünfzig Cotton-Romane schreiben wird.

Anfang 1979 beginnt Walter Appel für die Serie »G-man Jerry Cotton« zu schreiben. In zwanzig Jahren verfasst er um die achtzig Cotton-Thriller. Von sich reden macht er vor allem mit dem 1987 erschienenen Cotton-Roman Band 1580 »Die Geiseln der Millionen-Gangster«, der später den »Tunnel-Gangstern« von Berlin angeblich als Vorbild für ihren Coup dient. (Siehe Kapitel 8.)

Auch heute noch schreibt Appel für die Serie »G-man Jerry Cotton«. Die Freunde der schaurigen Unterhaltungsliteratur kennen ihn vor allem unter dem Pseudonym »Earl Warren«, unter dem er auch an der inzwischen schon legendären Horror-serie »Dämonen-Killer« schrieb, die damals ein ungeheurer Erfolg war.

Ab 1980 findet man über zehn Jahre verteilt etwa fünfzig Mal den Namen »Wrasmann« oder »Agentur Wrasmann« in den Autorenlisten – Heinz Werner Höber schickt seinen geliebten Jerry Cotton wieder auf Verbrecherjagd.

Im selben Jahr schreibt Helmut Neubert seinen ersten »G-man Jerry Cotton«. Auch er gehört noch immer fest zum Cotton-Autorenteam und hat sich – gerade in den letzten Jahren – zu einem der beliebtesten Cotton-Autoren entwickelt.

Neubert, Jahrgang 1942, wurde von Rainer Delfs ins Cotton-Autoren-Team geholt. »Der war damals Lektor für Western«, erzählt Neubert. »Heutzutage ist er bei Bastei für *alle* Verbrechen verantwortlich.« Neubert hatte bei Bastei gerade seine schrift-stellerische Tätigkeit begonnen und seinen dritten Western-

Roman abgeliefert. »Natürlich unter der schwarzen Maske eines Pseudonyms. Aber Delfs kannte meine Identität und nutzte das schamlos aus«, sagt er mit einem spitzbübischen Grinsen.

Die Leserbriefschreiber loben gerade Neuberts Romane immer wieder voller Begeisterung wegen ihrer raffinierten Plots. »Wenn Neubert dem Leser zum Schluss den Täter präsentiert, dann fällt es einem wie Schuppen von den Augen«, sagt sein heutiger Lektor Peter Thannisch. »Das hättest du doch wissen müssen, denkt man dann.« Neubert ist in der Cotton-Serie zuständig für die intelligenten Detektivgeschichten, bei denen der Leser so richtig mitraten darf.

Heute lebt Helmut Neubert in München. Zwei Wochen Zeit lässt sich der Bayer für eine Story und arbeitet täglich, außer sonntags, vor seiner Kiste. »Meine Nachbarn sehen mich dauernd in der Gegend rumlaufen, zu allen Tageszeiten, an denen anständige Leute im Büro sitzen oder am Fließband stehen, und schimpfen über den Staat, der solche Faulpelze wie mich ernährt.«

Dabei ist Helmut Neubert ein fleißiger Schreiber. Neben seiner Tätigkeit für »G-man Jerry Cotton« hat er unter verschiedenen Pseudonymen eine Vielzahl von Western-Romanen veröffentlicht.

Wie ein Cotton-Autor lebt, arbeitet und seine Ideen entwickelt, das wird seiner Meinung nach in den Medien und in der Sekundärliteratur völlig falsch dargestellt. »In einem deutschen Fernsehfilm sah ich mal einen Cotton-Autor – den Namen der Serie hatte man allerdings geändert –, der in einem Schloss in Österreich wohnte. Der Mann saß in seinem Park, so groß, dass darin ein ausgewachsener See Platz hatte. Ich schwöre jeden Meineid: Genau so leben wir wirklich! Ein wenig unrealistisch daran war lediglich, dass dieser Autor volle drei Wochen darüber nachdachte, was sein Mörder mit der eben produzierten Leiche anstellen sollte. Da ihm sein Park offenbar keine Inspiration mehr verschaffte, flog er schnell mal nach Spanien, um dort weiter nachzugrübeln. Am Ende des Urlaubs – und des Films – wusste er immer noch nicht, wie sein Roman weitergehen sollte.«

Mit der Realität hat das nichts zu tun, erklärt Helmut Neubert: »Wenn ich das gleiche Tempo anschlagen würde, könnte ich mir – trotz der horrenden Honorare, die der Verlag mir aufnötigt – mein kleines Schlösschen nebst Park kaum leisten. Jeder Autor muss in jedem Roman Hunderte von Entscheidungen treffen: Wer tut jetzt was warum? Jeder einzelne Satz, ja, sogar jedes einzelne Wort fordert eine Entscheidung.«

Die Jerry-Cotton-Autoren bleiben weitgehend anonym, doch Helmut Neubert scheint das nicht zu stören. »Ich *bin* Jerry Cotton«, behauptet er schlicht. »Einer von mittlerweile zehn Dutzend.«

»Nur zweimal habe ich den Namen eines Cotton-Autors in der Zeitung entdeckt«, erinnert sich Helmut Neubert und spielt damit augenzwinkernd auf Heinz Werner Höber an. »Das erste Mal, als einer den Verleger verklagte. Er wollte mehr Honorar. Welch absurde Idee! Das andere Mal, als einer – wenn ich mich recht erinnere, war es derselbe – einen so genannten ›ernsthaften‹ Roman schrieb, dessen Held nicht Jerry Cotton, sondern ein Toilettenmann war. Der Roman wurde von den Kritikern sehr gelobt. Zum ersten Mal dämmerte ihnen, dass es unter den Cotton-Autoren auch den einen oder anderen gibt, der tatsächlich schreiben kann.«

Solche Kritiker nimmt Helmut Neubert nicht ernst, für ihn sind Lob und Kritik seiner Leser entscheidend, denn die müssen mit seinen Romanen zufrieden sein. »In einem dicken Buch über berühmte und weniger berühmte Krimiautoren fertigt die Verfasserin die erfolgreichste Krimiserie der Welt in vier oder fünf Zeilen ab. Sie hält Jerry Cotton für einen Geheimagenten und verrät damit, dass sie keinen einzigen der mittlerweile weit über 2000 Romane gelesen hat. Weshalb sollte sie auch? Völlige Ahnungslosigkeit ist bekanntlich die beste Grundlage für ein sicheres Urteil.«

1980 erhielt Neubert für seinen in München angesiedelten Kriminalroman »Wer ein holdes Weib errungen...« den begehrten »Jerry-Cotton-Preis«, verliehen von einer unabhängigen Jury. »Niemand von denen wusste, dass ich auch Jerry-Cotton-Autor bin.«

Den Leser gut unterhalten – das ist Neuberts Anspruch an sich als Autor. Nicht mehr, aber auch nicht weniger...

1981 steigt Peter Hebel bei »G-man Jerry Cotton« ein. Hebel gehört zur Abenteurer-Fraktion unter den Autoren. »Kein Schreibtischtäter«, erinnert sich Bastei-Chefredakteur Rainer Delfs, denn nicht nur Hebels Romane sind voller Abenteuer, auch das Leben dieses Autors verlief wie ein mitreißender Abenteuer-Roman.

Als junger Mann dient Hebel bei der Fremdenlegion. Er will etwas erleben, fremde Länder kennen lernen, seine Abenteuerlust treibt ihn. Und sie bestimmt sein Leben auch nach seiner Zeit in der Legion: In den Siebzigerjahren fährt er zur See und bereist die ganze Welt.

Nach seiner Legions- und Seefahrerzeit drängt es ihn, seine Erlebnisse und Abenteuer in Romanen zu verarbeiten – und er wendet sich an den Bastei Verlag. In vierzehn Jahren schreibt Hebel an die hundertfünfzig Cotton-Romane – Heftromane bis 1987, Taschenbücher bis 1995. In dieser Zeit verfasst er für Bastei Lübbe außerdem eine große Anzahl Kriminalromane außerhalb der Cotton-Serie, die als Taschenbücher unter seinem bürgerlichen Namen erscheinen, und auch als Drehbuchautor macht er von sich reden.

Hebels Romane haben alle etwas Autobiografisches, seine Helden sind wie der Autor selbst: schnoddrige, handfeste Männer, die in aller Herren Länder zu Hause sind und ihren eigenen

267

Weg gehen. Einer seiner Romanhelden ist der SoKo-Beamte Peter Mattek, eine Figur, die derart gut bei Lektoren und Lesern ankam, dass der Bastei Verlag 1990 eine eigene Heftromanserie mit diesem Helden startete; Peter Hebel schrieb alle siebzig Romane über Peter Mattek, den Mann für Sonderfälle.

Peter Hebel lässt Jerry Cotton – so wie der Urautor – gerne an exotischen Schauplätzen ermitteln. Seine Cotton-Romane sind eine Mischung aus Krimi, Abenteuerroman und Agententhriller, und Hebel schickt Jerry und Phil mitunter in die entlegensten Gegenden der Welt auf Verbrecherjagd. Damit bewegt sich Hebel in der Tradition des Cotton-Erfinders, der Cotton und Decker ebenfalls häufiger ins Ausland schickt, um ihre Abenteuer an exotischen Schauplätzen zu bestehen.

Zudem zeichnen sich Hebels Romane durch genaue Kenntnisse jener Länder aus, in denen er Cotton und Decker agieren lässt. Hebel ist ein Mann, der politisch hochinteressiert ist, und er schildert in seinen Romanen den Irland-Konflikt, die Auseinandersetzungen zwischen Palästinensern und Israelis, die Konflikte in den Kurden-Gebieten der Türkei, lässt Cotton gegen arabische Terroristen und gegen feindliche Geheimdienste kämpfen.

Und er betrachtet all diese Konflikte sehr kritisch, zeigt ihre Hintergründe und Ursachen auf. Seine Romane sind geprägt von einer hohen Lebenserfahrung, von politischem Wissen, von Einfühlungsvermögen in andere Kulturen und einer ungeheuren liberalen Gesinnung. Niemand wird zum Terroristen geboren, sondern durch seine Umstände dazu gemacht. Hebel zeigt dies in seinen Romanen auf, stellt Cotton zwischen die unversöhnlichen Fronten von Extremisten, und er schreibt auch über die Machenschaften der Geheimdienste.

Peter Hebel verstarb in Spanien an Lungenkrebs, seine Romane aber erscheinen in den Cotton-Neuauflagen noch immer mit großem Erfolg…

Mitte der Achtzigerjahre betreut der ehemalige Berliner Sport-
reporter Ekkehart Reinke die Serie »G-man Jerry Cotton« re-
daktionell. Joachim Honnef übernimmt sie Ende der Achtziger,
und er tritt ein schweres Amt an: Die »Agentur Wrasmann« liefert nicht mehr, Neubert konzentriert sich zu dieser Zeit auf
Western-Romane, Peter Hebel erkrankt schwer, Horst Friedrichs
schreibt in dieser Zeit hauptsächlich Filmbücher und etabliert
sich auf diesem Markt, und der Urautor ist niemals ein Vielschreiber gewesen.

Das Cotton-Verlagsteam – Delfs, Göbel und Honnef – machen in dieser Zeit einen erstklassigen Job, denn trotz perma-
nenten Manuskriptmangels schaffen sie es, die Serie zu halten.
Und nach und nach gelingt es ihnen – allen voran Honnef –,
neue Autoren zu gewinnen, neue Talente zu entdecken und aufzubauen.

»Joachim Honnef war Steuermann des Jerry-Cotton-Schif-
fes in schwerer Zeit«, erklärt Göbel heute. »Es war die Zeit,
als bewährte Autoren ausschieden und sich anderen Themen
in der Heftroman-Landschaft zuwandten. Keiner wagte das
Wort auszusprechen, aber wie schon einmal – zu Beginn der
Siebzigerjahre – war allen Verantwortlichen klar: Wir befin-
den uns in einer tief greifenden Krise.« Diesmal war es nicht
die Notwendigkeit einer sozialen Neuorientierung, sondern
der Generationswechsel und der neue Lifestyle einer he-
raufziehenden Event-Gesellschaft. Generationswechsel in der
Autorenschaft ist für eine langlebige Heftromanserie mit treuem
Leserstamm immer das Schwierigste, was es zu meistern gilt.
Hinzu kam die Aufgabe, auch neue, junge Leserinnen und
Leser für die Serie zu gewinnen – und zwar ohne die älteren
zu verprellen. Eine der zentralsten Aufgaben für die Redaktion überhaupt, die, zu Joachim Honnefs Zeiten voll ins Be-
wusstsein gerückt, noch heute im Mittelpunkt ihrer Arbeit
steht.

»Wie oft haben Rainer Delfs, Joachim Honnef und ich damals diskutiert, wie viele Ideen entworfen und verworfen«, erzählt Göbel. »Es nutzte alles gar nichts, was uns in Gedanken einfiel. Neue, junge Autoren mussten her und mit ihnen hoffentlich auch eine neue, junge Lesergeneration.«

Honnef – er war unter Günther Jäkel als Verlagsleiter schon Chefredakteur Spannungsromane gewesen – war jener Praktiker und »alte Hase«, der das Cotton-Schiff behutsam und doch entschieden mit Kurskorrekturen durch die »wilden Wasser« zu steuern vermochte.

»Geduld war erforderlich und ein dickes Fell«, erinnert sich Göbel, »wenn die Kritik auf ihn einhagelte, weil er einem neuen Autor vertraute, der so gar nicht schrieb, wie wir Cotton-›Experten‹ es von ›unserer‹ Serie erwarteten. Wenn eine neue Erzählsprache ausgetestet wurde, die uns einfach nicht passte, als Phil und Jerry plötzlich ›Partner‹ waren und nicht länger eingeschworene Mänerfreundschaft beim Lesen zu spüren war. Wenn jetzt auch noch die Auflage sinken würde…«

Unbeirrt aber ging Honnef durch die notwendig gewordene Phase des Experimentierens und Suchens nach neuen Ufern. Und die Kritiker wurden immer stiller, denn neue Autoren, neue Erzählstile, neue Romanthemen wurden nach einiger Zeit sichtbar, die überzeugten und klar machten: Der Honnef schafft es! »Hut ab vor dieser Leistung!«, sagt Göbel heute.

Manfred Weinland, Jahrgang 1960, ist einer der neuen Autoren, die Honnef für das Cotton-Team gewann, wenn leider auch nur kurzfristig. Vierzehn ist er, als er beginnt, eigene Geschichten in den Fan-Magazinen der Science-Fiction-Szene zu veröffentlichen. Bereits mit siebzehn Jahren verkauft er seinen ersten Heftroman an den damaligen Zauberkreis-Verlag, für dessen Gruselreihe »Silber Grusel-Krimi«. Es folgen bis zum heutigen Tag rund zweihundert Romanveröffentlichungen, teilweise im

Taschenbuch, Paperback und Hardcover, unter eigenem Namen und Pseudonymen.

Unlängst erhielt er für seine im Weitbrecht-Verlag erschienene Geschichte »Herz in Bernstein« den begehrten Phantastik-Award für die beste Kurzgeschichte 2001 im Bereich Fantastik.

Zwischen 1991 und 1994 schreibt der junge Autor leider nur wenig mehr als zwanzig Cotton-Romane, doch seine Arbeit bringt neuen »Pfiff« in die Serie, denn durch seine Romane fegt ein frischer Wind, und er glänzt mit modernen, zeitgemäßen Action-Storys.

Weinland legt in seinen Romanen großen Wert auf überraschende Wendungen, auf mysteriöse Geheimnisse und zugespitzte Plots. Wie Horst Friedrichs ist Weinland ein Erzähler, der genau recherchiert, sich über neue Techniken in der Verbrechensbekämpfung informiert und sich bis ins Detail über seine Handlungsorte und die FBI-Arbeit informiert.

Nach nur drei Jahren verlässt er das Cotton-Autorenteam zum Bedauern seines Redakteurs wieder; der Bastei Verlag hat ihm angeboten, eine eigene Gruselserie zu schreiben, »Vampira« (nicht zu verwechseln mit der Bastei-Serie »Vampire«), die sehr schnell Kultstatus erlangt und heute als Hardcover beim Zaubermond-Verlag erscheint. Trotzdem nennt Weinland Jerry Cotton immer an erster Stelle, wenn man ihn nach seinem schriftstellerischen Schaffen fragt. »Jerry Cotton ist jedem ein Begriff, ich bin stolz darauf, dass ich an dieser tollen Serie mitschreiben durfte.«

Zurzeit arbeitet Manfred Weinland wieder an einer eigenen fantastischen Serie für den Bastei Verlag, der Science-Fiction-Serie »Bad Earth«.

»Cotton bedeutet mir viel«, so sagt er. »Er und sein Partner Phil sind mir einfach sympathisch. Keine Hau-drauf-Helden, sondern Menschen aus Fleisch und Blut. Es macht einfach ungeheuren Spaß, Cotton-Romane zu schreiben, obwohl schon eine Menge Arbeit damit verbunden ist.«

Nicht nur Manfred Weinland kann Joachim Honnef kurzfristig für »Jerry Cotton« gewinnen, sondern auch mittlerweile so bekannte Autoren wie Johannes Debray und Jörg Kastner. Jeder von ihnen schreibt etwa zwanzig Cotton-Romane und nutzt »G-man Jerry Cotton« als Sprungbrett für eine erfolgreiche Schriftstellerkarriere. Johannes Debray ist heutzutage ein begehrter Fernseh-Autor, Jörg Kastner erntete mit seiner historischen Bastei-Heftromanserie »Amerika!« große Anerkennung und erzielt inzwischen mit seinen historischen Romanen große Erfolge.

Obwohl diese drei Autoren das Team wieder verlassen, hat sich bis 1997, als Honnef die Redaktion an Peter Thannisch übergibt, ein Team gebildet, das »G-man Jerry Cotton« in die Zukunft schreibt. Der Lorbeerkranz hierfür gebührt zu einem beträchtlichen Teil Joachim Honnef.

Und das gegenwärtige Cotton-Team? Nun, da begegnen uns zunächst einmal schon vertraute Namen: Neben dem Urautor, Horst Friedrichs und Helmut Neubert steuern Walter Appel und Manfred Weinland hin und wieder einen Roman zur Serie bei, wenn es ihre Zeit erlaubt. Ein weiterer Autor, der bereits seit Jahrzehnten der Cotton-Serie treu verbunden ist, ist im Heftroman-Geschäft ein »alter Hase«, den die Leser vor allem unter seinem Pseudonym »A. F. Morland« kennen:

1939 erblickt er in Wien das Licht der Welt. »Dem Schreiben galt zeit meines Lebens meine große Leidenschaft«, bekennt er, »und daran hat sich noch immer nichts geändert.« Menschen zu unterhalten, sie zum Lachen oder zum Weinen zu bringen, ihnen fesselnde Geschichten zu erzählen, mit ihren Gefühlen zu spielen, das sei, so Morland, »einfach fantastisch«.

An 44 Heftromanserien und -reihen hat A. F. Morland im Laufe seines schriftstellerischen Schaffens mitgeschrieben, mehr als 1200 Heftromane und Taschenbücher hat er inzwischen verfasst und eine Welt-Gesamtauflage von rund 45 Millionen Exemplaren erreicht, so sagt er voller Stolz. Circa 2000 Illustriertenromane, Kurzkrimis und Reports stammen ebenso aus seiner Feder wie auch einige Liedtexte für Interpreten der Volksmusik und ein Filmdrehbuch.

Bekannt wurde A. F. Morland mit seiner Bastei-Gruselserie »Tony Ballard«, die – wie der Gruselhit »John Sinclair« – zunächst in der Bastei-Reihe »Gespenster-Krimi« und danach mit großem Erfolg als eigenständige Serie erschien. »Aus heutiger Sicht war es ein Fehler, die Serie aufzugeben, aber ich hatte damals so viel zu tun, dass ich irgendetwas beenden musste, und da ich annahm, dass die Gruselwelle nicht mehr lange anhalten würde – ein großer Irrtum –, machte ich mit Tony Ballard Schluss.« Wahrhaftig ein Fehler, denn »Tony Ballard« markiert den Höhepunkt in Morlands Schaffen und ist auch heute noch bei den deutschsprachigen Horror-Fans in aller Munde.

Morland schrieb aber nicht nur Spannungsromane, sein Schaffen umfasst auch eine große Anzahl romantischer Frauen-, Heimat- und Arztromane; lange Zeit schrieb er zum Beispiel an der Bastei-Erfolgsserie »Dr. Stefan Frank« mit. Er ist ein Autor, der sich in jedem Genre zu Hause fühlt. »Mit Begeisterung habe ich Frauenromane geschrieben. Wenn mich heute jemand fragt, was ich am liebsten geschrieben habe, kann ich es nicht sagen. Alles. Einfach alles.«

Seine Erfahrungen sowohl in der romantischen als auch der schaurigen Literatur kommen Morlands Cotton-Romanen zugute: Nervenzerfetzende Verfolgungsszenen und geradezu schaurige Spannungsmomente wechseln sich ab mit dramatischen Schicksalsschilderungen und tief gehenden Liebesszenen. Morland taucht den Leser in ein Wechselbad der Gefühle.

Morland kann sich nicht mehr genau daran erinnern, wann Bastei bei ihm anrief und ihn fragte, ob er sich auch mal an »Jerry Cotton« versuchen wolle. Aber er erinnert sich noch genau an seine Empfindungen damals: »Für mich war das Auszeichnung, Ehre und Ansporn, mich noch mehr ins Zeug zu legen, noch intensiver an mir zu arbeiten und noch besser zu werden. – Jerry Cotton. Der Kriminalroman, von dem die Welt spricht. Wow! Jeder kennt ihn. Viele lieben ihn. Viele halten ihm schon länger die Treue, als ich dem Autoren-Team angehöre.«

Mit kaum einer Romanfigur – »außer mit Tony Ballard, der viel von meinem Wesen hatte« – kann sich Morland besser identifizieren. Es macht ihm Spaß, so sagt er, Jerry und seine Kollegen miteinander flachsen zu lassen, und genau darin sieht Morland den großen Unterschied zu vielen anderen Krimis und das Erfolgsrezept der Cotton-Serie: »In meinen Storys treten sie den täglichen erbarmungslos harten Kampf gegen das Verbrechen nicht miesepeterig oder gar deprimiert an, sondern sie krempeln sich die Ärmel hoch und sagen: ›Wir packen das!‹ Und dann schaffen sie 's auch.« Morlands Meinung nach schätzt der Leser den positiven Helden, der Selbstvertrauen und Zuversicht ausstrahlt, »und nicht einen, der sich als seelisch zerlumpter Verlierer, ohne Freude am Job und am Leben, durch die Story schleppt. Wen sollte der mitreißen?«

»Wenn Redakteure oder Ressortleiterinnen sagen, dass es ein Vergnügen ist, meine Romane zu lesen, wenn sie mir attestieren, dass ich keine Reißbrettkrimis schreibe, sondern Geschichten mit menschlichem Tiefgang, wenn sich mein derzeitiger Cotton-Lektor einen meiner Romane übers Wochenende mit nach Hause nimmt, weil er so spannend geschrieben ist, dass er nicht aufhören möchte, ihn zu lesen, dann freut mich das natürlich ganz besonders, und ich hoffe, dass ich die in mich gesetzten Erwartungen noch sehr, sehr lange erfüllen kann.«

Ende der Neunzigerjahre stößt eine Reihe neuer und junger Autoren zum Cotton-Team, die zum Großteil noch von Joachim Honnef rekrutiert wurden. »G-man Jerry Cotton« ist mit diesen jungen Autoren in die Zukunft aufgebrochen, glaubt Klaus Göbel. Er spricht von einem »Spagat« zwischen den Erwartungen der Stammleser und den Texten der neuen Autoren, deren Figuren, Sprache und Weltsicht das widerspiegeln, was die Herzen der Leser zu Beginn des 21. Jahrhunderts bewegt.

»Die Zeit der Mafiaschlapphüte ist vorbei«, sagt der heutige Cotton-Lektor Peter Thannisch. »Wir wollen eine moderne Serie machen. Aktuelle Storys, spannende Action.« Trotzdem teilt er Göbels Meinung nicht ganz: »Jerry Cotton war schon immer das Synonym für den modernen Kriminalroman und richtungsweisend für seine Zeit. Da machen wir also nichts Neues!« Und auch die älteren Autoren, vor allem aber der Erfinder der Serie selbst, schreiben »äußerst moderne und absolut zeitgemäße Romane«, so Thannisch. »Es ist, als würden die Autoren geistig niemals altern, als wenn die Arbeit an Jerry Cotton sie jung hielte.«

Einer der jüngeren Autoren der Serie ist Michael J. Parrish, Jahrgang 1969. Anfang 1996 zum Autorenteam gestoßen, gehen inzwischen bereits an die neunzig Cotton-Romane auf sein Konto. Zwischen 1999 und 2002 schrieb er federführend die Bastei-Fantasy-Serie »Torn«, die von ihm kreiert wurde. Und die Endzeit-Serie »Maddrax«, die ebenfalls bei Bastei erscheint und zu derem festen Autoren-Team Parrish gehört, wurde bereits zweimal als »beste fantastische Serie« mit dem Phantastik-Award ausgezeichnet.

»Und wie wird man Cotton-Autor?«, frage ich ihn. Parrish zuckt mit den Schultern. »Eine Frage, die häufig gestellt wird«, sagt er, »die aber nicht ohne weiteres zu beantworten ist. Natürlich könnte ich sagen, dass man dazu ein paar Dutzend Cotton-Hefte gelesen haben sollte, dass man die Hauptfiguren kennen und mit ihnen vertraut sein muss. Dass man ferner über die Fähigkeit verfügen sollte, sich eine Geschichte auszudenken und sie schließlich zum fertigen Roman auszuformulieren. Aber all das trifft auch auf andere Romanserien zu. Was G-man Jerry Cotton so besonders macht, ist weniger das Drumherum – es ist die Serie selbst.«

Cotton-Autor zu sein, sagt Parrish, sei nicht nur eine Frage der Fertigkeit. Man müsse ihn auch mögen, diesen aufrechten G-man, und seinen besten Freund Phil Decker, die tagein, tagaus ihre Pflicht tun im Dienst für Recht und Gerechtigkeit. Und Parrish mag ihn, diesen Jerry Cotton, dessen spannende, aufregende Abenteuer er bereits als Heranwachsender verfolgte. Er hat ihn tief in sein Herz geschlossen.

Seinen ersten Cotton-Roman las Parrish bereits im Alter von zwölf Jahren – im Unterricht unter der Schulbank. Die abenteuerliche Welt des G-man Jerry Cotton faszinierte ihn vom ersten Augenblick an. »Nicht nur die Story selbst, sondern auch der Stil, das Tempo, die Charaktere.«

Wer Cotton-Romane schreibt, muss sich früher oder später auch mit den verbreiteten Vorurteilen über den »Groschenroman« auseinander setzen. »Der Umstand, dass Jerrys Abenteuer eben nicht zwischen Kartondeckel gepresst werden, sondern – bis auf die Taschenbücher natürlich – in Heftform erscheinen, scheint manchen Zeitgenossen bis zum heutigen Tag sauer aufzustoßen«, sagt Parrish. »Die Gewohnheit, Unterhaltung als minderwertig abzutun, hat in deutschen Landen ja eine gewisse Tradition, während man sich da in englischsprachigen Ländern viel unverkrampfter gibt.«

Dabei leistet Jerry Cotton seiner Ansicht nach mehr, als nur zu unterhalten: »In einer Zeit, in der sich die Menschen immer schwerer tun, zentrale Werte zu finden, weil alles infrage gestellt wird, erfüllen die Cotton-Romane die Funktion eines gesellschaftspolitischen Kompasses, der ziemlich genau sagt, welche Richtung richtig ist und welche falsch. Ein bisschen wie Grimms Märchen, wenn man so will.« Parrish ist der Überzeugung, dass die Cotton-Romane ihren Lesern eine Art Grundraster für menschliches Verhalten liefern. »Wenn man so will, sind die Cotton-Romane moderne Märchen – und wir Autoren sind die Märchenerzähler unserer Tage.«

Das macht seiner Ansicht nach auch den langjährigen Erfolg der Serie aus. »Jerry Cotton ist ein gutes Stück deutscher Popkultur, und daran teilhaben zu dürfen macht großen Spaß.«

Darüber, wie ein Cotton-Roman entsteht, gebe es die abstrusesten Vorstellungen, so Michael J. Parrish. Selbst in Schulbüchern werde heute noch gerne behauptet, dass Romanhefte von fest angestellten Autoren geschrieben würden, von denen einer nur für Actionszenen, ein anderer nur für Liebesszenen und schließlich ein dritter nur für Schlussszenen zuständig wäre. »Das ist natürlich Blödsinn und wohl von jemandem geschrieben worden, der sein ganzes Leben lang noch keinen Heftroman gelesen hat.«

»Ich für meinen Teil beziehe viel Inspiration aus Film und Fernsehen, aber auch aus dem Tagesgeschehen«, erklärt Parrish. »So war mein Roman ›Ich – der Premierminister‹ eine kleine Hommage an den klassischen Abenteuerstreifen ›Der Gefangene von Zenda‹, während ›Mein heißer Flirt mit der First Lady‹ natürlich von der damals aktuellen Lewinsky-Affäre inspiriert war. Da ich viel unterwegs bin und meine Romane oft auch auf Reisen schreibe – bevorzugt in den USA oder in Asien –, versuche ich auch, stets das entsprechende Lokalkolorit und Authentizität in die Romane einfließen zu lassen, was man ihnen hoffentlich anmerkt.«

Neben der Action und der Spannung ist Michael J. Parrish der Bezug der Figuren zueinander besonders wichtig. Gerade Storys, in denen es »unseren Helden so richtig dreckig geht« und sie sich gegenseitig aus ihren Krisen heraushelfen müssen, haben es ihm angetan.

Er schrieb so bewegende und faszinierende Trilogien wie »Mein letzter Fall beim FBI« oder »Der Tag, an dem Phil Decker starb«. In »Mein letzter Fall beim FBI« wird Jerry Cottons Freundin Pamela Westlake von einem Gangsterboss ermordet, der sich damit an Cotton rächen will. Cotton zerbricht an der Schuld, die er sich gibt, und quittiert seinen Dienst beim FBI. Sein Freund Phil Decker und sein väterlicher Vorgesetzter Mr. High tun alles, um Jerry zu helfen, doch es gelingt ihnen nicht. Erst nachdem er als Privatmann in einen Kriminalfall verstrickt ist und den Tod eines Unschuldigen verhindern kann, erkennt Jerry, wie wichtig sein Job beim FBI ist, dass er zwar nicht alle unschuldigen Opfer retten kann, doch sehr viele, und er kehrt in seinen Kollegen- und Freundeskreis beim FBI zurück.

In der Trilogie »Der Tag, an dem Phil Decker starb« muss Jerry Cotton davon ausgehen, dass sein Freund und Partner Phil Decker ums Leben kam. In einer dramatischen Szene trägt er seinen Freund zu Grabe – oder glaubt dies zumindest. Eine Szene voll Trauer und Gefühl.

Beide Trilogien schlugen bei den Cotton-Fans ein wie Bomben, die Cotton-Redaktion wurde von einer Flut begeisterter Leserbriefe überschwemmt, und auch nach Jahren noch versuchen Fans, an die entsprechenden Hefte zu gelangen. Dies zeigt, wie wichtig die Freundschaft zwischen Jerry und Phil und die Beziehungen der einzelnen FBI-Agenten untereinander für den Erfolg der Serie sind.

Auch bei Michael J. Parrish folgt auf tiefste Krise ein glückliches Ende, und das ist es, was dem Leser Hoffnung gibt und ihm sagt, dass er auch in den eigenen Lebenskrisen nicht aufgeben darf. Es zeigt aber auch, dass Helden nicht unverwundbar sind, dass auch sie schwere Zeiten durchmachen, und auch das gibt dem Leser Hoffnung.

Im Vordergrund stehen in Parrishs Romanen die Freundschaft und die Treue der FBI-Agenten zueinander. Sie sind wie eine Familie, die zusammenhält...

Ebenfalls zur neuen Generation der Cotton-Autoren gehören Martin Barkawitz und Jo Zybell, deren Romane seit Mitte 1997 erscheinen.

Martin Barkawitz – auch für andere Bastei-Serien vor seiner »Kiste« tätig – ist ein Routinier. Er erzählt temporeich und gradlinig, baut schnörkellose Spannungsbögen auf und kommt immer schnell zur Sache. Er erfand für die Cotton-Serie die Latina-Agentin Annie Geraldo, die sich insbesondere bei jungen Leserinnen und Lesern großer Beliebtheit erfreut. In seinem Roman »Kugel für die Country-Queen« erwähnte Barkawitz sie nur kurz, gab ihr dann aber in einem folgenden Roman eine größere »Rolle«. Und weil er die Figur mochte, mischte sie auch in dem darauf folgenden Roman mit. Und als dann viele positive und begeisterte Leserbriefe im Verlag eintrudelten, musste Barkawitz die Figur der Annie Geraldo ausbauen, und sie wurde zum festen Mitglied des Agenten-Teams um Jerry Cotton.

Annie Geraldo, die Latina-Agentin, und Jerry Cottons Neffe Will Cotton, den Michael J. Parrish in die Serie hineinschrieb, stehen für den leisen Generationswechsel, der sich in der Serie »Jerry Cotton« personell vollführt: »Nebenfiguren wie Zeerookah oder Steve Dillaggio stehen fest, sind unveränderlich«, sagt Cotton-Lektor Thannisch, »wenn wir an deren Charakterisierung etwas ändern würden, würden wir die Fans verärgern.« Mit Figuren wie Annie Geraldo oder Will Cotton können die Autoren spielen, und sie entwickeln sich mit der Zeit weiter; der Leser verfolgt ihren Werdegang innerhalb des FBI-Teams. Und als neue Generation von FBI-Agenten können sie auch mal Dinge tun, die der Leser den »altgedienten« G-men niemals verzeihen würde.

»Das macht die Geschichten noch menschlicher«, ist Thannisch überzeugt, »und gerade die jungen Leser finden sich in Figuren wie Annie Geraldo und Will Cotton wieder.«

In dem Roman »Zieh dich aus, Annie!« von Martin Barkawitz verliebt sich Annie Geraldo in einen Profikiller, ohne dies zunächst zu ahnen. Die Story ist beispielhaft für die Cotton-Romane jüngeren Datums. Einmal die persönliche Dramatik der Figuren: Curtis, der Killer, will seinen Job hinschmeißen und nicht mehr töten, doch weil er noch immer ein gesuchter Mörder ist und eine FBI-Agentin liebt, muss er zwangsläufig leiden, denn er kann und darf sich seiner geliebten Annie nicht offenbaren. Und die Agentin Annie Geraldo jagt nicht einfach nur einen Verbrecher, sondern muss den persönlichen Konflikt zwischen beruflicher Pflicht und persönlichen Gefühlen durchstehen.

Und schließlich der wahrscheinlich wichtigste neue Ton in den Cotton-Romanen: Die Cotton-Autoren schildern ihre Verbrecher nicht mehr nur als skrupellose Bösewichter, sondern geben Ihnen Geschichte und Persönlichkeit. Barkawitz' Profikiller Curtis zum Beispiel erinnert sich, kurz nachdem er einen Menschen getötet hat, an seinen Großvater:

Grandpa hat bei der Arbeit viel gesungen. Die schöne Stimme habe ich von ihm geerbt, sagte sich der Killer (...)

Country Songs, die er auswendig kannte, wurden aus den Tiefen seines Gedächtnisses an die Oberfläche gespült. Das war die Musik seiner unschuldigen Kindheit.

Reiß dich zusammen!, sagte die Stimme der Bosheit in seinem Inneren. Du hast den Alten abgeknallt, was soll 's? Der hätte ohnehin nicht mehr lange zu leben gehabt. (...) Warren bezahlt dich verdammt gut, und was machst du? Du kriegst einen Moralischen und beginnst zu flennen...!

Es rannen wirklich ein paar Tränen über die Wangen des

blonden Mannes. Aber Curtis hörte nicht mehr auf sein kriminelles Ich. (...)

Der Killer hatte schwere Schuld auf sich geladen. Was wohl sein Grandpa gesagt hätte, hätte er gewusst, was aus seinem Enkel geworden war?

Die Sensibilität für Figuren und ihre dramatische Verstrickung in ihre Fehler und Schwächen – das vor allem kennzeichnet die Romane von Jo Zybell.

Zybell, Jahrgang 54, begann seine schriftstellerische Karriere in den Neunzigerjahren mit einem Kinderbuch. Damals war er noch als Sozialpädagoge in einer psychosomatischen Klinik tätig, da kam ihm die Idee, über ein Nashorn namens Nero zu schreiben. »Das Spitzmaulnashorn war krank im Kopf, deswegen verjagte es alle gestreiften und gefleckten Tiere aus der Savanne«, erläutert er den Inhalt des Buches. »Jedenfalls hat der Rowohlt-Verlag die Geschichte aus irgendeinem Grund in seiner Taschenbuchreihe für Kinder veröffentlicht. Seitdem vermute ich, dass ich Schriftsteller bin.«

Am liebsten jedoch würde er Gedichte schreiben, monatelang an einem einzigen kleinen Text herumfeilen. Davon träumt er. »Leider ist damit kein Geld zu verdienen.« Also überlegten er und seine Lebensgefährtin, was man denn wohl schreiben müsse, wenn man davon leben will. »Wir gingen in die Bahnhofsbuchhandlung, kauften ein paar Arztromane, lasen sie und legten selbst los. Für den ersten brauchte ich vier Monate. Wir schickten das gute Stück nach Bergisch Gladbach, und seitdem schreibe ich für den Bastei Verlag. Heute arbeite ich etwa eine Woche lang, bis ein G-man Jerry Cotton steht.«

Seinen ersten Cotton-Roman schrieb er 1997. Joachim Honnef suchte damals neue, moderne Autoren, und Zybell wurde ihm vom Lektorat für die romantischen Heftserien empfohlen.

»Seitdem habe ich an die sechstausend Seiten G-man Jerry Cotton gedichtet.«

Der größere Teil seiner bisher etwa sechzig erschienenen Cotton-Romane erzählt von Durchschnittsmenschen, die unverhofft Opfer von Verbrechen werden oder sich durch Dummheit, Zufall oder Schicksalsschläge in die Rolle des Täters hineinmanövrieren lassen. Der Privatdetektiv, der angesichts einer astronomischen Geldsumme nicht Nein sagen kann; der naive Jugendliche, der in eine fanatische Gruppe hineinschlittert und zum Mörder wird; der Familienvater, der mit seinen kleinen Kindern in einem Imbiss sitzt und mehr aus Versehen, aber auch um seine Söhne zu schützen, einen Verbrecher erschießt und darauf ins Visier eines Syndikats gerät; das glückliche junge Paar, das einen Verlobungsring kaufen will und urplötzlich zu Geiseln von Juwelenräubern wird; der sympathische Cop in Finanznot, der nur ein Rennpferd stehlen und ein bisschen Geld erpressen will und dabei ein fürchterliches Blutbad provoziert... Das ist das Personal, das Zybells Romane bevölkert. »Ich liebe es, ganz normale Menschen in Extremsituationen zu bringen und dann zu sehen, wie sie sich verhalten.«

Manche scheitern, manche werden zu Helden. Der eine oder andere zum ersten und letzten Mal in seinem Leben. Zum Beispiel Ginger, der Wirt einer Schwulenkneipe in Chelsea im Cotton-Heftroman Band 2150, »Die Bomber«. Seine Kneipe ist gerammelt voll, als er in einer scheinbar vergessenen Tasche unter dem Garderobenständer eine Bombe entdeckt:

Ginger fuhr hoch. Gehetzt blickte er um sich. Wenn er jetzt losbrüllte, würden alle zur Tür rennen, aber nur wenige würden es bis auf die Straße schaffen.

Es wurde plötzlich still im »Yellow Corner«. Alle, die Gingers aschfahles Gesicht sahen, verstummten. Und die es noch nicht gesehen hatten, prallten gegen die plötzliche Stille wie gegen einen Braunbären, der sich unerwartet auf einem harmlosen Wanderweg in den nördlichen Rockys aufrichtet.

»Was ist los mit dir, Ginger?«, flüsterte jemand in die Stille hinein.

Ginger riss die Tasche hoch, rannte zur Tür, stieß sie auf und rannte auf die abendliche Straße.

Seine Gäste drängten sich vor Eingang und Fenstern. Einige liefen hinter Ginger her. Zwischen bremsenden Autos und Scheinwerferkegeln hindurch spurtete der Wirt auf den Ericson Park zu. (...) »Ginger!«, brüllten sie ihm hinterher. »Bist du übergeschnappt?«

Jetzt sahen sie den großen Mann (...) nur noch als Schatten in der Dunkelheit. Er hinkte über den Rasen des Parks, blieb stehen, schwang die Tasche hin und her, als wollte er sie in die Büsche werfen – weit, weit weg von der Straße.

Und dann zuckte ein greller Blitz auf...

»Eine meiner Lieblingsstellen«, sagt Zybell, »der schwule Kneipenwirt, der über sich hinauswächst und sein Leben für seine Gäste opfert. Ein bisschen wie Christus.«

Biblische Motive finden sich, mehr oder weniger versteckt, gar nicht so selten in seinen Romanen. »Das liegt wahrscheinlich daran, dass ich früher auch mal Prediger war. Abgesehen von ein paar Gedichtbänden und den Romanen Kurt Vonneguts ist die Bibel das Buch, das ich am häufigsten gelesen habe und am besten kenne.«

»Zybell war und ist ein echter Gewinn für die Cotton-Serie«, sagt Peter Thannisch heute. »Die Leser sind begeistert von der schicksalhaften Dramatik seiner Romane, von dem großen Einfühlungsvermögen dieses Autors und seiner Liebe für die Schwachen und Hilflosen unserer Gesellschaft, für die Außenseiter und Verstoßenen.« So wurde Zybells Roman »Route 66 – Straße zur Hölle«, erschienen als Cotton-Heftroman Band 2182, in einer großen Umfrage von den Cotton-Lesern zum besten Roman des Jahres 1999 gekürt.

Und auch sonst ist er ein äußerst erfolgreicher Unterhaltungsautor. Seit seinem Einstieg in die Serie »G-man Jerry Cotton« schreibt Zybell zwar keine Arztromane mehr, dafür aber Fantasy-Science-Fiction-Romane, etwa für die Bastei-Serie »Maddrax«. »Mein Lektor sagt, die seien gut, und tatsächlich haben meine Leser mich 2001 zum besten Fantasy-Autor des Jahres gewählt.«

Bester Cotton-Roman 1999, bester Fantasy-Autor 2001 – Zybell ist mit seiner Autorenkarriere längst durchgestartet, und inzwischen lebt er hauptberuflich von seinen dramatischen Romanen…

Zwei weitere Autoren gehören zur Stammmannschaft des Cotton-Autorenteams, die regelmäßig ihre Romane beisteuern, obwohl sie vom Schreiben nicht leben, sondern die Schriftstellerei »nur« nebenberuflich betreiben, aus Liebe zur Kriminalliteratur: Alfred Bekker und Peter Haberl.

Bekker, Jahrgang 1964 und hauptberuflich Pädagoge, ist, so sagt er, »vom Geschichtenschreiben besessen«. Den ersten Roman, den er später auch an einen Verlag verkaufte, verfasste er bereits im Alter von vierzehn Jahren.

Unter seinem bürgerlichen Namen und mehreren Pseudonymen veröffentlichte er bisher mehr als 200 Romane im Hardcover, Paperback, Taschenbuch und Heft, die zum Teil auch in mehrere europäische Sprachen übersetzt wurden. Unter anderem schrieb er den mit sauerländischem Lokalkolorit angereicherten Krimi »Der Killer wartet…« (Wartberg-Verlag), den satirischen Krimi »Gnadenlose Wölfe und andere nette Leute« (Bärenklau-Verlag), in dem ein Autor von Heftromanen im Mittelpunkt steht, und den Thriller »Der Auftrag – Mord in Berlin« (Betzel-Verlag). Für den Betzel-Verlag konzipierte Bekker auch die Krimiserie »Lorant«, deren erster Band unter dem Titel »Eine Kugel für Lorant« für 2003 angekündigt ist. »Der Verleger wollte so etwas wie Jerry Cotton. Nur in Deutschland angesiedelt. Ich komme von dem Burschen einfach nicht los.«

»Als ich acht Jahre alt war, entdeckte ich die Cotton-Hefte am Kiosk«, erinnert sich Bekker. »»Der Kriminalroman, von dem die Welt spricht«, stand da nicht gerade bescheiden auf den Heften, und ich war schwer beeindruckt. Schon damals dachte ich: So etwas willst du auch mal schreiben! Jahre später hat sich dieser Traum dann erfüllt.«

Über Jerry Cotton sagt Bekker: »Cotton beinhaltet die volle Bandbreite des Krimis und ermöglicht es mir, betont actionreiche Storys zu erzählen. Das mit Raffinesse und intelligenter Ermittlung zu verbinden und zu einem rasanten Plot zu verdichten ist für mich jedes Mal aufs Neue eine Herausforderung.«

Ein weiterer Autor, der »nur« nebenberuflich an der Serie »Jerry Cotton« mitschreibt, ist Peter Haberl, dreiundfünfzig Jahre alt und in einem Verwaltungsberuf tätig. Auch für ihn ist das Schreiben mehr als ein Hobby; es ist eine Leidenschaft, die ihn nicht mehr loslässt, eine Berufung, der er sich stellen muss. In den Siebzigerjahren veröffentlichte er seine ersten Romane und schrieb seitdem für verschiedene Verlage an einer Anzahl Western-Reihen mit.

»Im Jahr 2001 nahm ich wieder Verbindung mit dem Bastei Verlag auf. Mir wurde die Mitarbeit an einer neuen Western-Serie angeboten. Natürlich ließ ich diese Chance nicht aus. Nachdem ich zwei Romane geschrieben hatte, fragte mich mein Lektor, ob ich Interesse hätte, Cotton-Romane zu schreiben.«

Haberl, der im Krimi-Genre noch keine Erfahrung hatte, wagte den Versuch und verfasste seinen ersten Cotton-Roman. Drei Tage später erhielt er Antwort: »Herzlich willkommen im Jerry-Cotton-Autoren-Team!«

Was ihn so sehr an Jerry Cotton und seinem Freund Phil Decker fasziniert, frage ich ihn, und Haberl antwortet: »Eine ganze Menge. Sie verkörpern Werte und Eigenschaften, die jeder Mann, aber auch jede Frau gern in sich vereinen würde. Nämlich Mut, Härte, Menschlichkeit und Humor. Mut und Härte im Kampf gegen das Verbrechen, Mitgefühl und Anteilnahme mit den Opfern, und alles gepaart mit viel Witz.«

Auch seiner Auffassung nach ist es vor allem die Freundschaft zwischen Jerry und Phil, die die Cotton-Leser begeistert. »Wer möchte nicht einen Mann wie Jerry Cotton oder Phil Decker zum Freund haben? Jerry Cotton und Phil Decker leben es vor. Sie sind Vorbild. Sie sind lebendig, sie sind greifbar. Wer sich mit den beiden identifiziert, hat sicher einen guten Weg gewählt.«

Auch Haberl ist stolz darauf, zu jenen zu gehören, die den Figuren Jerry Cotton und Phil Decker Leben verleihen dürfen. »Nicht nur, dass ihre Abenteuer mitreißend und kurzweilig sind. Mit ihnen werden Ideale personifiziert. Ideale, wie sie in unserer Welt oftmals verloren gegangen sind. Darum macht es Spaß, mit den Geschichten über Jerry und Phil Werte zu vermitteln, die ein jeder – ob Mann oder Frau, ob Jung oder Alt – bei sich sucht. Und dank der beiden vielleicht auch findet. Sie dürfen es mir glauben: Die beiden G-men können dabei helfen.«

Zurzeit schreibt Haberl für den Bastei Verlag seine eigene Western-Serie »Texas-Marshal« unter dem Pseudonym William Scott. Doch noch immer hat dieser produktive Autor Zeit, regelmäßig Romane für die Serie »G-man Jerry Cotton« beizusteuern…

Man erkennt aus diesen Schilderungen, dass das Autoren-Team der Serie »G-man Jerry Cotton« zurzeit aus teils sehr unterschiedlichen Menschen mit unterschiedlichem Werdegang und unterschiedlichen Wertvorstellungen besteht, die auch die Gewichtung in ihren Romanen unterschiedlich setzen. Der eine setzt den Schwerpunkt auf ausgefeilte Charakterstudien, der andere auf rasante Action. Der eine versetzt die Helden gerne in eine Krisensituation, an der sie fast zerbrechen, der andere lässt sie die Ärmel hochkrempeln und sagen: »Jetzt erst recht!« Bei dem einen Autor steht die Freundschaft zwischen Jerry und Phil im Mittelpunkt, bei dem anderen die tragischen Schicksale der Nebenfiguren…

»Das ist das Hervorstechende an der Cotton-Serie«, erklärt ihr jetziger Lektor. »Der Leser erhält Woche für Woche *seine* Helden, so wie er sie kennt und liebt. Aber er bekommt auch jede Woche eine ganz neue Geschichte, denn jeder Autor hat seine eigene Sichtweise, seine eigene Art, Dinge zu betrachten und zu beschreiben.« Würden vier seiner Autoren ein und dieselbe Story schreiben, so ist Thannisch überzeugt, würde er vier völlig unterschiedliche Romane erhalten. »Der eine würde die Ermittlungen von Cotton und Decker in den Mittelpunkt des Romans stellen, der andere das leidende Opfer. Bei dem einen wäre der Verbrecher ein unverbesserlicher Schurke, der andere würde eine zweigeteilte Persönlichkeit daraus machen. Es ist fantastisch und faszinierend, wie viele Facetten die Cotton-Romane durch ihre unterschiedlichen Autoren haben.«

Auch das macht seiner Meinung nach den Erfolg der Cotton-Serie aus: »Sie ist voller Abwechslung, immer wieder neu, frisch und für den Leser überraschend. Und trotzdem bekommt der Leser Woche für Woche das, was er sucht: *seinen* Jerry Cotton und *seinen* Phil Decker. Denn bei all den Unterschieden der Autoren und ihrer Romane, die Helden bleiben immer dieselben, so, wie der Leser sie liebt und ins Herz geschlossen hat.«

Und das ist es wiederum, was diese Autoren verbindet: ihre Liebe zu Jerry Cotton, zu den Helden und der Serie selbst, die es ihnen ermöglicht, ihr schriftstellerisches Können in allen Facetten auszuüben, wenn sie sich vor ihre »Kisten« setzen und den

Flug antreten nach New York und in die Herzen ihrer Romanfiguren – und ihrer Leser.

Wie entsteht ein Jerry Cotton? So geht das! Seit fünfzig Jahren inzwischen. Und so wird es wohl auch die nächsten fünfzig Jahre gehen. Der G-man Jerry Cotton aus New York ist zu
beneiden: Um seine Zukunft braucht er sich keine Sorgen zu
machen…

Heißes Blei
für einen G-man
Teil 9

Jansen hat uns von dem Drehbuch erzählt. Er belastet Sie schwer, Fritz.« Die Hände in den Hosentaschen vergraben, lehnte Decker am Türrahmen. Er stand auf dem Türblatt, das aus dem Rahmen gesprengt worden war. Sie hatten sich von außen gegen die Tür geworfen und sie aufgebrochen, als ich versucht hatte, das Bett dagegen zu schieben. »Nach seiner Version wollten Sie Ihr Drehbuch in die Wirklichkeit umsetzen, sozusagen real inszenieren, weil eine Produktionsfirma in Hamburg es abgelehnt hat.«

»So ein Blödsinn!«, begehrte ich auf. »Was hätte ich denn davon gehabt?« Es war inzwischen halb zehn Uhr abends, das Deckenlicht brannte. Ich kauerte vor dem Fußende des Bettes am Boden. Mit den Handschellen hatte ich mich am Holm des Bettrahmens gefesselt. Um keinen Preis der Welt wollte ich in eine Gefängniszelle. Decker hatte den Schlüssel für die Handschellen verloren. Was für ein Glück!

»Sie wären vielleicht groß rausgekommen«, sagte Dillaggio. »Und irgendjemand hätte ihr Drehbuch womöglich doch noch verfilmt.« Der Krach hatte ihn und Zeerookah auf den Plan gerufen.

»Absurd! Vollkommen verrückt!«

»Sie glauben gar nicht, wie viele Verrückte es allein in dieser Stadt gibt«, tönte es hinter mir. Dort hing Zeerookah in einem Sessel und hatte die Füße – sie steckten in italienischen Schuhen – auf den Tisch gelegt.

»Außerdem schreibe ich keine Drehbücher.«

»Wir haben es aber in Ihrem Hotelschließfach gefunden«, sagte Cotton mit müder Stimme. Er lehnte an der Fensterbank. Hinter ihm fiel der Regen durch die Lichtkegel der Straßenbeleuchtung. »Die erste Szene spielt in unmittelbarer Nähe unseres Treffpunktes. Wer konnte von ihm wissen außer Ihnen und mir?«

»Keine Ahnung. Vielleicht hat jemand mein Telefon abgehört. Oder Ihres.« Innerlich betete ich um ein Verkehrschaos in Manhattan – ein Wagen aus der Federal Plaza war unterwegs. Mit einem Ersatzschlüssel für die Handschellen.

»Einer der beiden Schlabberhosen hat ein Geständnis unterschrieben.« Decker stieß sich vom Türrahmen ab und schlenderte durch den Raum. »Der Junge erzählte, dass Steelman und Eisenberg Jerry töten wollten. Und Sie nannte er als Auftraggeber. Ihre Freundin hätte die ganze Bande für Sie engagiert.«

»Die Schweizerin? Ich bin ihr zum ersten Mal in Chinatown begegnet. Und diesem Steelman auch.« Ein Geistesblitz durchzuckte mich. »Außerdem wäre es ein Kurzfilm geworden, wenn Steelman Cotton im Hinterhof erschossen hätte.«

»Im Drehbuch ist die Sache genauso schief gelaufen wie in der Wirklichkeit«, sagte Dillaggio. »Und ein paar andere Mordversuche auch. Zum Beispiel der im Parkhaus. Das Ding liest sich wie eine Ansammlung von Alternativplänen. Als hätten Sie alle Möglichkeiten durchgespielt und für jeden gescheiterten Versuch eine Ersatzstrategie entwickelt. Am Schluss sprengen Sie Jerry in seinem Jaguar in die Luft...«

»Was für ein Wahnsinn!«, schrie ich. »Eure Fantasie geht mit euch durch! Ihr solltet Romane schreiben!« Ich wandte mich an Cotton. »Mal im Ernst, Jerry. Trauen Sie mir wirklich zu, dass ich Sie töten will?«

Cotton betrachtete mich nur traurig und schwieg.

»Wenn euer Kollege mit dem Schlüssel da ist, pack ich meine Sachen und fahr zum Flughafen!«, erklärte ich.

Vier Augenpaare hefteten sich auf mich. Dillaggio runzelte die Stirn und neigte den Kopf, als glaubte er nicht richtig verstanden zu haben. Decker grinste wehmütig. Cotton rührte sich nicht, und Zeerookah sagte: »Geht 's Ihnen gut, Fritz?«

»Sehr gut sogar. Mir ist nämlich gerade etwas eingefallen, etwas Entscheidendes. Ihr könnt mich hier nämlich gar nicht festhalten.«

»Ach?« Der Indianer grinste, als hätte er einen guten Witz aus dem Mund eines Betrunkenen aufgeschnappt. »Schon mal was vom Patriotengesetz gehört? Seit dem 11. September 2001 können wir Sie mindestens vierzehn Tage lang festhalten, ohne Haftbefehl. Sie sind festgenommen, Fritz – Punkt!«

»Ihr könnt mich nicht festnehmen. Und wisst ihr, warum? Weil es euch gar nicht gibt! Ihr seid Romanfiguren, verdammt noch mal, *fictional agents*!« An der Handschelle zerrte ich das Bett Richtung Tür.

»Verarschen können wir uns selbst, Fritz«, knurrte Decker.

Dillaggio beobachtete mich, als wäre ich ein exotisches Tier, Cotton am Fenster schwieg noch immer, und Zeerookah schwang seine Beine vom Tisch und ging neben mir in die Hocke. »Hey, Fritz! Geht 's Ihnen wirklich gut?« Er schien amüsiert und besorgt zugleich. »Ich meine, wenn Sie auf Unzurechnungsfähigkeit hinauswollen, kontert der

Staatsanwalt mit einem psychiatrischen Gutachten. Da werden Sie alt aussehen, schätze ich, und...«

Ein Schuss krachte, irgendwo in den unteren Stockwerken. Das Licht erlosch. Dunkelheit auch im Treppenhaus hinter Deckers Gestalt. Am Fenster wirbelte Cottons Silhouette herum.

Viermal hörte ich es fast gleichzeitig klicken – in den Händen der G-men ahnte ich die Umrisse ihrer Pistolen.

Das Hämmern einer MPi hallte durchs Treppenhaus, und ein Mann schrie jämmerlich.

Ich hörte die G-men flüstern, und daraufhin huschten sie nacheinander aus dem Zimmer.

»Ihr könnt mich doch hier nicht allein lassen!«, schrie ich. Eisfinger umklammerten mein Herz.

Ein Schatten an der Tür zischte: »Niemand lässt Sie allein, Fritz!« Es war Cotton. Seine Gestalt verschwamm mit der Dunkelheit, und weg war er.

Schüsse krachten, die Maschinenpistole hämmerte erneut, Schritte knallten auf den Mamorstufen, das gusseiserne Treppen- und Balustradengeländer dröhnte, als Kugeln darauf schlugen, die als heulende Querschläger davonjagten, und ich verfluchte mich, weil ich mich selbst an dieses verdammte Bett gekettet hatte. Kalter Schweiß brach mir aus. Der Schusslärm im Treppenhaus schien von Minute zu Minute lauter zu werden und näher zu rücken. Mündungsfeuer blitzte im Korridor auf.

Angst und das Gefühl völliger Ohnmacht würgten mich. Ich robbte zur Fensterbank, zerrte das Bett hinter mir her. Draußen gellten Sirenen durch den Abend, auf der Straße unten riefen Menschen. Und noch immer Schüsse und Mündungsfeuer im Treppenhaus.

Krieg herrschte dort, Wahnsinnige mussten das »Chelsea Hotel« überfallen haben!

Endlich erreichte ich die Fensterwand! Die nasse Stirn gegen die Tapete gepresst, verharrte ich. Durchatmen, tief durchatmen! Was wollte ich eigentlich hier? Samt Bett aus dem Fenster springen?

Wie ein Betrunkener richtete ich mich an der Wand auf, zog das Fußende des Bettes mit hoch, bis ich mit dem Rücken zur Wand stand und das Bettgestell an mich drückte wie einen geliebten Menschen, der mir Schutz geben sollte, oder wie in Kindertagen ein großes Kuscheltier, das die Illusion von Geborgenheit vermittelt.

Der schrille Chor der Sirenen schwoll an, Bremsen quietschten unten auf der Straße, die Matratze kippte aus dem Bettgestell und schlug dumpf auf dem Teppich auf. Drei, vier Schüsse krachten kurz hintereinander im Treppenhaus, im schwachen Schein des Mündungsfeuers sah ich durch das Drahtgeflecht des Bettrostes hindurch den Türrahmen aufleuchten. Dann wieder Stille.

Etwas knarrte und scharrte, als glitte Holz über Holz. Ein Fenster. Ja, im Treppenhaus schob jemand ein Fenster hoch. Im Treppenhaus? Durch die Treppenhausfenster blickte man auf einen idyllischen Hinterhof, und vom Treppenhausfenster aus konnte man über eine Feuerleiter in den idyllischen Hinterhof hinuntersteigen.

Wieder Schüsse, wieder Mündungsfeuer – und die Konturen eines Menschen im Türrahmen. Ich hielt den Atem an. Cotton? Decker? Ich wagte nicht, die Gestalt anzusprechen.

Schritt für Schritt tastete sie sich auf mich zu. Im schwachen Streulicht der Straßenbeleuchtung erkannte ich Bartgestrüpp und langes Haar. Holz knirschte unter Stiefeln, als die Gestalt über die eingerammte Tür schritt, dann stolperte sie über die Türklinke, fing sich jedoch wieder.

Und schließlich stand sie vor mir. Nur das Geflecht des Bettrostes trennte uns.

Schüsse explodierten wieder im Treppenhaus, Querschläger heulten wie heranfliegende Granaten, im Streulicht von der Straße her konnte ich die Waffe in der Linken des Mannes erkennen. Seine eingegipste Rechte hing in einer Schlinge. Es war Steelman. Er richtete seine Waffe auf mich!

Ich glaube, so laut habe ich noch nie geschrien. Und während ich schrie, warf ich mich gegen das Bettgestell und stürzte samt Bett und Steelman zu Boden. »Scheißkerl!«, hörte ich ihn unter mir fluchen.

Er stemmte das Bettgestell zur Seite, und im nächsten Moment lag ich unter dem Bett. »Scheißkerl!« Steelman setzte sich auf, legte die Linke mit der Waffe auf den Gips und zielte durch den Bettrost auf mich. Ich kniff die Augen zusammen.

Manchmal höre ich den Schuss noch heute. Die Welt explodiert, und ich fahre aus dem Schlaf hoch. Damals wartete ich auf den Schmerz. Es musste doch höllisch wehtun, wenn einem eine Kugel in die Brust fährt oder in die Stirn.

Nichts tat weh, und als ich die Augen wieder öffnete, sah ich die Umrisse eines hageren Mannes über Steelmans reglosem Körper stehen. Jetzt erst registrierte ich, dass draußen im Treppenhaus nicht mehr geschossen wurde. Die Männergestalt beugte sich zu mir herunter. »Keine Angst«, sagte eine Baritonstimme. »Keine Angst, es wird alles gut.«

In diesem Moment flammte das Deckenlicht wieder auf. Ich sah in graue, ernste Augen. Der Mann steckte seine Waffe ins Holster.

»High, John D. High«, stellte er sich vor. »Sind Sie in Ordnung, Fritz?«

10 Wie ein Cotton entsteht II
oder: Das Team für die groben Feinheiten

Man muss einen Cotton schon genau lesen, um wenigstens einen Teil ihrer Namen zu entdecken. Auf Seite 59 im Impressum findet man sie. »Cheflektorat: Rainer Delfs – verantwortlich für den Inhalt«, steht dort unter dem Namen der Verlagsleiterin. Es folgt das »Lektorat: Peter Thannisch«. Der Name Klaus Göbel verbirgt sich hinter der schon bekannten abschließenden Erklärung: »Dieses Heft wurde vom Beirat für Jugendmedienschutz geprüft und zur Veröffentlichung freigegeben«. Der Name Bettina Vormstein verbirgt sich, nun ja, hinter allem. Sie verkörpert gewissermaßen die Drehtür, durch die eine Papier und Druckertinte oder Bytes gewordene Idee den Verlag betritt, die verschiedenen Stadien ihrer Metamorphose zu einem richtigen Roman durchläuft und als fertiges Heft oder Taschenbuch den Verlag Richtung Leser wieder verlässt. Die Organisationsmanagerin sozusagen.

Aber einer nach dem anderen. Zuerst der Chef. Ohne ihn läuft gar nichts.

Zwei Redaktionen arbeiten im Bastei Verlag: Eine betreut die Frauenromane, die anderen die so genannten Spannungsromane. Rainer Delfs, der Chefredakteur, ist für die Abteilung »Spannung« verantwortlich: Western, Science Fiction, Horror und Krimi. Sechzehn Serien sind es zur Zeit der Abfassung dieses Kapitels. Doch diese Zahl unterliegt dem »Wandel der Zeiten«, genau wie die Namen im Impressum, genau wie »G-man Jerry Cotton« selbst.

Rainer Delfs versteht etwas vom »Fliegen«: Er selbst hat jahrelang Western- und Seefahrer-Romane verfasst. Schlägt man im bereits erwähnten Lexikon für Pseudonyme unter »Rainer Delfs« nach, findet man siebzehn »Decknamen«, unter denen er veröffentlicht hat.

Vor allem aber versteht er etwas von den Bedingungen, unter denen ein Roh-Manuskript mit ein bisschen Glück zu einem marktfähigen Produkt wird. Das ist sein Job bei Bastei. Ein knallhartes Geschäft.

Ich besuche ihn in seinem schönen Büro. Einen weißhaarigen Norddeutschen mit gepflegtem Bart, besonnen im Ausdruck, kein Freund überflüssiger Worte. Neben meinem Aufnahmegerät liegt etwas, das auf den ersten Blick wie ein »G-man Jerry Cotton« aus den Achtzigerjahren aussieht: rot-schwarz, Bastei-Zinne, das Serienlogo der Cotton-Hefte. Auf dem Schwarz-Weiß-Cover drei Menschen: Links erkenne ich den George Nader der Sechzigerjahre, in der Mitte die Verlegerin als junge Frau und rechts einen silberhaarigen Senior. John D. High? Fast. Es ist Cottons geistiger Vater.

Delfs schlägt das Heft auf: eine Menükarte – das Fest-Menü zum achtzigsten Geburtstag des Cotton-Vaters im Hause Lübbe. Delfs war eingeladen.

Er kennt sie alle: den verstorbenen Verleger, seine Familie, den Urautor, Heinz Werner Höber, die erste Autoren-Generation, die neuen Autoren. Auf seinem Schreibtisch lagen einst die ersten Cottons von Erichsen und Susanne Wiemer, auf seinem Schreibtisch lag auch das erste chinesische Belegexemplar. Nach dem Urautor und Horst Friedrichs ist Rainer Delfs der dienstälteste Cotton-Macher.

1969 stieg er als junger Lektor bei Bastei ein. Etwa sechshundert Cotton-Romanhefte waren damals erschienen. 1973 ging er zu Pabel-Moewig nach München, und als dieser Verlag 1980 ins badische Rastatt übersiedelte, ließ er sich in seiner norddeutschen Heimat als freier Autor nieder. Fünf Jahre später, 1986, holte ihn Rolf Schmitz zurück zu Bastei. Ein paar Monate nach dem eintausendfünfhundertsten »G-man Jerry Cotton«.

Vierunddreißig Jahre Verlagsgeschichte Bastei überblickt Rainer Delfs, vierunddreißig Jahre »G-man Jerry Cotton«.

Er erinnert sich an die Zeiten, die er »Goldgräberzeiten« nennt. Faszinierende Menschen wie Höber schrieben damals in den Sechzigern für Bastei. Schlitzohren zuweilen. Delfs erzählt von dem Schreiber, der sein Manuskript im Verlag ablieferte, das Honorar kassierte und nach Hause ging, um die restlichen hundert Seiten seines Romans zu schreiben. Im Verlag blätterte der Lektor im »neuen« Manuskript und merkte plötzlich, dass Seite 21 bis 120 vor Monaten schon einmal gekauft, bezahlt und vielleicht sogar gedruckt worden waren.

Oder der Filou, der nach Hamburg zum Kelter-Verlag fuhr, sechzig Romane für den Nachdruck verkaufte, nach Bergisch Gladbach kam und die gleichen Romane ein zweites Mal verkaufte. Und sich dann mit dem Geld nach Südeuropa absetzte. Ein paar Wochen später veröffentlichten Kelter und Bastei identische Western.

Delfs lächelt, während er solche Anekdoten erzählt. Wahrscheinlich musste das so sein, alles andere wäre langweilig gewesen. »Man hat denen das nicht lange übel genommen, irgendwie hat man sich geeinigt, und dann durften die weiterschreiben.«

Oder er erinnert sich vergnügt an jenen Mann, der zu Gustav Lübbe sagte: »Sie machen doch diese Schundhefte.« Lübbe wurde böse und antwortete: »Wenn Sie etwas anderes lesen würden als Schund, wüssten Sie, dass wir auch Hardcover und Taschenbücher machen!«

Irgendwann einmal will Rainer Delfs ein Cotton-Archiv aufbauen, vielleicht sogar ein Cotton-Museum. Herbert Kalbitz vom Jerry-Cotton-Club Deutschland würde lieber gestern als heute damit anfangen. Und ein Buch zu Cottons Fünfzigstem? Eine Geschichte, wie alles entstanden und gewachsen ist und welche Autoren mitgeschrieben haben? »Das geht mir schon lange durch den Kopf«, hat Delfs gesagt, ein Jahr bevor ich die erste Zeile zu diesem Werk tippte. »Machen wir 's doch.« Wenn dieses Buch hier erscheint, wird er schon ein paar Monate im Ruhestand sein.

In seinem Vorzimmer begegne ich einer Frau Mitte dreißig: dunkelblond, quirlig-wache Augen, offenes Wesen. Jeder, der für Bastei schreibt, kennt zumindest ihre Stimme: Bettina Vormstein. Kein Manuskript, kein Titelbild, kein Gutachten, das nicht auf ihrem Schreibtisch zwischenlandet. Seit acht Jahren mittlerweile. Die Cotton-Organisatorin. Vielleicht ist es auch sie, ohne die nichts läuft.

Wie entsteht ein Jerry Cotton? Dritter Schritt: Die zur Geschichte gewordene Idee landet als ausgedrucktes Manuskript auf Bettina Vormsteins Schreibtisch. Und dann? Zunächst werfen der Chef und sein Lektor einen kritischen Blick hinein. Sie senken den Daumen oder heben ihn. Heben sie ihn, ist wieder Bettina Vormstein am Zug. »Ich schicke den Roman zum Jugendmedienschutzbeauftragten und mache den Vertrag für den Autor fertig.«

Mehr als siebenhundert unterschriebene Verträge legt sie im Jahr in ihren Postausgangskorb. Etwa achtzig Autoren schreiben für die Spannungsabteilung von Bastei, zwei davon sind Frauen. Vormstein kennt die wenigsten persönlich, über das Telefon aber fast alle. Kein einfacher Menschenschlag nach ihrer Erfahrung, sensible Leute, schneller eingeschnappt als andere. Sie plaudert ein wenig aus dem Nähkästchen, vor allem über Autoren, und was sie erzählt, hört sich an, als müsse sie mit diesen einen tagtäglichen Eiertanz aufführen. Ich nehme mir vor, gelegentlich in mich zu gehen.

Irgendwann kommt der Cotton-Roman von Klaus Göbel zurück, mit einem Gutachten von ein oder zwei Seiten. Die »Organisatorin« legt beides dem Lektor auf den Schreibtisch. Häufig steht das Titelbild zu diesem Zeitpunkt schon fest. Entweder ließ sich der Autor von einem vorgegebenen Bild inspirieren, oder er hat zusammen mit dem Lektor ein Bild ausgesucht, das zur geplanten Geschichte passt. Oder es wird eins nach Beschreibung des Lektors angefertigt.

Nicht ohne Stolz weist Vormstein auf einen Metallschrank mit zahllosen kleinen Schubladen und auf ein CD-Regal hin. »Zurzeit verwalte ich 12 800 Bilder.«

Mit Bildern beschäftigt sich die »Cotton-Organisatorin« auch privat. Sie malt. An der Bürowand hängt ein Ölgemälde von ihrer Hand. Das Motiv, eine Frauengruppe, wirkt traumhaft, fast mystisch. Jason Dark fand das auch. Demnächst wird das Motiv einen John-Sinclair-Roman als Cover schmücken.

Bettina Vormstein liest selten einen der Romane, mit denen sie Tag für Tag zu tun hat. Bücher über Anatomie und Pferde interessieren sie mehr; wie ein Autor muss auch eine Malerin an sich arbeiten. Sie lacht und zeigt mir einen Comic aus der Bastei-Reihe »Gespenster-Geschichten«. Auf der ersten Seite »Die Monster-Galerie«, eine gruselig-komische Karikatur eines Ungeheuers. Auch so etwas malt sie – und verwendet die Gesichter der Bastei-Kollegen als Modelle.

Das vom Lektor bearbeitete Manuskript kommt aus dem Lektorat zurück ins Organisationsbüro. Zusammen mit dem Titelbild schickt Bettina Vormstein es zur Herstellung. Von den nagelneuen Romanen sieht sie nur ein paar Belegexemplare. Sie und der Chefredakteur verschicken sie an die Autoren, an die

Künstler, die das Titelbild gemalt oder fotografiert haben, oder an deren Agenturen. Das war 's.

So entsteht ein »G-man Jerry Cotton«.

Einer fehlt uns noch: der Lektor Peter Thannisch.

Ich besuche ihn in seinem Büro, dem Ort, an dem ausschließlich die schönsten Stellen eines Manuskripts seinem groben Rotstift zum Opfer fallen – das jedenfalls hört man zuweilen von Vertretern jener Gattung, die Bettina Vormstein als »extrem sensibel« schildert.

Die Tür steht offen, ich trete in eine Welt aus Papierchaos, Monitoren, Tastaturen, Zigarettenrauch, Kaffeeduft, Bücherregalen und Manuskriptstapeln. Gut die Hälfte des Raumes füllen zwei Schreibtische aus. Wie in Jerrys und Phils Büro an der Federal Plaza sind sie an den Längsseiten zusammengerückt, sodass man sich gegenübersitzt. Ich zwänge mich auf den Bürosessel von Thannischs Kollegen, der hat heute frei.

Ziemlich eng ist es zwischen Schreibtisch und Wand, man kann sich gerade noch umdrehen. Doch umdrehen ist sowieso nicht vorgesehen, allenfalls zum Ausspähen der Telefonlisten an der Wand. Wer hier sitzt, soll ins Auge fassen, was sich vor ihm auf dem Schreibtisch türmt: Arbeit, Arbeit, Arbeit.

Überall Manuskripte- und Bücherstapel, überall Papier: geheftet, gebunden, lose, unter dem Aschenbecher, neben der Kaffeetasse, in den Postkörben. Wie riesige Blechcontainer aus einem Schrottplatz ragen die Gehäuse zweier Monitore aus dem Papiergebirge. Eine Tastatur hängt schräg über einer Terrasse aus Manuskripten, die andere ist eingezäunt von Zetteln und Büchern, eines der Telefone steht mittendrin im Gebirge auf dem Hauptgipfel aus kreuz und quer liegenden Manuskripten.

Wie entsteht ein Jerry Cotton? Schritt fünf: Das Manuskript taucht in der Papierflut auf dem Schreibtisch des Cotton-Lektors unter. Ganz bestimmt gibt es eine geheime Systematik in der Anordnung dieser Papierflut, denn neben der Tastatur des Lektors entdecke ich mein eigenes Manuskript, aufgeschlagen und von zahllosen Korrekturzeichen verunstaltet. Er muss es also irgendwie wiedergefunden haben. Der Lektor benutzt übrigens gar keinen Rotstift, er geht mit blauer Farbe zur Sache. Ich erkenne eine Menge Kommafehler, die er korrigiert hat. »Sie mit Ihren blöden Semikolons«, sagt Peter Thannisch. »Können Sie sich das nicht mal abgewöhnen?« Er grinst.

Auch auf einem Beistelltisch Bücher und Manuskripte; selbst unter dem Tisch und auf Stühlen, unter Stühlen und in überfrachteten Regalen an den Wänden: »G-man Jerry Cotton«, »Grusel-Schocker«, »Maddrax«, »John Sinclair«, »Professor Zamorra« und so weiter und so weiter. Auch Produkte der Konkurrenz entdecke ich hier und da.

Souverän sitzt Peter Thannisch mittendrin in der rätselhaften Ordnung all des Papierüberflusses. Zufrieden, wie es scheint. Ein hagerer, mittelgroßer Mann in den Dreißigern. Blondes lichtes Haar, Brille, konzentrierter, hellwacher Blick. Eine Mischung aus Intellektuellem und verspieltem Jungen. »Wenn man diese Arbeit nicht liebt, kann man sie nicht machen«, sagt er. »Dann würde man bei McDonald's hinter der Theke stehen. Die Bezahlung dort ist ähnlich.« Ernst meinen kann er das nicht, das zeigt sein breites Grinsen.

Peter Thannisch liebt seine Arbeit. Niemand, der ihn nur zehn Minuten dabei beobachtet, wird daran zweifeln. Seit zehn Jahren macht er sie.

Er erzählt von dem Fanclub seiner Schulzeit. Lauter begeisterte John-Sinclair- und Perry-Rhodan-Leser, Vierzehn- und Fünfzehnjährige, die ihre ersten eigenen Geschichten zu Papier brachten und an irgendwelche Verlage schickten. »Für uns gab es nur einen Verlag – Bastei. Wir sind mit Comic-Heften wie ›Bessy‹ und ›Silberpfeil‹ aufgewachsen, haben als Teenager ›Tony Ballard‹, ›John Sinclair‹ und ›Professor Zamorra‹ gelesen, bis wir unsere ersten Bastei Lübbe Taschenbücher gekauft haben. Bastei hat meine Generation begleitet.«

Die »Hochlesetheorie« des Verlegers fällt mir ein. Ich erkundige mich, warum Thannisch Lektor statt Autor geworden ist. Er lacht. »Weil ich nie was verkaufen konnte.« Doch die Entscheidung, für Bastei zu arbeiten, stand fest. Zwei Jahre vor dem Abitur begann er sich in regelmäßigen Abständen beim Verlag zu bewerben. Und in regelmäßigen Abständen erhielt er einen Standardbrief mit der Ablehnung. Thannisch nahm ein Germanistikstudium auf, unterbrach es für eine Ausbildung zum Verlagskaufmann, schrieb sich wieder ein und bewarb sich gleichzeitig um eine Praktikumsstelle. Natürlich wieder bei Bastei. »Der Personalleiter hat mich angerufen und gesagt: Vergessen Sie das Studium, wir brauchen sofort einen Mann, steigen Sie bei uns ein.«

So geht das; und bald telefonierte er regelmäßig mit den Stars seiner Jugendtage: Jason Dark oder Robert Lamont, dem Schöpfer des »Professor Zamorra«.

Wir sprechen über »Jerry Cotton«. Thannisch blickt zufrieden auf steigende Auflagenzahlen. So soll es bleiben, und deswegen hat er sehr konkrete Vorstellungen von der Qualität eines Cotton-Romans. Er muss so spannend geschrieben sein, dass er den Leser fesselt, und so einfühlsam, dass sich der Leser mit den Hauptfiguren identifizieren kann. »In einen guten Cotton-Roman steigt man als Lektor genauso ein wie der Leser. Man fiebert mit den Opfern mit, man ist berührt von der Möglichkeit, dass es einen selbst treffen könnte, man versteht oder ahnt, warum einer zum Verbrecher wird, und man mag Jerry und Phil, weil sie keine Law-and-Order-Männer, keine Paragraphenreiter sind, sondern ideale Vorbild-Polizisten, die beide Augen zudrücken, wenn einer bei Rot über die Ampel geht, und die gleichzeitig bis zum Umfallen für ihre Mitbürger kämpfen.«

Jerry Cotton heute: eine ambivalente Figur. Einerseits der ganz normale Zeitgenosse von nebenan, der gern mal ein Bier trinkt, der einen guten Freund hat, gelegentlich von der Liebe überfallen wird und seinen Spleen pflegt: den roten Jaguar. Andererseits der außergewöhnliche Diener der Gerechtigkeit, der sich lieber in Stücke schneiden lässt, als zuzulassen, dass ein unschuldiger Mensch das Opfer einer Gewalttat wird.

Dieser Jerry Cotton ist es, den sich die Leser nach Thannischs Überzeugung wünschen. Und so will ihn der Lektor haben.

An dieser Stelle etwa klingelt das Telefon. Ein Drehbuchautor ruft an. Er schreibt gerade an einem Fernsehkrimi, die Hauptfigur seines Films ist ein Mann, der Krimis schreibt – Heftromane – und dessen Krimis von seinem Verlag nicht mehr akzeptiert werden. Der Drehbuchautor erkundigt sich nach der Form der Zusammenarbeit zwischen Autor und Verlag und nach Gründen, sich von einem Autor zu trennen.

Wie entsteht ein Jerry Cotton?

Thannisch gibt bereitwillig Auskunft, und ich erfahre ein paar Zwischenschritte: »Ein neuer Autor, der bei Cotton mitschreiben will, schickt ein Exposé – die Skizze seiner Story auf zwei oder drei Seiten – und zwanzig Probeseiten. Ist die Arbeitsprobe brauchbar, bespreche ich sie mit dem neuen Autor am Telefon: Das ist gut, das weniger, das geht, und das geht nicht. Der Autor schreibt sein Manuskript, ich überarbeite es, vielleicht muss er eine Szene umschreiben, vielleicht ganze Abschnitte ergänzen. Später, wenn ein Autor mehrere Romane für uns geschrieben hat und man weiß, auf den kann man sich verlassen, der schreibt gute Romane, werden die Manuskripte meist unbesehen gekauft. Der Autor teilt dann nur noch kurz mit, was er schreiben will. Ist mal ein Manuskript dabei, das weniger gut ist, muss es der Autor halt überarbeiten. Wenn aber plötzlich nur noch Romane kommen, die der gewünschten Qualität nicht entsprechen – tja, dann trennen wir uns von diesem Autor.«

Nach dem Telefonat will ich wissen, wie Thannisch Cottons Zukunftsperspektiven beurteilt. Er ist optimistisch und glaubt, dass sich in Deutschland eine Entwicklung wiederholen wird, die man zurzeit in den Vereinigten Staaten beobachten kann. Dort wie hierzulande brachen nach Einführung des Privatfernsehens die Auflagenzahlen der Verlage der Unterhaltungsliteratur ein. Jetzt wird in den Staaten wieder mehr gelesen. »Bis zum Umfallen. In den New Yorker U-Bahnen hat fast jeder ein Taschenbuch in der Hand. Die Amerikaner haben die Unart, die Seite herauszureißen, die sie gelesen haben, damit das Buch schmaler wird und besser in die Jackentasche passt. Morgens, nach dem Berufsverkehr, liegt überall Papier in den Zügen herum.«

Warum ist das so? »Alles, was die Fernsehsender bringen, haben die Leute schon mal gesehen. Die Hälfte ist Wiederholung, die andere Hälfte billig produzierter Schrott. Das ist bei uns in Deutschland nicht anders. Bald wird man wieder vermehrt zu Heftromanen greifen.«

Die immer noch verbreiteten Vorurteile gegen Heftromane dämpfen Thannischs Optimismus keineswegs. Im Gegenteil. Er erinnert sich noch gut an einen seiner Lehrer, der ihn zur Lektüre von »Groschenheftchen« geradezu motivierte: »›Das ist Schund‹, hat er mit erhobenem Zeigefinger gewarnt, ›nur Gewalt und Sex.‹ Also sind wir nach der Schule zum nächsten Kiosk gelaufen und haben uns die Dinger gekauft.«

»Wir leben auch ein bisschen von diesen Vorurteilen«, sagt er. »Ähnlich wie RTL. Trotz des Images als ›Schmuddelsender‹ schalten die Zuschauer ein. Stellen Sie sich vor, RTL wollte diesen Ruf loswerden und würde nur noch Kultursendungen zeigen. Dann wären sie pleite.«

Wieder klingelt das Telefon. Diesmal will ein neuer Autor wissen, wie denn sein erster Cotton gefallen habe. Thannisch ist ganz zufrieden, nur »die Schießerei am Anfang geht zu weit.

Bitte nicht gleich jedem den Kopf wegplatzen lassen.« In dem Roman schießt jemand durch die Decke. Thannisch bezweifelt, dass so etwas möglich ist. Der Autor hält dagegen: Die Szene spiele in einem texanischen Holzhaus, und da seien Decken und Böden entsprechend dünn. »Dann müssen Sie den Leser über texanische Bauweise und Architektur aufklären«, sagt der Lektor. »Sonst geht er von deutschen Verhältnissen aus.«

Wie entsteht ein Jerry Cotton? Nicht zuletzt im Gespräch zwischen Autor und Lektor.

Ich erfahre, dass der Anrufer zwanzig Jahre alt ist und sein erstes Manuskript als Siebzehnjähriger für eine andere Serie abgeliefert hat. Sein Anruf führt zu einer der wichtigsten Fragen, die ich mir notiert habe: Wie gewinnt die Redaktion neue Autoren?

Peter Thannisch weist auf das Papiergebirge zwischen sich und mir. Viele sind unverlangt eingesandt worden. Er liest sie alle bis zur Hälfte, um einen Eindruck zu gewinnen, denn die Nachwuchspflege wird bei Bastei groß geschrieben. Bei manchen Manuskripten freilich gibt Thannisch schon nach zehn Seiten auf. »Die meisten halten sich für Autoren, können aber nicht schreiben. Trotzdem sage ich jedem: Wenn du glaubst, zum Autor berufen zu sein, probier es wieder! Manche brauchen fünfzehn Anläufe, und beim sechzehnten klappt es endlich. Wenn jemand so hartnäckig ist, dann steckt auch was dahinter. Den entmutige ich nicht und sage: Du bist ein schlechter Autor.«

Manchmal finden sich auch unverhoffte Schätze unter den unverlangten Manuskripten, dann setzt sich Thannisch mit dem Autor in Verbindung, engagiert und fördert ihn. Vor kurzem erst ist dem Lektor das passiert – der junge Autor schreibt jetzt fleißig bei »G-man Jerry Cotton« mit. Manchmal liest Thannisch eine gute, aber schlecht geschriebene Story, dann setzt er sich hin und macht daraus einen brauchbaren Roman.

»Es gibt Autoren, die können gut schreiben, aber sie kriegen keinen Cotton hin, treffen einfach den Ton und die Figuren nicht.«

Was empfiehlt man Menschen, die Cotton-Autoren werden wollen?

Manfred Weinland und Horst Friedrichs: »Jerry Cotton lesen, wieder und wieder Jerry Cotton lesen, so viel wie möglich.«

Jo Zybell: »Schreiben. Ohne Ende Übungstexte schreiben. Bis man seinen Ton trifft. Und den Cotton-Ton.«

Der Urautor: »Ein Cotton-Autor muss verdammt gut auf dem Laufenden sein.«

Und Peter Thannisch: »Es hartnäckig wollen und nach dem fünfzehnten Fehlschlag immer noch nicht aufgeben.«

Er lacht, während er das sagt. »So habe ich es als Junge auch gemacht, ständig den Bastei Verlag mit meinen Manuskripten genervt.« Jetzt sitzt er vor einem Stapel solcher ersten, zweiten und zehnten Cotton-Versuche und fahndet nach Geschichten, die »G-man Jerry Cotton« in die nächsten zwanzig Jahre hineinschreiben. Wenn dieses Buch erscheint, wird er das wahrscheinlich noch immer tun. Dann aber ein paar Türen weiter im Büro des Chefs. Dort ist viel Platz für neue Manuskripte.

Wie entsteht ein Jerry Cotton? Im Hirn eines Schreibers beim Joggen oder Zeitunglesen und vor seiner »Kiste«, wenn der Schreiber zum Fantasieflug abhebt. Und während des Parcours, den ein Manuskript zwischen Organisationsbüro, Prüfer, Chefredakteur, Lektor und Druckerei absolviert.

Und wie entsteht der nächste Cotton-Roman?

Ein paar Stunden nach unserem Gespräch sitzen Peter Thannisch und ich in einer Kölner Kneipe. Wir reden über Gott und die Welt und trinken das eine oder andere Bier. Thannisch erzählt von den vielen Orientalen, die seit dem 11. September 2001 vom FBI festgehalten werden, ohne dass die Öffentlichkeit ihre Namen oder Aufenthaltsorte erfährt. Von den Angehörigen der

Inhaftierten ganz zu schweigen. »Ich bräuchte mal einen Cotton, in dem ein Moslem eine Hauptrolle spielt«, sagt mein Lektor. »Ein gläubiger Moslem, der so gar nicht dem Klischee vom fanatischen Islamisten entspricht.«

Ich trinke mein Glas aus und sage: »Ich hab da eine Idee...«

Heißes Blei
für einen G-man
Teil 10

Ich hab nicht wirklich daran geglaubt, dass Sie hinter dem Mordkomplott gegen mich stecken, Fritz.« Cotton schenkte sich einen Kaffee ein. Zu viert saßen wir im Konferenzzimmer des FBI-Chefs. In etwas mehr als drei Stunden würde meine Maschine vom John F. Kennedy International Airport starten. Sieben Tage New York reichten. Fürs Erste jedenfalls. »Aber das Drehbuch... dieses verdammte Drehbuch hat mich aus dem Konzept gebracht.«

»Raffinierte Geschichte«, sagte Decker. »Ein Verleger und ein Killer tüfteln einen Mordplan aus, lassen ihn von einem halbseidenen Krimiautor in Drehbuchform gießen und versehen es mit dem Namen eines Unbeteiligten. Und wenn die Sache erledigt ist, wird der aus dem Weg geräumt und das Drehbuch der Polizei in die Hände gespielt.«

»Glücklicherweise ist die Dramaturgie auf der ganzen Linie gescheitert.« John D. High stützte sein Kinn auf die gefalteten Hände. Lange her, dass ein Gesicht derart beruhigend auf mich gewirkt hatte.

»Ein Verleger und ein Killer?« Die Neuigkeit verwirrte mich.

»Ein Verleger aus dem deutschsprachigen Raum und Hagen Jansen«, bestätigte Mr. High. »Tony Eisenberg hat das Drehbuch verfasst. Seine Freundin hat gestanden.«

»Die Schweizerin?«

High nickte. »Die Schweizerin. Sie hat die Polizeikugel überlebt, Gott sei Dank. Das Geständnis wird ihre Richter milde stimmen, denke ich.«

»Und Steelman und Eisenberg?«

»Sie haben die Nerven verloren«, sagte Cotton. »Immerhin ging es für jeden um eine sechsstellige Summe. Alles auf eine Karte setzen – nach diesem Motto haben sie mit ein paar Mietkillern das Chelsea Hotel gestürmt. Steelman ist tot, und Eisenberg liegt im Gefängnislazarett von Rikers Island.«

»Ein deutscher Verleger wollte Jerry Cotton ermorden lassen?« Ich konnte es immer noch nicht fassen.

»Sieht ganz so aus.« Mr. High zog ein Papier aus dem Stapel Unterlagen auf seinem ansonsten penibel aufgeräumten Schreibtisch. »Die Schweizerin hat das bei der Vernehmung zu Protokoll gegeben. Sie kennt keine Namen, und Jansen schweigt.« Er schob mir die Liste über den Tisch. »Wir haben uns mit dem deutschen Bundeskriminalamt kurzgeschlossen. Diese Liste stammt von den Kollegen aus Ihrer Heimat, Fritz. Sagen Ihnen die Namen was?«

Ich überflog die Liste. Verlage aus dem deutschsprachigen Raum. Und jeder kämpfte ums Überleben. Mein eigener war nicht darunter. »Ein Verleger, der mit Gewalt einen Konkurrenten aus dem Weg räumt?« Ich kämpfte um meine Fassung. »Nein, das kann ich mir nicht vorstellen.«

»Sie haben doch Fantasie, Fritz, ist doch Ihr Job.« Cotton grinste. »Immerhin schicke ich jede Woche meine Berichte über den Atlantik. Irgendjemandem da drüben passt das nicht, ist doch möglich, oder?«

»Tja…« Ich wusste nicht, was ich von dieser Theorie halten sollte. Aber was ging es mich auch an? Ich bin Schriftsteller und kein Polizeiagent. »Tja, möglich ist alles…«

*

Vor dem Beekman Downtown Hospital stieg Decker eine Stunde später in einen roten Golf um. Hinter dem Steuer sah ich eine Frau mit schmalem Gesicht und schwarzem Haar. »Die Ärztin?«

»Ja.« Cotton nickte. »Eve.«

Wir beobachteten, wie sich das Paar zur Begrüßung küsste.

»Hat er es also tatsächlich geschafft.«

»Phil schafft es fast immer – falls ich ihm nicht zuvorkomme.«

Wir fuhren zur South Street und über den Viadukt ein Stück Richtung Norden bis zur Williamsburg Bridge. Hinter mir auf den Notsitzen hatte ich mein Gepäck verstaut. Das Geburtstagsbuch für Cotton war fast fertig. Doch ich hütete mich, das Manuskript anzusprechen. Bücher über ihn waren für Cotton vorläufig tabu.

Ein Brief statt eines Nachwortes

Sehr geehrte Leserinnen, sehr geehrte Leser,

wie ich höre, feiert man auf der anderen Seite des großen Teiches meinen Fünfzigsten. Wow!

Fragen Sie mich bloß nicht, wie das sein kann – ich bin gerade mal Mitte dreißig und fühle mich wie neunundzwanzig. Aber was soll 's? Zahlen sind Hall und Hauch. Sagt man nicht so bei Ihnen in Good Old Germany? Überlassen wir es also anderen, die Peanuts zu zählen – Geburtstag ist angesagt, und damit eine günstige Gelegenheit, ein Thank-you-very-much über den Atlantik zu schicken.

Thank you very much Ihnen allen für die Treue, mit der Sie über Jahre meine Berichterstattung aus Manhattan verfolgt haben. Und für die Geburtstagsgrüße, die Helen seit ein paar Wochen auf meinem Schreibtisch stapelt (wenn Sie meine letzten Fälle gelesen haben, werden Sie sicher verstehen, dass ich nicht jeden Brief einzeln beantworten kann).

Ein dickes Thanks auch an alle Mitmenschen, die zum Gelingen dieses Geburtstagsbuches beigetragen haben:

An die Ghostwriter, die meine Berichte Woche für Woche zu lesbaren Storys verarbeiten und ein bisschen über ihren Job geplaudert haben. Vor allem an denjenigen unter ihnen, der mich angeblich erfunden haben soll (hey, Daddy! Lass dir keine grauen Haare wachsen – ich nehm dir diesen Joke nicht übel) und der hier, in meinem Geburtstagsschmöker, sein Schweigen endlich mal bricht. Tausend Thanks!

An das Team in Bergisch Gladbach, das meinen Berichten den entscheidenden Schliff verpasst und sie zur Druckreife bringt: Miss Bettina Vormstein, Mr. Rainer Delfs und Mr. Peter Thannisch (ist schon toll, wie ihr meine Storys in die Mangel nehmt).

An Mrs. Ursula Lübbe, die Verlagsseniorin. Ohne sie und ihren Gatten wüsste heute wohl niemand, womit wir uns hier in Manhattan den lieben langen Tag herumschlagen (well, Mrs. Lübbe – war eine verdammt gute Idee damals, miteinander ins Geschäft zu kommen, hab ich Recht?). Thanks auch an Miss Annie Becker, die so manchen Schwank aus guten alten Zeiten ausgegraben hat und drei Pfund hübscher Sonntagsreden, die gewisse Gentlemen zu meinen früheren Geburtstagen vom Stapel gelassen haben.

Thanks auch an Stefan Lübbe, der sich innerhalb des Verlags für dieses Projekt eingesetzt und stark gemacht hat und der eine Menge Material dafür zusammengetragen hat. Thanks auch, dass er mir und meinen Berichten aus New York weiterhin die Treue hält.

Ein besonders dickes Thanks an Professor Dr. Klaus Göbel, der es einerseits wie kein anderer versteht, zwischen den Zeilen meiner Berichte zu lesen, und andererseits das Gespür für die Grobheiten hat, die einem G-man nun mal hin und wieder über die Zunge und dann auch in die Tastatur flutschen. Thanks also für all die gnädigen Feigenblätter, die er über meine Berichte streut, damit dieser Bund für Jugend- und Naturschutz… oder wie heißt der Laden gleich? Na, egal.

Thanks auch an die Veteranen des Verlags, die das eine oder andere Nähkästchen für mein Geburtstagsbuch geöffnet haben, Mr. Rolf Schmitz und Mr. Rolf Kalmuczak – thank you very much.

Und last but not least natürlich ein Dankeschön an den guten Fritz, der die ganzen facts zusammengekratzt und in Form gebracht hat. (Hey, Fritz! Ich hoffe, du nimmst uns die Sache mit deiner Festnahme nicht übel. Besser einmal danebenhauen, als einen krummen Hund zu viel laufen lassen. Ich wette ein Budweiser und 'nen Bourbon, du siehst das genauso!)

Well, was bleibt noch zu sagen? Viel Spaß für die nächsten fünfzig Jahre mit meinen Berichten aus Manhattan! Und das war 's auch schon.

Halt! Phil schreit, er sei auch noch da. Also, beste Grüße auch von meinem Partner und dem ganzen Team hier an der Federal Plaza!

Sincerely Yours
Jerry Cotton

Anmerkungen

1 Ich erfand Jerry Cotton, in: Jerry Cotton: Lebenslänglich für Phil Decker, Bastei Lübbe 31 500, Bergisch Gladbach, 2004
2 Stand: Juli 2002
3 G-man Jerry Cotton Band 12: Ich – und der Mörder ohne Waffe, Bergisch Gladbach, 1956
4 ebd.
5 G-man Jerry Cotton Band 17: Ich gab ihm eine Chance, Bergisch Gladbach, 1956
6 ebd.
7 G-man Jerry Cotton Band 500: Sterben will ich in New York, Bergisch Gladbach, 1967
8 Bastei-Kriminal-Roman Band 156: Ich entlarvte das Hollywood-Gespenst, Bergisch Gladbach, 1956, erschien auch als Band 4 der 3. Auflage (1970) und als Band 4 der 4. Auflage (1978) der Reihe G-man Jerry Cotton
9 vgl. G-man Jerry Cotton Band 153: Schüsse aus dem Geigenkasten, Bergisch Gladbach, 1961
10 Whodunits – dt.: Wer tat es? – klassische, meist in Großbritannien angesiedelte Detektivgeschichte
11 Ich erfand Jerry Cotton, a.a.O.
12 Jerry Cotton Bestseller: Mein erster Fall beim FBI, Jerry Cotton 3. Auflage, Bergisch Gladbach, 1970 – erstmals erschienen als: Bastei-Kriminal-Roman

Band 68: Ich suchte den Gangster-Chef, Bergisch Gladbach, 1954
13 Bastei-Kriminal-Roman Band 68: Ich suchte den Gangster-Chef, Bergisch Gladbach, 1954
14 Ich erfand Jerry Cotton, a.a.O.
15 ebd.
16 Bastei-Kriminal-Roman Band 68: Ich suchte den Gangster-Chef, a.a.O.
17 Cottons und Deckers Erinnerungen in diesem Kapitel sind, wenn nicht anders vermerkt, in teilweise leicht überarbeiteter Form dem Bastei-Kriminal-Roman Band 68: Ich suchte den Gangster-Chef, a.a.O. entnommen.
18 Ursula Lübbe in einem persönlichen Gespräch Ende Juni 2002; alle Zitate der Verlegerin und die meisten persönlichen Informationen zur Geschichte des Verlegerpaares stammen aus diesem Gespräch.
19 Dr. Rolf Junike in der »Festschrift zum vierzigjährigen Verleger-Jubiläum«, Bergisch Gladbach, 1993
20 Zitiert nach V. Houben in einem Porträt des Verlegers in »BILD am Sonntag«, Hamburg, 19. 6. 1988.
21 vgl. V. Houben, a.a.O.
22 Gustav H. Lübbe: Erinnerungen, Fragment, Bergisch Gladbach, 1992
23 ebd.
24 vgl. V. Houben, a.a.O.
25 Ursula Lübbe, a.a.O.

26 ebd.
27 Gustav Lübbe: Erinnerungen, a.a.O.
28 ebd.
29 vgl. Gustav Lübbe: Die zweite Geburt, Konstanz, 1948
30 V. Houben, a.a.O.
31 Zitiert nach einer Presseinformation der Unternehmensgruppe Lübbe zum fünfundzwanzigjährigen Verlagsjubiläum, Bergisch Gladbach, 1978.
32 Gustav Lübbe: Erinnerungen; a.a.O.
33 Das Interview führte Jörg Weigand, erschienen in »Medien- & Sexual-Pädagogik«, Heft 4, 1976.
34 Die Jahreszahlen differieren je nach Quelle zwischen 1950 und 1953; ich orientiere mich an den Informationen von Ursula Lübbe und einer übereinstimmenden Pressemitteilung des Verlags anlässlich des fünfundzwanzigjährigen Jubiläums aus dem Jahre 1978.
35 zitiert nach V. Houben, a.a.O.
36 Rolf Schmitz in einem persönlichen Gespräch im März 2002, daraus auch die weiteren Zitate
37 Gustav Lübbe in einem Interview von J. Weigand, in »Medien- & Sexualpädagogik«, a.a.O.
38 V. Houben, a.a.O.
39 V. Houben, a.a.O.
40 Rudolf Pörtner in der »Festschrift zum vierzigjährigen Verlegerjubiläum«, Bergisch Gladbach, 1993
41 V. Houben, a.a.O.
42 zitiert nach Th. Ganske, Verleger v. Hoffmann u. Campe, in einem Redebeitrag zur Gedenkfeier für den verstorbenen Verleger Gustav H. Lübbe am 31. 5. 1995
43 G. F. Unger in der »Festschrift zum vierzigjährigen Verlegerjubiläum«, a.a.O.
44 Gustav Lübbe in einer Presseinformation zum vierzigjährigen Verlagsjubiläum, a.a.O.
45 Rolf Schmitz in einem persönlichen Gespräch im März 2002
46 Jerry Cotton: Rotes Licht für einen Teufel (von Heinz Werner Höber), Bastei-Taschenbuch Nr. 1, Bergisch Gladbach, 1963

47 So schildert der Western-Autor Karl Wasser seine erste Begegnung mit Gustav Lübbe in der »Festschrift zum vierzigjährigen Verlegerjubiläum«, a.a.O.
48 zitiert nach Th. Ganske, a.a.O.
49 Nachzulesen im Jerry-Cotton-Heftroman Band 2217: Die letzte Fahrt im Jaguar, Bergisch Gladbach, 1999 – Autor des Romans ist der Cotton-Erfinder.
50 Nachzulesen im Jerry-Cotton-Heftroman Band 83: Ich – gegen IHN, Bergisch Gladbach, 1951 – Autor des Romans ist der Cotton-Erfinder.
51 vgl. Jan Eik: Der Mann, der Jerry Cotton war, Erinnerungen des Bestsellerautors Heinz Werner Höber, Berlin, 1996, S. 66
52 Eik, a.a.O., S. 122
53 Das Gespräch mit Rainer Delfs fand im Juni 2001 in seinem Redaktionsbüro in Bergisch Gladbach statt.
54 vgl. Eik, a.a.O., S. 252
55 vgl. Eik, a.a.O., S. 9
56 ebd.
57 vgl. Eik, a.a.O., S. 16
58 Eik, a.a.O. S. 50
59 ebd., S. 64
60 ebd., S. 71
61 ebd, S. 72
62 ebd.
63 Werner Höber in einem Interview der »Westdeutschen Allgemeinen Zeitung«, erschienen am 24.3.1971
64 Eik, a.a.O., S. 76
65 Ich erfand Jerry Cotton, a.a.O.
66 ebd.
67 Eik, a.a.O. S. 78
68 ebd, S. 79
69 E. Renner im Schweizer Szeneblatt »Der Romanheftsammler« in einem Nachruf auf Heinz Werner Höber
70 Rolf Schmitz in einem persönlichen Gespräch im März 2002, daraus auch die weiteren Zitate
71 »Bild-Zeitung«, 12. 6. 1996
72 »Gala«, Ausgabe 22, 23. 5. 1996
73 »Frankfurter Allgemeine Zeitung«, 20. 5. 1996
74 E. Renner, a.a.O.
75 »Der Spiegel«, Ausgabe 21/1996
76 Eik, a.a.O., S. 81
77 ebd., S. 83

78 ebd., S. 86
79 ebd., S. 123
80 ebd., S. 123
81 ebd., S. 144ff
82 ebd., S. 160
83 zitiert nach einem Artikel der »Westdeutschen Allgemeinen Zeitung« vom 24. 3. 1971
84 ebd., S. 190
85 Heinz Werner Müller: Mord made in Germany, Bergisch Gladbach, 1987 u. Jürgen Roland (Hsg): Jürgen Rolands Großstadtrevier, Drei Romane in einem Band, Bergisch Gladbach, 1988
86 zitiert nach J. Scheikle in seinem Artikel: Viel trinken, viel schreiben, erschienen in »Die Zeit«, Ausgabe 15/2000
87 Eik, a.a.O., S. 220f
88 J. Scheikle: Viel trinken, viel schreiben, a.a.O.
89 Cottons und Deckers Erinnerungen in diesem Kapitel sind – zum Teil in Überarbeitung oder dem Textfluss angepasst – dem Bastei-Kriminal-Roman Band 68 »Ich suchte den Gangster-Chef« entnommen sowie der Kurzgeschichte »Phil Decker: Wie ich Jerry Cotton kennenlernte« in »Jerry-Cotton-Illustrierte«, 1976. Der Text aus »Jerry-Cotton-Illustrierte« erschien neu im Jerry-Cotton-Taschenbuch 500 »Lebenslänglich für Phil Decker«, Bergisch Gladbach, 2003.
90 Christos Tses u. Dirk Brüderle: Jerry Cotton – George Nader und seine Filme; Kerken, 1998
91 ebd., S. 56
92 ebd., S. 50
93 Eik, a.a.O., S. 100
94 In der Zeitschrift »Sonne«; Baden-Baden, 16. 1. 1965
95 In der Tageszeitung »5-Uhr-Blatt«, Ludwigshafen, 9. 12. 64
96 In der Tageszeitung »Nacht-Depesche«, Berlin, 30. 11. 64
97 ebd.
98 In der Tageszeitung »Frankfurter Nachtausgabe«, Frankfurt, 4. 12. 64
99 In der Tageszeitung »Der Mittag«, Düsseldorf, 4. 12. 64
100 In der Tageszeitung »Morgenexpress«, Wien, 2. 12. 64

101 In der Tageszeitung »Abendpost«, Frankfurt, 2. 12. 64
102 In der Tageszeitung »Der Mittag«, a.a.O.
103 In der Tageszeitung »Morgenexpress«, a.a.O.
104 In der Tageszeitung »Rheinische Post«, Köln, 26. 11. 1965
105 In der Zeitung »Westdeutsche Allgemeine«, Ausgabe Bochum, 16. 1. 65
106 In der Tageszeitung »Hamburger Morgenpost«, Hamburg, 12. 12. 64
107 In der Zeitschrift »Bunte Illustrierte«, Offenburg, 20. 1. 65
108 In der Zeitschrift »Die Sonne«, a.a.O.
109 George Nader zitiert in einem Artikel der Zeitschrift »Quick«, Ausgabe 14/1966
110 ebd.
111 Gorge Nader zitiert nach J. Zillich in einem Artikel der »Westdeutschen Allgemeinen Zeitung«, 3. 8. 1968
112 ebd.
113 ebd.
114 in der Zeitschrift »Wochenend«, Nürnberg, 5./12. Jan. 1965
115 in der Tageszeitung »Morgenexpress«, a.a.O.
116 in der Tageszeitung »Der Mittag«, a.a.O.
117 Tses/Brüderle, a.a.O., S. 57
118 Eik, a.a.O., S. 103
119 »Kölner Stadtanzeiger«, Köln, 24. 8. 1968
120 vgl. Tses/Brüdele, a.a.O., S. 108
121 vgl. H.A. u. E. Frenzel: Daten deutscher Dichtung, Chronologischer Abriss der deutschen Literaturgeschichte, Band 2, Köln, 1982, S. 416
122 Klaus Göbel (Hsg.): Jerry Cotton – Du lebst zu lange, G-man, Klett-Leseheft für den Literaturunterricht, Stuttgart, 1985
123 vgl. »Kölner Stadtanzeiger«, Ausgabe 80, Köln, Ostern 1969
124 Die indizierten Romane waren: G-man Jerry Cotton Band 13 »Ich bezwang den ›Lächler‹«, Dezember 1956, Band 171 »Der Herr des roten Mohns«, Oktober 1960 und Band 307 »Die letzte Kugel für den Boss«, Mai 1963.

125 Klaus Göbel: Jerry Cotton – Romane zwischen Realität und Utopie, in Jerry Cotton: Wie alles begann, Bergisch Gladbach, 1994, S. 875

126 ebd., S. 875

127 ebd, S. 876

128 »Der Spiegel«, Ausgabe 32/1970, 3. 8. 1970, S. 61

129 erschienen in H.C. Artmann (Hsg.): Detective, Magazin der 13, Salzburg, 1971

130 Peter Wesollek: Jerry Cotton oder die verschwiegene Welt, Bonn, 1976

131 vgl. Dichtung – Wahrheit, ROMA 1990, Leseranalyse Romanhefte

132 ebd., S. 9

133 Klaus Göbel: Jerry Cotton – Romane zwischen Realität und Utopie, a.a.O., S. 866f

134 »Gala«, Ausgabe 22 vom 23. 5. 1996

135 zitiert nach einer Presseinformation des Bastei Verlags zum vierzigjährigen Cotton-Jubiläum

136 zitiert nach »Die Zeit«, Ausgabe 22/2001

137 G-man Jerry Cotton Band 2353: Zeerys Mordauftrag, Bergisch Gladbach, Juni 2002

138 in einem Artikel der »Westdeutschen Allgemeinen Zeitung«, Pfingsten 1964

139 Jerry-Cotton-Taschenbuch 31 110: Die Tupamaros von New York, Bergisch Gladbach, 1971, S. 40

140 G-man Jerry Cotton Band 2243: June Clark und der Club der Bestien, Bergisch Gladbach, 2000

Bildnachweis

Bastei Verlag: 2, 3, 5, 6
Bastei-Archiv: 25
Konrad R. Müller: 1

50 Jahre Bastei-Lübbe –
50 Jahre gute Unterhaltung!

Jerry Cotton Kult-Ausgaben
Band 1 ISBN 3-404-26125-9
Band 2 ISBN 3-404-26126-7
Band 3 ISBN 3-404-26127-5
Band 4 ISBN 3-404-26128-3

Mit einer Gesamtauflage von über 850 Millionen
Exemplaren ist Jerry Cotton die erfolgreichste
Krimiserie der Welt. Die Cotton-Romane wurden in
über 50 Ländern veröffentlicht und in 13 Sprachen
übersetzt. Zum 50-jährigen Verlagsbestehen bringt
Bastei-Lübbe noch einmal die ersten Abenteuer
von Jerry Cotton in einer vierbändigen Taschen-
buch-Kult-Edition.

HARALD SCHMIDT
liest
JERRY COTTON
»Mein erster Fall beim F.B.I.«

Auf unverwechselbare Art und Weise interpretiert
der wohl beliebteste Kabarettist und Entertainer
Deutschlands den ersten Fall des erfolgreichsten
Krimihelden der Welt. Daraus entsteht Harald
Schmidts persönliche Hommage an diese besondere
Romankultur und einen Helden seiner Jugend.

JERRY COTTON – MEIN ERSTER FALL BEIM F.B.I.
Gelesen von Harald Schmidt
1 CD, ca. 75 Minuten
ISBN 3-7857-1350-9

LÜBBE AUDIO
BÜCHER ZUM HÖREN